一夜王妃

鬼妹◎著

重庆出版集团
重庆出版社

图书在版编目（CIP）数据

一夜王妃/鬼妹著.—重庆：重庆出版社，2009.6

ISBN 978-7-229-00673-0

Ⅰ.一⋯ Ⅱ.鬼⋯ Ⅲ.长篇小说—中国—当代
Ⅳ.I247.5

中国版本图书馆CIP数据核字（2009）第078105号

一夜王妃
YIYE WANGFEI

鬼妹　著

出 版 人：罗小卫
策　　划：光　南
责任编辑：陶志宏　袁　宁
责任校对：何建云
封面设计：小徐书装

重庆出版集团
重庆出版社 出版

重庆长江二路205号　邮政编码：400016　http://www.cqph.com
深圳大公印刷有限公司制版印刷
重庆出版集团图书发行有限公司发行
E-MAIL:fxchu@cqph.com　邮购电话：023-68809452
全国新华书店经销

开本：787mm×1092mm　1/16　印张：16.5　字数：268千字
2009年6月第1版　2009年6月第1次印刷
ISBN 978-7-229-00673-0
定价：24.00元

如有印装质量问题，请向本集团图书发行有限公司调换：023-68706683

目 录

楔 子

　　她只是善良而已，在自家后山遇见受伤的他并救了他。只是，她并不知道自己的这一举措已经让自己的国家陷入了深层的灾难之中。

　　"请不要发出声音好吗？"程漫焉的小脸上写着淡定，声音很轻，轻得只有两个人能够听见。为他包扎伤口的动作却是丝毫没有停下来。即使是在黑暗的洞里面也是能够看到男子那双如鹰般发亮的眼睛。洞外是成群的搜寻队伍，而男子眼中似乎没有任何的紧张，这让程漫焉有些不解，但向来不多话的她对自己不该知道的事情是没有兴趣过问的。

　　她只是善良而已，在自家后山遇见受伤的他并救了他。只是，她并不知道自己的这一举措已经让自己的国家陷入了更深层次的灾难之中。

　　男子如鹰般的眼睛没有一刻离开她的脸，她看起来也就十二三岁的样子，却已经出落得美丽动人，若是再过几年肯定是个美人。

　　"你叫什么名字？"他说话的音量说明他是丝毫不介意是否会把外面的人引进来的。

　　"程漫焉。"程漫焉眉头微微皱着，她的声音很小，却表现出对他的声音过大的不满。他给她的感觉就是最好不要惹到他，就和自己的父亲一样，却没有父亲那么可怕。而这个时候，她的手已经停了下来，伤口也已经包扎好了，她唯一希望的就是他不再发出声音，因为她并不想被他连累，自己救他的举动很有诚意，但是若是被发现的话，爹爹不知道又要把她关进地牢多长时间了。

　　男子的眉头微微皱了一下，对她的表情并不是很满意，随之一扫脸上的阴霾。

　　"程漫焉。"他低声念着她的名字，双眼却直望进她的眸子里，看到她眸子里平静之下竟然隐藏着些许慌乱，而这一丝慌乱又怎能逃得过耶穆寒的眼睛呢？

突然间，他的手直达她的下巴，让她吃痛地哼了一声，却是记得外面有人在而没有声音太大，但是在她与他四目相对的时候，她突然害怕了。十二年来潜在自己心底的害怕突然就迸发了出来，直觉告诉她，她的命运将会和这个男子有所牵连。

"记住我的名字。"他的声音并不那么冷，仔细听还能听出一些温柔来，"耶穆寒，这个名字将会让你的人生发生转折，让你此生无憾。"他的声音并不大，却带着威严，带着胁迫，带着命令，还带着——肯定。

程漫嫣的眼睛里闪过一丝慌乱，她从来没有像现在这般慌乱过。她看着他那深不见底的眸子，却看不出任何信息来，只有恐惧——自己的恐惧，但她并不开口说什么，她觉得没有必要回答他的这个问题。他的手力道真的很大，让她的下巴很疼，长时间以来受的压迫让她学会了不再吭声，即使是在现在。

"说话。"耶穆寒的声音冷了几分，刚才那一丝温柔已经消失不见了。他要的只是她的肯定，证明她听见自己的话了。

程漫嫣并不反驳他而是说："你会把外面的人引过来的。"外面的脚步声已经越来越接近这里了。

耶穆寒嘴角带着一丝冷笑，"他们已经过来了。"他的脸上带着一丝漫不经心，想要把他留在这里也要先问他愿意不愿意。

"那你还不快走！"毕竟还是一个十二岁的小女孩，即使再早熟也是会对这样的情况感到惊慌的，可眼前的这个男子看起来却完全像是个事外人一般。

"回答我的问题。"沉稳的耶穆寒并不在意越来越近的脚步声，他只是要她的回答。他的问话，向来没有人敢不回答他，而此刻也是如此，一股天然的王者之气在他周围散发着，程漫嫣在这个时候并没有心思去想这个。

他的问题？程漫嫣愣了一下，但是那越来越近的脚步声让她妥协了。

"我会记得你的名字，耶穆寒。"她直对他的双眼，此刻想的却是让他尽快离开，不要拖累自己。

耶穆寒嘴角的笑容加深，却没有丝毫感情，他放开程漫嫣的下巴有趣地看着她，他知道她的紧张绝对不只是为了自己。

"现在。"程漫嫣深呼吸了一下，"请你离开好吗？"她已经站了起来，小小

的身子已经依稀能够看出点婀娜之态。

耶穆寒嗤笑一声站了起来，足足有两个她那么高。他弯下腰，"记住我说的话，你的命运将因为我而改变。"说完后在程漫嫣还没有反应过来的时候就已经只留给她了一个背影，如她所愿离开了。

看着他的背影，程漫嫣陷入了自己的思绪之中，他说得是那么的肯定，仿佛自己的命运真的就会和他联系在一起一般，可是他只是一个陌生人而已。而此刻她已经听到外面的脚步声越来越近。

惊觉过来的她却是发现自己手里不知道何时出现了一块自己并没有见过的令牌，只来得及看了一眼就赶快塞入了怀中朝着洞外走了出去。

程家大堂外。

程漫嫣跪在那里，毒烈的太阳晒在她的脸上让她已经没有知觉了，因为她已经在这里跪了整整一天了。

"老爷，四小姐对这样的惩罚已经习惯了，她是无论如何都不会说的，为什么不换种办法呢？"程天顺的小妾如云的嘴角带着冷笑地看着程漫嫣，对这个老爷最爱的夫人生下来的女儿没有丝毫的怜悯。因为夫人是生她的时候死去的，因此程天顺一直都是把这个女儿当做仇人来养的，而现在她却是长得越来越像他那死去的夫人柔依，这让他更加疯狂地虐待程漫嫣。而如云正好是趁了这样的机会才得以兴风作浪的。

"那夫人说？"他的手里拿着那令牌，那分明是耶穆寒的令牌，只要能够抓住耶穆寒，那么他就在整个皇朝立了大功，前途一片美好，可是这个死丫头就是不肯告诉他这个令牌是哪里来的，而那山洞里哪还有什么人？他的眸子里闪过一丝阴狠，若是别的儿女的话，或许他还会有仁慈之心，可是这个女儿害死了他最爱的女人，他不能放过她。

如云嘴角带着冷酷的笑在程天顺耳旁小声说着话，或许是程漫嫣感觉到了什么，抬起头看了两个人一眼，整个身子颤抖了一下就失去了知觉。而她的命运却是已经再次被别人安排并出卖了。

第一章　恨相逢

程漫焉眼角有泪水流出——亡国了吗？虽然知道这一天早晚要到来，却是不知道竟然这么快，而这个消灭了她国家的人就躺在自己身边，可是自己却把最宝贵的贞操献给了他。

四年后。

程漫焉已经把手中的丝绢揉得不成样子了，自己在宫中四年来处处小心不让那好色的老皇帝见到自己，却是没有想到竟然被自己的父亲出卖，在皇上面前提起自己来，以至于让皇上亲自点了自己的名字来侍寝。

她不恨，真的不恨，无论父亲对自己做出什么样的事情都是可以理解的，不是吗？因为是她杀了他最爱的人。

而此刻的她正裸着身子等待一个好色的老男人把自己多年的贞操夺走，这让她感觉到恶心。可是她相信命运，也许自己命该如此。

轻轻叹了口气，已经能够听到那并不是很稳重的脚步声在一点一点地靠近这个房间，程漫焉的心跳瞬间加速，知道这一刻是早晚会来的，却是没有料到竟然这么快，这让一丝不挂的她无处可躲藏。在四处张望之后，她只有放弃了，结果都是一样的又何必去躲藏什么呢。

想到这里，她颓然地坐在了床边，而此刻门已经被打开了，透过那薄薄的床帷她依稀能够看见那东倒西歪的身影被别人搀扶着。而自己即将把保留了十六年的贞操给这样一个又老又好色的男人，除了认命之外，她什么都不能想。

"美人，美人来了没有……"老皇帝连路都走不稳了，却还是记得他的美人。

旁边立刻有了细声细语的太监的声音："皇上，早就来啦，您就等着好好享

用吧，听说可是个美人坯子呢。"那声音中不难听出谄媚和奸诈。他是没有见过程漫嫣的，皇上也没有见过，只是碍于程大人的面子才答应临幸他的女儿的，但是据说可真是个美人坯子，竟然在宫中这么多年都没有被发现，真是可惜了。

一听说是美人，老皇帝立刻来了兴致，粗鲁地推开搀扶着他的两个太监，"都给我滚出去！"

说完那一双色眼直直地盯着那薄薄的床帘，依稀能够看出一个妙龄女子端庄地坐在那里。老皇帝发直着双眼直接走了过去。

程漫嫣闭着双眼，这一刻，终于还是到来了吗？而六皇子，六皇子在哪里？若是老皇帝能够看清楚的话，会发现她眼角依稀还有一些湿润。

"美人，朕来啦。"他一个侧身拱进床帐里，纵使有些不稳当也是知道"温柔"两个字要怎么表现出来的。他那满是酒味的气息在程漫嫣的脸上呼来呼去，让她觉得恶心，却是能够清楚地感觉到他在朝着自己压来。她十六年的贞操，她的命运，就该如此吗？

轻轻地颤抖了一下，并没有感觉到老皇帝的侵犯，只是听到一声什么物体落地的声音，睁开眼的瞬间，她吓了一跳。

眼前这个满脸冷漠霸气的男子是什么时候进来的？而他却是已经朝着自己压了下来，她看到了什么？为什么能够看见他眸子里竟然有温柔？

"我还是来晚了吗？"他一把扯下帘帐和龙床上的被单把她那赤裸的身体包裹了起来，眼中竟然有些疼惜和后悔。他该早点来的不是吗？但是这已经打破了他的计划了。

程漫嫣从他那略微带着点霸道的眸子中走了出来，"你是谁？"她挣扎着身子，已经忘记了自己还是全身赤裸。"放开我！皇上呢？"皇上怎么可能允许一个陌生的男人进自己的龙帐？！

耶穆寒的眸子中闪过一丝冰冷，一只手捏着她的下巴，"你还想那老皇帝？"他的眸子中闪过一丝犀利的光，一把将她抱起来，另一只手上的刀已经出手并准确地砍下了已经倒在地上的老皇帝的头。

程漫嫣安静的眸子里第一次有了如此的惊讶，怎么可能？保护皇上的人呢？这个男人是谁？

耶穆寒的眸子更是冷了一层，"心疼吗？自己的靠山没有了？"显然他是误解了，以为她只是一个爱慕名利的女人，而四年前的她甚至可以不要性命地救他。

"你……"程漫焉的身体突然热了起来，她知道那是宫内秘制的，供老皇帝取悦的春药发生作用了，那是每个后宫的女子被临幸之前都要吃的。

"你的命运将因我而改变，而你的贵妃梦，还是醒了吧！"他的声音中多少是有些恼怒的，这对于向来不轻易外露感情的他多少有些不符合，而他却是已经为这个女人破戒了，原本他并不打算今日就攻陷这个已是囊中之物的国家，但是四年前他就宣布已经是他的女人竟然被这个老皇帝强占，若要怨，只能怪他们皇帝看上了他的女人。但是他还是来迟了一步，那就让这整个国家的子民为她做陪葬品！

耶穆寒看她一眼，眸子中的冰冷已经代替他回答了这个问题。

"全部杀了。"他说出的这句话是不带任何感情的，在他的信念里，这是在为她报仇，或者说是因为自己恨自己来得太晚，但是这却为她日后对他的恨招来了许多的伏笔。

程漫焉全身因为那药性的发作而疼痛难受着，依稀能够听到他说的"杀"字。

杀？杀了这里所有人吗？这些都是她国家的子民，怎么能杀呢？"不，不要杀他们，求求你……"无论他是谁，她都想依靠自己的力量来拯救自己的国家，但是显然她此刻错误地估计了自己的力量。

耶穆寒的手下看到他的眉头皱了一下就把头低了下去，此刻他该如何去做？

耶穆寒停在那里，看着程漫焉那迷离的双眼，她的脸色让他多少看出一些不对劲，而她在自己怀抱中蠕动的身体就让他的怒火再次升了起来，这是他的女人，那个狗皇帝竟然敢染指！还敢用春药！

"杀！"他的口吻中的冰冷已经告诉所有人这个事情已经没有商量的余地了，下一刻凄厉的喊叫声已经遍布了整个皇宫，进入程漫焉的耳朵里的，却是已经开始混乱。疼痛、残忍、冰冷，所有的感觉都合在了一起。

"求求你，不要……"她的声音在这样残忍的场面中却是那么的弱小，而耶穆寒却只是留下了一个冰冷的背影，抱着程漫焉消失在了这个已经失去了政权的国家。而这片土地，将纳入他的旗下，就如其他几个已经消失的国家一样。

他抱着程漫焉迅速回到军营里，在所有士兵惊讶的眼神中直接走入自己的王

帐。此刻的他只是不想她再受到任何委屈，任何疼痛，其他的他都不去想。平生第一次这么想要得到一个女人，平生第一次这么不顾一切。

"求求你！"程漫焉知道自己的国家已经处于飘零之中，却依然想要所有的子民都好好地活着。她双手环抱在胸前，她是那么疼痛，那么热，那么难受，但却依然记得她国家的子民还处于水深火热之中，她要救他们，要救她那只小她一岁的妹妹。

"放过他们……"她已经看不清楚任何东西了，甚至是耶穆寒那一望无底的眸子。若是能够看得清楚，她大约是不会发出这样的请求的。

"伤害你的人……"耶穆寒的声音中没有任何感情，"下场只有一个，就是死。"

她再没有能力去反抗了，因为这样一个等了她多年的男子怎么可能会放过她呢？

激情过后，整个世界仿佛都静了下来，除了呼吸声，其他的都显得那么脆弱。

程漫焉眼角有泪水流出——亡国了吗？虽然她知道这一天早晚是要到来的，却不知道竟然来得这么快，而这个灭了她国家的人就躺在她身边，而她却要把最宝贵的贞操献给他。

她要杀了他，她要为自己的国家报仇，要为她国家的子民报仇。这是她心里唯一的想法，把自己的贞操给了一个仇人，她该如何甘心？

终于，她鼓起勇气去摸索着他放在床边的佩刀，现在就杀了他，为她的国家，为她的子民，为她的家人，为她那可能已经死去的妹妹报仇。

她甚至能够听见自己的心跳，那么激烈。第一次做这样的事情多少是有些心虚的，但是想到死了那么多的人她就又有了勇气，她并没有想过要害谁，她这么做是大义的，即使死了也会让很多人都记得她，不是吗？

她的手轻轻地环过他的腰，心却是跳得更厉害了，脸上有些发烫，但是她必须杀了他。无论是为了自己，还是为了她国家的子民，她都要杀了他，无论他是谁，即使他是那使所有人都闻风丧胆的左贤王耶穆寒。

而她的手却是颤抖的，因为佩刀在他的身后，她必须离他很近，两个人都没有穿衣服，这就让她的进度大打折扣了，甚至让她有些不忍心了。

连自己都不知道这样的情景持续了多久，她那颤抖的手终于摸到了那把刀，而她的眼睛一直在他的脸上，惟恐他醒过来，甚至连呼吸都不敢。即使他是在沉睡着也给她一种压迫感，这样的男人，到底是一个怎样的男人，为什么在睡梦中还那么冰冷，那么傲气？烛光下那清楚的轮廓竟然让她有些心动。

她小心地把配刀拿过来，她朝里面挪动了一下，每个动作都是那么的轻，惟恐他醒了过来。对，她现在就要杀了他，杀了这个毁灭了她国家的人。但她拿着配刀的手却在出汗，竟然有些不舍，有些恐慌，六皇子，你在哪里？我需要你给我勇气。

终于，她把刀拔了出来，刀身在这样的黑夜里竟然反射出白光，就如在烈日底下一般，她的心惊了一下，抬眼去看耶穆寒的眸子，而他正在看着自己！

她一下就愣在了那里，连最基本的动作都忘记了。

"这么恨我？"他轻轻地拿开她手中的刀，"这把刀是有主人的，只有我才能用。"他的声音中没有丝毫的严厉，却是有温柔在其中的。

程漫焉的手抚上他在自己脸上的手，竟然是有些颤抖的，声音中却依然是冷静，"我要杀了你。"她覆盖在他那大手上的手却是那么的轻柔，微微还带着一些颤抖，声音却是那么的坚定，现在杀不了，可以等以后，总有一天她要杀了他。

"以后我会给你这个机会的。"他的声音是那么的温柔，因为这是他的女人，只属于他一个人的，没有被任何人染指过的。他要把此生的爱，全部留给她。

"现在睡觉好吗？你需要好好休息一下。"就像是对待自己的爱人，他的温柔只给她一个人。

整个王帐再次安静了下来，甚至连那呼吸声也不见了，静寂得让程漫焉的心僵硬，以至于整夜无眠。

次日。

"表哥！"一个娇嫩的女声穿过空气而来，让耶穆寒的眉头轻轻皱了起来，下意识地看了眼还在沉睡之中的程漫焉，"听说你昨天从那狗皇帝的寝宫里带回来了一个女人？！"她的声音中带着些许尖锐，任何人听了都不会感到舒服。

耶穆寒那淡然的眸子里没有丝毫起伏，"出去。"他的声音不咸不淡，却是有着绝对的威严。他说话向来是说一不二的，对任何人都是，即使是这个在皇朝里出了名的刁蛮公主。

旋页公主脚一跺，转过头看了眼依然在沉睡之中的程漫焉，脸上更是愤怒，即使是对皇上她都不害怕，却是最害怕这个表哥耶穆寒。

"表哥！"她的声音中除了刁蛮之外还有一些撒娇，却并不敢多说其他的。

耶穆寒的眉头皱得更紧了一些，"出去。"他的话向来是不说第二遍的，对她已经是宽容了。

"表哥，她是谁？"旋页公主的刁蛮劲儿又上来了，从小到大她一直都希望自己能够嫁给他，亦是给了他无数的暗示，甚至还向皇上说过，这个木头却是一直没有表示，身边的女人换了又换就是对她不屑一顾，而今天又带回来一个女人！他要她怎样才甘心？！

"来人。"耶穆寒不再看她一眼，直接要自己的属下把她带出去。

"好嘛！"旋页公主嘴一撇，"我这就出去嘛，但是……"她还想和他讲条件，却总是忘记他从来是不和别人讲条件的，在看到他那警告的眼神之后只好闭上了嘴巴，最后看了他一眼才走了出去。

"去打温水来。"在旋页公主离开之后，他的声音多少平缓了一些，看着程漫焉背影的眼神还有一些温柔在，而他的吩咐却是并不需要看身边的侍女的。

侍女恭敬地俯身说了声"是"，就走了出去，心中却是有些惊讶的，从来没有见过王爷竟然把一个女人带入王帐来，而且似乎是很关心的样子。

耶穆寒走到床边坐了下来，并不去触摸程漫焉的身体，只是说："漫焉，呆会儿会有人伺候你沐浴更衣，本王现在有事要出去。"顿了下，他又道，"晚点本王再回来看你。"

程漫焉是早就醒了的，只是不愿意面对他，对他的声音亦是充耳不闻。两个人就这么僵持了一会儿，耶穆寒站起来走了出去，在那之前，把散落在她身边的被褥盖在她身上。

对耶穆寒的这个细小动作，程漫焉没有感动，她甚至不想见到这个男人，这个毁灭了她国家的男人。她只有恨，为什么昨天晚上要心软呢？只要自己动作快一些，他现在就已经是她的刀下之魂，为什么自己要手软？她恨！她恨！这样的恨让她把手紧握起来。

已经是初秋，温热的水洒在她的身上，她却是没有丝毫知觉，只是任由仆人们为她洗浴，而她的心已不知道去了什么地方。她看不清她自己，为什么她还在这里，为什么她还活着，为什么，这一切都是为了什么？

不哭，哭是弱者的表现。她要做的就是杀了他，为所有人报仇。

可是她是那么的心痛，那么的麻木，痛到连自己都感觉不到自己的存在，只有紧闭眼睛，这样才能够把昨天晚上的一切都抹掉。

抹掉那老皇帝是怎么死在自己面前，抹掉她的子民是怎么死在这个男子的手下，抹掉这个男子是如何占有自己的。她的嘴唇微微颤抖着，不委屈，只是痛。现在，她已经是一无所有并且背叛了自己国家的人，她没有资格来疼痛，没有资格哭泣。

"哟！"又是旋页公主那刁钻中又带着讽刺的声音，"一个亡国奴竟然还有脸让别人伺候着，我说你有没有一点羞耻心啊！"对耶穆寒的每一个女人她都没有心软过，这次自然也不例外。

周围的侍女们都停下了手中的动作僵硬在那里，谁都知道旋页公主那刁钻的脾气，一弄不好就是要人头落地的，这个时候可是谁也没有勇气去得罪她的。

程漫焉的眸子甚至动也没有动一下，只听那声音就知道是今天早上那个女人，既然她喊那个男人为表哥，那么必定也是身份不一般的人，因为她曾听见侍从喊他为王爷，那她至少应该是个公主。

"你倒是回答我的问题啊！"旋页公主的脾气一下就上来了，抓过侍女手中冲水用的东西用力甩在水里，让那水花溅了程漫焉一脸，她却依然没有看她一眼，因为没有必要。

"公主有这么大的火气，为什么不找王爷去发呢？"她的声音很轻，轻得就像是讽刺她一般。这到底是哪里？到底是哪个国家的人灭了她的国家？而他们都是谁？久居深宫的女子啊！竟然连自己的国家是怎么灭亡的都不知道。

旋页公主一听这话更是来气了，狠狠地甩了她一巴掌，揪住她的头发道："你还真以为自己是来这里做主子啊，你现在只不过是个亡国奴，奴——知道什么意思吗？"她的声音是那么的狠，而程漫焉是宁愿她现在就杀了自己的。

她没有料到程漫焉竟然回答了她的问题，"知道。"是的，知道。她是一个怎样的人，她自己再清楚不过了，眼看着自己的国家灭亡眼看着子民死亡，她怎么能够不明白呢。

"那就滚出来！"旋页公主的脸几乎贴在了她的脸上，"干活去。"她的声音中带着威胁，带着得意，她只不过是个奴隶而已，等表哥把她玩腻了就扔去当军妓，

看她那时候还能拿什么和自己比。

程漫焉没有回答她的问题而是直接用行动回答了她，因为她已经站了起来。而周围的侍女们硬是没有人敢去扶她。

程漫焉旁若无人地穿好衣服，挽好头发，俨然一个出浴美人，让旋页公主更是气愤，只见她拿起书桌上耶穆寒为程漫焉准备的胭脂就朝着程漫焉扔了过去，而程漫焉并不闪躲，只是任那各样颜色洒满了自己一脸一身。

旋页公主嘴角带着得意的微笑，"跟我来，从今天开始你就去厨房帮忙，还要把所有士兵的衣服洗了。"她得意地命令着她，然后径直走了出去。

等耶穆寒从外面回来的时候看见的就是这样的情景：全身脏乱的程漫焉在利索地打水，而她像是并没有发现他已经在她身边站了好久，径自做着自己的事情，完全没有把他放在眼里。

耶穆寒冷冷地看着她，"你宁愿做这样粗杂的事情也不愿意做本王的女人吗？"他的声音几乎已经没有了温度，她做这些只是在默默地反抗他，她恨他。这些他都知道，却并不喜欢她做得如此明显，或者说是心疼她做这样的粗活。

程漫焉并没有看他，而是往硕大的盆子里添满了水并把士兵们的衣服放了进去。

耶穆寒站在她的身旁，一把拉过她的胳膊让她不得不面对着自己，"回答本王的问题。"他冷冷地看着她几乎想要杀了她，却是无论如何也下不了手，这个自己等了四年的女人。他口吻中的霸道和威严是任何人都必须去面对的，而程漫焉亦不例外。

"是。"程漫焉冷静地看着他，给了他自己的回答。她是个亡国奴，亡国奴怎么有权利享受荣华富贵呢？她没有权利，也不想拥有这个权利，不然她会更恨自己。既然是奴隶，那么做所有事情都应该像奴隶一般。

下一刻耶穆寒的手已经紧紧地卡在了她的脖子上，"知道吗？从来没有人敢这样违背本王的意愿，只有你，程漫焉。"他的眸子更是冷了一些，这个女人已经是他的女人，为什么还要如此倔强。若是她温顺一些，他可以把自己所有的温柔，所有的柔情全部都给她，可是她却不要！多少女人争抢的东西她却一点也不稀罕！

　　程漫嫣闭上了眼睛，既然报不了仇，那就死了吧！死在自己仇人的手下也总是好一些的，最起码也死得很壮烈不是吗？

　　"想死？"耶穆寒的声音中带着一些讽刺，"没那么容易！记住你的使命，你说过要杀了本王的，在本王死之前你又怎么能死呢？"他的手慢慢地松开她的脖子，一点一点的，告诉着她自己的使命，他不允许她死，最起码在自己死之前他不允许她先死。

　　程漫嫣没有回答他的话，若是杀他那么容易的话，她也早就已经死了不是吗？他和自己都知道她并没有那个实力。眼角有泪水流出，何时她才能够报仇，何时她才能够再回到六皇子身边，六皇子，他死了吗？

　　"睁开眼睛看着本王。"耶穆寒的声音已经平静了下来，却是比刚才更冰冷了一分。他的声音中完全是命令的口吻，而程漫嫣亦是能够听得出来。

　　她缓慢地睁开眼睛看着他，眸子里那股幽怨和平静竟让耶穆寒心疼了一下，这是他的女人。

　　"从现在开始，本王给你所有的机会来杀了本王，而且本王死后保证你能够平安地离开，用你自己的智慧和勇气来挑战吧。"他看她一眼然后毅然转身而去。她不想做他的女人，那么他就给她另外一种身份。

　　程漫嫣站在那里良久，不知道自己是该喜还是该忧，或者是脑海一片空白。在昨天晚上他也说过会给她机会杀了自己的不是吗？

　　此刻他就站在自己身边说给她机会杀了自己，说要她凭借自己的智慧和力量杀了他。她的嘴唇微微颤抖，她自己的力量，她现在还有力量吗？在一个陌生的地方，周围是陌生的人，所有的一切都是陌生的。她轻轻地闭上了眼睛突然想到了死，可是六皇子呢，她若是死了六皇子怎么办？而且她就算如此死了，她死的价值又在哪里？但活着却是另外一种煎熬，这样的日子她到底还要忍受多久？命运对她，为什么总是如此的不公平？

　　在深夜里她听到这样一个消息，虽然是其他人在交头接耳，却显然是在对她说的。

　　"王爷要收这个新来的女人做义女！"紧接着又是，"这怎么可能？她有什么资格？不过是一个亡国奴而已！"说着还不忘记回头对着程漫嫣讽刺地笑。

　　程漫嫣一下就愣在了那里，一时间竟然不能接受这个消息。义女？昨天晚上

他才要了自己，今天她就变成了他的义女，这样的转变即使是对于一个亡国奴来说，也是不能够接受的。

原来无论到哪里，她都不过是别人的宠物而已，从小到大都被人踢来踢去，只是这次竟然让她感觉到前所未有的难过，是为了他吗？不知道，她不知道。她只能脑子一片空白地躺在那里，什么都不能去想。月光照在她的脸上，竟然有泪水在那上面。

日子一天天过着，程漫嫣和耶穆寒却仿佛成了陌生人一般。而程漫嫣也并没有因为做上了他的义女而在生活上有什么改变，依然做着整个军营里最粗杂的工作。虽然所有人都并不在意她的身份只是把她当下人一般使唤，程漫嫣却是一直把它放在心里的，她恨这个身份，恨这里所有的人，恨这个传说中的左贤王。这个几乎天下人都知道的名字——耶穆寒。

每日看见他的身影她就有一股恨在心中盘旋着，再不能化开。她要杀了他，可是自己怎么才能做到呢？

她除了保持自己的安静之外，还能做什么呢？

"这手，是怎么了？"耶穆寒那冰冷的脸上带着些许杀气，是谁，竟然连他的女人都敢伤害。他认真看着程漫嫣手上那鞭子的痕迹，据他了解，整个军营最擅长用鞭子的恐怕就只有旋页公主。看来他不给她一些教训，她永远都不会知道什么是她不能动的东西了。但是他看程漫嫣的手的目光却是温柔的。无论她现在是什么身份，她都是他的女人，这是任谁也改变不了的。

程漫嫣不自觉地迷惑着，这是那个平日里冰冷高傲的左贤王吗？

而他现在就像是对待自己最心爱的女人一般，最心爱的女人，这句话点醒了程漫嫣，她现在可只是个任人欺负的亡国奴啊！"王爷最好还是离我远一些，不然自己哪天真成了刀下亡魂那就是漫嫣的不是了。"她冷着一张脸并不在意自己手上的伤痕，在这里的一切她都是可以忍受的，嘲笑，鞭打，所有的一切。

耶穆寒的眉头皱了起来，"以后这样的事情不会再发生了。"这是他的承诺，他耶穆寒向来是不对任何人下承诺的，但是他会为程漫嫣破例，只是因为她是程漫嫣，是他的女人。

程漫嫣不再说话继续去洗着硕大的盆子里的衣服，耶穆寒也并不阻止，他知道她恨他，若是让她在这里过上舒适的生活反倒会让她更加痛恨她自己，他会让她过上自己想要的生活，直到有一天她愿意为他而改变。

"表哥你怎么又和这个奴才混在一起了！"旋页公主的声音惊醒了两个人，却没有人回头去看她。

"你们！"旋页公主脸上多少有些挂不住，"去把那奴才给本公主吊起来打！"她气急地吩咐自己身后的侍卫，却没有一个人动。

程漫焉洗衣服的动作没有丝毫迟缓，旋页公主的鞭子也在时刻提醒着她自己的国家已经灭亡了，提醒着她要杀了耶穆寒，要报仇。此刻她的眸子更是冷了一层。

"你们不敢是吧，那就让本公主来！"话音还没落鞭子就已经出去了，直朝着程漫焉那冰冷的脸。

时间好像冻结在了那里，所有人的表情都变了，除了耶穆寒和程漫焉的脸色，直到鞭子挨到了程漫焉的脸。谁也没有看到耶穆寒是怎么出手的，直把鞭子生生地握在了自己手里，另外一只手捞起了程漫焉的腰飞了起来。

旋页公主看到这样的情景更加生气了，回甩鞭子朝着两个人而去，而在人们看清楚事态的发展的时候，耶穆寒的手已经卡在了旋页公主的脖子上，而他的另外一只手还在程漫焉的腰上。

"表，表哥，"旋页公主怎么也没有想到表哥竟然真的会对自己出手，"你，你放开我。"

耶穆寒冷冷地看着她，若她不是旋页公主的话他真的会一把捏死她。"道歉。"他的话极其简单，却完全是命令，冰冷的眸子让旋页公主打了个冷战。

"她只不过是一个奴隶而已！"旋页公主涨红了脸却是个要面子的人，并不相信耶穆寒会真的杀了自己。

耶穆寒的表情却是更冰冷了一分，手上的力道加大，甚至能够听见旋页公主骨头响的声音，而她只能张着嘴，痛苦得甚至说不出话来。

"道歉。"耶穆寒的声音更是冰冷了一层。那其中的霸道是任何人都不得不折服的，也让周围所有观看的人惊呆在了那里。而其中最平静的，恐怕就是程漫焉了，就仿佛整件事情都和她没有任何关系一般，她就那么平静地看两个人的表情。

旋页公主看着程漫焉，不说话也不道歉，她怎么可能向一个奴隶道歉，两个人就这么对望着，一个是恨，一个是平静。

"啊！"旋页公主因为耶穆寒的力道加大，痛苦地叫了出来，她已经很难顺畅地呼吸了，而这个时候她真的开始相信耶穆寒会杀了自己了，因为自己眼前已经一点点开始变黑。"对……"她的嘴唇颤抖着，看着一脸平静的程漫焉，她恨这个女人，夺走了她爱的男人还把自己陷入如此的境地！"对不起！"终于她用尽所有的力气喊出了这句话，她恨，她恨她。这也让日后程漫焉的命运因为她而发生了巨大的变化。

程漫焉的眸子里没有任何其他的情绪，只是安静地看着她，对她的道歉置若罔闻，她的心里正在想着另外一件事情。也许，现在是一个好时机。

"记住今天的教训，旋页，你从来都知道本王的脾气并不好，她是我的女人，不管任何人，即使是当今的皇上都不能动她，若是你再动了她，你会知道是什么样的下场。"耶穆寒并不是在威胁她，因为他的声音很平缓，仿佛在说一件很平常的事情，却又是那么的残忍。

旋页公主的泪流了下来，她甚至不敢看耶穆寒，她绝对相信耶穆寒所说的每一句话，因为他曾经就因为一个亲王犯错而没有请示任何人就把他杀了，他的权力就是有如此之大，大得连皇上都要敬畏他三分。

全场都是静寂，只有耶穆寒那低沉的声音穿透每个人的耳朵到达每个人的心里，也只有程漫焉一个人没有听进去，现在，是她的时机吗？若是成功，她要死，但至少她算是一个义士不是吗？若是不成，那就跟随命运而去吧。她的手悄悄地移向自己的袖子，那里面藏着一把刀，还是从耶穆寒那里拿的。这么久不见他提起，想必是早已经忘记了，那就让他死在自己的刀下，也算是为她国家的子民祭奠吧。

"从现在开始，本王不想再看见你在军营里。"耶穆寒不再看旋页公主，却是以极快的速度抓住了程漫焉的手，移动着身子把她挡在了众人的视线之外。

程漫焉的眸子里有着些许震惊，她站在他身后他竟然也能够发觉，这到底是个怎样的男人。他的眸子里，有平静，有惊讶，也有恨，有遗憾，随即她嘴角有了讽刺的笑。他说要自己凭借智慧和力量，那么她有什么？

耶穆寒的胳膊在流血，为了让程漫焉的刀子不被别人看到，他是不惜自己的血的，但是他仿佛没有任何知觉，只是看着程漫焉，眸子里有着些许复杂的情绪。

"在这里杀了我绝对不会是个好办法，即使我死了你也走不了，还记得我承诺给你的事情吗？若是你杀了我，我也要让你安全地离开，可是若是你现在杀了我，我就不能实现我的诺言，那并不好。"他嘴角带着笑，是真切的笑，没有了冰冷，反而给人一种温暖的感觉。

程漫焉的手轻轻抚上他的脸，嘴唇微微颤抖着，美丽的小脸上尽是苍白，她平静地看着耶穆寒的脸，就仿佛是对待自己的爱人那般温柔："你死了，我就给你陪葬。"她的声音那么的轻柔，仿佛以往的恨都只是一种错觉，忘却了周围观看的人，忘却了旋页公主那恨的目光，忘却了自己是耶穆寒义女的身份，忘却了所有，仿佛周围一切的东西都是不存在的，而她是那么的安静，安静得让人有些心慌。

耶穆寒为她心疼着，是他伤害了自己爱的女人吗？为什么她要让自己看起来像是不存在一般？随即他又说了让程漫焉一辈子都忘不掉的话："不，即使我死在自己的刀下，我也要让你好好地活着，快乐地活着，或许是我让你感觉到痛苦，但是我不能放你走，因为你是我生命中不可割舍的一部分，从现在开始拿起你手中我的刀来对付我，杀了我能让你快乐，我就给你这个机会，并且要你永远都幸福。"他说得那么认真，那么温柔，对这个女人，他是向来不吝啬自己的爱的，哪怕是付出自己的生命。

而在日后每当程漫焉想起他说的话就一阵阵疼痛，也明白了什么叫做命运，这句话也会一直陪伴着她走下去，一直到她死。

程漫焉的嘴唇颤抖得更是狠了一些，若是这些话在四年前说，或许她真的会记得他一辈子，会爱他一辈子，但是已经晚了。因为四年前她救了一个陌生的男人而把她的命运彻底地推向了绝地，她被狠心的爹爹和后娘送进了宫里伺候皇上，却和六皇子相爱了，但是她是皇上的人，她也身不由己，甚至自己的爹爹在皇上一直没有注意到自己的时候，故意在皇上面前提起她的美貌想要皇上占有她。

不错，是他救了自己，从那老皇帝的身下把自己救了出来，但是她该感谢他吗？感谢他毁灭了自己的国家，杀了自己的子民，甚至是六皇子和自己的妹妹。她拿什么感谢他？又该拿什么感谢他？而现在，她只有恨。

"幸福。"程漫焉重复着他这句话，眼角有泪流出，眼神里带着绝望，"一个亡国奴，一个一无所有的人，怎样幸福？怎样才能幸福？啊？"她的手轻轻地抚摸着他的脸。

耶穆寒的心再次疼了一下，是他错了吗？不该带她回来吗？或许没有他，她

会活得更好一些。

"本王说会，就是会，所有的人都知道本王从来都不轻易许下承诺，既然本王对你许下了承诺，本王就一定会做到。等本王死了，或许你就真的幸福了，如果的确是那样的话，本王又何必怜惜自己这条命，但是你要给本王时间去好好爱你，让本王死而无憾。"他说过会给她机会杀了自己，那么他就会说到做到。却是不知道在她真的把刀插入他体内那一天，他在想什么呢?

他说得没有丝毫犹豫，他可以放弃征服天下的念头，可以抛掉所有的功名利禄，甚至可以不要性命，只要她幸福。这是他这么多年来第一次这样为另外一个人着想，从四年前见她的第一面，他就在等她长大，却没有料到四年后是如此的景象。

说完他头也不回地朝着王帐走了回去，他手上的伤再拖下去就会被发现，他不想给程漫嫣带来任何不便，若是让他手下的人知道她伤了自己，那么她的日子会更不好过。

程漫嫣站在那里，仿佛整个世界都定格了，只有一个耶穆寒是移动的。而整个世界的中心是程漫嫣。

这样的场面不知道持续了多久，程漫嫣却是突然转过身来对着所有人喊道："看什么看! 有什么好看的! "

她的表情带着些许绝望，清澈的目光扫过周围的人，她从来都没有这么大声地呵斥过别人，但是她的心里真的好难受，若是她的手快一些那么一切就都已经结束了，这让她的心里莫名的窝火。为什么，为什么会转变成这个样子!

周围依然只是安静，没有人接她的话，可能是都能够理解此刻她的心吧，也可能是刚才耶穆寒对她的态度让她的地位再次上升了起来。

第二章　爱情之始

程漫焉眸子中有着震惊，"我会用它杀尽你身边的人，让你孤立无援，然后再杀了你。"她终于说出了这句话，她恨他，恨他可以如此的狠心，恨他对自己的好，恨他的所有。

接下来的日子里，虽然说耶穆寒并没有再和她说一句话，却经常站在离她不远的地方看着她洗衣服或者提水做活，只是远远看着，并不打扰她，而程漫焉则是当他不存在一般，直到五天之后他再次站在了她的面前。

"漫焉。"耶穆寒的语气中竟然有一些叹息，是为了她吗？他的声音并不那么温柔，并不那么霸道，甚至可以说只是平淡的，他喊她的名字只是想要知道她还是存在的，因为她实在是太沉默了。

程漫焉抬起头看着他，那么的平静，就像对待一个完全陌生的人一样。

"王爷有事吗？"她是从来都不承认自己和他有什么关系的。她不承认他是自己的男人或者他是自己的义父，她不愿意和这个男人有任何的牵连。

耶穆寒接过她手中的绳子，很轻易地就把水提了上来倒在了盆子里，"不要再做这些粗活了，这并不适合你。"每天看着她这么不要命地干活，他是那么的心疼她，却又不能阻止她。

程漫焉看着他的动作，心里莫名地滑过温暖，随即她就否定了，他不是六皇子，不是四年前那个说要改变自己命运的男人。"那是我的事情。"是的，她自己的事情都和他没有任何关系。

耶穆寒的眉头轻轻皱了一下，他永远都会愿意把自己所有的包容都给眼前这个女人。

"你的事情就是我的事情，本王说过你是本王生命中不可割舍的一部分，不是吗？"他没有要强迫她的意思，他知道对她来说，心里好过是最重要的，所以现在他说的一切都只是建议，没有丝毫要强迫她的意思。

程漫焉的手再次停顿了一下，每次他说这样的话都让她有一种被保护的感觉，同时又有罪恶的感觉，她怎么能对一个仇人有这样的感觉呢？

"王爷似乎只是灭了我的国家，杀了我亲人的仇人而已，和我国家千万的子民一样，漫焉并没有任何不同之处，为什么王爷就是不肯放过漫焉呢？"这话她像是说给自己听的，要时刻提醒着自己，又像是对他的一种疑问。

"因为你是你，你是程漫焉。"耶穆寒的手轻轻地抚摸她的脸，"知道吗？你是我一直守候着的人，当我得知你要被那好色皇帝玷污的时候，我失去了理智提前了自己的计划，而整个天下能够让左贤王如此失去理智的，就只有程漫焉一个人。"

程漫焉眼中有着惊讶，她不明白他说的话，在她的记忆中，两个人从来不曾有过交集。但是她并不去问，怕知道得越多就沦陷得越快，也让日后她发现这个真相的时候更加地痛恨自己。所以她只能保持沉默。

耶穆寒嘴角带着一丝温柔的笑，这个小女人在不愿意面对一些事情的时候往往如此，他也已经习惯了。他轻轻地拍拍她的头，"我有事要出去一些日子，你要和本王一起吗？"对这个女人，他从来都是宠溺包容加尊重的，甚至是对皇上都没有的尊重。他只给她一个人。

程漫焉的眉头微微地皱了一下，不可否认，她刚才再次对他拍她头的动作有了温暖的感觉，但是她又是那么的痛恨这样的感觉，她的脸冷了下来，"不要。"言语中有一些任性，有一些生气，都是为自己。

说完，她闪开耶穆寒的手继续去洗衣服，耶穆寒把一切都看在眼里，并没有说什么，他尊重她说的每一句话，只要她能够开心，能够幸福。

"好，那你一个人在这里要多小心一些，把这个随身携带。"他拿出自己常年佩带在身上的弯刀，那代表着他这个人，代表着他的权力和地位，他却把它送给了程漫焉。而在程漫焉还没有开口说话的时候，他的口吻又变得霸道如他，"这是权力的象征，拿着它你就可以杀了任何一个我国的人，甚至是我，本王也等着将来你拿着这把刀来杀了本王。"他说的话完全不由她拒绝，像是命令。

程漫焉再次正视他，为什么每次他说要自己杀了他都是那么的认真？可是却是从来没有给过她这个机会。

"漫焉的智慧和力量并达不到可能会杀了左贤王的地步，这把刀，王爷还是自己留着吧。"她说得那么的淡然，甚至并不看耶穆寒手中的刀一眼。

耶穆寒嘴角的笑变得更邪恶，眸子里却是依然温暖的，"你本身就是智慧，要本王的命很简单，给本王足够的时间去爱你，本王的命就可以给你，明白吗？"他的口吻很轻松，说完之后把刀放入她手中就转身而去，而所有人都能够听到他那爽朗的笑声。

程漫焉并不在意周围射来的讽刺的、不敢相信的，或者夹杂着嫉妒和仇恨的目光，她紧握着手中的刀，脑子里却在不停回想着他说的话，"给本王足够的时间去爱你。"爱她，他说他爱她。为什么这句话不是六皇子说的呢？而六皇子又在哪里？

他说要离开，是要去哪里？若是跟着他会不会杀了他的机会更大一些？为什么自己要拒绝他？她又开始恨起了自己来。

这样矛盾的心理一直缠绕着她，让她难以呼吸，又或者说自己是想要跟着他去的，而他要去哪儿？独自站在那里，她的嘴角有着自嘲的笑，是她疯了吗？除了要杀了他之外，她还能做什么呢。

耶穆寒离开了，带着少数随从离开了。程漫焉到底也不明白他到底是个怎样的男人，他可以站在她的面前温柔地说他爱她，可以残忍地当着她的面去杀一个人，可以在经过自己身边的时候，连看她一眼都感觉多余，他到底是个怎样的男人？他是个魔鬼，一个温柔的魔鬼。

程漫焉嘴角再次有了讽刺的笑，他都走了这么多天了，为什么脑海里还要不停闪过他的种种，甚至是在自己的噩梦里。

她擦了下额头上的汗，手却轻轻地移到了腰上耶穆寒给她的那把弯刀上抚摩着，要到什么时候她才能够用这把刀杀了他？她的眸子里闪过疼痛，他给的机会，又在哪里？

"程漫焉！"一个粗糙的声音打破了她的沉思，程漫焉迅速把自己的手离开那把刀，她不想任何人知道这把刀在自己手上。

她深呼吸一下然后转眼看向喊她的人，在她还没有开口的时候，那人就又已经开口了。

"小王爷叫你呢，快点儿去，不然下场可惨了。"他这是在好心地提醒她，因为小王爷看上的猎物向来会被弄得半死不活的，而小王爷会选择这个时候来定是和旋页公主有关的，程漫焉只能请求上天保佑自己了。

程漫焉站了起来，微微皱着眉头，"小王爷。"她轻轻念着那粗糙男子的话，小王爷，和她又有什么关系呢？

粗糙男人对这样一个柔弱的女子多少也是有一些怜悯之心的，他的眸子动了动，"你知道小王爷就是王爷的弟弟就好了！"他粗里粗气地说，和整个军营的人一样，他也不知道到底应该把程漫焉定位在哪里，王爷的女人？不是。王爷的义女？不是。一个奴隶？不是。他摇头叹了口气，有些为她惋惜。王爷若是在的话就好了，这样一个柔弱的女子，怎么禁得起折腾呢。

当程漫焉站在耶穆清面前的时候，耶穆清先是愣了一下，他以为让哥哥如此着迷甚至出手伤了旋页的女人是怎样一个女人呢，原来也不过如此，穿着破旧的衣服，微微蓬乱的头发，连那脸上也是带着煤炭灰。"你就是程漫焉？"耶穆清的声音很轻，和耶穆寒不同的是，他的语气中更多的是邪恶，没有人性的那种邪恶，这是他给程漫焉的第一感觉。

程漫焉平静而冷淡的脸上并没有什么表情，她没有必要对着一个毁灭了自己国家的男人的弟弟点头哈腰，这是她最起码的自尊。"是。"而她开口的时候就已经料到自己的结局了，因为只用看一眼耶穆清的眸子就知道今天或许就是自己的末日了。她的嘴角有着讽刺的笑，最终，还是要死在仇人的手里吗？这样，或许会好一些吧。

耶穆清围绕着她缓慢地走了一圈，眼光不只是挑剔的，还有些恨在其中。"就是你让我哥打了旋页？"提到这个事情他的眸子就更是冷了一层，竟然敢欺负旋页！在他的生命中向来是只允许自己的哥哥欺负旋页的，这个他爱的刁蛮女人却爱着自己的哥哥，那么他认了，但是他绝对不允许别人来欺负旋页！

程漫焉的眉头微微皱了一下，即使是死，她也希望自己能够死得有尊严。"和我无关，是他们两个的事情。"她拒绝承认这个事情和自己有关，拒绝承认耶穆寒因为自己而打了旋页公主。

耶穆清轻哼出声，"本王可不管和你有没有关系，总之这事都是由你引起的，旋页受到的伤害，本王也会在这里一一地还给你。"他拿起书桌上的汉雕马轻轻抚摩着，目光却变得凶狠。

而下一刻，整个军营里的人都站在军营里那一大片本来是士兵们操练用的空地旁边观看着那疯狂跑着的马儿，而那马儿后面，是一个人，一个女人。众人明明都知道是谁，但是都保持着沉默，就像没有人敢得罪耶穆寒一般，也没有人敢开口制止他弟弟如此疯狂的行为。用两匹马拉着程漫焉，他是摆明了想要程漫焉死。

"哈哈哈——"风中飘散着耶穆清的笑声，马儿却跑得更快了，而马就像是有灵性一般，并齐着跑，若是分开的话，那无疑是想要把程漫焉车裂。

程漫焉紧紧地闭上眼睛，原来这就是自己的宿命，就是小时候那和尚要把自己化走的宿命。是因为自己没有皈依佛门佛祖才如此惩罚自己的吗？

她已经没有了疼痛，竟然有一种漂浮的感觉，那是离佛祖越来越近了吗？

没有，不是，她突然又开始感觉到疼痛，因为马儿停了下来，而疼痛再次回到了她的身上。

耶穆清下马走到她身边，表情是痛快的，却是不知道自己为旋页做多少她才会看到呢？"感觉怎么样？"他的声音中带着笑意，看着有气无力地趴在地上的程漫焉，看她这次还不死。

程漫焉就像是没有听见他说的话一般，并没有睁开眼睛看他一眼，她现在唯一希望的就是自己快点死去，只有死了，才有尊严。而且她也已经没有力气睁开眼睛再看一眼这个世界了，她只想超脱。

耶穆清在她的肚子上踹了一脚，"还给本王装死！"说完又狠狠踹了一脚才解气，随即他的眉头皱了起来，因为他看见从她的腰间露出来一把刀的头，是他最熟悉的东西。

他把刀从她腰间抽了出来，果然！他的眼睛里全是震惊，怎么可能，怎么可能哥哥会把这把象征着权力的刀送给她！他迅速拔出刀放在她的脖子上，"说，这把弯刀你是怎么拿到的，竟然胆大包天的连左贤王的东西都敢偷。"话音刚落，程漫焉的脖子上已经有血顺着刀流了出来，可是她却是并没有喊疼，甚至没有吭一声。

耶穆清翻手就把她的青丝割了下来，"给本王装死，是吧！来人，把她给本王吊起来狠狠地打！打到她出声为止！"他说完把刀收在了自己手里。

耶穆清看着她的眸子就像是看着一个仇人一般，她是旋页的仇人，那么也是他的仇人。旋页要她死，那么她就必须得死。

程漫焉感觉到自己被人在地上拉动着，她已经没有力气去想任何事情了，她爹爹也好，后娘也罢，甚至是自己的妹妹，甚至是六皇子，甚至是耶穆寒。让她死了也好，最起码死了就可以不用这么没有尊严地活在仇人的地方接受心理和身体上的煎熬。

沉默地接受自己被拉在地上，沉默地接受自己的双手再次被绑了起来，沉默地接受自己被吊了起来。整个过程，她都没有睁开眼睛看一眼，只是感觉自己就要超脱了，这样也好吧，她在心里微微叹气。

"给我狠狠地打。"耶穆清的声音中带着暴戾和阴狠，他的声音中已经有了他的命令，他要她死，每个人都能够听得出来，"竟然还敢偷左贤王的弯刀，真是活腻了。"若是声音能够杀人的话，程漫焉或许早就已经碎尸万段了。耶穆清手里拿着那把弯刀，这个他曾经向往的东西，但却是他最爱的哥哥的东西。这个东西可以给任何人，但是不能是程漫焉，一个亡国奴，一个旋页仇恨的女人！

同样地，他手中的弯刀也让所有人吃了一惊，那可是左贤王的东西！怎么可能会在程漫焉手里！真的是像小王爷说的那样是程漫焉偷王爷的吗？拿着鞭子的士兵却犹豫着不敢下手。

"不敢打？"耶穆清的眸子里多了一层暴戾，下一刻那个士兵的头就已经在地上了，刀上流淌着鲜红的血。

程漫焉终于睁开眼睛看了一眼，随即就闭上了眼睛，这一切都和她无关，他们是自己的敌人，都该死！随即他感觉到力道强大的鞭子甩在自己身上，那么疼，疼得连她开口的声音都失去了，死了就死了吧。好疼，好疼，她皱着眉头，小脸皱成一团，她好像看见她从来都没有见过的娘亲了，真的是娘亲。

她依稀听到了耶穆寒的声音，"放肆！"他这话，是对她说的吗？但是她却已经不能睁开眼睛再看他了。

耶穆寒已经截下耶穆清手中的鞭子，冷冷地看着他。这一切让他对程漫焉的心疼更是多了一分，当他得知耶穆清要来的时候，他就迅速赶回来，却没有料到竟然还是晚了一步。

"哥！"耶穆清皱着眉头，"你看这个女奴竟然偷你的刀！"耶穆清拿着手中的弯刀给耶穆寒看。他对哥哥那冰冷的眸子多少是有些害怕的，对这个哥哥他从来都是尊敬与害怕并存的。

耶穆寒看到那弯刀，眸子里更是冷了一层，回头看了程漫焉一眼，她的脖子上竟然有血还在流！

下一刻弯刀已经在耶穆寒手中，而耶穆清的手臂已经有一只在地上了。惨烈的叫声让人不忍心去看一眼。

耶穆寒并不去理会自己亲弟弟的尖叫声，他轻柔地把程漫焉抱了下来，替她解开绳子，眸子中尽是温柔和心疼，和刚才砍下耶穆清手臂的眼神是截然不同的。

程漫焉在那一刻是感觉到一道白光闪过自己眸子的，除了那把弯刀能够发出这样的光之外，再没有其他物体能够发出这么强烈的光，耶穆寒曾说那刀是认人的。她始终都相信，并且亲眼看着他因为自己把他弟弟的手臂给砍了下来，而此刻她什么也不想看，她只想好好休息一下。

"漫焉。"耶穆寒的声音很轻，看着遍体鳞伤的程漫焉让他几乎想杀了耶穆清，即使他是自己的亲弟弟。

"为什么！为什么你竟然可以为了一个奴隶砍了我的手臂？"耶穆清忍着疼痛，眼泪落了下来，他不心疼自己的手臂，但是他心疼哥哥对自己的态度，让他那么的疼。

周围就像是仲夏午后般的静寂，所有人都在为眼前的情景震惊着，王爷怎么可能会砍了小王爷的手臂？但那是现实，所有人都看到了的。

耶穆寒没有回头看他，而是把程漫焉抱了起来，"对弯刀不敬者，死。对漫焉不敬者，死。"他的声音就像是从远方飘来的一样，带着暴戾，带着威胁。这就是他，这就是耶穆寒，即使是对自己的家人，若是他们触犯了自己的东西，一样要死。

他说这样的话就是说程漫焉是属于他的物品，任何人都碰不得，即使是自己的弟弟。

所有人在心中对耶穆寒的敬畏更是多了一分，这样冷血一个男人，不愧是左贤王。

耶穆清在他的背后倒了下去，却是始终不能明白自己敬爱的哥哥怎么可能这样对待自己。

"漫焉你要坚持着，有我在，再也不会有人伤害你了，耶穆清本该死的，但是他是我的弟弟，你要坚持下来，无论是为了杀了我还是为了你自己，你都要坚持，知道吗？"他的步伐很快，而随从的大夫也在同时赶到了王帐。

耶穆寒轻轻地把程漫焉放在床铺上，并没有转身，话却是对大夫说的，"胡大夫你知道本王的性格，若是她出了什么问题你是要陪葬的。"他看着程漫焉，他的口吻很温柔，但是说出来的话绝对能够让胡大夫出一身的冷汗。

"奴……奴才知道。"胡大夫有些结巴，并不敢看耶穆寒而是直接跪在了程漫焉的床前为她诊治。

耶穆寒并没有离开，而是把程漫焉抱在怀里，抚着她的头发让胡大夫诊治她脖子上的伤。

"你知道吗？四年前你的命运就已经归我掌控了，我不让你死，即使是死神来了也带不走你。"他的眸子里更是多了一层阴霾和深邃，任何人，都不能从他身边带走她，因为他是耶穆寒！

他就那么看着胡大夫拨开她的伤口，他的心一阵阵地疼，若是他能够代替她的话，即使是替她死一百次他都愿意。是他的东西，即使是拿他的性命来换，他都不会给。"轻点儿。"

胡大夫的手颤抖了一下，随即额头上冒出了冷汗，"是，是的，王爷。"他是那么的紧张，眼看这个快没有呼吸的女人，王爷却说要他陪葬。而能不能活着就要全看这个女子自己的意志力了，希望上天让她好起来吧。

不知道过了多长时间，或许是只有耶穆寒感觉到经过了天荒地老的时间，程漫焉脖子上的伤终于处理好了，胡大夫却是愣在了那里不知所措，他该如何开口说他需要看见这个女子身上的伤才能够替她诊治呢。

耶穆寒显然也意识到了这个事情，他的手在程漫焉的领子处摩擦着，却是良久都没有动手脱掉她的衣服。

"转过身子去。"他简单的命令，显然是对胡大夫说的。

大夫愣了一下随即明白了过来，终于可以喘口气儿了。

耶穆寒把她身上的衣服脱了下来，有的地方肉和衣服已经连在了一起，耶穆寒轻轻地把衣服拿掉，眸子里全是温柔和心疼，若是他早回来一些的话这样的事情是完全不会发生的，为什么他总是晚那么一点呢？这让他痛恨他自己。

看着她洁白的身体，他的手轻轻地抚过，在她的伤口上徘徊着，然后让她背面朝上。"转过来。"他命令胡大夫。

胡大夫惊了一下就立刻转了过来，只看了那洁白的背一眼就不敢再看了，他只需要专心地盯着伤口就好，不然王爷真的会直接杀了他而不是挖出他的眼珠子。

他没有料到王爷竟然说这样的话，"你示范。"他的意思是他要自己来了？什么时候见过王爷竟对一个女人这么痴情了？竟然连大夫要看她的背都不肯。

"是。"大夫战战兢兢说道，再不敢多说一句话。

细心地做着每一个动作，直到整个事情结束。

这个过程在耶穆寒看来却是漫长的，他怎么能够把自己女人的裸背给别人看？那么，就用他的性命来补偿好了。而胡大夫这个时候绝对不知道自己的命已经走到了终点。

"出去。"说完，他的手已经在她背上其他的受伤的地方了，因为鞭打前还被马拉过，身上多是淤伤，遍布着全身，让他每下一次药，心就更狠一些，他对耶穆清的处罚是不是太轻了？而他在考虑这个问题的时候完全没有意料到这个人是他的弟弟，仿佛那只是伤害了他的东西的一个陌生人。

时间过了整整两天，程漫焉依然没有醒过来的迹象。

耶穆寒看着她，根据她的脉象，她是已经早就醒来的，那么就只有一个解释就是她不愿意醒过来。

耶穆寒叹了口气，"程漫焉你这样一个人怎么可能报亡国之仇呢，一点小小的打击就躺在这里不愿意起来。"耶穆寒的声音中带着一些散漫，他并不是在刺激程漫焉，而是在叹息。

但是这是他的女人，脆弱一些也好，他是会保护她的，只要她醒过来，一切都无所谓。

但是程漫焉并没有醒过来，一直都没有，程漫焉是知道自己处于什么样的状态的，她什么都不能想，甚至她能够听见耶穆寒的声音，但是她不能醒过来。就像是着魔了一般，她不能醒过来。

这样的情况一直持续到第三天，程漫焉的情况没有丝毫好转，而胡大夫却是已经死了，为他看了程漫焉裸背的代价。

耶穆寒轻轻地抚摸着程漫焉的脸，"你还要让多少人为你死了你才肯醒过来呢。"他的声音是那么温柔，说出来的话却是那么的残忍。下一个，下一个要为她陪葬的人是谁呢？耶穆清吗？而他现在已经被看管了起来等待他一声令下为她陪葬，他连弟弟都搭上了，而她却为了什么还不醒呢？

程漫焉能够听到他说的话，但却不能睁开眼睛看他，不能回答他说的话。她心里有些难受，他为了自己竟然连弟弟都要杀。这到底是一个什么样的男人？如此地让人感觉可怕！

时间仿佛静止了，所有的声音都消失了，连耶穆寒的声音都消失了，程漫焉听到了铃铛的声音，她认得，那是六皇子的铃铛声，因为那铃铛是她亲自系在六皇子身上的，只有她一个人认得那铃铛的声音。

赫然，她睁开了眼睛。

她能够看到耶穆寒眸子里的惊喜，却是快速地忽略了他，她要知道那铃铛的下落，她要知道六皇子的下落。六皇子，他还活着！

"漫焉？"耶穆寒不明白她的举动，伸手去扶她，她刚醒过来甚至没有看他一眼就要下床，这是为了什么呢？

程漫焉并没有看他，而是直接走下了床，甚至连鞋子都没有穿。她要出去，要去找那六皇子。

耶穆寒扶着她走到王帐的入口看着她的脸，"在找什么？"她那焦急的眸子，是在寻找什么？耶穆寒的眼睛眯了起来，是什么让她这么专心？

程漫焉看着四周，除了一片静寂之外已经什么都看不到了，没有人，没有铃铛的声音。但那明明不是自己的幻觉，她真真实实地听到了，可是六皇子在哪儿？铃铛在哪儿？

耶穆寒一把扳过她的身子让她正视着自己，"是什么让你那么失望，说给本王听听。"他的声音那么的淡漠，刚才的温柔早已经消失不见了。

程漫焉终于抬眼看他了，这个三天来一直陪着自己，为自己上药，跟自己说话的男人，她却是恨他的。"我做了一个梦。"程漫焉嘴角有笑，她是那么的虚弱，落在耶穆寒眸子里依然是漂亮的。

"哦？"耶穆寒的声音中明显带着笑意，无论她说什么，能开口和他说话已经很好了，"做了什么梦说来给本王听听。"他先前所有的不快已经消失了，抱起了程漫焉朝着床走了过去，她现在需要休息。

程漫焉并不反抗，她的口吻很轻，说出来的话却是足够让耶穆寒心凉的。"我梦到你死了。"若是真是那样的话，她真的愿意给他陪葬。

耶穆寒的身体僵硬了一下，随即嘴角有了笑容，"只要你醒过来，梦到什么不重要。"他的口吻有点平淡，就像是平时的他一般。可是，他心里多少还是有些介意的吧。

程漫焉也不再说话，而心里一直在想那铃铛，六皇子，他在哪里呢。

耶穆寒的声音再次传来，"好好休息一下，呆会儿我会派人送些补身子的汤药过来。"他把她轻轻地放在床上后，便站了起来，显然是要出去。

程漫焉转过头来看他，平静的脸上带着一丝迷惑，"你知道我要杀你为什么还把我留在身边。"她是在问，但是却又不是问的口吻，显然耶穆寒的回答对她来说并不是那么重要，她要做的事情就是杀了他，如此而已。

耶穆寒的表情没有任何变化，俯视着她，轻轻叹了一口气，"因为你是程漫焉，因为你是我的女人。"他的口吻虽轻，但是里面包含的坚决和霸道却是不容任何人质疑的。

程漫焉嘴角有着讽刺的笑，"天下叫程漫焉的人太多了，若是再出来一个程漫焉，你是不是一样会这样对待她？"他给的解释显然不是自己想要的，而天下敢如此跟他说话的人早已经死绝了，即使是他的弟弟，也要以一只手臂做代价。

耶穆寒沉默了一下，直直地看着程漫焉，"看在你的面子上，或许会。"他这么说就说明了他是把她放在第一位，而不是谁叫程漫焉，就把谁放在第一位的。

程漫焉的眉头微微皱了一下，"为什么？"这个答案让程漫焉厌恶自己，仿佛这一切都是自己造成的，而事实也的确是如此。

耶穆寒俯下身子，手抚过她的脸，"因为你的命运掌握在我手里，同时也牵动着我的命运，你和我是永远要联系在一起的，不可能会改变，我也不允许被改变。"他说得那么的认真，而谁若是坚持要改变的话，他是不惜以毁灭这个天下作为代价的。

"我们自然是分不开的，你毁灭了我的国家，杀害了我的兄弟姐妹，你是我

的仇人，即使有一天你要放逐我，我也不会离开，我要让你死，死在我的手下以谢天下人。"她是如此地痛恨他说的话，她的命运只归她自己，不归任何人，而他却不止一次地重复她的命运被他掌握着，那么就让她来改变这命运！

看着程漫焉的表情，耶穆寒眸子里多少有些不忍，他的目标并不是她，而同时也伤到了她。

"总得养足了精神才能够杀我不是吗？"他嘴角带着淡淡的笑，三日来一直守在她身边连眼睛都没有眨一下，这个时候他的脸上写着那么清楚的疲惫，还有一堆事情等着他去处理。"还有你的东西。"他把那把弯刀从腰上拿了下来放在她的头边。

程漫焉嘴角那抹讽刺更是深了一层，"很庆幸因为我的东西让我差点连命都没了。"她是讨厌那把刀的，但是她又知道自己不能拒绝，因为耶穆寒说过要她用这把刀杀了自己，那么她就必须拿着它。用其他的刀，她根本无从下手。

耶穆寒紧抿着薄唇，这让他看起来并不那么和善，"这把刀象征着权力，你可以用它去杀任何一个人。这次只是个意外，你若是觉得对耶穆清的处罚不够，你可以用这把刀要了他的命。"他说得那么的认真，让程漫焉愣在那里，这到底是一个怎么样的男人，竟然把自己亲生弟弟的命都交给她！

程漫焉眸子中有着震惊，"我会用它杀尽你身边的人，让你孤立无援，然后再杀了你。"她终于说出了这句话，她恨他，恨他可以如此的狠心，恨他对自己的好，恨他的所有。

"漫焉。"耶穆寒叹了一口气，却是最终说出了这么一句话，"我一直都在等那一天。"说完，他看也没看她一眼就转身离开，而他的背影竟然有一丝落寞。

程漫焉的眼睛一直盯着他那高大的背影，直到他消失在王帐外，她的心里竟然有一股失落感。为什么，为什么他可以对一个亡国奴如此好？为什么他可以为了一个亡国奴杀了那么多人？命运，她从来都不相信自己的命运和他有什么关系，而他却在不停重复着自己的命运被他掌握着，想到这里她又开始恨起他来。现在的她又是以什么样的身份呆在王帐里？一个亡国奴？耶穆寒的女人？又或者是耶穆寒的义女？

这个事实让她觉得所有的一切都是讽刺，而她此刻强制自己不再想这个事情，她要做的就是杀了他，如此而已。

第三章　仇恨之始

耶穆寒走了出去，他必须让自己冷静下来，现在他已经为了这个女人失去了所有的理智。即使这天下都在他的掌控之中，他也只要这个女人的臣服！

接下来的两天时间，程漫焉接受着所有人的热情，因为那都是耶穆寒派来照顾她的人，而他这两天都没有出现，程漫焉竟然因为他的消失，有些莫名的失落。

她想要走出王帐，却被阻止，"夫人请不要走出去，现在外面很混乱。"她的职责就是保护程漫焉的安全，程漫焉若是出了任何问题都是她承担不起的，而外面小王爷的人正在虎视眈眈盯着她。

程漫焉的眉头皱了一下，明白过来自己的安全同时也牵涉到眼前的这个女人，她本是想回过头来的，但是一想到这个女人和她并没有什么关系，不过是自己仇人的一个属下而已，她的死活，又和自己有什么关系。她便脚步坚定地朝着王帐外走去。

那个女人不再吭声，只是跟在她身后，她不明白王爷怎么会爱上这样一个女人，任性而无情。

程漫焉站在那里，秋日的太阳并不像夏天那般毒烈，就像是爱人的抚摩，却带着寂静的忧伤，这让她突然想到耶穆寒的眸子，就像是这阳光，却有着任何人都看不透的内心，他是不是也像此刻的阳光这么寂寞呢？

程漫焉的嘴角有了讽刺的笑，怎么能够想起他呢？

她能够看见好多人都在看着自己，善意的，恶意的，羡慕的，憎恨的。她平静的眸子扫过所有人，这些人都只不过是她的仇人而已，她又何必在意他们是怎

样看待自己的呢。

"小王爷呢。"程漫嫣漫不经心地问。

她身后的侍女眉头微微皱了一下，她能够听出程漫嫣掩藏在那淡漠的口吻下的厌恶之情，"属下不知，请夫人见谅。"可是她的口吻却是说着她知道只是不想告诉她。她只不过是一个奴隶，一个王爷的宠物而已，既然是宠物，早晚有一天会失宠。

程漫嫣转过身子来看着她，"是不知，还是不想说？"这个时候的她俨然不像是一个亡国奴，而是一个至高无上的女子。

冷雪愣了一下，从来没有见过这样的程漫嫣，确实让她有些意外。"禀告夫人，属下是不知。"这并不在她的责任范围内，若是说了不该说的话，王爷并不会留恋她这个武功第一的暗士。

程漫嫣嘴角有似有似无的笑，"不知就好。"她的声音多少是带着点感慨的，不知，还可以蒙骗自己，知道了一切，反倒是痛苦。

冷雪的眉头再次深深地皱了一下，因为这个女人的声音改变了冷雪对她的印象，这个女人到底是一个怎么样的女人？让王爷如此的痴狂。

"那么你帮我告诉他。"程漫嫣突然又开口，声音中带着冷然，"我程漫嫣绝对不会容忍他再有下一次。"她声音中的坚定和冰冷让冷雪的眉头再次皱了一下，她相信程漫嫣是说到做到的人。那么只有希望小王爷好自为之了。

是的，做够了奴隶，是该她反抗的日子了。耶穆寒既然给了她权力，她就应该让它发扬光大。她嘴角的笑容加深，就让程漫嫣成为一个全新的程漫嫣吧。而她的目标，就是杀了他。

她就一直那么安静地站在王帐门口，那么柔弱的身子却是有着那么坚定的骨气，任由冷雪说什么都并不回王帐。也像是一个等待爱人归来的幸福女子，她就站在那里，站在所有人的目光里，任由所有人来打量自己。

连程漫嫣自己都不知道自己在等什么，只是想站在那里，一直到日落，一直到看见耶穆寒的身影出现在那夕阳里。

"怎么站在外面。"耶穆寒心疼地把她搂在怀里，他不能忍受她这么单薄的身子站在外面。

程漫嫣用力地呼吸着他身上的气息，却不肯承认自己站了这么久就是为了等他的出现，她用沉默代替了自己的答案。

耶穆寒拥着她朝着王帐里走了进去，在那之前看了眼冷雪，而冷雪只是低着头并不敢看耶穆寒。

耶穆寒拿了张羊毛毯子裹在她身上，然后把她紧紧地抱在怀里，"还冷吗？"握着她那冰凉的手，他真想现在就把火盆的火生起来，但是那样的话对她的身体只会更不好，到了冬天容易变成畏寒体质。

被耶穆寒紧抱着，程漫焉并不挣扎，只是任由自己呼吸着他身上那种独特的气息。她把唇凑到他的耳边，"告诉漫焉，漫焉现在在这个军营里到底是什么身份？一个奴隶？一个王爷的女人？还是王爷的义女？"她感觉到了来自他身上的温暖，也贪恋着这样的温暖并不想离开。

耶穆寒愣了一下，是他忽略了她那敏感的心，他的眉头皱了起来，"什么样的身份让漫焉心里好过呢？"他尊重她的决定，因为他爱她。

程漫焉几乎因为他这句话而流出眼泪来，"不舒服，一个亡国奴呆在王爷的王帐里，王爷认为怎样才该舒服呢？"她的声音中带着浓重的悲哀，忽然为了自己的身份，为了耶穆寒的态度而悲伤起来。

耶穆寒自然是能够感到她心里那份凄苦，是他当初设想不周才把她推入这样的境地，那么他就该补偿她。"本王会给漫焉世界上最好的东西，让漫焉日后即使杀了本王也能够好好地活着，富足地活着，但是漫焉要给本王足够的时间去爱你，给本王足够的时间来证明本王是爱你的。"他可以把世界上所有美好的东西都用来补偿她，甚至自己的生命也是在所不惜的。只要她要，那么他就给。

"可是。"漫焉的手轻轻地搂过他的脖子，"漫焉不需要王爷的爱，漫焉只想要王爷的命。"而她的另外一只手已经在耶穆寒赠给她的那把弯刀上了。

耶穆寒的一只手抓住她那拿刀的手，"漫焉一定要给本王证明本王对你的爱，漫焉也一定会给本王这个机会。"他在她的耳边轻声说着，而那刀已经再次回到了她的腰上，这是他第一次逼迫她，连他自己都痛恨自己。

程漫焉闭上眼睛，她相信他说的每一句话，在他认为时机不到的时候，他就一定不会让自己杀了他，这样的男人，向来是说到做到的。"好。"她的声音逐渐大了起来。她给他这个机会，也给自己一个机会。

耶穆寒嘴角有了笑，那深邃的眸子里甚至也因为他这深邃的笑而变得温暖。

"漫焉知道本王听到这句话有多么的高兴吗？本王好久没有像现在这样高兴了，上次应该是在本王的母妃死的时候。"这样的事情他是从来不说的，但是因为现在在他眼前的是程漫焉，他想要她知道关于他所有的一切。

程漫焉的心动了一下，他竟然在自己面前提到了自己的娘亲，而她也好想对谁说说自己的娘亲，但是她知道那个人一定不会是耶穆寒。"嗯。"她淡淡地应了一声，并不想多知道关于他的事情，多知道一分，她就动摇一分。她必须让自己坚定下来去杀了他。

耶穆寒把她拥到床边坐了下来，脸上全是温柔，"你的身子需要多休息一下。"他不介意她的表情，这本就是他欠她的。

程漫焉坐在那里看着他，"但是我有一个要求。"这是她第一次对他提出要求，让耶穆寒嘴角有了笑容并且逐渐加深。

"说给本王听听。"他的声音中带着轻快，而好久都没有这么轻快了，上次，也是自己的母妃死之前的事情了吧。

程漫焉突然有些不忍心，但一想到六皇子她又坚定了起来，"我要王爷收回漫焉的命运由王爷掌控着这句话。"顿了一下她又道，"漫焉的命运只有自己能够掌握，只归漫焉一个人，和任何人都无关。"

耶穆寒沉默了，嘴角的笑意亦消失了，空气顿时紧张了起来，两个人都不说话，这样的对峙对两个人来说都是煎熬。

"漫焉。"耶穆寒的声音带着微微的叹息，"我可以答应你任何一件事情，但是这件事情是连我自己都改变不了的，这是上天的决定。"

程漫焉眸子里闪过恼怒，"程漫焉是从来不相信上天的，程漫焉只相信命运在自己手中，而我此刻呆在这里只是命运对我暂时的不公，我终究会杀了你夺回自己的命运！"她说得铿锵有力，每一个字都在脑海里回荡着，她感觉自己的脑海有些空白，但是既然这些是她发下的誓言，那么她就一定要做到。

耶穆寒看着她那认真的表情突然笑了，他的笑容让程漫焉愣了一愣，若是他之于她只是一个陌生人的话，她不否认自己亦是为这样的笑容动心的，但是他是自己的仇人，想到这里，她的心竟然有一阵刺痛。

"本王从来都是相信漫焉的，本王也在等待着那一天。"甚至他的眼角也带着笑意，能够看到这样有信心的程漫焉，耶穆寒并不在意她说什么。

"那么，"程漫焉想对他发火，却又不知道自己的火要从哪儿而来，"王爷什么时候会给漫焉这个机会。"她是在问他什么时候会给她机会杀了他。问得这么明目张胆，这么不加修饰，这就是程漫焉。

耶穆寒嘴角的笑意加深，"本王说过漫焉要给本王足够的时间去证明本王对你的爱，时候到了不需要漫焉开口本王自然会把自己的命给你。"他说的仿佛是和自己无关的一件事情，他的命也仿佛只是她的陪衬。

程漫焉深呼吸一下，"漫焉已经不想和王爷讨论这个问题了，时候到了王爷告诉漫焉一声就好，但是在王爷告诉漫焉之前王爷还是要小心自己的命什么时候被漫焉拿走了。"她在床上躺了下来背对着他，已经不想再和他说话了。

耶穆寒却不那么在意她的态度，"有一件事情要告诉你，或许你听了会高兴一点儿。"见程漫焉并没有要回他的话的意思，耶穆寒继续说了下去，"明日起我们就不用再呆在这里了，本王会带你去一个比较安定的地方。"让一个女子整日呆在军营里似乎不妥，这一点耶穆寒早已细心地发现了。

程漫焉心里一惊，又再次坐了起来，"你要带我回魏国？"她的嘴唇微微颤抖，她终于要离开北凉，离开这个自己从小到大生长的国家了吗？即使自己对这个国家处处都不满意，也是自己的国家。也或许她还心存希望，希望耶穆寒会手下留情。

耶穆寒的眉头微微皱了一下，"漫焉似乎对现在天下这个大形势并不了解，现在前凉、后凉、南凉、北凉、前赵、后赵、前秦、后秦、西秦、前燕、后燕、南燕、北燕、夏、成汉都早已经被毁灭了，而现在北凉也已经被征服了，现在是大魏的天下，无论走到哪儿都是大魏了。"看着程漫焉那震惊的眸子，耶穆寒知道自己的话吓到她了。

"这些东西本也不是漫焉该知道的，这是一个趋势，即使大魏不攻打北凉，北凉在外界的孤立下也一样会灭亡，这不是漫焉的错也不是本王的错，这就是战争，国家早晚要统一，这只是早晚的事情而已。"

看着程漫焉的眼睛他实在不忍心告诉她这些东西，但是他希望她能够清楚现在天下这个大趋势。

程漫焉的小脸上满是苍白，"是你，这十五个国家的灭亡都和你有关。"她不是在问他而是在肯定一件事情，而她是那么的平静，这样的平静并不是个好征兆。

耶穆寒叹了一口气，在床边坐了下来，"漫焉我已经解释过了这是天下的大

趋势，不统一就会有战争，战争只会让更多的人死。即使这件事情不是我来做也会有其他人站出来，若是那样的话也许就不会是现在这个情况了。"他是如此疼惜她，也希望她能够懂得这个事实。

程漫焉看他的眼神是耶穆寒从来没见过的，以前的程漫焉只是把自己的仇恨隐藏起来，但是这次却是那么的深切，是真真实实的恨，"不要拿这些大道理来掩盖你杀了这么多人的事实，全天下谁不知道左贤王耶穆寒杀人不眨眼，而现在你灭了我的国家，杀了我的亲人还冠冕堂皇地告诉我这是天下的大趋势。你滚，滚出去！"程漫焉几乎是歇斯底里地吼着，手指着王帐的入口处，她的手颤抖得那么厉害，但是她不想看到他，看到他她就有恨，她必须让自己平静下来！

但是她眼角的泪水却是骗不了人的，她的恨太深切了，让她心太痛，而泪水只是软弱的表现。

程漫焉不断地用手推着耶穆寒的胸膛，"你出去，出去啊！"

耶穆寒轻轻拉住她的手，把她抱在怀里，"为什么漫焉就是不肯理解本王呢。"他声音中的叹息是那么的明显，亦是为这样的她心疼的，只能用拥抱来让她平静下来。

程漫焉不断挣扎着，用尽力气号啕大哭，再不愿在这个仇人的怀抱里多呆一分钟，她对他现在只有恨，只想要杀了他，可是她挣脱不掉，就像他说的，他们的命运是相联的，谁也摆脱不掉谁。

等到程漫焉挣扎累了，哭累了，在耶穆寒那从不停止的"漫焉想哭就哭吧，不要老是放在心里，本王永远都是你的心靠岸的地方。是本王没有考虑到你的想法，是本王的错……"他的声音就像是催眠曲一般让程漫焉逐渐安静了下来，直到王帐里只剩下安静。

只是不知道外面的人听到程漫焉如此的话联系到平日里冷酷的左贤王是怎样的想法。左贤王怎么可能容忍一个女子这样对自己又吼又骂？

时间就像细沙流过，没有任何痕迹。

就像耶穆寒说的那样，她的确不必再留在军营里了，但是她也绝对没想到自己此刻竟然是站在这里。而她身边是嘴角带着笑意的耶穆寒。

程漫焉站在那里仰着脸看着大门牌，曾经她那么熟悉的门牌已经被摘了下来，现在换上的是贤王府，一样的地方却是在这么短的时间内就换了风月。她的内心多少是有些悲凉的，而耶穆寒此刻带她来这里是想告诉她什么样的事实？

耶穆寒的嘴角带笑，希望她能够喜欢这个意外的礼物，这是他特意为她挑选的。

"王爷似乎不用一而再再而三地告诉漫焉，我只是个亡国奴的事实。"程漫焉的心里一阵绞痛，这是她从小到大的家，即使对这个家并没有多少感情，回想到以前的事还是会让她感觉到一切转变的苍凉与无奈，而这些感觉全部来自于耶穆寒。

耶穆寒嘴角的笑容变得僵硬，为什么她总是误解自己的意思呢？"漫焉知道本王并没有那个意思。"他的声音也变得淡然了一些，而他的心情总是因为程漫焉而改变着。他爱她，希望能够给她所有她想要的，却总是看不清楚她要什么。

程漫焉转过身子认真地看着她，"那么王爷带着漫焉回到漫焉以前的家是为了什么？显示王爷的大度？还是要漫焉接受自己的国家已经灭亡，而王爷却给漫焉吃好的穿好的，难道王爷是要漫焉这一声谢吗？"她的话有些咄咄逼人，耶穆寒的眸子也已经变得冰冷。

他的手捏在她的下额上，从来没有像这样生气过——这是他的女人，他想要把自己所有的温柔，把整个天下最美好的都给她，可是她却是一再拒绝，"程漫焉。"他的口吻冰冷，若不是因为她是程漫焉的话，恐怕早就已经葬身地府了，"不要一再地挑战本王的耐性，天下人都知道本王并没有什么耐性，而本王也已经把所有的耐性都给了你，你为什么就不能尝试着理解一下本王呢？若是你处在本王的位置上你会怎么做，即使本王不灭了北凉，北凉也早晚会自己灭亡。本王当时只是救你心切才提早出兵的，为什么你就不能做一个善解人意的女子呢。"他把她当做世界上最宝贵的东西珍惜着，而她却是丝毫不领情，即使是石头做的心也会伤到，耶穆寒也不例外。

程漫焉忍着疼痛看着他，并没有因为他身上散发出那冰冷而退却，听着他说的话不知道为什么竟然更是心疼，"王爷大可去找一个善解人意的女子，漫焉是注定做不来了。"

看着程漫焉忍痛的样子，耶穆寒不自觉地放松了手上的力道，还是不舍得让她疼痛，"好好养伤，这样才有力气杀了本王。"他的手放了下来，不再碰触她，"来

人，带夫人去休息。"他又变成了原来那个冰冷的左贤王，甚至是在程漫焉面前亦是左贤王而不是那个要把天下都给她的耶穆寒。

看着耶穆寒的背影，程漫焉的心里竟然有一股失落，但是她有哪句话说错了吗？善解人意，程漫焉嘴角有着讽刺的笑。曾经六皇子就是最爱她这一点啊！

六皇子，程漫焉心里的失落越来越强烈，离开了军营，还能够听见那铃铛的声音吗？而六皇子又在哪里呢？

"夫人请。"下人恭敬地做出手势，程漫焉收回思绪，有多少年没有踏进这家门了？而自己的亲人也都已经死了吧？只有自己独活着，却是眼睁睁看着这每一寸她曾经熟悉的土地被践踏、被侮辱，就像她此刻的生活一般，身不由己。

程漫焉一步一步走进去，感受着她熟悉的一切，却是并不知道在街道的拐角处有一双深情的眼睛正在看着自己。

傍晚。

程漫焉就坐在耶穆寒身边，手却没有去触摸那筷子，看着眼前丰盛的饭菜没有丝毫的食欲。

"漫焉一个亡国奴怎么配和王爷坐在一起吃饭呢。"从来没有和他坐在一起吃过饭，这么安静的环境，这么大一张桌子上只坐着两个人，仆人们仿佛都是隐身的一般，她的心里却是有些温暖的。

耶穆寒手中的筷子顿了一下并没有回头来看她，"以后你会习惯的。"没有任何解释，没有丝毫感情，为什么她做的每件事情都是在针对他呢。

程漫焉嘴角有笑，她就是要让他生气，或许他生气了她就真正的可以解脱了吧，至少不用在这样的煎熬中活着。"漫焉不想有这样的习惯，而且王爷也早就说过漫焉是王爷的女儿，现在所有的人却都称呼漫焉为夫人，那么王爷今日就给漫焉一个明确的解释，漫焉到底是女儿还是夫人？"这个问题她曾经问过他的，他却并没有给她明确的回答，那么现在她就要一个明确的回答。

耶穆寒依然没有看她，"任你喜欢。"或许他是该冷淡一下自己的感情，是不是他给予的太多了让她一下接受不了？

程漫焉的心难受了一下，从来没有见过他这样的态度，心里竟然有点不舒服。"王爷是在逃避问题。"她要他的回答，可是他从来都不给自己一个正面的回答。

耶穆寒终于转过头来看她，"漫焉，本王说过即使是拿江山来换，本王都舍不得你。你是本王的女人，从你出生那一刻开始到现在，你的命运和本王的命运联系在一起从来都不曾改变过，无论你承认不承认，你都是本王的女人，而你现在是想要什么样的回答呢？若是漫焉想要身份的话本王现在就可以把左贤王妃的头衔给你。"他说得那么的轻松，似乎自己留了多年的空位也是一直在等她。

程漫焉眸子里闪过什么东西，"漫焉不要，漫焉要什么，王爷比漫焉更清楚。"她要的只是他的命，如此而已。

耶穆寒嘴角有笑，什么时候才能够听到她说要呢？而这个位置是他为她留的，无论她愿意不愿意都是要坐上去的。"要本王的命，漫焉总是要付出点什么的。"他说过了会给她，但是并没有说什么条件。

"王爷要的一切漫焉都给，甚至是漫焉的命。"她说得那么坚决，只要能够报仇，她可以不惜一切代价。

耶穆寒认真地看着她，"本王不要漫焉的命，本王只要你的心。"这是一个男人对一个女人最深切的告白了吧，他眸子里有着前所未有的认真，也把他所有的认真都给了眼前这个女人。

程漫焉眼睛里完全是震惊，这就是他说的所谓的代价吗？他要她的心，他要她的爱，而这也是她最给不起的东西。"漫焉没有心。"即使有心，也早就给了六皇子。

耶穆寒的心疼了一下，"本王说有，就有。"

程漫焉的眼睛里闪过一丝恼怒，"王爷似乎并不理解漫焉说的没有是什么意思。"她是想让他知道她心里早就有了其他人，再装不下他了，她不需要他的温柔，不需要他的保护，她要的只是他的命而已。

耶穆寒眸子里闪过犀利，"那你心里是有其他男人了？"他眯着眼睛看着她，杀气在其中凝聚着，无论那个男人是谁，下场都只有一个，那就是死。

程漫焉为他眸子中的杀气震惊了一下，就像是看到六皇子死在他手下的情景，她不再往下想。"没有。"她否认，她不能让耶穆寒知道六皇子的存在，不然的话，六皇子真的会死，尽管她并不确定六皇子还活着。

耶穆寒看了她好一会儿，程漫焉亦是看着他，两个人的眸子对上，谁也看不清楚对方到底在想什么，"最好是没有，你知道那样的下场。"他这样的话绝对不

是警告或者威胁，他只是在陈述一个事实而已。

程漫焉心里有着恼怒，为什么任何事情都像他说的那样——两个人的命运分不开，怎么会这样。"漫焉没有食欲了，王爷吃吧。"她站了起来欲转身离开，却被耶穆寒一把拉住。

"不吃饭伤口怎么会好得快呢。"他说话完全是为她好，口吻却是并不容她拒绝的，他就是这样一个霸道的男子。

程漫焉重新坐了下来，心里却在恨自己即使是吃饭自己也做不了主，她拒绝不了他，这点她自己很清楚。

除了沉默地吃饭之外，她还是在想另外一件事情，前几天是她有伤在身，现在好了，那么耶穆寒会不会要求她陪寝？那天晚上是她身不由己，那么这次她能够逃得过去吗？这个事情一直扰乱着她的心，手挑弄着盘子里的菜却是怎么也吃不下。

耶穆寒显然也是看到了的，"漫焉喜欢吃什么？"从来没有注意过她吃饭，却知道她吃什么都没胃口，所以这些菜都是他吩咐厨房照着当地的特色做的。

程漫焉愣了一下，曾经六皇子也问过这样的问题，"漫焉不挑食的。"她被动地回答着他的问题，没有了凌厉的口吻说着要杀他，这样的对话竟然有些不自在。

耶穆寒不再开口问她，却时刻关注着她吃多少。他从来都不是会关心人的人，若是要表达什么他会直接用身体动作。

终于看到耶穆寒放下了筷子，程漫焉也迅速放下筷子站了起来，"漫焉吃好了，先去休息了。"她没有给他任何回答的余地只是给了他一个背影。

看着她这样的背影，耶穆寒嘴角有些许笑意，他可以理解为这是程漫焉的矜持吗？亦是知道她是在想什么的。而她是他的女人，他要她，也是很正常的一件事情，他站了起来跟着她的背影而去。

程漫焉站在门口看着耶穆寒，他终究还是跟了上来。

"王爷是要一个亡国奴的身子吗？这和要一个亡国奴的尊严又有什么不同？"她发誓若是他今天晚上碰了她，她绝对会杀了他。

耶穆寒看着她，是自己太心急了吗？"本王是该让漫焉一点一点接受本王，但是漫焉已经是本王的女人了，不是吗？"他的眉头微微皱着，想念那夜在他身下的她，想把她好好地抱在怀里宠着爱着。

程漫嫣眉头皱了起来，脸上有着绯红，幸好夜色已近，他看不清楚。"那晚，漫嫣是身不由己，而王爷亦是知道的。"她重复着这个事实，像是想要给自己一个解释一般，她痛恨，为什么拿走她贞操的那个不是六皇子呢？六皇子又在哪里？

耶穆寒沉默了一会儿，"本王是该给你时间的。"说完这句话他又将她抱在了怀里，"本王会给你时间的，你也要给本王时间，让本王来证明自己对你的爱，本王说过本王从来不爱惜自己这条命，本王只要漫嫣的心，无论它在哪里本王都会把它找出来。"他的声音很轻，在她耳边低喃着，无论她有没有听进去，他都想说给她听。他不强迫她，但是他要她明白自己的心。

程漫嫣并不挣扎，只是任他抱着，她已经对他的怀抱熟悉了，无论是在什么样的情况下至少她有一点是明白的，只要有他在的地方，他的保护就在。这让她安心，也开始贪恋他的怀抱。

叮当，叮当。风吹过，铃铛的声音随着风飘来，让沉溺在耶穆寒怀抱里的程漫嫣一下就醒了过来，铃铛，那铃铛是她的吗？她挣开耶穆寒的怀抱，"王爷还是先回吧。"她的表情有些僵硬有些冰冷，心里却是想着让他快点走。她要去找那铃铛。

耶穆寒看着她心里还是有些心疼的，漫嫣应该是一个开朗的女子，若是他当时多加考虑一些的话，或许她就不是现在这个样子了。"本王给你时间去接受本王，但本王希望那不是一个很长的过程。"他尊重她，在她不同意的情况下他绝对不会强行要了她，这一点也算是他的原则。

程漫嫣没有再吭声而是别过了脸去，如果是她希望的话，那么她永远都不想那一天到来。

"漫嫣好好休息。"耶穆寒的表情凝重了一分，即使是拿下一个国家他也从来没有像现在这样的心情。程漫嫣是他的，这是毫无疑问的事情，但是他却是触摸不到她的心。

程漫嫣看着他的背影愣了一下，这样一个霸道而冰冷的男人，为什么在她面前却从来都是让着她呢？为什么要对她那么温柔？而她却亲眼见过他把自己亲弟弟的手臂砍了下来，只是因为他冒犯了自己。这究竟是一个怎样的男人？

叮当，叮当。

风铃声再次敲响了她的思绪，铃铛，六皇子。

她朝着铃铛的声音来源而寻去，这是她从小到大住的房子，即使以前她从来都是住在下人房里，对这里的一切亦是熟悉的，每一间房间都是那么的清楚。

在后殿里再也走不下去，因为声音明明是从这里发出的，但是此刻这里却是什么都没有，只有一片荒凉。她的心惊了又惊，铃铛到底在哪里？六皇子到底在哪里？

程漫焉抬头，而那铃铛就在自己头顶。她的心一下就提到了嗓子眼，六皇子真的还活着，她的眼泪冒了出来，多日来受的委屈仿佛要全部释放出来，心里那么的难受，自己多日来所受的煎熬难道只是在等待这一刻吗？六皇子真的还活着吗？可是他人在哪儿？她要见他，现在就要见他。

她把铃铛拿在手心里在整个大厅转悠着，六皇子一定在附近，一定在，但是他在哪儿？

耶穆寒站在不远处看着一脸无助的程漫焉，眸子里写满了心疼，想要冲上去把她抱在怀抱里，但是他说过了会给她时间，给她空间，她总是需要一个缓和阶段的，把这样的无助发泄出来也好。

"你在哪儿？出来，出来啊。"程漫焉的声音有些颤抖，并不大却写满着委屈。她知道六皇子一定在附近，但是他到底在哪儿？为什么不出现？既然他可以接近自己那么就出现在她面前啊！他爱的女人需要他！

"出来啊！"程漫焉再也忍不住大叫起来，这铃铛分明就是她曾经系在他马上的铃铛，此刻铃铛依然在自己手里，而他人呢？

耶穆寒的眸子更加深邃了一些，又像是在思考着什么，她在找谁？她手里拿的铃铛又是什么？

除了风吹过铃铛的声音之外什么都没有了，程漫焉逐渐安静了下来，这绝对不是自己的错觉，或许六皇子就在附近看着自己，他早晚会出现，她坚信，她现在只需要等待，如此而已。

她抹了下眼泪，她必须振作起来，既然六皇子还活着，那么她迟早都可以见到他，到时候两个人同时谋划一定可以杀了耶穆寒，重新光大北凉的。

耶穆寒的身影消失在暗处，眸子里的冰冷却是更深了一层。

程漫焉不知道自己是怎么走回房间里的，但是六皇子的种种都在她的脑海里怎么也挥不去，他是来救自己的吗？为什么不早一点出现带她离开这里呢？

坐在床边程漫焉低垂着眼睛了无心思，她什么都不能想，离开这里的愿望越来越浓烈，离开耶穆寒，离开这个危险的男人，去和六皇子过清净的生活。

却是不经意之间看见了桌子上放着的一张纸，她惊了一下迅速地拿起那张纸，却是空的，什么都没写。她的脑海里掠过曾经和六皇子之间的对话。

"六皇子若是想念漫焉了就折张白纸过来漫焉就懂得了。"她还记得那年阳光下，她的笑容是多么的满足和幸福，即使是在宫中这个大牢笼里，却因为有着六皇子的陪伴而显得不那么寂寞。

六皇子的嘴角带着笑，"为什么不可以写上字呢？"

程漫焉的手指轻轻地敲过他的头，"若是被人发现了怎么办？"那时候的她还懂得什么叫做调皮，而此刻的她就只剩下冰冷和绝望了。

"被人发现了我就娶了漫焉呗。"他的笑容至今她还记得，记得那么清楚，而现在一切却是那么的苍白。

风中还有两个人的笑声，而此刻两个人已经连自己都保护不了了，成了所有人口中的亡国奴。

她细细地摩擦着手中的纸张，六皇子想念她了吗？这个消息让她心里莫名的温暖。就像是回到了从前一般，天永远那么蓝，六皇子的微笑永远那么温暖。他，还好吗？他在哪里呢？什么时候才能够见到他呢？

接下来的日子是煎熬的，她每日都在等待着，无心去听耶穆寒说的任何一句话，无心去看书，只能够坐在那里不停地张望着，张望着自己曾经那么熟悉的身影，但是却是始终都没有出现过。

耶穆寒只是站在远处看着她的身影，不接近也并不和她说话，但是每次看着她，他的眼睛都只有冰冷，她在等待，他亦在等待。

"漫焉在等谁？"耶穆寒出现在她的身后，声音浑厚而冰冷，霸道中又带着威严，已经没有了温柔，却是依然有着包容。

程漫焉的心惊了一下，身体也因为他的声音而变得僵硬，"等一个可以接漫焉离开这里的人。"她不隐瞒，因为她笃定耶穆寒一定不会知道六皇子的存在。

耶穆寒的眸子愈加冰冷，大手扳过她的身子，深深地掐在她的锁骨上，"你想要离开本王？"他脸上满是怒气，而他在程漫焉面前从来没有过这样的表情。

程漫嫣认真地看着他，"若是杀不了你，我会选择离开你。"是的，杀不了他，她留在这里还有什么意义吗？而离开他至少她还有六皇子，还有她的爱情。

耶穆寒摇晃着她的肩膀，"不准！不准！本王说的话你听见了没有？"从来都没有人见他这样的失控过，如今却是为了一个女子而如此的失控，"而且本王发誓无论是谁要带走你，本王绝对会把他碎尸万段。"他说得沉稳而坚决，任何人都不可能会怀疑他说的话。

程漫嫣吃痛地呻吟出声，而耶穆寒就像是没有听到一样。"你到底想怎么样？让我留在这里没有尊严，没有自己地活着，然后去接受你强加的所谓的爱，没有任何目的，没有任何结局地活着？会死人的，真的会死人的，漫嫣会死的！王爷是不是要漫嫣现在就去死？"她的眸子里写着绝望，没有了，什么都没有了，六皇子没有等到，却等来了耶穆寒，连耶穆寒都看出来她是在等人，为什么六皇子还不来呢？她的声音很大，有些绝望，有些歇斯底里。

耶穆寒冷冷地看着她，"本王说过你的命运在本王手里，这一点是从来都不会改变的。无论你过的是什么样的生活，即使你死了也要死在本王身边，本王会陪你去死，本王不会允许你离开。记住程漫嫣，无论是谁要来救你离开这里，本王都会让他死。"他冷静地说出这一切，她是他的女人，无论发生什么事情她都必须在他身边。

程漫嫣用力想要推开他却无论如何都推不开，"那你为什么不直接杀了我？杀了我岂不是更直接一些？"为什么？和他在一起的日子从来都是绝望的，她想念以前的生活，可是她回不去。

"或许是本王给你的自由太多了。"耶穆寒的眸子变得冰冷，不再理会她的挣扎，她只是说要离开他就已经让他失去了理智，这个时候他只是耶穆寒，只是世人眼中杀人如麻的左贤王，再不是程漫嫣眼中曾经的耶穆寒。他一把把她抱了起来朝着她的房间走去，那是他特意为她安排的——她曾经住过的房间。

程漫嫣被他抱着，连挣扎的力气都没有，"算我求求你，你放开我！"她的眸子中有泪水流了出来，自己怎么能够把身子给一个仇人呢？她已经有六皇子了，即使两个人曾经有过亲密的关系她也不想再有第二次这样的回忆，她现在只想要六皇子。

"耶穆寒，别让我恨你……"她已经不能自已了，把头深深埋在胸前尽量减少和他的碰触，心已经完全乱了，想不起耶穆寒，也想不起六皇子。

"恨？"耶穆寒的眸子更是冰冷了几分，"你什么时候不恨我呢，漫焉？"他喊她的名字的时候，声音中有温柔，却又带着几分威胁。

程漫焉愣了一下，"你是想让我死。"她说这句话的时候就已经很平静了，也是她眸子里的平静让耶穆寒停止了正在进行的动作，良久，他就那么看着她。

他能够明白她眸子里的平静，也相信她绝对是说得到做得到的人。僵持了半天他站了起来冷冷地看着程漫焉，"不，你的命还有价值，本王也时刻在等着你来杀了本王的，但是本王不会让你离开，无论任何时候发生任何事情，你都不能离开，除了本王死。"他的口吻那么的冰冷，说着全世界最残忍的话，却是放过了她，不再为难她。他要她活着，要他的女人活着。

程漫焉松了一口气，把刀又放回到了原来的位置，面无表情，也不和他说话，怕自己的某句话又得罪了他。她突然开始害怕他。

耶穆寒走了出去，他必须让自己冷静下来，现在他已经为了这个女人而失去了所有的理智。即使这天下都在他的掌控之中，他也只要这个女人的臣服！

第四章 终难忘

又是那铃铛声。

程漫焉心里一阵惊喜，终于再次听到这声音，没有任何犹豫的她快步地朝着后殿走去。

紧接着贤王府又出现了轰动人心的大消息，旋页公主竟然又再次回来了。是王爷给她的教训不够，还是对小王爷的惩罚太轻了？而她自己有家不回，偏偏要跟着耶穆寒的父王来贤王府，而她又把小王爷置于何地？但是碍于父王的面子，耶穆寒除了对她不闻不问之外亦是沉默的。

"把程漫焉给我叫出来。"她的刁蛮从来都不会因为吃了教训就改变，反而越来越凌厉。而且她挑的日子也刚好是耶穆寒不在家的时候。

周围所有的人都把头低了下去，王爷的女人，谁敢惹。

不料程漫焉却在她的话音刚落的时候就出现在了大厅。"公主找我有事吗？"或许，她可以通过这条路走出去。程漫焉在心中盘算着。

"你们都出去！"看来她是要亲自收拾一下她了。

所有的人都已经出去了，就只剩下两个人的对望，一个平静，另外一个冰冷。

"在公主动手之前是不是想要听一下漫焉的建议？"程漫焉眸子里带着一丝不经意，她并不在意旋页公主会把她怎么样，她现在只要离开这里，离开耶穆寒。

"哦？"旋页公主的眸子眯了起来，并不认为程漫焉会给她出什么好的主意，她现在只是抢了她的男人的贱女人，无论她做了什么都只是想要害她，但是她依然对她说的话有兴趣。

程漫焉转过身子玩弄着屋子里的花草，"公主帮我离开这里，我发誓以后都不会再出现在耶穆寒的面前。"她的口吻是那么的不经意，却是有着想要掩盖自己急切离开的事实。

"什么？"旋页公主愣了一下，多少人想要做耶穆寒的女人都不配，而这个程漫嫣却自己要求离开？"你是想要陷害本公主借这样的机会把本公主除去是不是？你以为本公主是傻子吗？"

程漫嫣冷冷地看着她，"或许公主是希望我离开贤王府了？"顿了一下她又道，"公主知道漫嫣也绝对办得到。"这已经俨然是威胁了，而且她说的话也绝对让旋页公主没有选择。

在这个时候，门被一阵掌风推开，紧接着就看见了耶穆寒那冰冷中又带着一些焦急的神色，在看到两个人都安静地站在那里的时候他也显然是愣了一下，"旋页，本王早就警告过你不要接近漫嫣的，是不是上次的教训不够？"他并没有看程漫嫣，却是朝着她的方向走了过去。

程漫嫣后退了一步，却被他搂住了腰。

旋页公主眼中闪过一丝恼怒，却不敢爆发，"是她来找我的。"她的口吻已经在说明她生气了。

耶穆寒的眸子紧了一下，"是你先来找她的？"他是在求证，而且已经大约明白程漫嫣此举的意思了，他的眸子更是冷了一层。

"是。"程漫嫣微微昂着头，并不在意他知道这个事实，而已经几天过去了，为什么六皇子依然没有任何行动呢？"王爷也说过漫嫣有这把象征着权力的弯刀在手就可以处置对自己不敬的人，漫嫣出现在这里难道不应该吗？"她直直地看着他，让耶穆寒一时迷惑了。

"你放肆！"旋页公主的声音再次响起在两个人耳朵边，就凭她一个亡国奴就想要处置她？但她接下来的话还没说出来就被耶穆寒给打断了。

"旋页。"耶穆寒的声音很沉稳，"是你放肆了，本王说过拥有这把弯刀的人就拥有本王的权力，而你却一而再，再而三地来挑战这种权威。"他说这样的话就代表他要有所行动了。

程漫嫣的心动了一下，没想到在这样的时候他依然如此护着她，让她再次迷惑了。他不过是自己的仇人而已，她再次在心里坚定这个信念。

"表哥……"旋页公主只能说出这两个字来，她也清楚地知道耶穆寒这样的

眼神的意思。

"漫焉先跟本王回去。"耶穆寒不再看旋页公主，拉起了程漫焉的手就朝着外面走去，并没有看身后的程漫焉竟然用眼神对着旋页公主示意。

耶穆寒的速度并不快，是为了照顾程漫焉，"为什么去找她？"因为她的话，他心里是有一些怀疑的。

"漫焉已经解释过了不是吗？"程漫焉的回答依然没有改变，没有被耶穆寒拉着的那只手伸向了腰间的那把弯刀。这样的月色，这样的黑暗，这样的气氛，他应该是没有警惕性才是。

耶穆寒依然朝着前面走着，并没有回头来看她，"你是去让她带你离开。"他的声音几乎是肯定的。

程漫焉的心惊了一下，睿智如他，有什么事情是能够瞒得过他的呢？"不是。"她继续否认，不知她什么时候也学会了撒谎。而那把刀已经出现在月光之下了。

"漫焉。"耶穆寒突然停了下来，依然背着她，却是说出了让她震惊的话，"本王说过时间到的时候本王会把自己的命给你，而你现在的急切只在说明着一件事情，你有什么事情在瞒着本王。"月光下他的背影竟然是有些孤寂的，程漫焉迅速把刀插回到腰间。

在这样的寂静里，连呼吸都是那么清晰，两个人各自在心里想着自己的事情，让这样的气氛霎时间尴尬了起来。

"你放漫焉走，漫焉可以当做什么事情都没有发生过。"终于，程漫焉说出了这句话。而她此刻已经不是一个壮志未酬的复国志士了，而是一个为了自由在哀求的人。

耶穆寒的脸色更冰冷了，只是程漫焉看不到，却依然能够感觉到他身上散发出的那种冰冷的气息，"发生过就是发生过，没有什么是可以当做没有发生过，而本王也并不想改变目前的现状，本王说过你若是想要离开，除非从本王的尸体上跨过去。"他的话没有任何可以商量的余地，让程漫焉的心沉了一下。早知道他的个性的，自己说了也是白说。

"漫焉先回去了。"她绕开他，心里还是有些害怕他的，怕他像上次那样失控。但是他却没有，这让她的脚步更是加快了。

她的心剧烈地颤抖着，怕他突然冲上来，但是，她脚步越快，心就越乱。

"程漫焉。"耶穆寒的声音穿透空气来到程漫焉的耳朵里，让她自觉地停了下来，深呼吸着听他说话。

"在这场游戏里或许本王是考虑不周杀了你在意的某些人，但是在本王的概念中这场游戏中永远都只有我们两个人，谁也不能犯规，本王是答应给你时间，但是这个时间并不是无限期的，时间也许就快到了，你也该做一下思想准备了。"即使她是他最爱的人，他依然是有底线的，也是时候该警告她做些准备了，是他的女人终归还是他的。

程漫焉因为他的话而全身冰冷，他是说若是自己不肯就范他就要来强的吗？此刻的她已经不能发出任何声音，她的心太乱了，只能慌乱地离开，甚至连看一眼耶穆寒都忘记了。

她的心是那么的乱，什么都想不到，甚至是桌子上那张白纸。她把那张纸放在手里不停地揉搓着，她的全身都在颤抖着，她到底该如何去做？

良久，她的手终于不再颤抖，才意识到手中的这张纸，什么印象闪过她的脑海让她的心再次震了一下，六皇子！

她把那张纸展平——六皇子，六皇子来过了！

她站了起来迅速地把门打开四处张望着，却是依然像上次一样没有任何人经过的气息。这张纸，是什么时候出现的？若是知道六皇子要来的话她是说什么都不会出去的，现在她突然开始后悔起来。

她的手再次颤抖着，六皇子！你到底在哪里？快带我离开这里，她在心里乞求着，为什么每次都错过呢？她恨！颓然的她在门框上坐了下来再不能站起来，泪水顺着脸流了下来。

泪水顺着她的脸庞滴到那张纸上，竟然是有字的！她的心一下就激动了起来，六皇子，终于要有他的消息了吗？认识耶穆寒以来她第一次有这样的心情，却是因为六皇子，她在为六皇子担心，怕人看到那张纸，她迅速地走进了屋子里去。

急速地打开那张纸，上面的字并不是很清楚，却是依稀能够辨别出来的。

亡国仇，爱人恨，何时可相见。

程漫焉的泪水顺着脸颊流了下来，六皇子想见她，可是为什么他还不出现呢？难道他是知道了耶穆寒已经知道有他的存在了吗？而他何时才能来接自己走？

猛然间，又是一串清脆的响铃声让程漫焉的惆怅一下子就没有了，她站了起

来，知道那是六皇子的信号，他终于出现了。

程漫焉把纸小心地收好让自己尽量平静下来朝着外面走了出去。

像上次一样循着铃声的来源而去，却是再次走到那大厅之后只剩下那一只铃铛孤独地在风中摇晃着。

"找什么？"这个声音让程漫焉的表情立刻恢复如初。"或许本公主可以帮你。"旋页公主的声音并不大，看来她已经想通了刚才程漫焉说的话。

程漫焉回头去看她，"公主是想通了？"她的嘴角带着淡淡的微笑，没有了刚才的急切。

"是。"旋页公主的声音中带着一丝恼怒，"你想什么时候走？"她是已经下定了决心要送她"走"，"走"了之后就再不会回来。

程漫焉的声音中带着坚决，"现在。"她要现在就走，现在就离开耶穆寒，现在就见到六皇子。

"本王的话，漫焉从来都没有放在心上？"不知道何时，耶穆寒的声音突然插了进来，而再看旋页公主的表情，却是带着一些冷笑的。

程漫焉的身体僵硬了一下，他不应该出现在这里的，看到旋页的表情她就立刻明白过来是怎么回事，旋页公主出卖了她。

"旋页回去。"耶穆寒的声音霸道而冰冷，并没有看旋页公主，而是那如鹰的眼睛一直盯着程漫焉那微微僵硬的表情。

"是的，表哥。"何时她曾有这么听话过了？而她的声音中竟然还带着一些欢快之情迈着愉快的脚步走了出去。

硕大的客厅里再次只剩下两个人，这样的平静却是有着那么大的危险的气息。

耶穆寒走到程漫焉面前，手轻轻地划过她的脸，"漫焉，现在你已经没有时间了。"他的声音既不是生气也不是冷漠，而是连程漫焉也说不清楚的陌生。

程漫焉终于转过头去看他，"王爷不要逼漫焉。"也是因为有着希望，她的声音并不绝望。

"程漫焉，"耶穆寒的声音突然转变，就像是在吩咐一个领命的将士一般，他手上的力道加大让程漫焉生疼起来，"本王即使再纵容你，也是有底线的，而你却一再地挑战本王的底线，若你不是程漫焉，你早就已经是刀下亡魂了。"

"世界上有那么多叫程漫焉的人，为什么你偏偏选我做替死鬼？你大可以把除了我全天下所有叫程漫焉的女人都找来，我想任何一个叫程漫焉的人都会很高兴成为你的女人的！"她绝望了，感觉全世界的人都在出卖她。

"本王只要一个程漫焉，而她就在我面前。"他脸上没有任何表情，"回去，不要再让本王在这里见到你。"若是她现在再不走，可能就不是现在这个样子了。

程漫焉看了他一眼，然后转身离开，决绝的背影让耶穆寒心疼。

离那日已经有五日了，程漫焉心里的恨更是多了一层，若不是为了六皇子的话恐怕她早就已经自杀了，但是她想要活着，因为六皇子还需要帮助。

而这日，她在花园里走着，希望奇迹能够出现会再次看到一张白纸，或者是六皇子本人，却是没有等来六皇子反而等来了旋页公主，"本公主以为表哥会杀了你，没想到竟然是这样的结果。"她的声音几乎是想要杀了她。

程漫焉回过头看着她，"若不是你的失误也许事情不会是这个样子，而现在我过得很好，最起码比你好。"她看着她，若不是她出卖了自己，自己不会置于如此的境地！早晚她要旋页为自己做的一切付出代价！

旋页公主脸上闪过恼怒，她怎么能够允许程漫焉过得比自己好？！"我帮你离开这里。"她不再和她说其他的，直接把自己来的目的说了出来。

却没有想到程漫焉居然拒绝了，"不用。"她要等六皇子来。"而你，还是好自为之。"她不想再和她废话，便直接转过了身子朝着自己的房间走去。

旋页公主的脸变得阴沉，"你可想好了。"若是想不好，那可是要出人命的事情。

程漫焉的身体没有丝毫的停留，她并不把旋页公主的话放在心上，而这些让自己在未来的时间里付出了代价。她并没有看到旋页公主那阴狠的脸色，却能够感觉得到。

又是那铃铛声。

程漫焉心里一阵惊喜，终于再次听到这声音，没有任何犹豫的她快步地朝着后殿走去。

当六皇子真真实实地出现在她面前的时候她几乎不敢相信自己的眼睛，"六皇子，真的是你。"她把自己的身体轻轻地放进他的怀抱里，泪水忍不住流了下来。

"漫焉，终于又见到你了。"六皇子的声音带着一丝颤抖和感慨，这个他一直都很珍爱的女人终于再次回到了他的怀抱。

程漫焉紧紧地抱着他再不愿意松手，忘记了此刻自己那尴尬的身份，忘记了耶穆寒那冰冷的眸子，忘记了那危险的处境，"带我走，我们现在就走。"她离开他的怀抱去拉他却拉不动他的脚步。

"不。"六皇子的话却是多少有些底气不足的，"漫焉，"他原本深情的双眼在这个时候却是有些冷淡了，"难道我们的仇恨就不报了吗？"他那原本书生气的脸上滑过一丝犀利，和他的形象是完全不吻合的。

程漫焉愣在了那里，她日盼夜盼的六皇子给她的只是这样一个回答，"只要我们还活着，都是有机会的不是吗？而且漫焉真的不愿意再呆在这里了。"

六皇子脸上滑过不易察觉的绝望，"漫焉你必须留下来。"他的话让程漫焉再次脑海空白，而六皇子却开始了他的滔滔不绝的讲话，"听说左贤王现在很宠爱你，那你一定要留下来留在他身边，在他不防备的时候杀了他。是他毁灭了北凉，若不是他的话，也许我们现在就在一起了，你是我的王妃，我们都过着幸福的生活。是他毁灭了我们，毁灭了所有，所以漫焉你一定要留下来杀了他，为那些千千万万死在他手下的无辜的人报仇，等他死了我们就远走高飞好不好？"他的声音中带着一丝激动，一丝颤抖，他多么希望她能够答应下来，他充满希望地看着程漫焉，看到的却只是程漫焉那淡然而有些冰冷的眸子。

程漫焉用了很久的沉默来消化他的话，他的意思是并不愿意带她离开这里了？这是对她的另外一段绝望性的打击。"你不要带漫焉走？"这还是以往那个把自己当做天来宠爱的六皇子吗？不，他不是了。

却没有人知道，在那暗处，耶穆寒正在注视着两个人的一举一动。

"漫焉。"六皇子充满希望地看着她，"你行的，你一定要留下来，只要耶穆寒死了我们就远走高飞，好不好？"

程漫焉眸子中有着绝望，怎么会，怎么会这样？"你要漫焉出卖自己的身体留下来陪着耶穆寒？"一句话，就道出了本质。

六皇子原本平静的脸上却在这个时候有些焦急，他朝着四周看了一下，想要说什么却并不能开口，确定周围没有人之后他才道，"漫焉还记得我们说过的那个约定吗？若是走散了就站在原地不要动。"他的眸子那么急切地想要说什么，却又仿佛是带着隐忍，被威胁一般又不敢说。

程漫焉从他的表情上看出他欲言又止的神情，而他的话分明又是在暗示她什么东西，"六皇子？"他到底想要说什么？

"好了漫焉我必须走了。"六皇子再次朝着周围看了看又怜惜地看了一眼程漫焉，再次用眼神告诉着她什么事情。

程漫焉的嘴张了张却是并没有说什么，到底六皇子要告诉她什么？"六皇子还是决定不带漫焉走，是吗？"

六皇子叹了口气，"漫焉我不能带你走，这么说你明白吗？只有耶穆寒死了我们才有可能在一起。"可是他看着程漫焉的眸子是那么的深情，深情得足够让一个人相信他可以为她去死。"漫焉回去，我要先走了。"

程漫焉看着他的背影，却是已经不知道自己此刻是怎样的心情了，更是不知道六皇子走之后的遭遇。

"我是让你去劝她留下，而你说得太多了。"耶穆寒的声音不冷不热，隔着牢房的门看着六皇子，那如鹰的眸子直直地盯着六皇子，让他连喘气都有些艰难。

六皇子看着耶穆寒眸子中闪过恼怒，一个皇子沦落到这样的地步本来就已经没有了尊严，而现在却要去劝说自己最爱的女人来接受这个仇人，他怎能不恨呢？"耶穆寒有种你就杀了我。"

耶穆寒依然没有任何表情，仿佛他并没有说话一般，只是身上那冰冷的气息一点没有减少，"你违反了规矩，该受到怎样的处罚呢？"

六皇子的双手紧抓着牢门，"你杀了我，杀了我，漫焉也会跟着我而去，到时候你依然什么都得不到！"他的仇恨是那么的明显，但是他却又是那么的无能为力。

耶穆寒只是眉头微微一皱，"就废为太监好了。"他的声音是那么的淡，却是已经判了六皇子的死刑，而在六皇子还没有反应过来的时候他就已经把背影留给了他。

迅速地，有人打开了牢门，他们要执行耶穆寒的命令，整个牢房里霎时间除了六皇子的惨叫之外什么也听不到了。

太阳很好，程漫焉拿着刺绣，细细地想着六皇子的眼神和他那没有说完的话。他到底是想要向自己传达什么样的信息？

他要自己站在原地等着他，他的意思是要来接自己吗？而他那慌张而隐忍的神色又想告诉她什么呢？

因为他的眼神，她依旧相信他会来接自己。

"夫人，王爷请您过去一趟。"在她身后响起了一个侍卫的声音，这让程漫焉的眉头皱了起来。

她的沉默并不能解决问题，因为耶穆寒的命令是任何人都不能违抗的，甚至是她。她除了等待时机杀他之外什么都不能做，而六皇子是她唯一坚持活下去的希望。

"有事？"程漫焉站在书房门口看着他，平静的眸子中却是带着恨的。耶穆寒并没有看她，盯着手中的宗卷开口吩咐道："都出去。"

霎时间所有的侍卫、侍女都走了出去，而书房的门也已经被关了起来。

程漫焉的双手握紧，心轻轻颤抖了一下，却依然什么话都不说，但她那僵硬的表情已经说明了她的内心。

"过来。"耶穆寒依旧没有看她，声音淡得俨然不像是在吩咐一个人，却是又带着绝对的威严和威胁。

程漫焉的身体更加僵硬了起来，却是依然朝着他走了过去。她现在只是一个木偶，供耶穆寒玩乐的木偶，她不能拒绝他。"王爷还想怎么样？漫焉已经把所有的尊严都给了王爷，王爷却还是不肯放过漫焉，难道到最后只是想要漫焉的一具尸体吗？"纵使知道用死来逼迫他已经没有了作用，她还是想要挽回自己的尊严。

耶穆寒却是并没有回答她的问题，"有个人，本王猜漫焉一定认得。"他随手抽出一张宗卷展开在她面前。

程漫焉在心里叹了一口气，原来他并不是想要羞辱自己。可是当她看到宗卷上的人的时候她完全愣在了那里，那上面的画像分明是六皇子，但是想到自己此刻的处境她立刻收敛起了自己的表情装作平静，"漫焉认得，这是北凉国的六皇子。"她说得淡漠，仿佛她并不认识六皇子，但耶穆寒既然问她了就代表他确定她肯定认识六皇子，而若是她否认的话就可能正中他的下怀。

耶穆寒嘴角有着笑容，果然是聪慧的女子，却是如何也逃不出自己的手掌心。"那你可知道他的画像为什么在这里？"

程漫焉沉默了一下，六皇子果然不该来找她，而现在她几乎可以肯定六皇子就在耶穆寒手中。"这个六皇子是北凉的皇子，而他的画像出现在这里就代表他还活着是这样吗？"她看着他，多天来第一次和他对视也再次掉进他那深不见底的眸子里。这个男人到底是一个什么样的男人！

"看到故国的人有没有感到亲切一些？"耶穆寒问得漫不经心，让人看不出他的真正想法。

程漫焉在心中猜测着，他这样问是在探测自己什么呢，"王爷是要漫焉给王爷意见是不是要杀了这个人是吗？"她直接就说出了两个人谈话的最终内容，也让耶穆寒眸子里闪过一丝赞赏。

"那漫焉的意见呢？"因为是她的国人，也是她认为自己生命中最在意的人，他自然是要听她的意见的。

程漫焉在心中斟酌着如何回答才能够让六皇子逃过这一劫。"王爷已经杀了很多北凉国的人了，这次又是北凉的皇子，而民间本也就已经有很多不满，为什么王爷不趁此机会拉回北凉百姓的心呢？"站在她的立场上说这样的话本就是一个错误，可她却是忽略了，她太急切地想要救六皇子了。

"漫焉。"耶穆寒若有所思地看着她，"本王一直以为你是一个睿智的女子，懂得把自己定位在什么地方，知道自己该往哪个方向走，但是这次你让本王失望了。"他的眸子变得锐不可察，"你的立场本该是让所有北凉的人都恨本王，可是这次你却说是为了让北凉的子民接纳本王，所以，你认识这个人是吗？"他的手挑起六皇子的画像在程漫焉面前。

程漫焉的心慌了一下，是自己太急切了，"漫焉不认识。"她让自己的声音冷静了一下，"漫焉只是不想王爷再乱杀无辜了。"这样的解释似乎是太牵强了一些。

"但是若是让所有人都知道这个皇子还活着，然后再杀了他，所有的北凉百姓都会对推翻大魏政权彻底失去信心，就会归顺大魏，这样不是很好吗？"接着他又说出了让程漫焉吃惊的话，"所以本王若是杀了他的话，漫焉一定不能怪本王。"他的声音很轻，却是带着足够的无情和杀机。

程漫焉的手颤抖了一下，"六皇子已经在王爷手中了吗？"她知道他向来是说得出做得到的人，也相信六皇子一定会死在他的手下。

"没有。"耶穆寒嘴角带着笑否认。

程漫嫣在心里叹了一口气，幸好六皇子不在他手里，否则就真的麻烦了。接着又听见耶穆寒的话，"但是他现在是朝廷的要犯，本王已经发布公告捉拿他了。"

程漫嫣在心里琢磨着他的话，"那王爷为什么要告诉漫嫣呢？"直觉告诉她事情并没有那么简单。

耶穆寒转过头来看她，"本王只是想让漫嫣高兴一下。"知道自己国家的皇子还活着总是要有一些希望在的吧。好久没见她笑过了。

程漫嫣嘴角有讽刺的笑，"先让漫嫣高兴一下，然后再把漫嫣推入深谷，王爷向来不吝惜做这样的事情。"他说会给自己机会杀了自己，可是并没有，不是吗？

"不。"耶穆寒的否认让程漫嫣惊了一下，"这次本王决定让你高兴一下，即使抓住了他也不会对他怎么样。"他说得那么漫不经心，心中却在盘算着另外一件事情。

程漫嫣惊讶地看着他，他绝对不是会做这样的事情的人，那么他此举又是什么意思？"王爷若是想要探测漫嫣对北凉的感情的话，那么漫嫣不得不告诉王爷，漫嫣宁愿王爷死也要保住北凉。"

"本王知道。"耶穆寒嘴角带着若有若无的笑，"而且本王也在努力改变这样的情况，北凉是已经成定局了，本王要改变的只是你，本王说过爱你，而且本王也要你的爱。"他如鹰的眸子看着她，声音中满是霸道。

"那么王爷就先放过六皇子，要漫嫣的爱首先要漫嫣在心里接纳你不是吗？"她说得是那么的冷静，可以为了六皇子而放弃太多的东西，也终于明白了六皇子那欲言又止的表情。

耶穆寒眼睛里闪过犀利，只是在那一瞬间并没有让程漫嫣看见。"好。"他答应她，也算是两个人之间的约定，放了他之后的结局是什么就不是他该关心的事情了。

程漫嫣没有料到的是，竟然在她和耶穆寒谈判后的第二天晚上她就再次听到了那铃铛的声音，这样的声音一直让她魂牵梦绕睡不着觉。

当她站在铃铛旁边站在六皇子旁边的时候她觉得这一切似乎都是讽刺一般，"六皇子还是赶快离开这里，官府正在通缉六皇子，离开之后六皇子一定要保重把过去的一切……"她没有说完就被六皇子打断。

"漫焉，我带你离开这里。"他说得那么的坚决，无论现在他是什么样的心情，爱着，或者只是为了报仇，他都要带这个女人离开这里，即使他已经没有了一个男人的能力，他也要带走她，"已经安排好了，就在三天后。三天后你在这里等我，我们一起离开。"他是完全命令的，因为他认为程漫焉一定会跟他走。

程漫焉再次震惊，"六皇子不是要报仇吗？六皇子只管去，漫焉一定会杀了耶穆寒为整个北凉子民报仇。"她若是跟他离开了，那么耶穆寒肯定不会放过他们的。

"不。"六皇子说得坚决，"漫焉你放心，所有的一切我都已经准备好了，只要我们离开了这里就可以再在一起过正常的生活，就像是以前一样，难道漫焉不想吗？"

程漫焉承认自己心动了一下，但是有什么事情是能够逃得过耶穆寒的眼睛呢？"漫焉不能跟你走，但是漫焉会想办法保住六皇子的命，六皇子还是快离开吧。"她在心里叹了一口气，只要六皇子平安了，也许她就能够平静地死去了，即使杀不了耶穆寒最起码她不用再在这里受辱，最起码她保住了北凉的皇子，即使死了也算是对得起北凉吧。

六皇子没有想到她竟然给自己的是这样的回答，他苦心安排的一切难道就要结束了吗？"难道是漫焉爱上耶穆寒了？"他的声音中有着些许绝望，为了这个女人他现在已经是这个样子了，若是不能带走她，那么他宁愿杀了她。

程漫焉的心动了一下，但是她迅速地否认，"没有！"她是那么的坚决，也许是说给六皇子听，也许是说给自己听，"漫焉的心从来都没有改变过，漫焉对六皇子是始终如一的。"

六皇子眸子中有着悔恨，他不该怀疑她才是，"对不起漫焉，我不该怀疑你，但是你为什么不跟我走？除了耶穆寒还有什么可以让你留下？"

程漫焉深呼吸，她又何尝不想跟他走呢，"漫焉留下来观察形势，若是六皇子有难，漫焉还可以帮得上忙。"她并不说和耶穆寒之间的约定，不想六皇子有心理负担。

说完这句话却是听见有脚步声朝着这里走来，"六皇子你快走！"程漫焉的声音中带着一丝焦急，若是六皇子出事的话，那么她所有一切的努力都是白费了。

六皇子的眉头微微皱着，"三天后，漫焉我等你，一定要来。"他轻轻地把她

抱在怀里然后转身离开。

程漫焉看着他急速离开的身影，陷入了慌乱之中，三天后，她能离开吗？但是不可否认的是她为此有些心动。

而她的表情却是全数落在了耶穆寒的眸子里。

三天后，连程漫焉自己都没有料到自己竟然出现在了那寂静的大厅里，而她唯一能够做的事情就是等待，等待六皇子的到来，然后和他一起离开这里。

她的心是那么的惊慌，而此刻她自己也不能表达自己到底是什么样的心情了，要离开了，有害怕也有些遗憾在心中，却又说不上来到底是什么样的遗憾。

六皇子没有等到，却等到了一个神秘的黑衣人，一句话不多说，只是把一个令牌放在她手里，"拿着这个可以顺利地出贤王府，到王府外向东的天来客栈等候。"连程漫焉要问他什么都没来得及就转身迅速地离开了。

程漫焉皱着眉头看向手中的令牌，只那一眼就让她全身的血液倒流，她曾经见过这个令牌。

四年前她就是因为这个令牌而被父亲责打并送进皇宫。她还记得，记得那是因为她遇见了一个男人，一个说她的命运将会因为他而改变的男人，所有的一切都清晰地浮上了心头，她仿佛再次看见了那个男人的脸，而那张脸却是和耶穆寒如此的像！

而手中的令牌背面明明写着一个"贤"字！

左贤王！耶穆寒！

四年前她遇见的那个男人是耶穆寒吗？怎么可能会这样？

"我们。"当她站在书房门口看着耶穆寒的时候，她却是已经不知道该从哪里开口，她的声音哽咽带着绝望，"以前是不是见过。"她多么希望得到一个否定的答案啊！

耶穆寒抬头看着她，早已经知道她会来找自己，她果然还记得那块令牌。"四年前，你救过我。"她本是早就该知道的，现在却也算是一个不错的时机。

"我救过你。"程漫焉像是不敢相信他说的话一般，"原来我救的那个人就是你，我救了你，你却毁灭了我的国家，是这样吗？"她抽了口凉气，声音带着一些颤抖，还有着对自己的不信任。

"漫焉。"耶穆寒站了起来走到她身边，"我所做的一切都是为了你，我说过你是我的女人任何人都不能染指，我当时只是想要救你而已。"

"那你的意思是，北凉是因为我才灭亡的是吗？"她更是绝望了，没有想到自己整日呆在仇人身边为了自己亡国而报仇，而自己最大的仇人却是自己，是因为自己才导致了北凉的灭亡！怎么可能？所有的绝望排山倒海而来，她感觉有些眩晕。而在这个时候她已经不再去想和六皇子一起离开的事情了，她该拿什么脸去见他？

耶穆寒却是残忍地回答了她，"是。"她也必须面对现实了，但并不是所有的事情都像她想的那样。

程漫焉整个身体开始颤抖，她怎么能够接受自己是一个亡国之徒，怎么能够接受北凉所有的子民都是为了自己而死？

程漫焉的身体微微颤抖，"不可能。"

"事实的确如此，漫焉。"耶穆寒冷冷地看着她，也是时候让她面对现实了，纵使这对她来说有些残酷，但是她早晚都是要知道的。

"告诉我，"程漫焉颤抖的手指着他，"这一切都是你计划好的。"这样的男人做出这样的事情完全是值得怀疑的。

耶穆寒却是打破了她最后一丝希望，"在你救我之前我们是陌生人，也是你改变了这个天下的格局，你应该感到骄傲。"若是这个人不是程漫焉的话或许她真的应该骄傲，毕竟是耶穆寒替大魏统一了整个天下。

"骄傲？"程漫焉抑制不住自己的颤抖，"我恨你，为什么当时我不杀了你！"

"所以是你拯救了天下人，天下人都应该为你而自豪，而你也完全没有必要恨我，因为这一切都是因你而起，在你救我的那一刹那，就注定你和我分不开了。"

"若要恨，你首先要恨的是你自己。"他平静地说出那么残酷的话，让程漫焉一步步地后退，这个男人是恶魔，他不是人！

看着程漫焉惊恐离开的背影，耶穆寒的眸子变得更加深邃。

漫焉，你是我的，谁也改变不了。他的声音就犹如地狱发出的叹息，是任何人都改变不了的。

第五章 断肠诗

　　程漫焉这才回过神来，分明在他的脸上看见了温柔，这样的温柔她应该不陌生才是，在她面前他从来都是这样不是吗？但是却从来没有一刻让她心动。可是她怎么能够对一个仇人心动呢？

　　夜静如水。

　　程漫焉把自己的鞋子脱了下来整齐地放在岸边，月光下的湖水是那么平静，平静之中又带着绝望，就犹如她现在的心情。

　　把脚轻轻地放在水里却又立刻拿了出来，深秋的水已经略显冰凉，在下一刻她又毫不犹豫地把脚放了进去，那些死去的天下百姓不知道要比她痛苦多少倍！

　　六皇子还在等她，想到这里，她更加绝望了，她该拿什么样的心情去面对六皇子！因为她，原本一个幸福安定的国家瞬间就没有了，她还有何颜面去面对六皇子，有何颜面去面对天下百姓！

　　毅然地，她朝着湖中心走了去，湖水的冰凉让她更加清醒了起来，既然北凉国的消失是因为她，那么就让她用命来抵偿，血债血还，只是她一个人的命比起天下百姓却是那么的渺小。

　　"啊！"凄厉的声音划破安静的夜，就像是受伤的野兽一般嘶哑中又带着绝望，让整个天空霎时间明亮了起来。她再也抑制不住自己的情绪了，那么的恨，恨自己，恨这命运！

　　湖水慢慢地覆盖她的嘴唇、鼻子、眼睛、额头。她却是依然能够感受到自己的存在，眼睛睁得很大，心里很清楚，却是什么都看不到，上天是在惩罚她吗？她不是该死了吗？就让她来承担这一切吧，这本也就是她的错。

闭上眼睛，她开始去接受命运，也承受命运带给自己的一切。她的意识开始渐渐消失，却能够感觉到自己越来越冷，她没有丝毫害怕，这一切本来就是自己的错，那么由自己来承担也很好。

很快除了冰冷她就什么也感觉不到了，那么的冷，死神，就要来了吧，她感觉到自己的身体被狠狠地拖拽着，那是死神吧？

耶穆寒把她拖出水面，平放在地上替她压出体内的水，"程漫焉，你以为这样就能够摆脱我吗？你太天真了，我说过你的命运归我，我说如何就如何，你没有任何选择的余地，甚至是死神也不能把你从我身边带走！"耶穆寒的声音那么的冰冷，那么的霸道，即使是死神来了也要敬他三分！

程漫焉渐渐苏醒过来，她并没有看见死神的脸，只是看到比死神更可怕的一张脸，耶穆寒的脸！

看到程漫焉醒过来，耶穆寒的眸子里迅速地滑过惊喜，随即又变得冷酷起来，"本王说过你的命是本王的，本王没说要你死，即使阎王亲自来了也带不走你！你听见没有！"

程漫焉眸子里闪过绝望，怎么可能，怎么这个恶魔依然在自己面前？自己难道连死的权利都没有了吗？"我恨你，我恨你！"她说得那么的平静，那么的绝望，更像是在说给自己听，为什么命运要如此对待她，甚至连她死的机会都不给她！

"还有让你更恨的。"耶穆寒淡淡地说，心中的石头却是放了下来，至少她还知道说恨他，说明她还很清醒。说完一把就把她抱了起来，他可不希望她受凉了。

程漫焉浑身颤抖，已经没有力气挣扎了，无论如何她都是挣扎不开的，心中的绝望一点点开始蔓延。

耶穆寒把她放在床上要替她脱掉衣服，却被程漫焉迅速地抓住他的手，她看着他的眼中带着坚决，"我自己来。"她怎么能让他再碰她的身体呢，她是那么的恨他。

耶穆寒的手停在那里，深邃的眸子平静而冷淡，最终做出了让步，"好。"他还是舍不得让她着凉，后退一步并不转身而是看着她。

程漫焉当他是不存在的一般径自脱掉全身的湿衣服，也并不急着穿衣服而是把帘子拉下来擦起了湿漉漉的头发，大抵也是心里太绝望了一些，也让耶穆寒的眸子更冰冷了一些。

"穿衣服。"他命令道，没有丝毫商量的余地。

程漫焉对着他嫣然一笑，"你又不是没看过，我怕什么呢。"她说这样的话也大抵是有讽刺之意的。

耶穆寒上前一步按下她，冰冷说道，"漫焉你在挑战本王的底线。"

程漫焉半撑着身子直直地看着他，嘴角满是讽刺。"那又如何。"她就是这么倔强一个人，就是要惹怒他，这样或许他就可以一气之下不再理她，或者干脆杀了她。"你杀了我啊。"她的声音很轻，仿佛是在叙述一件和自己完全没有关系的事情。

"或许你在死之前会想见一个人。"耶穆寒的声音淡了下来，带着一丝漫不经心，而他的话却是有绝对的把握挑起她的情绪。

她心里一惊，却见耶穆寒手中一个铃铛在摇晃着，她的心剧烈颤抖着，一句话也说不出来。

"漫焉应该对这个很熟悉才是。"他说得那么的漫不经心，却让程漫焉的心已经掀起了惊涛巨浪，他都知道什么？而她只要一句话就可以让他知道所有，所以她不能开口。

"漫焉不知。"他到底知道什么，想要做什么，这个时候她却是已经完全看不透他了。她细细地看着他的每一个表情希望能从他的表情里看出点什么东西，可是没有，这样一个男人是任何人都看不透的。

耶穆寒信手挑起一张兽皮毯子包裹在她身上就把她抱起来，"或许让你见一个人你就会明白。"他不给她任何挣扎的余地，抱起她就朝着门外走去。

程漫焉的心开始往下沉，她已经可以肯定六皇子已经被他抓到了，她的意识混乱着，已经想不到自己此刻还并没有穿衣服。

耶穆寒抱着她从房间穿过走廊到贤王府的监牢，在侍卫们那奇怪的目光下一路走到了一个牢笼前面，"都退下。"话音一落周围跟随着的人群就迅速地消失掉。

程漫焉的眸子一直都在那牢笼里的身体上，她的全身颤抖着，那还是六皇子吗？还是以前那个爽朗的在阳光下对着她笑的六皇子吗？而她眼前的只是一个头发凌乱，全身乌黑连衣服都已经破烂不堪，连大街上要饭的都不如，那高高在上的六皇子，那笑如阳光的六皇子，那俊美的六皇子，去哪里了？她一句话都说不出来，只能看着他，颤抖着。

六皇子早就知道耶穆寒已经来了，执意不去看他，"耶穆寒你杀了我吧，杀了我自然会有人替我报仇，杀了我你也得不到漫焉的心，讽刺吧？这么高高在上的一个人却得不到一个女人的心，我会死，但是我不怕，因为有漫焉和我在一起，哈哈哈哈。"他的笑声是那么的脆弱、不堪一击，带着悲愤，带着不甘。

程漫焉的泪水在那一瞬间就流了下来，他说即使自己死了也有她和他在一起，是的，若是他死了，自己也就没有活下去的必要了。她刚想要开口，却被耶穆寒先开口了。

"本王自然不会让你死，不过本王会让你生不如死。"那些话仿佛是说给程漫焉听的，那么的伤人，那么的残忍。

程漫焉看着他，眸子里带着隐忍，带着愤怒，并不开口，她不想让六皇子知道自己已经看到他此刻的样子了，那样的话，六皇子会更难过吧。

"呵。"六皇子的声音中满是讽刺，"现在生不如死的人是你还是我？为了一个女人做了这么多事情却依然没有打动美人的心，我想你耶穆寒也是第一次受挫吧？"他挪动了一下身体给自己找了个更舒服的姿势，却是依然没有转过头来看耶穆寒，他不屑去看他的脸。

耶穆寒嗤笑一声，"本王从来不知道'挫折'两个字怎么写，因为老天眷顾本王比眷顾你多得多。"他说过程漫焉是他的，那么这句话就一定不会成为空话。

"那么你这次来干吗？"六皇子的声音带着一些懒散，并不在意他说什么，已经成了这个样子他也没有必要再和他说什么了。

程漫焉的心再次吊了起来，紧张地看着耶穆寒，她不想让六皇子看见她此刻的样子，那对于两个人来说都是痛苦，却是并不能阻止耶穆寒的。

"让你见一个人。"他并不会因为程漫焉的眼神就忘记自己此刻来的目的，纵使是心疼她的眼神。

六皇子在那一瞬间就跳了起来，耶穆寒！他直直地看着程漫焉，而程漫焉却是把头深深地埋进耶穆寒的胸口，不想六皇子看见她此刻的样子。她此刻还没有穿衣服，头发凌乱地搭在耶穆寒的身上，而且此刻她还被耶穆寒抱在怀里。

"漫焉。"六皇子的声音中带着一些不敢相信，带着一些凄凉，自己最爱的女人就在自己面前，而自己却没有丝毫能力去解救她。

程漫焉更是把自己深深地埋入耶穆寒的怀抱里不愿意被六皇子看见，她颤抖得那么厉害，也让耶穆寒的眸子更加冰冷了起来。

六皇子的手颤抖着从牢笼的缝隙伸出来，"漫焉。"他好想触摸到她，即使死了也是甘心的，但是为何漫焉不理他呢？顺着看下去，他看见了程漫焉裸露在外的光脚，瞬间他就像发疯了一般，"耶穆寒你还是不是人！你放开漫焉，你放开她！"他那么的激动，全身都在颤抖着，努力地想把手伸出来却又恨自己的胳膊太短。

耶穆寒站在那里并不动，只是看着六皇子一点点绝望，最后瘫坐在地上，嘴里还不停地喊着要他放开程漫焉。

"不想要看一眼吗？漫焉！"耶穆寒的声音是那么的冷酷，没有丝毫的诚意要程漫焉去看。

"回去。"程漫焉的声音那么累，她累了，不想再陪耶穆寒玩这个游戏了，连她赔上命也已经决定不了这个事情了，她只能被动地跟着耶穆寒走，可是他到底想要怎么样？

耶穆寒嘴角有笑，却是没有丝毫的温度，"不想他从这里走出来吗？"他说这样的话俨然是在跟她讲条件了。

"漫焉不要听他说话，回去然后离开他，我死了没关系，我只要你好好地活着！"六皇子再次激动了起来，敏感的他已经知道耶穆寒是想要利用他得到程漫焉，他死了也不愿意事情这样发展。

耶穆寒并不说话只是让六皇子说，这样才能够更刺激到程漫焉。"想不想。"他的声音那么的轻，带着蛊惑，带着邪恶。

程漫焉的眼泪已经止不住，只能勉强地点头，不看六皇子，看到了只是让两个人更伤心而已，六皇子的话她已经听到了，她只是恨耶穆寒！她恨这该死的男人！

"要放他走也可以。"耶穆寒的声音就像是要大赦天下一般，却又是那么的残忍，眸子里亦是已经没有了感情，"不付出一些代价怎么好呢。"这就是他，即使是对自己最爱的女人，也不那么轻易地给出自己的底线。

"你想怎么样。"程漫焉好不容易说出这句话，整个牢房都那么的静，她能够想象得出此刻六皇子那绝望的神情，不敢看，看一眼就是永远。

耶穆寒眸子里闪过一丝讽刺，冷冷地看了一眼六皇子，这个窝囊的男人根本配不上程漫焉，而程漫焉爱上他亦是一个天大的错误。"我要你心甘情愿地成为本王的女人。"他要的很简单，她的身体和她的心，如此而已。

再次安静下来，所有的一切都是那么的静，又像是风雨欲来的那种征兆。这样的安静在人们心里被无限地扩大，带着一种绝望在其中，这是耶穆寒带给所有人的绝望，让所有人都不能喘气，不能大口地呼吸，一个男人，到底能绝望到什么样的地步？

"不，不要。"六皇子的声音已经有些微弱，可能是因为已经知道了结局，声音低沉而绝望，这是属于一个男人特有的绝望，尊严、爱人，一切都没有了。"不要答应他，漫焉，我已经活不了多长时间了，我要你好好地活着，然后给我报仇。漫焉你一定不能答应他，不然我死了也死得不甘心。"他说得那么的平静，显得有些不真实。

耶穆寒轻轻吻去她的泪，他还是舍不得她这样难过，而她的身体也颤抖得越来越厉害，她的泪水就像是断了线的珠子一般止不住，但她并不敢放声大哭，只能把所有的委屈和耻辱都放在心里。

只是这一切都已经是定局了，任何人都改变不了了。

"漫焉，漫焉。"耶穆寒不停地呼唤着她的名字，他要她记得此刻，要她记得她是他的女人。"记住，你的命运只会为我而改变，那个男人只代表过去不能代表将来，你的将来就在我的手里。"他那么的霸道，不给她任何的余地。她是他的女人，一辈子都是，任何人都改变不了这个事实。

程漫焉颤抖着，知道自己并不能阻止他，但是她的头脑还是清醒的，面无表情地开口，"我们的交易什么时候可以兑现。"她尽量不让自己发出声音来，六皇子就在不远处，他一定比自己还要痛苦吧？

耶穆寒眸子里闪过冰冷，"这个时候你提起这个事情只是在促成他更痛苦而已，我认识的漫焉从来不是这样的女人，现在你是怎么了。"说完他又冷硬地命令道，"脱掉我的衣服！"原本对她的那一丝怜惜之心已经消失不见了，他现在只是左贤王，不再是那个爱程漫焉的耶穆寒了。

程漫焉的手几乎颤抖着不能有所动作，嘴里却依然倔强道："既然是条件，我就有权利保持自己的立场。王爷还是先放了六皇子，这样才能让漫焉更心甘情愿不是吗。"这样不穿衣服站在他面前，她也已经没有心思去管了，她只要六皇

子能够自由。

"好，"耶穆寒捏住她的下巴，"我会让你有自己的立场的。"他的眼神那么的冰冷，这个时候的他已经没有理智了，怒火已经占据了他所有的心思，这个女人竟然在这样的时刻还记得那个男人，那么他就只好让事情变得更残忍一些了，这才是左贤王的作风。

程漫焉的心开始一点点往下沉，咬住下唇不让自己发出任何声音，却被耶穆寒狠狠地夺取了她的吻。

泪水，耻辱，六皇子的喊叫，不经意的呻吟，低沉的呼吸充斥着整个牢房，绝望掺杂着欲望，在这里完成了一桩肮脏的交易。

六皇子的目光已经呆滞，却依然对抱着程漫焉出去的耶穆寒伸出了手，不知道是想要抓住什么，还是想要杀了耶穆寒，反应不那么激烈了，目光却已经绝望了。

又有谁能够明白这个男子的绝望，作为一个皇子，他本是没有错的，若只是因为他的国家灭亡了而如此，那么他认了，但是他现在只是爱着程漫焉的男子，却因为爱着程漫焉就必须接受这样的残忍。

是他的错吗？

没有人错，错的只是这是一段孽缘而已。

翌日。

"看到了吗？"耶穆寒的目光带着一丝不经意，看着离去的六皇子并没有太多的情绪在其中，"本王向来说到做到。"他的承诺不多，说到了就一定会做到。

程漫焉的眸子里有着一种说不清楚的情愫，带着疑惑，带着不解，带着留恋，六皇子终于要自由了吗？为什么心里反而有些惆怅呢。看着那些耶穆寒的手下对待六皇子那么粗鲁她还是想要上去阻止，心里却清楚地知道自己什么都不能做。

"希望王爷真的能够做到我们当时说的那样，六皇子会好好地活着，不被任何外界的阻力所阻挠。"她现在已经看不清楚到底耶穆寒是一个什么样的人了。

耶穆寒那深邃的眸子里闪过一丝犀利，"本王做不到。"他的拒绝让程漫焉眸子里闪过恼怒，但是他接下来的话却让她震惊，"他能够好好地活着的最大的保障就是你也好好地活着，你若是出了什么事的话，本王不能保证他会不会活得生不如死。"他这显然是在威胁她。

程漫焉昨夜已经让他那冰冷的心受到了惊吓，他不允许程漫焉再去自杀，不允许程漫焉出任何的意外，否则他要全天下来给程漫焉偿命！

程漫焉心里闪过悲哀，自己的心思他一眼就能够看得清楚，并且用自己最大的弱点来攻击她，这样的男人让她如此的恨，却又是恨得无能为力。

"那么希望王爷真的能够做到说的那样。"

耶穆寒靠近她一些，"本王从来不轻易对任何人做任何承诺，但本王做出的承诺就一定会做到。"这个问题似乎他已经和她重复了很多次。"你不相信本王吗？"他问得那么漫不经心却有着足够的威胁性。

程漫焉的心惊了一下，"天下人都知道王爷向来是说到做到的人。"能够举的例实在是太多了，大多数都是他霸道地说要消灭哪个国家，要谁死，但这样的承诺却是从来没有的。

耶穆寒自然是能够听出她话中的讽刺，"或许本王可以为你破了这个戒。"既然她不信任他，那么他又何必为此忧心呢。

"不。"程漫焉迅速地拒绝，"我相信王爷，只是王爷曾经还答应过漫焉一件事情没有做到。"她的面孔冷硬，若是别的女人的话，或许早就不是这个样子了，但是她是程漫焉，所以她依然可以在他面前骄傲地活着。

耶穆寒的眸子里依然是怜惜，"本王说过要把本王的命给你，本王从来没有忘记过。"是的，他做过的一生中最沉重的承诺，怎么能够忘记呢。

"那么王爷什么时候能够实现？"程漫焉忍着疼痛，倔强地问道，目光却依然是在六皇子身上的。看着六皇子她能不那么疼痛，所有加注在自己身上的疼痛都可以以另外一种方式被化解了。

"漫焉。"耶穆寒的呼吸也变得冰冷，"问这样的问题的时候，你不认为该专心一些吗？你要的可是左贤王的命。"是从古到今仅有的左贤王，任何人闻之害怕的左贤王，而这个女人却说得那么理所当然。

程漫焉的眼睛依然在六皇子身上，"漫焉只要一段时间。"他说得那么理所当然，只要六皇子还活着她就有机会杀了他。她心中亦是知道这个时间根本不是自己能够要来的，但是此刻她又能说些什么？

耶穆寒强硬地把她的头扭了过来，"看着本王说。"他直直地看着她的眼睛，在他身边那么久，除了想要杀了他之外难道就真的没有任何其他的感情吗？

程漫焉怨恨地看着他，"除了杀了你之外我不想再看到你。"她说得那么的直白，六皇子已经安全地离开了，她也没有必要再忍受他了。对一个爱她的男人来说这样的话的确是很残忍，但是对一个野蛮的只是想要得到她的男人来说，她还认为太轻了。

"想要杀了本王证明你还想见到本王，也好。"他说得那么的淡然，仿佛是情人之间的对白一样，却又完全不是那样。这是好事儿，最起码她还愿意见到他，这样就好。

程漫焉的眼底闪过一丝恼怒，知道他是故意曲解自己的意思，她并不想和他辩驳，"放开我！"她甩开他的手，最初在军营里的冷静已经没有了，现在的她连自己都不知道是在焦躁什么，已经不能够很冷静和耶穆寒说话了，看到他就只有恨。

耶穆寒看着她气急败坏离开的背影陷入了沉思。"来人。"他的话音刚落就有人立刻走了上来，"跟着夫人。"

程漫焉不断回头看着，生怕耶穆寒会跟上来，幸好没有，她的脚步是那么的慌张，她要再见六皇子一面，若不是要打断耶穆寒的疑心她是不会出现在他面前的，而现在就是她唯一的机会再去见六皇子一面，她的心也慌张，脚步也凌乱，一脚深一脚浅地走着，却并不知道自己能不能赶得上六皇子的脚步。

她的呼吸是那么的急促，只有一道弯了，一道弯或许她就可以见到六皇子，就可以和他说话，更或者可以和他一起走。

她的心中是那么激动，却又有着无限的惶恐，她能够走得了吗？若是让她和六皇子一起走，那么她愿意放弃仇恨，放弃大义，明明知道自己做不到的时候她愿意委屈。

"这么焦急。"一个身影赫然出现在了她的面前，让程漫焉的眉头皱了起来。

"旋页公主。"程漫焉尽量让自己冷静下来，知道既然旋页公主出现在这里就代表着自己见六皇子已经没有任何希望了。她心中有着失望，嘴角是不自然的笑，这，或许就是命运吧。

旋页公主猜测着她此刻的焦急所代表的意思，"想离开这里？"这个问题两个人在很早之前就已经讨论过了，却是到现在还没有结果。

程漫焉的嘴角有着讽刺的笑，到现在才来问这样的问题不会太晚了一些吗？

"不，漫焉还是那句话，漫焉现在过得很好，最起码比公主好。"她有骄傲的资本，特别是在她面前。耶穆寒能够给她的一切就是她骄傲的资本。

旋页公主嘴角有讽刺的笑，"程漫焉你不要得意得太早，你会因为你今天这句话而付出代价。"而她此刻来只是要给她难堪而已，她旋页公主向来不是好欺负的，到了程漫焉这里自然不会例外！

程漫焉转过身子就犹如现在她是公主而旋页公主是一个亡国奴一般看着她，眸子里尽是清冷和高傲，"那就让我们拭目以待吧。"她以前从来都是一个没有心机的人，而现在却是在时刻陪着他们玩着这样的游戏，既然是游戏，那么她就有自己的规则，除了耶穆寒是个强大的对手之外，旋页公主是不需要放在心上的。

旋页公主站在她后面并不动，"程漫焉，本公主从来没有见过一个亡国奴还可以有这么高傲的姿态，但是你也弄错了对象，作为一个女人我欣赏你，但是作为一个对手你只能死在我手下！"这个时候她和耶穆寒是有些相同的，这样的声音让程漫焉愣了一下，但是她毕竟不是耶穆寒，也学不到他的本质。

"公主这样的话还是留着说给王爷听吧。"因为不是耶穆寒，她完全可以拿自己的精神来和她对抗，而旋页公主也并不是她的对手，充其量也就是一个小丑。而她这样的轻敌也给自己造成了很大的损失，让她有生之年都不能够忘记。

她迈着稳健的脚步，昂着头高傲地离开，心里却是依然痛恨旋页公主的出现让她没有能够见到六皇子的事情，并没有看见在一个偏僻的角落里，原本一直盯着她的人。

整个大魏朝廷都因为耶穆寒定居在这里而搬到了这里，这里就由原来的北凉王朝都城变为了今日的天下经济文化的中心，变得更加的繁荣昌盛，让天下的人才全部都往这里挤。

出乎程漫焉预料的却是，耶穆寒这样一个男人竟然还有这么多的女人爱着。这样一个冰冷而残酷的男人，竟然还是那些达官贵族的小姐们的最爱，若不是今日遇见，或许她永远都不会知道这个事情，也不会知道这些人原来还是冲着她来的，一个个怒气冲冲，和旋页公主倒是有几分相像。

"你就是程漫焉。"其中一个女子的口吻并没有恶意，轻蔑却是多少有一些的。

其他的几个女子坐在那里悠哉地喝茶，"这就是王爷捡回来的女人。"又有一

个女子开口，特意提醒着程漫焉她只不过是耶穆寒捡回来的女人，提醒她她只不过是一个亡国奴罢了。不带轻蔑，却已经藐视了程漫焉的尊严。

程漫焉淡淡地扫过眼前的一群女人，"请问找漫焉来有事吗。"这些人自然是不必放在心上的，只是看她们的神态就知道是来找茬的。

"你是什么身份？"一女子慢悠悠地喝了一口茶，"见到我们竟然不下跪。"她的声音中是不经意的傲慢，也在宣扬着她的身份和修养。

程漫焉在心里思考着她的身份，能用如此恬淡的口吻说出如此尊贵的话，那也只有喧哗公主一个人了。"喧哗公主似乎误解了漫焉的身份，让左贤王的女人对你下跪，不知道公主是不是受得起。"她的声音中有着淡漠，对自己仇恨的国家的人，即使心里有欣赏也是做不成朋友的。

"放肆！"望去竟然是旋页公主，"左贤王可没有给你任何身份，说白了你也不过是一个侍妾而已，和王府里的丫鬟没有任何区别。你现在竟然敢跟喧哗公主顶嘴，你是想造反了不是！"她话虽然这么说却是并不动手的，因为早就已经尝过了动手之后的结果，这次她只不过是想要激怒喧哗公主借她的手来整治程漫焉。

而喧哗公主这么聪明的人怎么会看不出来呢。"以后注意一些就是了，什么身份的人做什么身份的事，越规了可不是一件好事。"她一句话就打破了旋页公主的计谋，也让程漫焉的眸子里闪过一丝欣赏。

"那怎么好？"毕竟还是有心高气傲，没有心计的人在的，而这个人就是千月公主，"她只不过是一个侍妾而已，竟然还想和我们平起平坐？你跪下！"她用手指着程漫焉，满脸的傲气，有时候也不得不承认一个女人的嫉妒之心会超越一切。

程漫焉眸子里闪过一丝安然，也已经看到喧哗公主和旋页公主眸子里闪过的看好戏的表情，她只是淡淡地回了句，"你受得起吗？"对仇人她向来是倔强的，而现在她也有资本来倔强，那就是耶穆寒对她的爱。只一句淡淡的话就能够挑动好多人的情绪，她从来不在意自己会得罪谁，因为她惹下的一切的祸，都自然会有人来给她清理。

"放肆！"千月公主激动地站了起来，指着她的手也开始颤抖，从来没有人敢对她这么无礼，今天这个亡国奴竟然敢如此，"咏咏，瑟瑟！"那是她的两个侍女，如两条忠诚于主人的狗，一呼即应。"你们给本公主好好地教训一下这个不知天高地厚的亡国奴！"这个时候她还并不忘记提醒一下程漫焉自己的身份，可见在这个公主心里，程漫焉是一个多么低俗的女人。

她的话音刚落就有两个侍女走到了程漫焉面前，程漫焉冷冷地扫了一眼所有的人，都是略微带着嘲笑的心情，喧哗公主只是静静地看着她却并没有开口帮助她。

咻咻和瑟瑟两个人的手已经高高地举了起来，程漫焉昂着脸并不反抗，比这个更没有尊严的事情她都经受过，更何况是这个呢，她受了委屈自然会有人替她报复。

"啪！"清脆的声音落在所有人的心上，那么的重，重得让所有人在心里都惊讶了一下。

程漫焉倔强地抬头看着眼前的两个侍女，却是另外一巴掌如期而至，"啪！"比刚才更重了一些。

血顺着程漫焉的嘴角流了出来，她轻轻地用袖子擦拭着，动作优雅得就像是幸福的妻子一般。她淡淡地看着眼前的两个侍女，"做人要懂得手下留情才不会死得太惨。"她一句话就已经点出了两个人的结局，而两个人听了她这样的话却是更气愤了。

"你们两个给我狠狠地打！"千月公主的话成了两个人最大的底气，一个亡国奴竟然还敢教训她的人！真是不要命了，特别是竟然还敢一个人霸占着左贤王！也不看看自己是什么身份！

咻咻和瑟瑟一脚就把程漫焉踹倒在地要上前去教训她，却是听到另外一个声音，"住手。"声音轻柔，却是有足够的威严在其中。

咻咻和瑟瑟转过头来看着喧哗公主，"喧哗公主？"虽然说她们是没有必要听从她的话，但她毕竟还是一个德高望重的公主，和旋页公主有着相同的地位，却比旋页公主脾气好多了。

"够了。"喧哗公主和程漫焉对望着，她能够清楚地看到程漫焉眸子里那一丝讽刺，戏看完了再出手阻止，想要自己感激她，喧哗公主果然是个聪明的女人。程漫焉在心里想着。"不要太过分了，怎么说也是左贤王的人。"她这样的话同时又给了左贤王面子，又用他的威严压下了这个事情，真是一举两得。

千月公主刚想开口说什么，却张着嘴巴站在了那里，因为她看见了一张冰

冷的脸。"王，王爷。"随即她就反应了过来，表情立刻变得兴奋，"您回来了！"
她兴奋地朝着他的方向走去。

　　而耶穆寒却是没有看她一眼就朝着程漫焉的方向而去，眸子里先是心疼，接
着是残酷，他小心地把程漫焉从地上抱了起来转头看着仍然呆站在那里的咴咴和
瑟瑟，"是你们两个。"他不是在问，因为他的口吻是肯定的。一只手抱着程漫焉，
而另外一只手已经用迅雷不及掩耳的速度闪过两个人的脖子。

　　所有人都震惊了，都看着呆愣在那里的咴咴和瑟瑟，她们的表情是那么的安
详，安详得有些不自然，没有了平时的犀利和仗势欺人的奴样反而是有些不自然。
她们，还好吗？每个人都在心里问道，而接下来她们担心的事情终于还是发生了，
咴咴和瑟瑟倒了下去，七窍流血而死。

　　在她们甚至没有看见是怎么回事的时候咴咴、瑟瑟就死了，一时间让她们都
惊呆了，怎么会这样？特别是千月公主，一张脸已经变得灰白。

　　耶穆寒转过头看着千月公主，"你的丫鬟。"一句话只有四个字，却无疑是给
她判了死刑。这么的冰冷，并没有因为她是一个公主或者因为她是一个女人而对
她有所宽容。

　　"不，不，不是……"她想要表达什么，在耶穆寒严厉的目光下却是什么都
说不清楚，把目光转向程漫焉，企图让她帮自己解围，却只是在程漫焉眸子里看
到了淡淡的讽刺，她的心立刻就凉了，这个时候没有人会来救自己了。

　　"是，是她们自己……"她可不想像咴咴和瑟瑟两个人那样，她们看起来好
惨烈。

　　耶穆寒眸子里闪过寒光，"谁让你们进来的。"扫过周围的一群女人，他收起
凌厉的目光看向程漫焉，手轻轻抚过她的脸，温柔得让周围的女人们敢恨不敢言。

　　没有人敢在这个时候开口说话，整个场面都是静的，程漫焉闭上眼睛享受着
这难得的片刻安静。"通通赶出去。"耶穆寒的声音没有任何温度，并没有因为这
群人身份高贵就对她们有所客气。

　　所有人再次抽了口凉气，她们爱慕的男人竟然这样对待她们！却是有人不动
声色地观察着这一切的，那就是喧哗公主，她那么安静地看着耶穆寒温柔地抱起
了程漫焉，看着耶穆寒准备转身离开，却是没有料到耶穆寒竟然转过了身子，他
没有看任何人，而是看向了她。

所有伪装的平静在这一刻崩溃，他的眼神代表着什么？却是那么快，他就再次转身离开。

"我记得我给过你权力去让自己不被欺负。"耶穆寒小心地把药抹在她的脸上尽量减轻她的痛苦，而他的声音明显是有些不高兴的，说话也是在质问。这个女人似乎从来都不知道该怎么保护自己，从来不知道如何学会不让别人为她担心。

程漫嫣微微皱着眉头想要减轻自己的疼痛，"是。"她只是认定他说的话却是并不解释，她向来就是这样的个性，对自己不想说的话是多一个字都不会说。

耶穆寒的手顿了一下，对她这样不是答案的答案有些恼怒却是就那么一下就猜出结果来，"你想让她们死。"这就是她要的结果，程漫嫣是一个什么样的女人是他最了解不过的，而这次她付出的代价未免太大。

程漫嫣并不肯定，亦是不否认的，"随王爷怎么想。"现在的她对他说的任何话都是不做否定，这样随意的态度倒是有些想要惹怒耶穆寒的意思。

耶穆寒继续帮她抹着脸上的红色痕迹，"漫嫣你要清楚地知道自己做的任何一个动作都可能直接联系着一个人的生死，而你也在这个游戏里自得其乐，但是本王只要求一点，那就是不要让自己受到伤害。"其他的人怎么样，他不管，他只要她平安。

程漫嫣的心里闪过一丝异样的感觉，原来他只是在担心自己的安全，这个认识让她多少有些难过，她已经不能回头了，若她只是程漫嫣，而不是一个亡国奴的话，或许她真的会爱上这么一个男子，但是她已经不能了。"身体是漫嫣的，漫嫣自然会小心的。"这就是她的回答，仿佛是和他没有任何关系一般。

耶穆寒的手顺着她的脖子而下，那么的轻柔，"漫嫣你为什么老是不记得你的命运在本王手里呢，你想要做的任何一件事情都要经过本王的允许，就比如说你想杀了今天那两个侍女，还想千月公主受到惩罚，这些事情都在本王的掌控之中，但是本王做这些事情不是为了取悦你而是不想看到你受委屈。本王爱你，所以本王做最大的努力不让你受委屈。"他从来不介意说他爱她，但是为什么她从来都听不进去呢。即使潜意识里他是想要取悦这个女人，但是他从来都不愿承认的。这是他的尊严，任何人都不能侵犯的，即使是程漫嫣。

"漫嫣也说过了，身体是漫嫣的漫嫣不会让自己受委屈。"她的倔强从来不会因为耶穆寒的情绪而有所改变。说得那么的平静，尽量要和耶穆寒划清关系，但

是耶穆寒从来都是那么的霸道，霸道得让她绝望。

　　"不。"耶穆寒的眸子闪过一丝冰冷，"你的身体，你的所有甚至是你的灵魂都是本王的，你对你自己没有任何权利，不要妄图伤害自己，更不要妄图让别人伤害你，否则绝对不会像这次这么简单就算了。"不是在威胁她，却更胜于威胁她。

　　程漫嫣眸子里闪过恼怒的神色，"王爷不会觉得这样很痛苦？"她那么认真地看着他，有多久没有这么认真地去看他了？这个男子的冰冷却是让她微微有些心疼，因为那冰冷之中是霸道，还有温柔。

　　"不会。"耶穆寒却是显然有些震惊的，这么赤裸裸的在别人面前表露出自己的情绪，程漫嫣还是第一个人。"本王乐在其中。"是的，遇见她之后才知道天下最重要的不仅是权力，还可以有爱。

　　程漫嫣嘴角有讽刺的笑，"整个天下心甘情愿的程漫嫣有无数个，不情愿的也只有一个，漫嫣不得不说王爷的眼光真独特。"耶穆寒已经解开了她的衣服，"本王要的只是你。"一句话就道清了事情的本质，他的手却被程漫嫣抓住。

　　"这样的情况下王爷也有兴趣？"她说的话不乏讽刺之意，身体因为那两个侍女踹的一脚而疼痛着，只是不想在耶穆寒面前表现自己的脆弱而忍着，现在因为他的碰触而更痛了。在他面前表示自己的疼痛是自己的无能，她不能痛，因为她肩膀上有太多的责任，她心里有太多的恨。

　　耶穆寒头也没抬道，"没有。"他悉数解开她的内衣，让程漫嫣的脸上掠过一丝不经意的红晕。

　　程漫嫣立刻明白过来他的意思，他是想看自己的伤。"没事，我自己就可以解决。"只是小伤而已，记得在军营的时候她差点就死掉，这次还算是轻的。

　　"把衣服脱掉。"耶穆寒命令道，并没有看她，只是看着她的伤处，虽然没有流血，却是有着积压在一起的血丝和淤青。

　　程漫嫣愣了一下直接把衣服拉在一起，而耶穆寒却是非常干脆地直接将她的衣服往下扯，露出她白嫩的肩，惊吓了她，"你想怎么样？"

　　耶穆寒眉头微微皱着看着她，"漫嫣，本王说过了你是本王的，你对自己的身体没有自主权。"他手上的力道加大，衣服也顺着程漫嫣的身体脱落。

　　程漫嫣又急又气，用力咬牙，是的，这是她和耶穆寒早就做过的交易，谁都不能反悔的交易。

耶穆寒看了一眼她身上的淤青，手上运过一股真气直接进入了她的身体，让她本来强忍着的疼痛顿时减轻了不少，也让她脸上的红晕更是红了。这样赤身裸体地让他给自己疗伤，即使两个人之间早就有过亲密关系，她还是不太习惯。

眼看着耶穆寒的额头上有汗冒出，自己的身体也在慢慢好转，不知何时心里竟然对他有了怜惜之情，心里却是有另外一个声音响起，"他是耶穆寒，是毁灭了你的国家，逮捕了你的爱人的男人！是你的仇人！"是的，他只是你的仇人而已。这个想法让她的眉头微微皱了起来，对面这个用尽全力在拯救自己的男人只不过是自己的仇人而已。

终于，耶穆寒收起了真气慢慢地回神，看着陷入沉思的程漫焉却是什么都没有说，只是把她的衣服拉了上来细心地帮她系起了衣服上的带子，程漫焉这才回过神来，分明在他的脸上看见了温柔，这样的温柔她应该不陌生才是，在她面前他从来都是这样不是吗？但是却从来没有一刻让她心动。是的，她怎么能够对一个仇人心动呢？

"自己注意好身体，我会让人送热水过来的。"耶穆寒已经站了起来，他还有自己的事情要处理，只是听说一群女人进了王府担心程漫焉才立刻从宫中赶了回来，甚至把皇帝的挽留都忘在了脑后。

程漫焉愣了一下，从来没有见过他这样的表情，是什么事情让他这么焦急？"嗯！"破天荒的她竟然回答了他的话，也让本来已经转身准备离开的耶穆寒顿了一下转过头来看了她一眼，却是什么都没有说再次转身离开。

看着耶穆寒的背影，程漫焉心里划过一丝快得连自己都抓不住的感觉，让她的心陷入了混乱之中。

而六皇子，此刻在哪里？生活得怎么样？

第六章　若别离

　　程漫焉微微愣了一下，原来眼前的女人就是当今的皇后，而她此刻的眼神里多少是有些挑衅的，随即她就明白了过来，原来她是冲着耶穆寒而来的。耶穆寒的魅力，竟然连当朝的皇后都要让他三分，而她却不知道她的命运也将因为皇后而改写。

　　被打的风波才刚过去，眼前的东西就再次让程漫焉皱起了眉头。

　　那是喧哗公主派人送来的东西，是药膏。长期生活在宫中的程漫焉自然知道这种药膏的珍贵性，不是一般人能够拿到的东西，而这东西却是由喧哗公主送来的。程漫焉嘴角有着嘲笑，看来左贤王王妃的位置这么吸引人。

　　而当她出现在书房门口的时候耶穆寒还是有些吃惊的，可要知道她是从来不会主动找自己的。"过来。"他对着站在书房门口的程漫焉伸出手去。

　　程漫焉沉思了一下却是并没有反抗朝着他走了过去，她要来证实自己猜测得并没有错，耶穆寒已经做了决定要喧哗公主作左贤王妃了。不知道为何，她的心竟然微微疼了一下，有些害怕知道这个确切的答案。

　　耶穆寒抬头看她，眸子里满是温柔，这是程漫焉第一次主动来找他，也让他的心绪喜悦了起来。"怎么了？"低沉之中而又带着温柔，左贤王的温柔从来都只给一个人，一个女人，他爱的女人。

　　程漫焉小心地把袖子中的东西拿了出来放在桌子上，尽量让自己保持平静，耶穆寒就在眼前，就要给她一个确定的答案，为什么她要为这个仇人心疼呢。"这是喧哗公主让人送来的。"她解释着，只是要肯定一下自己的猜测而已。

　　耶穆寒淡淡看了一眼，不在意地笑笑，只是一瓶药而已，"那又如何。"心中却已经猜到了程漫焉此刻的心思，这个女子有时候也是可爱得让人怜惜。

程漫焉用力咬着自己的下唇尽量不让自己发出任何声音来，"这种东西作为一个公主是拿不到的。"她直接说出自己的目的。

耶穆寒眸子里闪过一丝赞赏，果然是他耶穆寒的女人，从一瓶药上就能够看出整个问题的实质来。"又如何。"他想听她的全部想法。

程漫焉的声音明显有着僵硬，"这东西是王爷给她的？"这次是疑问句，她想要知道，要耶穆寒给她一个确定的答案。

耶穆寒双唇紧绷在一起，眸子中是淡然，"不该问的就不要问那么多。"这样的话也算是一种肯定了吧，程漫焉嘴角有了轻笑，这样也好！自己就可以有更光明正大的理由来杀了耶穆寒了。

一阵风过去书房的窗子和门就都被关上了，却是依稀能够听见程漫焉的声音，"为什么。"她只是来证实一下自己的猜测而已，而要怎么做是他的事情和自己并没有多少关系的。

耶穆寒走到她面前轻声在她耳边说道，"漫焉你知道吗？你让本王知道了天下不仅是权力最诱人。"他并不回答她的问题，却毫不吝啬给她赞美。

"那又如何呢，"程漫焉的声音带着僵硬，有些不适此时的状况，耶穆寒的呢喃就在她耳边，而他却即将是别人的男人了。"你是已经准备让别的女人做贤王妃了不是吗。"她不在意耶穆寒娶别的女人，她只是来要一个答案而已，而他若是娶了别的女人，那么势必注意力就不会在自己身上了，那么他的承诺什么时候才可能兑现呢？什么时候自己才可以杀了他？

耶穆寒笑笑后退一步，"有时候女人太聪明了反而不好。"这个的确是自己最爱的女人，但是女人和政治始终都是要分开的，他可以给她名分，若是早一些她答应的话那么贤王妃的位置始终都是她的。

"漫焉不在意王爷娶了谁，王爷只要告诉漫焉什么时候可以兑现自己的承诺就好。"她用所有的倔强来掩盖自己内心的痛，从来没想到有一天竟然会因为耶穆寒要娶别的女人而心疼，她爱的人明明是六皇子才是，现在却仿佛完全不是那样了。

耶穆寒的手轻轻地抚上她的脸，什么时候这个女人才会听话一点儿呢，"总有一天你的心会是本王的，你的身体，你的灵魂你的所有都是本王的，本王要你

心甘情愿,那时候,本王的命已经再无关紧要。"他的声音那么的肯定,就像是誓言,能够死在她手里,或许也是一件挺不错的事情。

下一刻,他就吻上了她,程漫焉没有拒绝,就当做是最后的温柔吧,心中的疼痛随着他这样的温柔一点点扩散,本来是和自己并没有多少关系的,为什么自己要那么疼呢?泪水顺着她的脸颊流了下来。

耶穆寒小心地为她吻去腮边的泪,那么心疼地看着她,他不舍得这个女人哭,即使这个女人只是想要来杀了他。

"表哥!"旋页公主的声音中带着一丝兴奋,对耶穆寒她从来都不吝啬自己的热情,这样一个热情的女子却从来没有得到过这个男人的怜爱,这是一种悲哀。

程漫焉把头深深地埋入他的胸膛里,她并不介意此刻被任何人看到,也仿佛是一种宣言一般,要告诉所有人耶穆寒是她的男人!

旋页公主显然也没有料到自己竟然会撞见这样的情形,一下子就愣在了那里,和耶穆寒来了个对视。

继而她的眸子里有了恼怒的神色,这个亡国奴经过了被打事件竟然还不死心,竟然还敢来书房里引诱表哥!"程漫焉你给我出来!"这个亡国奴一直抢自己的东西,她怎么能够甘心呢!若是目光能够杀人的话,相信此刻程漫焉已经粉身碎骨了。

程漫焉把头轻轻靠在耶穆寒怀抱里转过头来看着旋页公主,嘴角是淡淡的笑意,一句话不说,只那带笑的眸子就已经给了旋页公主答案。

"出去。"是耶穆寒的声音,虽然是在重复着旋页公主的话,三个人却都知道这话是对旋页公主说的。还不待旋页公主说什么,一阵内力就把她推到了门外,门也紧接着关上,任她在门外用力地拍喊。

旋页公主出去之后,程漫焉立刻就后退了几步看着耶穆寒,"她是你叫来的吧。"她几乎是肯定的话语,他的做法她多少还是了解一些的。这个冷酷而无情的男人做事从来都不会顾忌任何人的感受,刚才的温柔只是自己的错觉罢了。

耶穆寒眸子里闪过惊讶,她比自己想象的还要聪明。"那是在你来之前的事情了。"这是一个不算解释的解释。

程漫焉看了他一眼,头也不回地转身离开。这个该死的男人,她一定要杀了他!

耶穆寒双手环在一起看着程漫焉的动作，嘴角却是带着一丝笑容的，这个女人做事情总是出乎他的意料。下一刻他迅速上前揽住她的腰不由分说地占住她的唇，任她在自己怀抱里挣扎，此刻他只是要宣示自己的权利。

直到两个人的呼吸都变得沉重，耶穆寒才放开她，"漫焉你记住，无论我娶任何人为妻我的心都永远是你的，你若是不高兴了随时可以来告诉我，本王很乐意取消这门婚事。"他能够给她的远比她想象中要多，只要她要，他就给。

程漫焉推开他后退一步，"那一天永远都不会到来。"说完她头也不回地转身离开，自己只不过是来要一个答案而已，而自己付出的代价似乎太大了。

耶穆寒看着程漫焉愤愤的背影嘴角有了笑，随即这样的笑声传遍了整个书房，从来没有人见过左贤王有这么开心的时候，而且似乎一点都不介意别人分享他的喜悦，天气好了起来，阳光也好了起来。

"表哥！"旋页公主气愤地走了进来，"你怎么能够在书房里和一个亡国奴做这样的事情呢！"她的声音中带着责怪带着愤怒，耶穆寒向来是一个自律的人，如今却和亡国奴在书房里那样，要她如何服气！

耶穆寒的眉头微微皱了一下，"旋页。"他的声音中明显是冷漠，一如以往的他。"本王说过很多次了，她是本王的女人，不许任何人对她不敬。"若是这次的警告还不算是警告的话，那么耶穆寒会直接把她请出王府去。

"可是……"旋页公主还想狡辩什么，但看到耶穆寒那警告的眼神就顿在了那里再说不出下句。她向来是知道耶穆寒说一是一的个性，自己最多也就是任性一些，真正要和他对峙却也是不敢的。

耶穆寒看向旋页公主，眸子里是淡然和冰冷，"她们都是你找来的？"他是在问，可是他的口吻却是那么让旋页公主害怕。每次耶穆寒这样说话都代表着会有不好的事情发生，跟在耶穆寒身边这么多年，这一点她还是懂得的。

"不是。"她只是负责散播谣言，是那些女人自己要来的。

"哦？"耶穆寒眯起眼睛，"旋页也是时候该嫁人了。"是也不小了，总是要嫁人的，这个想法在耶穆寒心中也很久了，旋页是自己看着长大的，说到底他还是对她有责任的。

"我不要！"旋页公主拒绝道，看见耶穆寒那凌厉的眸子却还是有些不甘心的，"难道表哥要把我像千月那样嫁给一个又老又丑的男人吗？千月只不过是得罪了

那个亡国奴而已，表哥就这么残忍，一点也不念她是你妹妹的情分，旋页看表哥是被那亡国奴迷了心窍了！"对于前天千月才奉旨结婚的事情她还是心有余悸的，就在千月离开的第三天就被匆匆地嫁掉，还是嫁给一个又老又丑的鳏夫，这件事情已经轰动了整个朝廷，难道他还要制造第二起这样的事情吗？

耶穆寒只是淡漠地看着她并不打断她说的话，等她说完了才道："旋页你已经不是孩子了，若不是因为你是旋页的话，你就不会到现在还安然站在这里。"顿了下他又道，"本王会帮你安排的，现在出去。"他的话俨然就是命令，而且一定是说到做到的那种。

"不！"旋页公主拒绝，"我不要嫁给一个又老又丑的老男人，表哥我只爱你，我只爱你啊！"她举着双手企图引起耶穆寒的注意，可是很快她就放弃了，因为耶穆寒的注意力已经回到了书桌上的文件上面。

旋页公主不相信耶穆寒真的可以这么残忍，以前他是有些冷淡，但绝对不是像现在这样，他甚至砍掉了耶穆清的手臂。她知道这所有的一切都是因为他鬼迷心窍才会这样，她能够，她一定能够改变这种情况。

她的手一点点向上，终于拉开了自己的衣服上的带子，"表哥是不是觉得我不够好？那么多年了，为什么你就是看不到我的心呢，是不是要我像那个亡国奴做的那样表哥才会接受我？"她的手用力一拉，整个套在身上的外衣就滑落在地，那么认真地看着耶穆寒，也只有一个深爱的人的眼中才能够出现的眼神。这样一个蛮横的女人却是一个痴心的女人。

耶穆寒冷冷地看了她一眼，"出去。"他已经给她下了最后的通牒，若是她再如此固执那就不是他的错了。

旋页公主微微摇头，手已经解开自己的内衣。

"来人。"耶穆寒的声音低沉而冰冷，旋页公主眸子里闪过惊羞，手快速地合上自己的衣服，把掉落在地上的衣服也拾了起来，而一直在门外的侍卫已经开门而进。

整个书房静了一瞬间，侍卫们呆愣在那里不知道该如何去做。一边是骄横的旋页公主，谁若是动她一下绝对是不想活了。

"带出去。"耶穆寒的声音没有丝毫商量的余地，这让所有人的心里沉了一下，即使是对旋页公主他也是从来没有任何情面的，就像上次一样他砍断耶穆清的手臂作为警告。

"是。"侍卫们恭敬地答道,转身向着旋页公主却是默契地都不去看她的,而旋页公主已经在慌乱之中扣好了自己的衣服,"我自己会走。"她眸子里闪过一丝恼怒,一丝阴狠,程漫焉你把我置于这样的境地,我也不会让你好过!

一切再次静了下来,耶穆寒继续埋头看手中的文件,仿佛一切都没有发生过。

而在角落里,耶穆清的身影消失在那里,眸子里有着说不清楚的情愫,自己最爱的女人被自己的哥哥这样侮辱,即使他想说什么又能说什么呢?那么就把这一切都归结在程漫焉身上。

翌日。

"妹妹,这是一些小礼物你可一定要收下。"喧哗公主拉着程漫焉的手,嘴角是淡然的笑。一个高贵的公主,无论是做任何事情都会让人感觉自己比她低了一等,美丽的脸庞上只轻轻笑一下就足以倾国倾城。

程漫焉的眼神瞟向喧哗公主身边的东西,"这些东西漫焉恐怕受不起呢,这可都是上等的布料,是宫中后妃才能享用的东西。"她只不过是一个亡国奴而已,所有人都在提醒着她这个事实,而喧哗公主此刻拿这些东西给她,摆明了是来拉关系的。

喧哗公主笑笑,"妹妹怎么这么说呢,只要妹妹愿意,妹妹可以活得比任何人都好。"

程漫焉把自己的手抽出来,"喧哗公主似乎忘记了漫焉的身份。"

"身份?"喧哗公主的声音中带着笑意,"人人生来都是平等的,只是谁比较幸运生在了帝王之家而已,现在机会就在你面前,只要你愿意,你可以比那些生在帝王之家的人生活得更好。"她的话语中俨然有着其他的暗语,两个聪明的女人此刻就像是做游戏一般。

"喧哗公主此刻要做的恐怕不是来说服漫焉,而是去想该如何抓住王爷的心才是。"程漫焉已经不想和她做这样的游戏,直接说出整个故事的重心。

"是。"喧哗公主也并不否认,"但是前提是必须保证王爷会好好地活着不是吗?"这才是她的主要目的。

程漫焉嘴角有了讽刺的笑,"是耶穆寒让你来的?"她的眼睛微微眯着,随

即就否认了自己的话，"他怎么会让你来呢，他完全有能力保护自己。"后面这句话仿佛是说给自己听的，但在喧哗公主听来却又仿佛是在炫耀她对左贤王的了解，而且她还直呼他为耶穆寒，可见两个人之间关系的不一般。

"我只是想王爷能够好好地活着。"喧哗公主却是不动声色的，和一个聪明的女子讨论这样的问题就像是下棋，每走一步都要考虑万千。

程漫焉好笑地看着喧哗公主，"这话公主应该直接去和他说。"她又杀不了他，只能等待着他允许自己杀了他，但是那一天似乎很遥远。

喧哗公主的眉头微微皱了一下，"妹妹还是多想想，王爷能够好好的，妹妹就也能够好好的。我就先走了。"喧哗公主这话多少却是有些威胁的味道。

看着喧哗公主的背影，程漫焉淡淡地说，"威胁我绝对不会是一个明智的选择，聪明的喧哗公主怎么会不明白这个道理呢。"声音那么的平静，就仿佛只是在和喧哗公主说今日的天气真不错一般，安静得就像是她这个人不存在一般。

喧哗公主的背影僵硬了一下却没有回头继续向前走去。这样的女子，只能够忍，忍才能赢。

程漫焉一只手挑起那柔滑的布料，她以前也是经常见到的，突然回忆起以前，心中只是惆怅，只是不知道六皇子现在怎么样了？

她从来都是不需要为自己的安全担心的，因为她的死只要能够换取至少是六皇子的安全就好。

"在想什么？"这个声音那么的熟悉，一时间程漫焉却是又想不起来了。低沉而毫不张扬，没有恶意却更是没有善意在其中。

"是你。"程漫焉的声音顿时冷淡了下来，她怎么可能会忘记他呢，这个曾经差点就要了她的命的耶穆清，耶穆寒的弟弟。

"你来府上那么久，我们还没有正式打个照面呢，很惊讶吗？"耶穆清的眸子里闪过冰冷和邪恶，所有的一切都是因为程漫焉而起，那么她就该付出代价！

"不惊讶。"程漫焉回应着他，眼睛朝着远方看了看，依稀能够看见几个人影，耶穆清还是并不敢把她怎么样的。"你也是时候该出现了，只是不知这次你又想警告我什么。"

耶穆清不直接说出自己来的目的，而是说道："程漫焉你知道我可以为了旋页去死，而你却一直都在伤害她。"若是其他的人听到这句话早就该流冷汗了，只是他眼前的是已经把生命当做多余的程漫焉。

"你哥哥也可以为了我去死。"她反驳道，而且说得绝对有可信度。耶穆寒对她的爱不会比耶穆清对旋页公主的爱少，这一点也是她希望耶穆清能够看清楚的，而且她绝对不会允许耶穆清再对自己有任何的不敬。

"我只是来警告你若是连累旋页被我哥哥嫁出去，你也会永远活在痛苦之中。"耶穆清的眸子变得阴冷，若不是她是自己哥哥的女人，早就不知道死了多少次了。

程漫焉嘴角有着淡淡的笑，"这个警告我收到了。"这就是她的答复。淡淡的笑意在其中，不在意，漫不经心，似乎这件事情和她没有任何关系。

耶穆清最后看了她一眼就转身离开，连那背影都是阴冷。程漫焉，他会记得这个名字，记得这个女人，这个让自己丢了一条手臂，让旋页痛苦的女人！

程漫焉微微皱着眉头，怎么今天这么多人来威胁她？而从耶穆清的话里面可以听出耶穆寒是准备把旋页公主嫁出去了，那么也应该不会像是嫁千月公主那么绝情的。从第一次耶穆寒掐着旋页公主的脖子的时候，她就知道耶穆寒对旋页公主总是有手下留情的。只是为什么呢？

日子就这么平静地过着，没有任何波澜。人们也似乎已经忘记了程漫焉只不过是一个亡国奴的事实，都把她当做是一个真正的夫人来对待，那也完全是因为耶穆寒对她的态度。

"三天后我们去牧场围猎。"夜半的烛火总是有些暗淡的，就像是人的心情一般，灯下的耶穆寒轻轻翻了一页书卷并没有看程漫焉。

原本在绣着什么东西的程漫焉停了一下，"那不是皇家围场吗？"在这样的夜里，因为有了一个声音而突然变得不那么惶恐，甚至是有些安心。这样安静的对话倒是两个人之间并不多的。

"嗯！"耶穆寒也并没有要解释很多的意思，皇上围猎他自然是要跟着去的，而一去就至少是十天时间，他做不到把程漫焉一个人留在这里十天。

程漫焉的声音装作漫不经心，"那让漫焉去干吗。"围猎本就是男人们的事情，她去做什么呢。

耶穆寒站了起来走到她身边，"漫焉我们早就已经达成共识了不是吗？而且本王说过只要你有一点不愿意我娶别的女子为贤王妃，那么这个位置就是你的。"

过了这么多天他都没有等到他要的，那么程漫焉是执意的了。

"不，"程漫焉穿上最后一针，"漫焉凭什么不高兴呢。漫焉只不过是一个亡国奴而已，连自己的生命都不在自己的手里，怎么还能有情绪呢。"仿佛是抗议一般，也或许她是故意这么说的。此刻的她很安静，任何一件事情在她这里都是波澜不惊。

耶穆寒仿佛是早就料到她会这么说，"漫焉是觉得本王太残忍了？"他的手轻轻地抚摸着她的头，是给她的宠爱，只是她不懂得，除了恨之外，她唯一在乎的就是六皇子的安全。

"不。"程漫焉否认，"天下人都知道左贤王是没有感情的，对一个人的概念一旦有了定义又怎么会认为左贤王是残忍呢，那只是一种很正常的现象。"和他相处这么久，无论他做出什么事情她都可以接受。

耶穆寒半晌没有任何声音，最终叹了一口气说："夜深了，睡觉吧。"他离开她身边径自去解开衣服躺在了床上。即使是一个高高在上，一个把天下的权力都握在手里的男人，对自己深爱的女子的任何一句话也是会放在心上的。

程漫焉也似乎是意识到了自己说的话对他的伤害，房间里安静了下来，但是她的倔强还有她的身份，他们之间的所有都没有让她拥有道歉的勇气和理由。她站起来吹灭了灯朝着床走去，一切都是那么安静，安静得让人的心都有些慌张。

她轻轻躺在床上，尽量不触碰到耶穆寒，有他在身边还是有些心慌的，但是她自己都不能否认他给自己带来的安全感。

甚至是呼吸都不敢太用力，怕触犯到他，却是所有的努力都是白费的，因为耶穆寒强健的手臂一把就把她搂进了自己的怀抱里，惹来程漫焉的惊呼。

耶穆寒把她抱在怀抱里，"睡觉。"他淡淡的声音，却是没有像以前那样有任何动作。

程漫焉原本跳得慌乱的心随着他稳重的呼吸而慢慢平静下来，安静地在他的怀抱里却是无论如何也不能睡着，也或许两个人都并没有睡着，只是谁也并不说话，直到两个人的呼吸都平静下来。

本以为会顺利等到三日后和耶穆寒一起去围场的，但是事实却并不是想象的那样。

当程漫焉反应过来自己眼前确实是一条蛇的时候，她的心开始狂跳不已。它就站在自己对面和自己来了个面对面，盯着自己，仿佛自己是它的仇人一般，一动不动的。

程漫焉自然也是不敢动的，只能看着它，若是时间能够就这样停止多好。她的心在狂跳，不知道从哪里出现的这个东西，凡是女子，大约都是怕这种东西的。

笛声响起，蛇赫然就动了起来，却是并不直接攻击程漫焉的，只是绕着她转，只这样就已经让程漫焉出了一头的冷汗，站在那里一动也不敢动，并不看那蛇，而是朝着周围看去，循着那笛声的来源程漫焉看到了那个吹笛子的人，耶穆清！

他的目光是那么平静，一只手拿着笛子安静地吹着，仿佛这个世界都和他没有任何关系一般，那样的气质震撼了程漫焉，却是陡然掉进了耶穆清那冰冷的眸子里。

她感觉到什么东西擦过自己的衣服，却没有等到已经想象到的疼痛，因为那笛子的声音陡然停了下来，而那蛇也随着笛子声音的停止而安静了下来，然后慢慢爬了出去。

依然是两个人的对望，耶穆清最后看了她一眼然后转身离开，算是给她的一个警告。

程漫焉松了一口气，突然开始怜悯这个男人，这样一个男人和耶穆寒是有些像的，对自己深爱的女子总是可以付出所有。想到这里她的心震惊了，她怎么能够想到耶穆寒可以为他深爱的女子付出所有呢，而在自己心里那个他最深爱的女子是她自己吗？

而她自己也不得不承认随着时光的流逝和耶穆寒对她的态度，自己最初那种强烈的仇恨的感觉已经没有那么沉重了，相反的偶尔竟然还会对他有好感，但是两个人注定是不能在一起的，因为她身上背负着太多无辜百姓的性命，只这个就已经让她喘不过气来了。

三日后。

程漫焉本是被安排在一辆单独的豪华马车里，她能够认得那马车上的标志，她曾经那么熟悉的标志，耶穆寒令牌上的标志。但是却在半路上被换了马车，和喧哗公主同乘坐一辆马车。她是知道耶穆寒这样安排的意思的，他是因为自己不

能陪着她怕她一个人太寂寞了。而另一个意思是要她和喧哗公主培养感情，这能够算是一箭双雕吗？

"妹妹一个人也是太寂寞了，需要什么就和我说。"喧哗公主是一个在任何场合都不会丢掉自己的修养的女子，她说的每一句话都是那么得体，和程漫焉的随心所欲又是有些不同的，有着婉约的美。

程漫焉懒散地看了她一眼，对这个女人没有喜欢或者不喜欢，除了对耶穆寒之外她对所有的人都并没有太大的情绪波动。"不用。"她淡淡的回答着就闭上了眸子。

喧哗公主嘴角的浅笑却丝毫没有因为她的态度而有所改变，"以后还有很多的机会和妹妹相处，妹妹先休息着也好。"聪明的女人总是会给自己找到合适的台阶下。

程漫焉嘴角有着似有似无的讽刺的笑，"喧哗公主是不是总是会给自己找台阶下。"她一语揭穿了她，带着讽刺，程漫焉自己都不知道怎么会有这样的情绪的，只是来得那么的突然，说出这句话却是突然又后悔了，自己在证明什么呢。

"那妹妹是不是总是这样不给人台阶下呢？"她的反问也是很有技巧的，并无讨厌之意，声音也依然温和。

马车里安静了下来，两个女人都不再说话。而这样的安静一直持续了整整一个白天，直到车队到达牧场两个人谁也没有再说一句话。

感觉到马车停了下来，帘子被侍女拉开，程漫焉自然是没有动的，因为这是喧哗公主的马车，程漫焉并不想多生事端被人注意。

而耶穆寒的身影却是已经出现在了马车外面，让原本已经站了起来的喧哗公主愣在了那里，思考着自己该如何去做。

耶穆寒却没有看她，"漫焉。"他的手已经朝着程漫焉伸了过去，他毫不在意这个和自己闹得满城风雨，要嫁给自己的女人。

程漫焉在这个时候说心里没有感动是假的，至少他在那么多人面前这样对自己，也是在告诉自己他对自己的重视。

她伸出手去，并没有去看喧哗公主，或者说并不想炫耀什么。耶穆寒的手心是温暖的，这一点是她从来都不肯承认的。

耶穆寒看着她，这也是在外人面前他从来没有过的情绪，这样的温柔永远都只给程漫焉一个人，只要她愿意，这样的眼神可以是一辈子。

　　他小心地把程漫焉扶了下来，由始至终都并没有看喧哗公主一眼，这样的他也让喧哗公主的心伤了一下，紧紧地抿着双唇不说一句话。

　　"累吗？"甚至他的声音都是温柔的，坐了一天的马车她一定累了。忽略掉所有人投来的好奇的眼光，耶穆寒揽着她的腰没有丝毫要放松的迹象。

　　程漫焉微微摇头，"不。"所有人的目光中她都能够看到他们要折射出的一些东西，却没有心思去想累不累的，虽然说她也确实是累了。

　　话音才刚落就听见了另外一个声音，"这就是经常听你提起的漫焉吧？"温婉的声音是让任何人听了都舒心的。

　　耶穆寒的眉头微微皱了一下，"是。"他转过头来看着说话的女人，眸子里却是有着警告的。

　　连云走到两个人面前，而喧哗公主已经从马车里走了出来并对着连云行礼，"喧哗给皇后娘娘请安。"无论对任何人她都是周到的。

　　程漫焉微微愣了一下，原来眼前的女人就是当今的皇后，而她此刻的眼神里多少是有些挑衅的，随即她就明白了过来，原来她是冲着耶穆寒而来的。耶穆寒的魅力，竟然连当朝的皇后都要让他三分，而她却不知道她的命运也将因为皇后而改写。

　　"皇后娘娘。"耶穆寒冷淡说道，并不行礼，他的身份——手中的权力完全可以忽视所有人的存在。

　　面对耶穆寒那拒而远之的态度，连云多少是有些受伤害的，"很漂亮的女子，怪不得把左贤王迷得整日没事就往府里跑，也确实是有资本。"她说这样的话显然是有些讽刺的意思的。

　　程漫焉看着她却仿佛是当做她不存在一般，她没有必要对着一个仇人行礼，甚至没有必要对着一个仇人有任何情绪，只是淡淡看着她。

　　"皇后娘娘坐了一天的马车也该累了，早些回去休息着吧。"耶穆寒的声音变得冰冷了一些，并没有因为她是皇后娘娘就对她有所礼让，其中也是不乏命令的。

　　"不，本宫不累，若是漫焉也不累的话就陪着本宫四处走走吧。"她也是有很多话要和她说呢。甚至她的声音中是带着命令的，两个人又如何听不出来呢。

　　"漫焉累了。"程漫焉亦是知道无论自己做出什么事情来都有耶穆寒替自己顶

着，所以她可以拒绝任何自己不想做的事情。

丝毫不留情面的拒绝让皇后脸上顿时一阵青红，眸子里闪过恶毒，只那一瞬间就没有了，她还没有开口，耶穆寒就已经开口。

"皇后娘娘，我们就先离开了。"耶穆寒并没有给连云任何余地，直接拒绝了她，他也并不希望这两个女人在一起，也或许这次让程漫嫣跟着来是自己的失算。

连云忍了又忍，最终还是有风度地道："那漫嫣好好休息，王爷也不要忘记了今天晚上的宴会。"她是故意在提醒他的，也是说给程漫嫣听的。

耶穆寒揽着程漫嫣的腰离开，表情却是有些冰冷。

"没想到左贤王竟然连皇上的女人都不放过。"程漫嫣看着这无边的秋色淡淡地说，亦是想要一个他的解释。

脚下的黄草是特意被修过的，踏上去总是给人一种华丽的感觉，就像是回到了从前，风吹过脸并不那么冷了。

耶穆寒停了下来让她和自己面对面，"你不高兴了？"这的确是一个好信息，能够让她对自己有情绪是一个难得的信息。

程漫嫣淡笑，"漫嫣只是觉得王爷总是如此强硬做事情总有一天会得到报应。"他做事从来不考虑任何，只是凭借着自己的权力和威望，她说得也对，但是没有人能够挑战他的权力，甚至是当今皇上。

耶穆寒嘴角有了笑容，"那么你就是我的报应。"他的手轻轻拂过微风吹乱的程漫嫣耳边的发，"而且这样的报应一直持续了四年，从我遇见你开始到现在，但是本王还是幸运的，毕竟现在你就在本王身边，不是吗？"

程漫嫣屏住呼吸，若是以前听到这样的话她大可以置之不理，但是现在这样的话竟然是有些温心的。"耶穆寒，有件事情我想你还是要明白一些，你只不过是我的仇人，杀害了我国家的子民，毁灭了我的国家，甚至有可能我的亲人就死在你的手里，而现在你却对我说这样的话是期望我能够有什么样的情绪？不会，漫嫣永远都给不了你，你要的东西。"她说得那么的强硬，却更像是在警告她自己不要爱上这个男子一般，她不需要这样的温暖，他只是她的仇人罢了。

"漫嫣还是不了解本王。"耶穆寒并不在意她说的话，只要是她说的，无论是什么，他都可以接受。"本王已经说过当时只要你在危险之中本王就急着救你，为什么总让本王重复这个事情呢。"他微微皱着眉头，显然已经不想和她谈论这个话题了。

程漫焉张了张嘴，又开始了对自己的仇恨，四年前若是自己没有救他的话一切都不会发生了。安静了下来，她还能说什么呢。

耶穆寒拉起她的手，"现在先去休息一下，晚上还有事情。"他这么说就是说刚才皇后说的宴会她也一定要去了。

程漫焉亦是并不反驳的，耶穆寒那强硬的口吻就说明这件事情并没有反驳的余地。

一切都安静下来，风吹过，仿佛所有的一切都没发生过一般，若是如此，该多好。

第七章　龙飞凤舞

　　牵上程漫焉的手，耶穆寒嘴角的笑意不减，另外一只手搂住她的腰，一红一蓝开始交替着舞步，配合得那么完美，犹如天上神鸟，也应了那句话：龙飞凤舞！

　　宴会上。

　　程漫焉坐在耶穆寒的身边，而对面就是旋页公主和她的父亲瑞中王，斜对面是喧哗公主和她的父亲岢亲王，左手边是皇上和皇后娘娘。耶穆寒独坐一排也说明着他身份的高贵。

　　本来一派歌舞升平，却是暗藏着杀机的，因为旋页公主、喧哗公主、皇上还有皇后的注意力全部都集中在程漫焉身上。

　　耶穆寒夹菜放在程漫焉的盘子里，并不在意所有人的目光，嫉妒也好，憎恨也罢。"忍一下，马上就会结束了。"他亦是知道自己带她来这样的场合对她是有些委屈的，但是他必须让她尽早融入到自己的生活中来，一直安排着她走每一步都是为了让她尽早接受现在的生活。

　　程漫焉淡然地看了一眼盘中的菜，也已经有了心理准备应付这些女人的挑战。"漫焉以后可以不再参加这样的宴会吗？"她只是在征求他的意见，并不是要求或者请求，因为她的语气很淡然。

　　耶穆寒浅酌一口酒，"漫焉这么聪明应该知道本王为什么这么做。"他的眸子朝着四周略过，连那跳舞的女子都在若有若无地朝着这边看来。

　　程漫焉微笑，这样的微笑也显然是给所有人看的，没有人可以说一个亡国奴就不该有幸福。"可是王爷总是会有自己的王妃不是吗？这样带着一个女子公然出现在这样的场合会不会不太合适？"

耶穆寒转过脸来看着她，"漫焉不高兴了随时可以告诉本王。"每次他说这样的话都是很认真的，只要她一句话所有的一切都可以改写。只是一直到现在他都没有听到自己想要听的话。

程漫焉嘴角有着恼怒，面部表情也有些冷硬，"不要把你自己的情绪加注在我身上，漫焉没有什么值得不高兴的。"

耶穆寒认真看着她，她却是什么都不说，"是不是本王太放纵你了。"他的话音里有着微微的叹息，全天下也只有一个女子能够让他这么无奈。

程漫焉的心惊了一下，她自己都承认耶穆寒对她的放纵和宠爱，而他说这句话却让她无以回答。

"寒！"是皇上在说话，这样称呼一个臣子也算是对耶穆寒的重视和不可忽略。"这就是经常听人提起的漫焉吗？"他虽是不经意地问，其中却是包含着太多的含意。

程漫焉抬头看向他，一个年轻的帝王，眉宇间的英气中还散发着一种忧愁，这样的忧愁也或许是程漫焉能够了解的，这就是覆盖了她的国家的皇帝，而如今他在对着自己微笑，自己是该喜还是该悲？

"是。"耶穆寒并没有什么特殊的表情，看着皇上的表情除了君臣之外还是有其他的东西在其中的，是君臣，也是朋友，更是对手。

"是？"皇上微微皱着眉头想着程漫焉的来历。

皇后连云却是在这个时候微笑着说话了："是北凉的那个女子。"她是在提醒皇上，这样的提醒却是又有着另外一层含义。在所有人面前再次提醒程漫焉的身份，她只不过是一个亡国奴罢了。

"原来是个北凉女子。"皇上的眼睛和程漫焉的对上，就仿佛是一种挑战，各有各的意味。

程漫焉并不说话，无论皇上的话中带着什么意思，她都没有去接的必要。也是因为对自己身份的一种自知之明，也是对皇上的藐视，不愿与他说话。

"寒，美人在手可要好好把握。"皇上说这样的话伴有开玩笑的意思，对耶穆寒，两个人的感情或许是相同的，是朋友，又是对手。

"可是皇上。"皇后又开口了，立刻就看见旋页公主眸子里闪过一丝惊喜，皇后终于要动手了。"是左贤王带兵毁灭了北凉，让一个北凉女子留在他身边会不

会不妥？"程漫焉要刺杀耶穆寒的事情早就已经闹到人尽皆知了，耶穆寒却一直把她留在身边，即使他自己不担心也总是会有人为他担心的。

　　但是她这样的话不该在这个时候来说，她还并不是很了解整个朝堂的格局，虽然说皇上是依赖耶穆寒把他当朋友，但是他手中的权力太大了，留在身边总是个祸害。

　　"这个不劳皇后费心，漫焉既然已经是贤王府的人，那么该怎么做我自有定夺。"耶穆寒一句话就消除了所有连云说的话可能带来的后果，也分明是在保护着程漫焉。

　　程漫焉的心不知道为什么疼了一下，耶穆寒这样做是在说明什么，告诉自己他和皇后之间不一般的关系吗？而在皇上的眸子里，是她看错了吗？竟然有着若有若无的伤痛。

　　"是啊！？"皇上嘴角依然有着笑容，在程漫焉看来却是有着忧伤的，可是他的话还没有说完就被旋页公主接了过去。

　　"可是皇上，让一个心怀怨恨的女人留在表哥身边真的好吗？若是表哥出了什么事情，那可是我们大魏的劫难，怎么能够让表哥这样一意孤行呢。"她说得有理有据，声音中那一丝蛮不讲理却是那么的明显。

　　耶穆寒冷冷地看着旋页公主并不打断她说的话，"旋页也不小了，皇上也是时候该给她找个婆家了。本王的事本王说过自会解决，不需要任何人来费心。"他说这样的话明显是对旋页说的，他已经警告过她了，那么现在就该给她一些实际的警告了。

　　皇后眸子里闪过恼怒，却是什么都不能说。

　　皇上依然是笑，耶穆寒说话的分量甚至比他这个皇帝说话还要重，他说的每一句话他都必须考虑清楚。"旋页也的确不小了。"皇上也算是故意岔开话题，即使耶穆寒是他的朋友，该杀的时候他亦是不会手软。这件事情正好还有程漫焉在，若是程漫焉能够代劳那是最好不过了，怎么能够容忍旋页来破坏呢！"只是旋页这脾气，谁敢娶呢？旋页有没有意中人？"这样在大庭广众之下问一个女子有没有意中人多少有些不妥，但是因为两人之间特殊的关系也并是没什么的，况且他在心里自然有自己的想法。

　　旋页公主的脸瞬间就红了起来，脑海里迅速地思考着自己的答案，她该说出耶穆寒的名字吗？

程漫焉的心也提了起来，她知道旋页公主此刻说出的任何一个名字代表的后果，可是她怎么能够有这样的感觉呢，特别是为了耶穆寒。她有些恼怒自己。

"我看礼部尚书左文卓就不错，怕是旋页嫁了过去老是拿身份压人，也幸好他有武功在身，一表人才也算配得上旋页。"耶穆寒说得漫不经心，仿佛事不关己一般，还不忘记给程漫焉的盘子里夹菜，看着她吃了下去，嘴角更是浮起笑容。

旋页公主表情上尽是忍耐，耶穆寒怎么能够把自己推给别人！"旋页不喜欢他！"她大声地说了出来，因为生气，脸上憋得一大片红。

"皇上，今天本是个大家都高兴的日子，谈论婚嫁是不是有些不适宜，让喧哗给大家跳支舞可好？"喧哗公主嘴角带着浅笑，因为人本来就美，这样款款的姿态瞬间吸引了所有人的目光。

皇上大笑，"哈哈，是，现在讨论旋页的婚事无疑是给自己找烦心事，还是喧哗最善解人意！"心里却在迅速地思考着这几个人之间的关系和每个人在想的事情。

耶穆寒不再看任何人，浅酌一口酒，"漫焉小时候经常被欺负，今后有本王在，任何人都不会再欺负你。"程漫焉不明白他怎么会突然说起这件事情，还是因为刚才的事情。

"漫焉会自己解决的。"从小到大什么样的人情淡薄她没有见过，无论别人怎么对自己都是可以接受的，只是此刻她心中因为耶穆寒说的这句话在悄悄感动着，能有一个男子如此为你，哪个女子能够毫不动心呢？

耶穆寒转头看着她，眸子中是霸道又带着温柔，也让一直关注着他的三个女人各怀心事，"本王说过的话向来是不会做空的，而且漫焉也不需要辩驳。"他的声音有些淡，并不为程漫焉的拒绝而有所退缩。

程漫焉突然转过头来看他，"那么王爷最早给漫焉的承诺什么时候会实现？"她问得有些咄咄逼人了，因为她想要掩盖心中的那一丝温暖，不愿意再接受耶穆寒给予自己的任何东西。

耶穆寒眉头微微皱了一下，"等漫焉也实现自己诺言的时候。"等她真正愿意把心给他的时候，即使是用自己的生命来换也是在所不惜的。

程漫焉的脸色瞬间淡漠了下来，是啊，好遥远的事情。她从来不认为自己有

一天会把自己的心交给他，只是若真是如此，不知道又是如何一番场景了。

"啊！"不知何时几声惊叫打破了原本华丽的宴会，所有人的注意力再次集中在了惊叫的源头上，喧哗公主摔倒了，而她的眼神正看着耶穆寒！紧紧地皱着眉头，清灵的眸子里尽是悲痛。

耶穆寒再次端起酒杯浅酌着，并不在意这个自己可能要娶过门的妻子的摔倒，仿佛是对待一个完全陌生的女人一般。

宫女们七手八脚地把喧哗公主扶到皇上坐的高台下面的空地上，也正好是在耶穆寒的前方。

"喧哗让皇上、皇后、左贤王扫兴了。"她跪了下去等待处罚，却在想着耶穆寒对自己的态度会不会因为自己的出丑而改变。这样一个痴情的女子啊，终究是命运，终究是这场游戏中的一个悲剧角色。

皇上自然是不会在这个时候计较这个事情，"喧哗没事吧？快把公主扶到位置上坐下来！"皇上自然有自己的角度，不会责怪她的。

安静是有些尴尬的，安静中皇后却再次开口："不如让漫焉跳一曲给大家助兴可好？"她的声音像是早有预谋一般。

程漫焉眉头微微皱了一下，嘴角有了讽刺的笑。她们必然是已经把她的过去查得底朝天了，小时候生活环境不好也并不代表自己不会跳舞。

"好！只是不知道漫焉愿意不愿意？北凉的人这么绝美，舞应该也很绝美吧？"皇上看着她，她看着皇上，而耶穆寒在一旁沉思着。

程漫焉刚要站起来却被耶穆寒拉了一下，她挣脱耶穆寒的手，"北凉的舞自然绝美，怕是不知道你们能不能欣赏得懂。"她的声音平静，看着耶穆寒示意他不要阻止自己。

皇后心里露出了微笑，这样一个高傲的女子，一个耶穆寒的女人，也不过如此。

琴音到达高处，出乎所有人的意料一个红色绸缎在空中飘舞了起来，却是因为被伴舞的挡着而看不清楚程漫焉的身体，红色绸缎慢慢地落下，所有人的注意力都在那伴随着伴舞慢慢散开出现的程漫焉身上，优柔的身段和完美的舞姿随着音乐而慢慢起舞，就仿佛是落在凡间的精灵一般一尘不染。

音乐慢了下来，程漫焉慢了下来，所有的一切都是那么的不真实，仿佛是在梦中的一场表演。

如流水的音乐，如流水的美人儿，所有人的心都沦陷了，每一个动作都那么的优美，脚尖轻跷，就能够让所有人的心紧张起来，手腕就像是灵活的水蛇一般在水中自由自在漫游着。

看着她跳舞，就犹如在春天里漫步一般，春风拂面，吹走了所有的烦恼，以为就要到达另外一个天地里去。清灵的女子，清灵的风，这一刻，所有人心中也已经明了为何耶穆寒会如此爱这个女子。

舞到最后，耶穆寒嘴角的笑意似乎有些醉意，仿佛所有人都不存在一般一步一步地朝着程漫焉走去，她嘴角的微笑那么温柔，再次让所有人的震惊了，而此刻的耶穆寒脚步镇静，气宇轩昂，走起路来俨然有着王者风范，仿佛他才是当今的皇帝！

牵上程漫焉的手，耶穆寒嘴角的笑意不减，另外一只手搂住她的腰，一红一蓝开始交替舞步，配合得那么完美，犹如天上神鸟，也应了那句话：龙飞凤舞！

离那日已经好几天了，程漫焉依然能够从旁人的眼中看见羡慕之情，这和她最初在耶穆寒所带领的军队里区别很大的，唯一不变的却是她亡国奴的身份，而现在即使是当今的皇上也要让她三分。可她却不知道还有更大的残酷在等着她！

阳光很好的午后，程漫焉懒散地玩弄着手中的虎形弄玉，眸子微微眯着看着眼前的皇后，"皇后娘娘此刻来，所为何事。"看样子她却是并没有太多要和皇后说太多的意思，也有着不屑的因素存在。

连云的眼角因为她的怠慢而微微有些恼怒，却不发作，一个有涵养的女人才是耶穆寒会爱上的女人，她时刻都记得这个，但却是怎么也不明白耶穆寒怎么会喜欢上这么一个傲慢无礼的女子！"本宫也不和你说废话，你可知道自己的身份？"她的语气中却是威胁成分居多的。

程漫焉嗤笑一声，"在你们眼中，除了魏国子民之外，其他十五国的人，哪个不是亡国奴呢？你说呢，皇后娘娘？"她喊那句皇后娘娘更是有着不屑的意味。

"是。"连云也并不否认，"那你可知你和他之间的差距在哪里？你可知你以这样的身份呆在他身边会给他带来怎样的不便吗？本宫是不知道寒怎么会喜欢上你，也可能是你的高傲，你的倔强征服了他，但是一旦有一天你屈服了，这样受宠的日子你还能过多久？到时候你的亡国奴身份可能就会换一种了，阶下囚，或

者枉死鬼。"连云惊喜地发现程漫嫣变得沉重，心里露出了微笑，这样一个高傲的女子，耶穆寒的女人，也不过如此。"我现在帮助你离开他，并且让你后半生衣食无忧，如何？"她最后那句如何说得很轻，大有蛊惑她的意味。

程漫嫣思索着她的话，她说要帮助自己离开，这个条件确实让她心动，意识到自己并杀不了这个魔鬼之后，离开他就一直都是自己最大的心愿，但是六皇子还在耶穆寒的控制之下，不知道他现在怎么样了。"皇后娘娘可知漫嫣留下来的最大目的是什么？"她转而进攻皇后娘娘。

连云愣了一下，这个问题她的确是没有想过，"你要的一切，左贤王可以给的，本宫一样不少你。"

程漫嫣冷笑一下，"我要耶穆寒的性命，皇后娘娘也能给吗？"她要的东西永远都只有一样，即使要她用性命来补偿她也无怨无悔。

连云震惊了，"你要他的性命？"她重复着程漫嫣的话，不能相信自己听到的。全天下竟然有人敢这么直言不讳地说出这件事情，仿佛只是要杀一只待宰的畜生一般平静，这个程漫嫣是不是也太自不量力了！在宴会上听到的时候她还以为只是传说，亲耳听到程漫嫣这么说依然让她震惊不已。

"是。"程漫嫣的表情有些冷硬，想起耶穆寒对她做的种种她到现在还不能完全平静下来，恨不得杀了他，没有他在眼前她可以用自己真正的表情对待任何一个人，而不是对着耶穆寒勉强欢笑！

连云彻底不能明白了，怎么会这样子，耶穆寒从来没有对一个女人如此认真过，如今却对一个要杀他的人如此这般！"本宫说了本宫可以给你任何左贤王能够给你的东西，这其中并不包括他的性命。"她会杀了全天下人，却不愿意杀了耶穆寒。

"不。"程漫嫣的声音再次慵懒了起来，浅酌一口茶，"他会给。"只是时间的问题而已。"而我，一直都在等。"她的目光飘向了不知名的地方，却是并没有落在固定的一点上，反而是显得有些空阔和落寞。

静悄悄的时光在指缝间流走，一个女子在等着只属于她一个人的天荒地老。

所有人都坐在那里等待着皇上和左贤王之间的战争，人们多少是能够感觉得到两个人之间的明枪暗箭的，虽然两个人嘴角都带着微笑，但是这样的笑意并没有抵达眸底。

整个场面有些沉闷，所有的人都在等待，而唯一显得平静的就是程漫焉了。也或许是潜意识里知道耶穆寒一定会赢，而这个时候其他几个人的表情就有些不同了。

旋页公主自然是不用提了，一脸焦急地看着远方，等待着耶穆寒的身影，相对来说喧哗公主和皇后的表情就比较复杂了。

而在林深处，耶穆寒和皇上两个人却并没有人们想象中那么激烈，只是并排骑着马缓慢行走着。

"寒，把那个女子留在身边真的好吗？"他这样问虽然也有关心耶穆寒的意思，试探的意思却是更多一些。每说一句话都是带着深意，从耶穆寒的一句话一个字中去体味他的意思。

耶穆寒笑笑，"皇上费心了，皇上也知道我最喜欢的是什么，就是征服，越是不顺服的，我的兴趣就越大。"这也是他能够拿下这十五国的原因，而和他一起南征北战的皇上又怎么会不明白呢。

皇上大笑，"那寒除了对这个女人有这么大的征服欲之外还对其他的事情有征服欲吗？就像是对程漫焉这样的感觉。"他的口吻虽然有着开玩笑的意味，仔细听却是有着认真的，而耶穆寒自然也是能够听得出。

"有。"耶穆寒毫不犹豫的承认，这样的口吻是那么的悠然自在，仿佛是一件极其自然的事情，却是并没有看见皇上眸子里那一闪而过的杀机。

"征服她的心。"

皇上眸子里闪过讶异，也收起了那一层杀机，"寒这次是认真的？朕可从来没有见过你对一个女子如此用心，寒也老大不小了，也该有个家了，你看朕，现在孩子都有好几个了，不然就按照原来的想法让喧哗公主做王妃，让这个女子做个小妾好了，她这样的身份安放在什么位置上都是略显尴尬的。"

耶穆寒的眉头略微皱了一下，"这个事情皇上就不必费心了，"他说话有些犹豫，对这个朋友他并不想欺骗他，"我在等。"

"等？"皇上的声音中带着玩味，"等美人看到你的真心？哈哈，寒好久没有这么认真做过一件事情了。"随即他哈哈大笑三声骑着马疾驰而去。"比赛已经开始了，不能让美人失望不是？"

　　林中荡起灰尘，两匹骏马已经载着各自的主人而去了，只留下了宁静的灰尘和鸟儿的叫声，却是显得更加空旷了。

　　两个时辰过去了。

　　皇上早就已经优哉游哉地在那里喝茶了，而耶穆寒却是一直都没有出现。

　　程漫焉多少是有些焦急的，而这样的情绪到底是来自哪里连她自己都说不清楚。手上的丝绢已经被她不经意之间弄皱了，不经意地瞥着林深处，她是在为耶穆寒担心吗？

　　她是知道皇上和耶穆寒之间的特殊关系的，但是皇上会在这个时候对耶穆寒下手吗？毕竟两个人还是朋友，她只感觉到心烦意乱，什么都不能认真去想，偶尔转过头去看看皇上，他也正在看着自己，她的手微微有些颤抖，因为有着让她恐慌的事情，在皇上的眸子里她隐约能够看见一些杀机，她相信自己的直觉，那种不安被扩大，让她几乎都坐不住了。

　　再次看向皇上，他并没有丝毫的焦急，但是端着茶的手却是一直都没有放下，眸子亦在林深处，而那其中是在想的什么却是她也不明白的。他会吗？

　　她听见了抽气声，她很清楚那是某个女人发出的声音，而她的脸更是冷了一层，因为心中的石头已经落了下来，并不看那林深处，她知道耶穆寒肯定已经出现了。手却是颤抖得更加厉害了。

　　"呵呵，"连皇上的笑声都有些苦涩，让程漫焉也认证了这并不是皇上的安排，"寒终于出来了，只是他已经输了，终于也让朕赢了一回！"他的声音中带着豪爽之情，可见对耶穆寒的出现也是很高兴的。

　　耶穆寒手中提着一只浑身是血的老虎不疾不徐地走到他面前，嘴角带着淡笑，"是，这次皇上赢了。"他身上已经有好几处裂开了来，可见这只老虎并不好对付。说完这句话，他就把眸子转向了程漫焉，随即眉头就皱了起来。

　　"三年了，朕从来没有赢过你，这次你是在想什么呢？"皇上的话明显有着其他的意思，还带着一些无奈，"快来人！给左贤王拿件衣服来！"

　　在这个时候耶穆寒却走到程漫焉面前，眉头深深地皱着，还没有开口说话就把自己的外衣脱了下来，程漫焉看着他的动作，心微微颤抖了一下，不能否认自己的确是一直都在期盼着他的出现，怕他被皇上杀害，怕他在人们看不见的林深处出现什么意外，可是这个时候他就站在自己面前，她的心在颤抖。

耶穆寒轻轻把衣服披在她的肩膀上，"冷？"今天的天气应该不会感觉到冷才是。

程漫焉迅速低下头，"不，不冷。"她怕再看他一会儿自己就会控制不住自己的情绪哭了出来，这个时候她只是觉得自己很压抑。

耶穆寒并不在意所有人的目光，把衣服的带子给她系上，正好这个时候一个宫女拿着另外一件衣服站在了他的身后，"王爷，这是皇上吩咐给您拿的衣服。"

耶穆寒并没有回头，程漫焉却是能够清楚地听到他的叹气，感觉到另外一件衣服落在了自己身上。心中一阵温暖，为什么耶穆寒要对她这么好？

程漫焉上手去阻止，"不，"她看着耶穆寒，眸子里有着坚决，"这是皇上赐给你的衣服，你不能把它给我。"她的声音很小，他怎么能够当着皇上的面这么不给他面子呢。

耶穆寒愣了一下，嘴角那刚毅的线条却是说明着他的不在意，"你冷，没关系的。"话并不多却是每一句都是为了程漫焉，"本王说过本王连命都可以给你，而现在只是一件衣服而已。"

排山倒海的感觉随着程漫焉而来，一个女人即使是再硬的心，被一个这样的男子温柔的保护着还能够不融化吗？

皇上看着耶穆寒的动作，眸子里再次闪过杀机，却是并不说什么的，因为他还没有能力可以打倒耶穆寒，无论是作为敌人还是朋友。而在其他几个女人的眸子里除了隐约的妒忌和隐忍之外却是看不到什么的。

程漫焉颤抖得更厉害了，如果可以的话，她真的好想抱着耶穆寒大哭一场，但是现在时间不对，场合不对，就仿佛是受了什么委屈一般，她不能自已。

耶穆寒双手握住她的手不让她颤抖得那么厉害，"我带你回去。"一个人在一个陌生的环境里，肯定是委屈的吧，更何况是这样一个身份。

不由分说地，他拥着程漫焉走到皇上面前，"请皇上允许我暂且退下。"他的声音中甚至是带着一些命令的，也可以说是对待一个朋友的口吻，丝毫没有乞求的意思。

皇上嘴角带着淡淡的微笑，或者是一丝暧昧，眸子里的温度逐渐回升，这么多年了耶穆寒从来没有任何弱点，而现在他的弱点终于出现了吗？"好！"

回到住的行宫里，程漫焉一下就瘫坐在了那里，连她自己都不得不承认自己

此刻对他的感觉，为他担心，为他害怕，为他的关心而心动。

耶穆寒在她面前坐了下来，"怎么了？"完全像是一个丈夫对待妻子一般，无微不至。

程漫焉低着头并不说话，她该怎么说，告诉他自己爱上他了？这是她自己都不允许承认的事情又怎么会告诉耶穆寒呢。

耶穆寒把她的下巴抬起来眉头微微皱着，"告诉我怎么了？"他的声音中带着微微的无奈，今天的她一直都有些不对劲儿，他心里也在思索着她这细微的变化，在他去打猎之前还是一切都好好的。

程漫焉依然不看他，这个时候还是有些害怕他的，这样一个聪明的男人并不难猜测出她的心思，她只有好好地伪装起自己来，并没有忘记自己在他身边只是为了杀了他。

"没有，只是有些冷。"她的话有些文不对题，思路也有些乱了。

耶穆寒此刻只是穿着单衣，眉头微微皱着，"是担心我？怕我被皇上杀了？"嘴角是微笑，他的漫焉，越来越可爱了，温暖在他的眸子里逐渐化了开来。

程漫焉的心惊了一下，这样的男人没有什么是他不知道的，没有什么是他猜不到的。

"不是，"程漫焉的拒绝都有些无力，顿了一下又道，"王爷不要忘了漫焉呆在王爷身边的目的。"她站了起来，不想继续和他讨论这个问题。因为这件事情上无论如何她都会是输家。

耶穆寒也站了起来，接过侍女递过来的外衣披上，"累了就先休息一下。"随即摆了一下手，"来人，送夫人去休息。"

他亦是知道现在不是强迫她承认自己感觉的时候，程漫焉心里对他还有太多的芥蒂，只六皇子一件就已经阻隔了她心里太多，还有她一直都放不下他杀了她国家那么多人，他必须给她时间来消化这些事情。

耶穆寒坐在那里陷入了沉思，回忆起第一次见到程漫焉时候的情景，小小的脸上却是带着异样的坚决和淡漠，他嘴角有了笑意，多年过去了这个情景却一直都在他的心里，让他时刻因为这张脸而牵挂着。

这是他的女人，谁也带不走，永远都是他的，即使他死了！他的眸子变得深邃。命运，一切都是命运！

翌日。

又是和上次同样的情形，一群公主们排着四周坐开，而程漫焉站在其中。

"程漫焉，你告诉本公主你是用什么方法迷住王爷的？"这个公主嘴角还带着笑意，"唉！我可不是来找茬的，我就是好奇而已。"

程漫焉的眉头微微皱了一下，"你们来都只是为讨教这个问题吗？"她声音中的冷淡就可以说明这些人本是不受欢迎的。

"是啊，我们自然是要来讨教一番了。"这个声音就不那么和善了。

程漫焉冷冷地打量了她一眼，"有时候这样的事情也是和长相有着很大的关系的。"她的声音就像一把冰刀直接刺进那个公主的心脏里，其他几个女人的笑声也正在说明这一点。

"放肆！"女人直接站了起来，却是连接下来的话都还没有说出来就有侍卫冲了进来。

"王爷请摺画公主出去。"侍卫恭敬地站在那里看着嘴里喊着放肆的女人，说出来的话也像是贤王府的架势，永远都带着命令的口吻。

摺画公主的气焰一下子就下去了许多，其他几个公主也都有些吃惊，"王爷什么时候说过？"而且只是说让摺画公主出去，是什么意思？

"王爷吩咐过任何人来找夫人的茬都必须请出去。"为什么经过了上次的事情之后还是有这么多的女人要来送死？她们明明知道这样不会有好结果，却依然这样前赴后继，连侍卫都有些为她们可惜，这么漂亮的公主又有地位，就要这么嫁给一群糟老头子。

所有人都屏住了呼吸，整个空气沉闷了下来，谁也没有想到会是这样的情况。耶穆寒竟然如此看重这个女人，若是今日来的人是皇后又不知道会是什么样呢。

所有人都默默地站了起来，看了又看程漫焉，却是谁也并不敢再说一句话，经过她身边却只是只敢看她一眼，程漫焉却始终都冷着脸并不说什么，最起码今天有三个女人没有来：旋页公主，喧哗公主，还有连云。

最后一个女子却站在她的身边不往前走了，只是看着程漫焉的侧脸，脸上有些为难，想说什么却是什么都说不出来。

"你想说什么，"程漫焉嘴角有着讽刺的笑，往前走了一步，"以一个公主的

身份做别人小妾似乎并不妥，你完全有机会找一个更好的，特别是像耶穆寒这样的男人，即使委屈自己呆在他身边对你又有什么好处呢，只是痛苦一生罢了。"只看一眼就能够明白为何她要如此的为难了，她这也只是好心的劝诫罢了。

女子的脸上闪过一丝忧伤，却是开口道："不，是有人让我给你传句话。"虽然说她是很仰慕左贤王，但是也知道自己最终都不会是他身边的那个人，而程漫焉站在他的身边真的好般配。

程漫焉转过身子看着她，在这里她并不认识太多人，会是谁要传话给她呢。"说。"她的声音让这个小公主吓了一跳，这口吻，这口吻怎么和王爷的口吻那么像！

"说傍晚时分一定要你去围场的云来寺，还说你若是不去的话一定会后悔。"说完之后女子就加快了脚步走了出去，并没有给程漫焉问是谁让她传话的机会。

程漫焉看着女子离开的身影并没有把她的话放在心上，别人的事情她向来是不关心的，况且她去与不去并没有太多的差别，那为什么一定要跟着别人的思路走呢。

晚上，耶穆寒主动提起了这个事情，"今天她们来找你什么事情。"他只是问，而情况亦是早就知道的。

程漫焉把热毛巾放在他的脸上，每日她都如此做，因为这样做可以解除他一天的疲惫。"王爷不是早就知道了吗。"

耶穆寒嘴角带着淡笑，"那么告诉本王，委屈自己呆在本王身边真的只是痛苦一生吗？"他拉住程漫焉的手很认真地看着她。心中有着期待，对程漫焉的期待，这个女子，现在会不会承认自己的感情？哪怕是一点点？

程漫焉愣在那里，她说那样的话只是针对那个小公主而已，并没有想到会用到自己身上来，"那要看是谁呆在王爷身边。"

耶穆寒认真地看着她，"漫焉，本王曾经说过本王也已给你任何你想要的东西，即使是本王的命，但是本王不希望看到你痛苦。你痛苦本王就会比你痛苦十倍，本王所做的一切都是想让你开心一些，你真的就那么痛苦吗？"他本是不想强迫她的，但是他想要听到她的答案。

程漫焉呆在了那里，她该如何回答他的问题呢，她就只能在痛苦和不痛苦之间做选择吗？"漫焉已经没有感觉了，漫焉对现在的生活已经疲惫了。"

耶穆寒眸子里闪过不舍，"为什么不能尝试着接受本王的爱呢，本王已经说过了此生你都已经不可能再离开了，接受会让你活得好一些不是吗？"他的声音中带着一些霸道，已经不由分说地把程漫焉拉进了怀抱里吻上了她，"漫焉，接受本王给你的所有。"深沉的呼吸中夹杂着他的呢喃，温柔而霸道，让程漫焉没有任何反抗的余地。

夜幕降临，只是程漫焉把要去云来寺的事情忽略了，也让她日后更加痛恨自己，更加痛恨耶穆寒，而此刻的耶穆寒却是什么都不知道。

第八章 仇恨之末

耶穆寒还没有死，她怎么能够死在他前面？她如何对得起天下百姓，如何对得起六皇子？可是，她不能够再次见到六皇子了不是吗？

为什么围着她的人都是这样的面孔呢？

翌日。

风和日丽，气氛却是有些肃杀的。

本来是出来散心的程漫嫣看着面色有些焦急的人们都朝着同一个方向疾步走去心中多少是有些不解的。

"他们这是在做什么？"程漫嫣并没有回头去看身后的侍女漫不经心地问道。

"今天早上听说有个人死在了云来寺，而且死状很特殊惊动了皇上，现在他们都要去处理这个事情。"侍女恭敬地回答道，并没有废话。

程漫嫣的心里一惊，云来寺？！昨天有人传话要她去云来寺的！难道说有人代替自己死了？

不，她要去看看。

周围是三三两两赶去的人们，程漫嫣疾步走着，心却是越来越不能平静，是谁呢？和自己有关系吗？不知不觉她的脚步加快。

因为是耶穆寒的女人，周围的侍卫是并不阻拦她的，只是简单地询问了一下就放了进去，程漫嫣的脚步变得沉重，因为并不知道里面的人是谁，但是周围的气氛却让她有一种不祥的预感。

阳光洒在她的脸上，多少为此刻的环境找了一些衬托。程漫嫣走上了台阶，能够看见大殿里那尊大佛，却仿佛是错觉一般，她听见了风吹过铃铛的声音，突然间遍布着整个大殿，她就站在大殿外面，那种不祥的预感越来越重，铃铛，一直维系着她生命的东西，怎么可能出现在这里呢。

她僵站在那里，什么都不能想，不能移动自己的脚步，也或许是风大了，也或许是这样的气氛让她不安，周围的所有声音都变成了那铃铛的声音，她曾经送给六皇子的铃铛，在这个时候越来越响亮了。不知道是什么给了她动力，也或许她只是想要验证一下自己的感觉是错误的，她快速地走进了大殿。

就站在那里，头顶，身边，全部都是铃铛。佛像下面是一个人头——六皇子的人头。

周围所有的一切都消失了，没有皇上，没有耶穆寒，没有侍卫，整个世界都变成了六皇子，他的笑容，他的声音，他的所有的一切。

而现在他就在自己眼前，真真实实的六皇子，却是再也没有了笑容，再也没有了声音。闭着眼睛，什么也看不到，看不到程漫焉此刻绝望的表情，看不到她的悲哀，看不到她的仇恨。

"漫焉离开这里。"耶穆寒的声音把她从梦境中拉了出来，她陡然间转过头来看着耶穆寒。

"你失信了。"她的声音中是无以言复的绝望，看着耶穆寒的眸子却是那么的平静，"你说会让他安全的，可是现在呢，耶穆寒，你说让我相信你，是的，你说的每一句话我都相信，可是我相信的结果是什么？我们做的交换条件是什么？是交易，不公平的交易，你却失信了。"她说的每一句话都是那么的平静，平静得让耶穆寒的心突然慌张了一下。

"不，漫焉。"他试图解释，因为是程漫焉，所以他必须开口解释，"你说你相信我，那么你要相信这个事情和我没有任何关系。"他的话是那么的坚定，若是程漫焉理智一些的话就可以听出他口吻中的坚定，就可以知道他和这个事情并没有关系，但是现在她什么都想不到。

程漫焉用力地甩开他的手，后退一步看着他，"你要我相信你，"她转过头去看着六皇子的人头，眸子里有着绝望，"可是你要我现在怎么相信你！"她的声音陡然增大，不敢相信地看着耶穆寒。

皇上看着耶穆寒的眉头微微皱了一下，却不开口说什么，因为这是耶穆寒的事情，他不好开口，也不能开口，但是这个人头是属于哪个男人的？又和耶穆寒

还有程漫焉是什么关系？他们之间又做过什么样的交易。这些问题迅速在他的脑海里流窜着，到底是怎么回事？或许这些都是对他有用的信息。

耶穆寒的嘴唇紧闭着，那刚毅的线条说明着他此刻的心情，他上前一步想要抓住她的手，却被程漫焉迅速地后退一步，也让他站在了那里，只是看着她，什么都不说，要解释的他已经解释过，她若是不相信也是没有办法的。

"你不要靠近我！你这个卑鄙的小人，我程漫焉这一生犯的最大的错误就是相信了你！你是我的仇人可是我竟然相信你，还为你担心怕你死了，都是讽刺，耶穆寒你只不过是我的仇人，你记住，我要杀了你！我要杀了你！"她扑倒在六皇子面前，心情再也平静不下来，因为激动而全身颤抖。

耶穆寒淡淡地看着程漫焉——这是他的女人，此刻却在为着另外一个男人而痛哭流涕，即使他对她有再多的心疼也会和另外一种心情打平，"漫焉，你先回去，这个事情我会处理。"耶穆寒上前一步想要扶起她，却是如预料中一般被程漫焉的手狠狠地甩开了。

"耶穆寒，"程漫焉的声音都有些颤抖了，说明了她此刻内心的仇恨和激动，"不要碰我，否则我绝对会让你后悔。"她紧紧地把六皇子的人头抱在怀里，这是她曾经最爱的男人啊。

耶穆寒剑眉一挑，"好，我不碰你，但是你要回去。"顿了一下他又道，"我说过这个事情我会处理，而且这本也不该是你该来的。"他说的每一句话都是那么的有力道不容人拒绝。"来人，带夫人回去。"他是说了自己不会碰她，但是没有说别人也不会碰她。

程漫焉陡然转过头来看着他，"回去？回哪儿？回到你的地方让你再次羞辱我？"

耶穆寒的心疼了一下，她竟然把他对她所有的好都当做是羞辱！那么他的心呢？他的爱呢？原来一直都是在自己营造的气氛中，根本没有爱！"带下去。"他并不回答程漫焉的问题，只是冷冷地吩咐侍卫。

程漫焉却是并不愿意放开六皇子的人头，几番和侍卫拉扯着，可是一个女子怎么能够和一个长期接受训练的侍卫相比呢，"不！不要！你们不能带走他！你们不能……"直到她的声音也变得绝望，却是没有人再搭理她——甚至是耶穆寒，只是淡淡地看着她的绝望并不说一句话。

程漫焉不放弃地看着耶穆寒，"耶穆寒你不能这样做。"省略掉所有的原因，她只说结果。

六皇子的人头就落在她的脚下，她却是并不能去捡。"耶穆寒你不能这样。"她只能重复着这句话，看着耶穆寒的眼神也是有些哀求，也正是这样的眼神让耶穆寒狠下了决心。

"带夫人下去。"他淡淡地说，不再看程漫焉。

程漫焉站直了身子看着他，已经趋近于平静，"耶穆寒你会后悔的，我程漫焉用生命来发誓一定会让你后悔。"不用侍卫们的"帮助"，她自己主动走了出去，甚至不再看六皇子一眼。

耶穆寒看着程漫焉离去的背影，双手握成了拳头，无论这个事情和他有没有关系，程漫焉都已经认定六皇子是他杀的。即使他已经解释过，他的心里满是怒火，自己最爱的女人竟然为了另外一个男人而不相信自己！

"寒！"皇上的声音打破了耶穆寒的沉思，他转过头淡淡地看着皇上，"你看。"皇上拾起了六皇子的人头，因为刚才被程漫焉紧抱着，又和侍卫有了冲突，人头的边缘处已经有些破损。

耶穆寒的眉头皱了起来，他的手伸了出去把六皇子脖子处的一层揭开，一点点，最后是整张皮——这不是六皇子。

"这是谁？"皇上开口问道。

耶穆寒紧紧地盯着那人头，面色开始一点点变冷，"是耶穆清。"接着他又说了一句话，"我的弟弟。"而他说的这句话就已经昭示了杀耶穆清的人肯定会死得很惨烈。

皇上的眸子也陷入了震惊，怎么可能会这样？"是谁做的？是谁这么大胆子！"

和皇上的激动相比，耶穆寒倒是显得更沉着一些，每每在心里思考一些事情的时候他都是如此，也注定着要有人为此付出代价。"不知道。"耶穆清怎么会戴着六皇子的面具，又是被何人所杀？

傍晚。

"漫焉。"耶穆寒站在那里，今日若是死的人真的只是六皇子的话那么他就不必如此的低沉，但是死的人是他的弟弟，他却依然是要安慰程漫焉的。"本王说

过你应该相信本王，你自己也说是相信本王的不是吗？现在本王很累，不想和你有任何的矛盾，你恨本王也好，想杀本王也罢，本王现在要你看着本王和本王说句话。"她太沉闷了，这本不是她。

程漫焉把头转向他，"我要杀了你！"以前是为了北凉子民，现在是为了六皇子，她的声音恨恨的，却是和以前时候说要杀他是不同的，以前是平静，现在是恨。

"好。"耶穆寒嘴角有了淡淡的微笑，"只要漫焉还愿意和本王说话就好。"他的命早就是她的了，只要她愿意是什么时候都可以拿走的，只要她愿意接受他的爱，愿意付出自己的爱。

程漫焉咬咬牙，为什么耶穆寒能够当做什么事情都没有发生过，为什么他对这个事情只字不提？！"为什么？"

程漫焉的眼神变得忧伤，"你已经得到你想要的了，为什么还要杀害一个无辜的人？你究竟想怎么样？是不是想我死？耶穆寒你记住，在你死之前，我程漫焉一定不会死，因为我要杀了你！"

耶穆寒的眉宇中带着疲惫，"我自然是要死在你前边了，因为你若是先死了是会害怕的，现在本王要休息一下。"他需要休息，然后思考这整件事情。很自然地他搂过程漫焉的腰倒了下去，那么平静的气氛，甚至是程漫焉也都并不吭声的，两个人却是异样的心情，各自想着各自的事情。

耶穆寒却是从来没有如此早的入睡过，这次却是这么快就进入了沉睡，他向来是个警惕之人，却是在程漫焉身边睡得如此之沉。

程漫焉又怎么能够睡着呢，听着耶穆寒均匀的心跳声，她能够判断出耶穆寒已经进入了睡眠状态，她却是依然不敢轻举妄动的，因为她的任何一个动作都有可能惊醒耶穆寒，她只能非常小心，非常小心地把手伸到腰间，那里依然是耶穆寒送她的那把弯刀。

她的心脏跳得那么激烈，甚至是她自己都并没有见过耶穆寒竟然有睡得这么沉的时候，这可是一个天赐良机，今天，她就要为六皇子报仇！不，她不能用这把弯刀，因为这是耶穆寒的弯刀，是一把有灵性的刀，只要它一出刀鞘耶穆寒就能够立刻感应到。

她的手慢慢地移开自己的腰间却是无意碰到了耶穆寒的手迅速地被他抓住，

程漫焉的心惊了一下，他没有睡着？！屏住呼吸，她一动不动，耶穆寒亦是一动不动，呼吸依然那么均匀，程漫焉这才发现耶穆寒并没有醒来，只是条件反射地拉她的手，而她却是再不能有任何动作了。

夜色慢慢深沉，程漫焉听着耶穆寒有规律的心跳也慢慢地睡去，仿佛一切都不曾发生过一般。

翌日。

"妹妹，我再来问你一句。"皇后的声音依然温柔，话语中却是有着另外的意思，"上次本宫给你的建议你可想好了？"就是上次她说会安全送她离开耶穆寒身边的事情。

程漫焉冰冷的面孔并没有因为是皇后就有所改善，"漫焉健忘，皇后娘娘上次说的什么事情。"一大早耶穆寒就不见了踪影，本以为自己会比耶穆寒早起一些，却是还没有起床就来了个皇后娘娘。

皇后淡笑，"听说昨日你和王爷在云来寺发生了一些摩擦？"她从侧面提醒程漫焉她可能就要失去耶穆寒的宠爱了。

"似乎和皇后娘娘没有关系。"程漫焉在心里是不想和她啰嗦的，所以她直接说出了自己的目的，"漫焉会一直留在王爷身边，因为漫焉和王爷之间还有约定，而且即使没有这约定漫焉也不会离开王爷身边。"因为她还要杀了他。

皇后眉头皱了一下，难道是自己搞错了吗？她的目的可不是这样的。"程漫焉啊，王爷会娶喧哗公主，旋页那丫头有福气的话还能够当个小妾，那么你呢。"

"我什么都不要。"她要的只是耶穆寒的命而已。

"本宫知道王爷曾经为了你甚至砍断了耶穆清的手臂，"皇后面色平静，考虑着这整件事情的始末，"本宫同样知道耶穆清为了旋页那丫头曾经威胁你，只是令本宫不能明白的是，你为什么不把这个事情告诉耶穆寒呢？"她并不是想要知道答案，而是用另外一种方式来提醒程漫焉若是她执意留在这里的话可能存在的危险。

程漫焉脸色微微变了一下，"若是换一个人做出这样的事情的话，漫焉是绝对不会口下留情的。"

皇后脸上迅速地闪过一丝恼怒，随即又笑了起来，"呵呵，程漫焉果然是一

个不同的女子，本宫那句话依然……"话还没有说完就被另外一个声音打断了。

"什么话。"耶穆寒的声音很低沉，让皇后打了一个冷颤。

程漫焉也迅速地抬头，正好落在耶穆寒的眸子里，一时间仿佛是错觉，仿佛一切都没有发生过，却是迅速地清醒，程漫焉别开了头。

"王爷今日怎么这么早就回来了。"皇后的确是没有料到耶穆寒竟然会在这个时候回来的。

耶穆寒走过她身边，"皇后怎么会在这里，你们两个在说什么呢。"看着程漫焉那平静的脸庞，他知道她们并没有达成协议。

程漫焉并不吭声，因为耶穆寒并不是在问她。

连云笑笑，"今天天气不错，本宫来找漫焉聊聊天，没想到王爷这么快就回来了，昨天的事情查出一些眉目来了吗？"

"这个事情不是皇后该管的，若是没事的话皇后还是先回去，本王还有一些事情要处理。"耶穆寒向来是不给她任何希望的。

连云脸上闪过一丝忧伤，这么多年了，他从来没有变过。"那本宫就不打扰了。"说完她快速地转身离开，并不让人看见她的表情，惟恐哭了出来。

皇后走了以后，顿时又寂静了下来。

"若是想杀本王的话，昨天晚上你本可以下手的。"耶穆寒突然提起这个事情，而是谁杀了耶穆清到现在还没有任何眉目，他必须从每个人说的每句话中去找出真相。

程漫焉的眉头皱了一下，"你的刀是有灵性的，而你让我带着它就说明你根本就没有打算让我杀了你。"说着她解下了腰间的刀要递给耶穆寒却是被他按住了手。

"留着，有了它，你才能够安全地活着。"说话间他从腰间解下另外一把刀，"这把是普通的刀，你带着，随时可以用它杀了我。"顿了一下他又道，"除了这个之外就没有其他因素存在吗？也或许是你的潜意识里并没有想要杀我。"他的口吻几乎是肯定的，而他现在要的只是让程漫焉自己也承认。

程漫焉的心惊了一下，又仿佛是被说中了一般激动了起来，"胡说！"紧接着她又道，"王爷的想法也太理想了一些！"几乎是用夺的，程漫焉从他手里抢过那把刀，"总有一天我一定要了结你的性命！"

耶穆寒不怒反笑，从她的态度之中多少能够看出一些她的心思，"好，本王在等，一直在等。"顿了一下他又道，"皇后给你机会离开你却拒绝了，或许漫焉可以想想除了要杀本王之外是不是还有其他的原因。"

"没有！"程漫焉几乎是和自己说的，耶穆寒却是只留给了她一个背影。

"本王还有事情没有处理完，漫焉自己再好好想想。"他只留下了这么一句话就继续去调查事情的真相。为了这个事情他也确实是感觉累了，但是他又必须把这个人找出来，为了他的弟弟，也为了程漫焉能够安全地活着。

看着耶穆寒离开的背影，程漫焉一下子就呆坐在了那里，心乱如麻，什么也想不到了，而六皇子才刚死，即使是在天之灵也不会瞑目啊，而现在她对耶穆寒却是有了情愫，她该怎么做啊！

然而事情却远远没有想象中那么顺利，一道圣旨就把程漫焉带到了一个不知名的地方，这个地方程漫焉从来没有见过，虽然说是一个行宫，看起来却是颇有一些破败的感觉，不像是皇上要落脚的地方，可是皇上为什么要在这里召见她呢？一种不祥的预感涌上心头。

当程漫焉看见皇后的脸的时候，所有的谜底都打开了，她并不说话，知道或许今日自己已经死路难逃了。她嘴角有了些许笑容，这个女人果然不会放过自己。

"程漫焉你可真是不知道好歹。"皇后的口吻依然是那么的和善，说出来的话却是并不那么和善的，"早些听了本宫的话又何至于现在来受苦呢。"说着她轻轻地抬了一下手。

程漫焉的身体僵了一下，随即就有人朝着她走了过来。

"皇后娘娘在做决定之前可否先听漫焉一言。"她依然冷静如初，这个时候慌张是给她带不来任何好处的。

皇后的表情突然就高傲了起来，"说。"这个时候她才感觉自己是真真正正的皇后，因为程漫焉总是给她一种错觉，一种很不好的错觉。

程漫焉轻迈莲步，"皇后可知耶穆清的臂膀为何少了一只？可知曾经闹得沸沸扬扬的公主嫁给老男人的事情又是为了什么？可知旋页公主脖子上那伤痕是为了什么？可知为何贤王府会安置在程家老院？"

皇后的脸色陡然变得紧张随即又轻松了起来，"程漫焉，呵呵，作为一个聪

明的女人就是要始终明白自己所处的位置，而你现在显然是太高估了自己，"而她已经朝着程漫焉走了过去，"你可知你为何会出现在这里吗？"她轻轻地靠近程漫焉的耳边，"没有左贤王的允许，你会离开他的行宫吗？"

她的话让程漫焉一阵心痛，不可能，耶穆寒绝对不会做出这样的事情来。

"给我打。"皇后的口吻依然柔和，却是带着一丝阴狠。

程漫焉并不吭声，任由别人把她推到在地，始终不肯相信这是耶穆寒的意思。心里却在一直想着这个事情，直到板子落在她的身上，依然是倔强地不肯吭声。

"一个女人给男人最大的诱惑就是让他永远都得不到你，但是你也该多少修饰一下自己，女人刚开始高傲可以让男人有征服欲，时间长了只是会让男人倒胃口而已。而你就恰恰走进了这个误区，以为左贤王还在处处宠着你，以为他会乖乖地把自己的命给你，就算是他要给你，你也要看看自己是不是有这个福气去拿。即使他给你再多的身份，给你再多的保护，在所有人眼中你的身份永远都离不开'亡国奴'这三个字，永远都是低人一等的。虽然你做个侍妾还是勉强够格，可是皇上和本宫怎么能够让一个威胁左贤王性命的人留在他身边呢，而且左贤王也正好是要趁着这个机会挫挫你的锐气，现在明白了吗？"她蹲了下来看着已经满头大汗的程漫焉，目光依然温柔，温柔中又带着杀机。

程漫焉抬眼看着连云，"耶穆寒不会这么做。"这是她唯一可以肯定的，却不知道为什么竟然这么相信他。

"呵呵。"皇后笑，"那你看这是什么。"

程漫焉睁大了眼睛，不敢相信她手中拿的东西，那是耶穆寒的令牌，若是传说没错的话，这样的令牌总共就只有三块，她曾经就拿过一块儿，那两块儿也不会是在皇后手里，可是现在她却清楚地看见是在她眼前。

一时间她动摇了。"为什么，他为什么要这么做。"借别人的手来杀她是不是显得过于迂回了。

"因为他还有给你后悔的机会，但是本宫可不会给你。"说完她就转身站了起来，紧接着程漫焉感觉一阵眩晕就晕倒了过去。

一切都静了下来，所有人的命运都开始改写，鸟儿在浅浅地唱着歌，歌声中竟然有着凄凉之意。

当她再次醒来的时候只感觉全身酸痛，看着周围陌生的面孔，她猜测着自己所在的位置，面对一群陌生的人她突然开始害怕。

耶穆寒还没有死，她怎么能够死在他前面？她如何对得起天下百姓，如何对得起六皇子？可是，她不能够再次见到六皇子了，不是吗？

为什么围着她的人都是这样的面孔呢？

"唉！你们看你们看，我说那王大夫一定行的吧，这丫头这不就已经醒了吗？"若是程漫焉还活着的话，那么她肯定会认为自己面前的人是个老鸨，只是可惜她真的猜对了，她眼前的人真的是个老鸨。

"啧啧，果然是个美人坯子，只是可惜已经不是个处女了，若是那样的话还可以多赚一些。"紧接着这句话就让程漫焉立刻明白了自己的处境。

"我在哪儿？"这是她开口说的第一句话，却是早就已经给自己定位了。她忽略了身上的疼痛，这一刻突然想到了耶穆寒。

"丫头啊，"老鸨模样的人开口说话，"既然来到了这里就不要问这是哪里，更不要问我们是谁，总之你的一切以后都有我帮你安排得妥妥当当的，你只管享受就是了。"她一脸的谄媚，却不乏阴狠。

程漫焉倒抽一口凉气，是耶穆寒吗？是他在惩罚自己吗？可是怎么可能？她最信任的人。"那我只问一句话，这里是不是京城？"

老鸨愣了一下，显然没有料到她会问这样的话，"这里自然不是了，而且离京城有十万八千里，无论你从哪里来，都不要妄想还能够回去。"老鸨的话突然硬了下来，周围的人也都沉默不语，算是应了老鸨的话。

她相信，相信耶穆寒绝对有这个能力在这么短的时间里把她送到这么远的地方来。只是，她没有想到自己这么一离开就离开了两年。

不是认命，因为她已经没有命了，耶穆寒曾经说她的一切都是他的，而现在他已经放弃她了，已经不要她的一切了，而她此刻却要坐在高高的台上任由下面的人评说，自己却是无动于衷。

银子高了再高，却是始终没个定数，这就是她的价钱，而现在只是作为一个妓女应有的价钱，却是已经高得离谱。

是耶穆寒吗？是他授意要如此做的吗？他甚至连她的身体都不要了。

　　百万两黄金包下她两年的时间，这是天价。而她甚至连今夜要睡在她身边的那个人是谁都没有看清楚。

　　突然开始心痛，清楚地记得他的呼吸就在耳边，清楚地记得他的心跳，在自己还恨着他的时候却不知道一切都已经过去了。

　　程漫焉抬眼看了下周围的人群，有失望的，有欢喜的，却都是和自己没有关系的。原来这才是她程漫焉的命运，她清楚地知道自己的美丽，这样的美丽是她的一种灾难，这样的灾难让她痛不欲生。

　　而她现在的身份，只是一个妓女而已，再和左贤王扯不上任何关系了。而两个人在一起才多长时间？秋季还没有过完呢。

　　轻轻地叹息一声，这命运，果然只是儿戏。

第九章 终别离，初相见

程昱有些无奈地说："忘记是最好了，但是两年前是你的人把她卖到妓院去的，若是没有你的话谁也不敢放人啊。"天下人都怕左贤王，天下人又都崇拜左贤王，他不想因为这样的小事得罪耶穆寒，也知道耶穆寒不会这么小气。

两年后。

别致的小楼，在绿树的映衬下更是显得精致，主人似乎为了让所有人都知道这是他特意为一个女子所建，特意把小楼染成了淡淡的粉色，看起来就是春风拂过一般让人心中不觉高兴。

只是这座小楼依然是在妓院里，只不过是在妓院的后方开辟出来了一片地方，因为这是约定，老鸨只给了两年的年限，这里的女人自然是不能出去的。

透过那窗户能够看到一个女子正坐在窗边，而一个儒雅的男子正站在她身后，两个人看起来就像是绝配一般让人心里舒服。

"漫焉我带你离开这里可好？"程昱嘴角带着淡淡的微笑，话中又带着一丝玩味，让人半信半疑。温文尔雅的脸上带着一丝不经意，对自己两年前买下的女子他向来是很有耐心的。

程漫焉抬眼看着自己的主人，"主人说这话可严重了，鹿鸣山庄怎么容得下一个妓女入住呢？再说主人已经照顾了漫焉两年了，漫焉又怎么好意思继续麻烦主人呢。"看着这个两年前把自己买下的神秘人，现在却已经是她的主人了。

程昱走到她面前用折扇抬起她的下巴，"我说过多少次了，不准称呼我为主人，你若是高兴，直接称呼我昱又何妨。"他那么认真地看着她，自己看了这个女人两年了，却依然看不透她，猜不透她。

程漫焉的眉头微微皱了一下，"那可怎么好，主人是花钱买下我的，直呼主人的名字不就是对主人的不敬？"她的声音好轻，不让任何人看到她的内心世界。现在她是一个没有心的人，两年这样平静的生活已经磨去了她的棱角，让她看起来光滑无比。

程昱的眉头紧皱，让程漫焉瞬间心就纠结在了一起，他这样的表情和耶穆寒好像！不自觉的她站了起来竟然伸手出去想要抚平他的眉心，却是在触摸到他的脸颊的那一刻停止。

"漫焉是不是也曾经为另外一个人这样？"他握住她的手，"这样抚平他的眉心？"他的声音好轻，若是仔细听还能够听出一些感伤在其中。他握着她的手轻轻地揉搓着自己的眉心，仿佛自己已经不是自己了。

程漫焉一下子就清醒了过来，自己怎么能够惦记自己的仇人呢？"没有。"的确是没有。只是她否认得太慌张了，有点不像是平日的她了。两年来第一次她在别人面前有了慌张的情绪，之后才是心疼。

"那么为什么不让我带你走呢？"程昱在她身边坐了下来，神情中已经有些疲惫了。

"漫焉不想毁了主人在众人心中的地位。"鹿鸣山庄的庄主，怎么能够为了一个妓女毁了自己的名声呢？

"呵呵。"程昱知道她并不是这样想的，却不再和她辩解，她从来都是这么的倔强而神秘，"和漫焉说个好消息吧，你可知道名满天下的左贤王耶穆寒？"他的声音中带着一丝不经意，却是让程漫焉全身冰凉。

"不。"只说出一个字就再不能多说了。

程昱叹了一口气，"听说下个月他要来扬州，那么我必定会和他见面，到时候你陪我去。"他这句话却是命令的口吻，这个时候，他俨然是她的主人了。

程漫焉已经感觉不到自己的存在了，再次听到耶穆寒的消息竟然让她有些不知所措，让她激动，让她全身冰凉麻木。久久地，她不能说出一句话。

"我可以把漫焉的沉默当做是默许了吗？"程昱半是开玩笑地再次盯住她的脸。

程漫焉尽量控制住自己双手的颤抖，"耶穆寒倒是听说过，只是漫焉见主人从来没有离开过扬州，怎么会认识这样的人呢？"她尽量让自己的声音听上去不像是在探测别人。

程昱一笑，"他在攻打扬州的时候我们就认识了，当时我帮了他的忙，后来我们就成为了朋友。"回想起来也算是一段奇迹了。

程漫焉的心沉了下来，"那么主人认为耶穆寒这个人算是个明主还是个暴君呢？他残害天下百姓，主人却这样帮助他。"她只说到这里就不再往下说。

程昱还是从她的话里听到了什么，"当时天下的局面是一定要有一个人出来控制局势的，不然死的人只会更多。"这是他的回答，随即他又问道，"听漫焉的口吻似乎对这个人很了解。"这句话是颇具有警惕性的，却被他说得那么漫不经心。

程漫焉在心里早就已经怪自己问得太多了，程昱这么聪明一个男人，可以从她的一句话里面就得出所有的结论，所以她也已经不能隐瞒了，"是，我们是很熟悉。"她的面色多少有些僵硬。两年了，她从来没有一刻忘记过这个男人，她的仇人，让她到这种地步的男人。

"我们是仇人，两年前他带兵灭了北凉，杀了我的家人，曾经我一直想要杀了他，但是接近他实在太难了，后来有一次终于可以接近他了，却没有能够杀了他倒让自己落到了这样的地步。"她叙述得很简单，却是很有逻辑。"我们有仇，若是再见面，不是他死，就是我亡。"她这句话却是说得铿锵有力，毫不含糊。

程昱听着她说的话，并没有插话，也并没有表现出自己是不是相信她说的话，"原来漫焉落到这样的地步是拜耶穆寒所赐，那漫焉现在还想报仇吗？"他只是试探性问问，在心里却是已经做了决定。

"那是自然。"她说得肯定，若是看着她的眼睛，却是有另外一种情绪在其中的。

"好。"程昱说的这个好却是让程漫焉迷惑了，他是什么意思？而程昱已经站起来走出去了。

看着程昱的背影，程漫焉一下子就倒在了椅子上。两年了，自己从来没有向任何人打探过他的消息，而现在却再次听到他的名字，自己是不是该离开这个是非地？但自己能够离开吗？除了这里的侍卫之外，还有鹿鸣山庄的人一直在暗地里保护她，她该如何逃过这些人的眼睛离开这里？难道真的要等着耶穆寒到来吗？两年的平静生活还会不会被他打破？自己的仇又该如何去报？他会不会发现自己？

时间已经过去两天了，程昱一直没有出现。

程漫焉不知道此刻耶穆寒已经到达扬州，而程昱正坐在耶穆寒的别苑讨论着一件和程漫焉有关的事情。

"寒，我有个不情之请，你一定要大人不计小人过饶了一个人，一个女人。"程昱的口吻听起来和耶穆寒似乎颇为熟悉。

耶穆寒的眉头微微皱了一下，并不记得自己什么时候和一个女人结了怨，若是那样的话他相信那个女人早就已经死了。"说来听听。"他说得那么漫不经心，却是已经做了最大的让步了。

"呵呵。"程昱笑笑，耶穆寒从来都没有改变过，"对了，听说你一直在找一个人？"这件事情已经闹得天下人都知道了，特别是两年前，后来人没有找到，耶穆寒又娶了喧哗公主，一切才慢慢淡然下来，两个人一直没见面所以现在才有机会来问。

耶穆寒的眉头深深地皱了起来，是的，他从来都没有放弃过找程漫焉，即使他已经娶了喧哗公主。只是这件事情一直都是在暗中进行的。"是。"他也并不避讳。

程昱的眉毛挑动了一下，"是个什么样的女人让你这么挂心，我还真是有些好奇呢。"从来没有见过耶穆寒对谁动过真情，而这又会是个什么样的女子呢？

耶穆寒的眸子变得深邃，并不回答他这个问题，"说说你的事情吧。"他并不想在任何人面前提起程漫焉的事情，这个女人竟然敢离他而去！

程昱知道自己不能再问了，就直接说出了程漫焉的事情，"她是我的贱妾，因为两年前和你结怨，到现在还不能翻身，你就看在我的面子上饶了她吧。"

耶穆寒浅酌一口酒，"本王已经忘记了。"每天和他结怨的人实在是太多了，他不记得也是很正常的一件事情。

程昱有些无奈地说："忘记是最好了，但是两年前是你的人把她卖到妓院去的，若是没有你的话谁也不敢放人啊。"天下人都怕左贤王，天下人又都崇拜左贤王，他不想因为这样的小事得罪耶穆寒，也知道耶穆寒不会这么小气。

耶穆寒在脑海里迅速思考着这个事情，为什么他没有任何记忆呢？什么时候他把一个女人卖到妓院去了？"本王怎么不记得有这个事情？"他确实是没有任何印象。

"寒是贵人多忘事啊。"接着他又建议道，"要不寒陪我去转一圈儿直接把人接回来可好？"这个要求并不过分，但是程昱拿不准耶穆寒的脾气不知道他会不会去，心里还是有些担心的。

耶穆寒仰头把酒杯中的酒全部喝下，"改天吧，现在我们喝酒。"他淡淡地说道。两年了，两年程漫焉都没有任何消息，这个事情一直让他压抑着，而现在他只想喝酒。

程昱也并不多做要求，不然的话只会得到相反的结果。"好！"他的声音豪爽，既然耶穆寒已经答应了，那么他就一定会做到。

而两个人都并不知道两个人在心里想的都是同一个人。

好月圆，鸟叫声，虫鸣声，充斥着整个夏天的夜晚，两个男人各怀心事，却都喝得很开心。

翌日——风和日丽，让这样的天气突然不那么惹人讨厌了。

程昱坐在程漫焉的房间里颇为惬意地看着窗外的风景，这所有的一切都是他为程漫焉做的，甚至窗外的每一棵树都是他请人设计的，只是，程漫焉什么时候才能够明白他的心思呢？而一直在她心里的那个人到底是谁呢？她又有着什么样的过去？为什么他什么都查不到呢？

"主人从来不会沉默不语。"程漫焉嘴角有着微笑，两年的期限就要到了，她给不了程昱任何东西，亦是不能再麻烦他了。两年到了，也就是她的大限了吧，活着，不能报仇，尊严被人踩踏，还不如早日去见六皇子。

"我在等待。"程昱嘴角的笑容加深。等待是一件很美妙的事情，而等待程漫焉这样的女人，也是一种享受。

程漫焉并不问他在等待什么，她本想要开口问问耶穆寒的事情，又不能让程昱猜测出什么来，心里却也是有些焦急的。"主人见过左贤王了吗？"并不是问的口气，并不想程昱猜出太多，却还是忍不住问了，因为耶穆寒，这个她恨的男人。

"嗯！"程昱淡淡地应着，心里却是悠然自得，只要耶穆寒出面，任何事情解决起来都会更快一些。

"他……"说出这一个字，程漫焉已经感觉到了自己的颤抖，怎么可能呢，怎么可能会对自己的仇人有思念呢？"可好？"问出这句话，程漫焉立刻知道自

已错了。"可有什么病在身？什么时候可能会死？"后来加的这一句显然有些慌乱。

程昱心中隐约感觉到什么却猜不出来，他从来没有见过程漫焉这样的口吻和表情。"漫焉，有时候，个人的仇恨并不能代替一个国家。当时的情势是即使他不灭了北凉，北凉的下场也不会太好，也只会死更多的人。放弃这些仇恨的话，耶穆寒绝对是一个好人。我带你离开这里，远离那些纷争，忘记那些仇恨岂不是更好？"他说得很认真，心里却在思考着整件事情。

程漫焉一时答不上来，"怎么能够忘记呢，那么多条人命。"怎么能够忘记呢，六皇子的命。

整个居室再次静了下来。

两日后，茶楼里。

"你不是要本王陪你去赎那个女人么，喝完这杯茶我们就去。"耶穆寒是已经答应了他的，况且是程昱的女人，他亦是会放在心上的。

程昱的心咯噔动了一下，"今天不行，她去庙里进香了，回来也要日落之后了，要不寒给我写封信我直接拿过去岂不是更好？这样就省得再麻烦你了。"虽然他并不能十分肯定程漫焉那日问的那句话是什么意思，但是直觉让他并不想两个人见面。

耶穆寒思索了一下，"也好。"随即又问道，"哪个妓院？"

就这样，两个人再次错过了相遇的机会。

不知不觉五天又已经过去了，两年来他除了找程漫焉之外还一直在办着耶穆清那个案子，因为线索出现在了扬州他才会来到这里，可是没有想到线索居然会在妓院里，而且正是程昱曾经提过的那个妓院。

直接走到探子报上来的门牌号面前，他轻轻地推开门，目光却在那一刻锁定在了那里，那，是程漫焉的背影吗？他全身僵硬地站在那里，人生第一次有了这样的感觉，竟然连自己都不敢相信。那是程漫焉吗？他日夜都在思念的人？

随即，他看到了在程漫焉身边的，竟然是程昱！而且还一只手抱着程漫焉！瞬间他怒火攻心，而程昱显然也看到他了，刚要轻轻地推开程漫焉，耶穆寒的掌已经落了下来。

程漫嫣转过身子，在看到耶穆寒的时候她只感觉自己的血液都在倒流，他怎么可能会出现在这里？

而他现在又在做什么？竟然想要杀程昱？这样的眼神甚至她也从来没有见过，这么重的杀气，两个人不是朋友吗？

而他的掌就快要落在程昱身上了，即使程昱武功高强又怎么可能敌得过耶穆寒呢？眼看程昱就要死在耶穆寒手下了，程漫嫣毫不犹豫地挡在了他面前，闭上眼睛，死在自己仇人手中也是好的吧。死在耶穆寒手里，她嘴角有了笑容，讽刺的笑。

却是没有预料中的疼痛，久久地，程漫嫣睁开眼睛，却落在了耶穆寒那深邃的眸子里。两年不见，耶穆寒的眸子变得她都有些看不清楚了，更加的深邃而冷毅，若是仔细看竟然还有疲惫在其中。

"怎么不动手？"两年过去了，程漫嫣并没有因为生活的磨难而把自己的棱角磨平，特别是在耶穆寒面前，她永远都有自己的骄傲。

话毕，耶穆寒已经狠狠地卡住她的脖子，眸子里是从未有过的阴狠，"你竟然为了这个男人连命都不要了。"他是肯定的口吻，满是杀气的声音却并没有到达程漫嫣的耳朵里。

两年了，他还是要自己死。

程昱的眸子里闪过一丝焦急，他怎么能够看着自己的女人死在耶穆寒手里呢。他运足了力道朝着耶穆寒而去，然而令他不能相信的是，耶穆寒甚至没有回头看他一眼，只一反手就把程漫嫣牢牢地固定在自己怀抱里，另外一只手巧妙地化解了真气并把他甩了出去。

"耶穆寒，你住手！"程漫嫣的声音中满是焦急，那是她的主人，救她的人，两年来和自己相依为命的人，耶穆寒怎可如此！

耶穆寒本没有取程昱性命的意思，但是听到程漫嫣的声音，他眸子里闪过一丝杀气，这是她第二次为程昱求情了！搂过程漫嫣的腰身，他要她亲眼看着程昱死！

让耶穆寒没有料到的是在自己的手靠近程昱的时候，程漫嫣手上的刀也正好抵达他的身体。他迅速地拉住程漫嫣的手，眸子里已经没有了杀气，有的只是难以置信，两个人就这么僵持着，"你要杀我？为了这个男人？"若是为了六皇子

的话那么他认，可这程昱算什么！

程漫嫣的手有些颤抖，"你不能杀他。"这是她唯一能够说的话，没有原因，也不需要解释，总之他不能杀了程昱。

"好。"耶穆寒爽快地答应，若是仔细看，那冰冷的眸子深处却还是有些淡淡的伤痛的。"我答应你，本王曾经说过，只要是漫嫣要求的事情，本王都会悉数答应。"他深情地望着她，经过两年的时间，她的恨已经化作平静的水，沉静之中还有更多的是成熟。他的女人，成熟了。

再次听到这样的话，程漫嫣的心里滑过一丝异样的感觉，和两年前完全不同，自己也说不出个所以然来的感觉，竟然是有些凄凉的。

而耶穆寒接着又说了一句话，再次让她的命运改变。"本王还说过你的命运永远和本王的命运联系在一起，而你竟然把本王的话置于脑后，现在你该用自己的所有来补偿。"

程漫嫣独自站在院子里，她感受不到烈日照在自己身上。耶穆寒把她从青楼带出来的时候，甚至连他在扬州的别苑都没回，就直接把她塞进了马车带回了京城，两个人在此期间并没有说一句话，回来之后他就直接把她交给了管家，再没有来看过她。

但是至少有一点程漫嫣是可以肯定的，程昱肯定也在京城，而且是被耶穆寒带回来的。耶穆寒这样的男人，无论是谁动了他的东西，他都不会手下留情的。那么程昱现在怎么样了？这么多天了，她一直提心吊胆，却连个可以问的人都没有。

"妹妹。"这个声音让程漫嫣霎时间皱起了眉头，她认得那是喧哗公主的声音，她怎么会在这里？"怎么独自一个人站在这烈日之下呢？我特地给妹妹带来一些冰块，这两年妹妹都在外面，不知道过得怎么样？"

程漫嫣静静地看着她，直到她说完这句话。"你来做什么？"她并不喜欢这个女人，因为她处世太圆滑，也可能是耶穆寒的缘故。只是她为什么在贤王府？

"我是听说妹妹来了有好几天了，王爷也真是的，就把妹妹一个人冷落在这里。"听她的口吻俨然是在责怪耶穆寒，仿佛耶穆寒已经是她的东西了一般，这样的口吻多少让程漫嫣有些不舒服。

程漫嫣并不回答她的话，因为她并不是问话，她也没有必要回答她。

喧哗公主并不恼怒，只是淡笑着微微回头道，"来人，把冰块儿给姑娘拿上来。"她称呼程漫嫣为姑娘，而程漫嫣以前在这里的身份是夫人，她这显然是在否认她的地位。

"是的，王妃。"侍女恭敬地把箱子里的冰块抱了上来，这样的东西的确是夏日里最能够让人感觉到凉爽的东西，可是侍女的那一句话却让程漫嫣整个人掉进了冰窟——她称呼喧哗公主为"王妃"。

不看喧哗公主，不看侍女递上来的箱子，因为侍女对喧哗公主的称呼让程漫嫣完全愣在了那里。全身的血液都开始倒流，她的脑海里一片空白。

两年的时间，所有的一切都改变了，耶穆寒变了，她的身份变了，喧哗公主变了，所有的一切都不是原来的样子了，这就是代价。

"妹妹？"喧哗公主的声音惊醒了程漫嫣。她脸上依然是两年前的温柔，对待任何人都是那么的温和有礼，不让任何人看到她的缺陷。只是，这么一个完美的女子会有着怎样残酷的命运在等着她呢。

她竟然双手伸了出去接住了侍女的盒子，一双眼睛却再也离不开盒子。

耶穆寒是什么时候娶了喧哗公主的？为什么她不知道？两年的时间，怎么仿佛一切都改变了？

"妹妹怎么了？"喧哗公主的声音再次响起，有着得意也有着关心。

程漫嫣抬起脸看着喧哗公主，只有在这个时候她的高傲才能够真正地显现，她从来不比任何人低一等，这是她唯一知道的。"你有事吗？"不等喧哗公主说什么她就再次开口，"若是没事的话请离开这里，漫嫣需要的是清净。"

喧哗公主嘴角的笑容加深了一些，这或许是她第一次见到程漫嫣如此失态，在这场较量中，她胜了一次。"那妹妹安心休息，烈日下站的时间长了可不好。"说完她悠然转身不留下任何痕迹。

烈日一直在持续着，大院子中一切都变得静寂起来，周围的侍女和侍卫的脚步声在这个时候更是衬托了那安静，这样的午后不由得让人感觉心慌和失落。

第十章　轮回之命

"我们杀了六皇子理当程漫焉会更恨王爷巴不得杀了他或者离开他，我们只要弄清楚程漫焉的动作，然后借机杀了她就好。"皇后转过身子平静地说完这句话，仿佛并不是在讨论人命的问题。说完又加上一句，"区区一个亡国奴，竟然让本官如此费力气。"

旋页公主已经嫁了出去，听说她百般的不愿意，但是她又反抗不过这命运，终究还是在耶穆寒的示意下嫁了出去。

两年的时间发生了太多的事情，让两个人都不能原谅彼此了。这光阴，真的是一去不复返了。

"耶穆寒。"程漫焉就站在他的面前，可是自己却并不知道自己是怎么会在这里的，看见他的那一刻才醒悟过来。

耶穆寒那冷酷的眸子里带着淡淡的温柔，"有事吗？"他依然不能原谅她在两年前不声不响地离开，两年后却是出现在另外一个男人的怀抱里。

程漫焉深呼吸一口气，难道自己该直接来问他是什么时候娶的喧哗公主的吗？这的确是直接导致她来到这里的原因，但是她不能问，"程昱呢？"

她的话一出，耶穆寒的眸子立刻变得冰冷，"这么多天从来没有问过我的消息，主动来找我却是为了另外一个男人？"

"你把他怎么样了？"程漫焉依然是倔强的程漫焉，从来没有改变过，从来没有把耶穆寒的怒气当做一回事，心里却多少因为他的生气而不那么难过，这是一种很不正常的情绪。

"出去。"耶穆寒怕自己的怒气会伤害到她，即使她背叛了自己，即使她离开了自己，但是两年过去了，他依然不能够让自己伤害她。

程漫嫣愣了一下，从来没有见过这样的耶穆寒，想到他已经娶了喧哗公主，不自觉的怒气再次升上了心头，"耶穆寒你到底想怎么样，杀了六皇子，现在又要杀这个世界上我唯一可以信赖的人，你为什么不干脆杀了我呢！"没有委屈，却有淡淡的疼痛。

耶穆寒看着她，末了，才说了一句，"本王没有杀六皇子。"而且现在连他都不知道六皇子是不是还存活在世间，但是他却并不解释。"现在，出去。"他几乎是命令的，也是第一次用这样的口吻对程漫嫣说话。

程漫嫣哪儿能够听进去这样的辩解，因为六皇子是死在围场的，而能够知道他身份并杀了他的人就只有一个，那就是耶穆寒，"怎么耶穆寒也会怕死吗？承认自己杀了六皇子就那么难吗？还是怕承认了漫嫣会来找你报仇？"她的内心是那么的复杂，六皇子是他杀的，而自己对他却是存在着莫名的情愫，但是自己却是必须杀了他却又杀不了他。这样的痛苦，恐怕天底下都找不到第二个人能够承受。

耶穆寒嘴角有着淡淡讽刺的微笑，"本王从来不向任何人解释，但是本王说过本王没有做，任何人都可以不相信本王，但是你，程漫嫣，不行。"他的脸已经靠近程漫嫣，带着威胁，带着肯定。

程漫嫣后退，两年了，耶穆寒对她的威胁从来没有消失过。"你等着，我一定会杀了你，而你，最好保证程昱还活着，否则我不能保证你会怎么死。"她说出来的话虽然有些夸大，并且威胁不到耶穆寒，但是她依然骄傲地说着，然后转身离开。

耶穆寒看着她的背影的眸子越来越冰冷，为什么对这个背叛自己的女人就下不了狠心呢？甚至给自己这么多天让自己冷静的时间依然看到她就会恼怒呢？

紧接着耶穆寒甩掉自己手中的笔朝着程漫嫣的方向而去。

而在程漫嫣要关住自己房门的那一刻，一只大手扳在了那门缝里，程漫嫣的心惊了一下，随即耶穆寒那冰冷的脸就出现在了她的视线之中。

也或许是因为太焦急的原因，程漫嫣的脑子一下子没有反应过来直觉地要把门关上，却被耶穆寒的手用力地打开也让程漫嫣后退了一步。

耶穆寒大步走进来顺手把门关上朝着程漫嫣走了过去，几日来的相思，几日

来压抑在自己心中的愤怒在这一刻全部爆发。

程漫焉一步步地后退，直到自己的背部抵到墙上，"你想做什么？"他的怒气是那么的明显，让她的心里突然有些害怕，从来没有见过这样的他。

耶穆寒伸开双手把她圈在自己的身体和墙之间，"漫焉，为什么你总是要惹本王生气呢。"他的呼吸就在她的耳边，让程漫焉的心微微颤抖了一下。

"没有人要惹你生气，你若是看我不顺眼又何必把我带回来！让我在青楼里做个妓女岂不是更合你意？"他竟然在两年前没有任何前兆地就把她交给了另外一个女人，随即送入青楼，今日看着他，依然不能够相信他曾经对自己做过这样的事情。

"程漫焉！"耶穆寒低吼一声，"你竟然宁愿做青楼里的妓女也不愿意做本王的女人，是不是？"显然两个人都并不很明白彼此的意思，事实的真相两个人都并不那么清楚。

也或许是激动，也或许是负气，程漫焉竟然说"是"，她看着他，他竟然有些怨恨。

耶穆寒低吼一声，狠狠地把她压在墙上，冷峻的唇毫不犹豫地霸占住她的唇，用力地顶开程漫焉的牙关在她惊呼之际迅速掠夺了她的舌头。两年了，自己一直都在思念的味道，却是在她这么抵抗的情况下强占。

程漫焉用力地想要挣脱他，却是怎么也不能动，耶穆寒的力道实在是太大了，甚至他的吻都带着霸气，这一点却是他从来没有改变过的。

一个深长的吻终于结束，程漫焉想要推开他，"耶穆寒你给我滚出去！"这个天杀的男人，这个自己的仇人，为什么总是占自己的便宜。

耶穆寒的眸子更是冰冷，"妓女是每个男人都可以要的，更何况是本王，想要什么样的女人没有，你应该感到荣幸！"想到程昱曾经也可能对程漫焉做这样的事情他的怒气就不打一处来，程漫焉是他的女人，别的男人怎么能碰！

"耶穆寒！"程漫焉哪儿能忍受他如此羞辱自己，"即使我只是一个妓女我也可以挑选自己想要的男人，而这个男人永远都不会是你！"她那么生气，她可以容许任何人羞辱自己，但是那个人绝对不能是耶穆寒！

耶穆寒瞪着她，"那么现实会告诉你从现在开始你的身体只属于本王！"他已经愤怒得什么都不能想了，有太多的嫉妒，太多的不能忍受。不敢触摸她，惟恐会伤害她。即使到了现在，他依然不舍得伤害她，这个该死的女人，绝对不允许她再离开他！他开始疯狂地撕开她的衣服，任她如何反抗都没用。

程漫嫣的尖叫和挣扎都显得没有丝毫的用处，双手想要护住自己却是被耶穆寒一下子拉开，半带讽刺的，"漫嫣，一个妓女是从来不会做这样的动作的。"他的声音那么的冷，就像是一把刀刺进了程漫嫣的心里，让她比任何时候都要疼痛。

程漫嫣并不求他，"耶穆寒我恨你，我要杀了你。"这是她最早见到耶穆寒时候说的话，到了这个时候依然不放弃自己最初的信念。

耶穆寒的眸子里有火冒出，"很好，"他几乎是咬着牙说的，"即使是在这样的时候，本王依然舍不得伤害你，程漫嫣啊程漫嫣。"这句话仿佛是对他自己说的，却是有着对自己的厌恶，为什么自己要对着这个女子不停地进行简直是自我伤害的祈求，而这个女子从来没有看见过，这就是他的痛苦。

程漫嫣咬着牙齿，过了这么长时间，他要的依然只是她的身体而已。

"告诉本王，"耶穆寒的声音有些低沉，有些隐忍，轻轻地抚摩着她的脸，"程昱是不是也像本王这样做过？"

但是因为他这句话，程漫嫣的愤怒瞬间爆发，"一个妓女的身体是每个男人都可以如此的，王爷说不是吗？"两年前他亲手把她送入青楼，今日却来问她有没有人对她做过这样的事情也未免有些说不过去。

为什么她不肯给自己一个肯定的回答，他的眸子变得冰冷，"记住，程漫嫣，以后你永远都只属于本王一个人！"他的手在她脖子上轻轻的摩擦，怕自己控制不好自己伤害了她，这是一种很难熬的情绪。

程漫嫣仍不放弃挣扎，无奈她的力气和耶穆寒实在是相差甚远，"听说左贤王不是一向洁身自爱吗？怎么现在堕落到连一个妓女都要的地步！"她说这样的话明显是想要激怒他，而她也的确是做到了。

耶穆寒把她甩开，看着她滚落在地上那狼狈的动作也无动于衷，"不要再试图用任何语言来让本王放过你，本王说过了你是本王的女人，即使你是个妓女，本王也不在意！"他的身体再次朝着她压了下来，想到曾经有别的男人也这样做过，他就恨不得把所有这样对待她的男人都杀掉！

而这样的事情，自然是逃不过已经是贤王妃的喧哗公主的耳朵的。

当喧哗公主站在门口的时候，耶穆寒只是眉头微微皱了一下。

"帮我通报漫焉妹妹，说我想见她。"喧哗公主的声音仿佛她并不知道里面发生了什么事情一般，却完全不是这样的，这也是她的高深之处。

程漫焉顿时紧张了起来，仿佛自己正在做一件很对不起人的事情，但是这样的感受又让她感觉有些恼怒，因为她完全没有必要有这样的表情，而喧哗公主是明显知道其中的事情也是冲着她来的，但是她的身体依然是有些僵硬。

"请王妃先回，王爷吩咐过夫人在休息时间不见客。"侍卫的眉头微微皱了一下，依然恭敬。

程漫焉的心微微沉下来了一些，在喧哗公主面前耶穆寒不至于那么放肆吧，这个做事向来无遮拦的男人会在意吗？

"我找她是有急事，怎么连我都要拦吗？"她说这句话就颇有威胁性了。她是王妃，是王府里除了左贤王之外权力最大的人，就算是拦她，也是要有几分顾虑的。

"起来整理好衣服。"耶穆寒已经站了起来，并没有看程漫焉一眼。

喧哗公主就在门外，这样的情景颇有些讽刺性，程漫焉的心里有些难过，这样的难过一直在蔓延着，她却是并无选择的。

耶穆寒并没有顾忌她是不是衣装整齐就径直把门打开，因为外面站的是他的王妃，至少程漫焉是这么认为。程漫焉的手有些颤抖，她能够感觉到喧哗公主的目光就在自己的背上。

"王爷怎么会在这里？"那么淡的口吻，也只有这样的女人能够用这样的口吻来说话，这也是为什么旋页公主不能成为贤王妃的原因。一个女子能够如此的伪装，却不知道心里能有多痛苦呢。

耶穆寒看着她的表情并没有愧对或者内疚，"你怎么在这里。"是完全陈述的口吻，说明他并不是很喜欢看见她在这里，而喧哗公主怎么能听不出来呢。

"我是来看看漫焉妹妹有没有什么需要的东西，没想到会遇着王爷。"随即她又道，"王爷这个时候应该在处理公务的。"她的声音那么轻柔，仿佛一切都只是不经意之间发现的一般，也让现场的关系更紧张了一些。

程漫焉终于收拾完毕，头发微微有些乱，却并不影响她的美，反而让她看起来更有了一层风韵。"漫焉没有什么需要的，"她的声音骤然出现，"只是为什么喧哗公主不直接说出自己来的目的呢，任何一个男人都可以有三妻四妾，更何况是耶穆寒呢，聪明的喧哗公主怎么可以在这个问题上犯错误呢。"她直言不讳地说出了喧哗公主出现在这里的真正原因，带有讽刺，像是说给自己听，也像是说给另外两个人听。

喧哗公主的脸顿时红了起来，没有想到一向沉默冷静的程漫焉会如此说，"妹妹说什么，姐姐听不懂。"她干脆来个自己听不懂做了结。耶穆寒则是一挑眉，这倒是有些像程漫焉的性格了。

"本王回书房处理公文，喧哗要走吗。"他无意听两个女人的争吵。

喧哗公主的心顿时不那么难受了，因为耶穆寒从来没有喊过她喧哗，第一次这么喊她，却是在程漫焉面前，这让她多少有些受宠若惊，还有一些胜利的感觉，"好。"随即她又笑着看着程漫焉，"那妹妹，我和王爷就先离开了。"随即迅速地转身去追逐耶穆寒的脚步。

程漫焉看着两个人离开的背影，心里竟然有些惆怅，因为她看到的是耶穆寒和另外一个女人的背影。她应该感到高兴才对啊，可是为什么心里那么难过呢？他不过是自己的仇人而已，自己是怎么了。

若是以前，耶穆寒是绝对不会这样做的，他会命令人把喧哗公主带离这里，可能还会惩罚她，耶穆寒变了，或者说是自己变了，自己的身份变了——不过是一个妓女而已，她的嘴角有了讽刺的笑。

而她现在要思考的只是怎样救出程昱，怎样杀了耶穆寒以谢天下人。她的手不自觉地朝着腰间的刀摸去，眸子里却有着疼痛。

紧接着却是又有另外一件事情让程漫焉有些措手不及。

夜是静的，而程漫焉却没有丝毫睡意，什么都不能想，关于六皇子的，关于程昱的，关于耶穆寒的。

但是一把冰冷的刀却是架在了她的脖子上让她一下子凉到了心里去。"即使要我死，也总要给我一个理由不是吗。"并不回头，她的声音还算是冷静的，也或许可说是已经看透了生死。

"呵，"黑衣人的声音颇有些讽刺，"程漫焉你本就不该出现，可是你却一再地出现，你该死只是因为你只是一个卑贱的亡国奴，只是一个卑贱的妓女，接受你的命运吧。"

"是吗。"她的声音中没有任何的害怕，却是有些低落，"那我的死，说到底却是为了耶穆寒去死是这样吧。"事实已经很明显，她是因为耶穆寒才被人追杀的，真是讽刺，没有能够杀了耶穆寒，反而因为他被人追杀。

"随你怎么理解。"黑衣人的声音并没有丝毫的怜惜。

"动手吧。"程漫焉微微叹了一口气，她若是死了，程昱总是会被耶穆寒放出来的吧，毕竟他们还是朋友，不是吗？她甚至不想转身去看是谁要杀她，也已经无所谓了不是吗？

却没有，没有等到疼痛，只是听到有人倒下去的声音，她迅速地转身，耶穆寒那深邃的眸子正在盯着她，一瞬间的感动过后，她依然开口道："因为你，我随时都处在危险之中，既然不让我杀你，为什么不让我离开你？"说出这句话，她竟然有要流泪的冲动，他是耶穆寒啊，是她的仇人啊，是一个已经有家室的男人啊，再不是两年前的他了，而她亦不是以前的她了，不论报仇，只想离开。

耶穆寒并没有回答她而是蹲了下去看那黑衣人，揭开黑色面纱，黑衣人已经毙命了，早在来之前指使他的人已经对他喂毒以防止意外发生。是谁要杀程漫焉？

他站了起来打开门对外面跟来的侍卫吩咐道："带出去。"随即又回到房间里。

程漫焉一直在等他的回答，以前的他会说她的命运是和他联系在一起的，他不可能会让她离开，可是这次他却是什么都没有说。

"你是我花钱买回来的，怎么能放你离开呢。"这就是他的回答。

程漫焉的心疼了一下，"原来王爷是这么想的。"她称呼他为王爷，这也让耶穆寒多少有些不快。

他多想问问为何在这样的深夜里她还不睡觉，却是不能问。他有恨，对她，对程昱，对她过去两年的生活，"至少要让本王的银子花得有价值。"他狠心地又说了一句。

程漫焉的手顿时握紧，却强迫自己平静下来，"在这样的深夜里，王爷应该在王妃身边才是。"她现在突然讨厌看见他，见不到他心里却不能平静。

耶穆寒嘴角有些动容，"不高兴？"以前他也曾经问过她这样的问题，是不是他娶了别的女人她会不高兴，她一直都否认，如今已经是这样的情势，问她，甚至让自己都有些伤感。

程漫焉紧咬着下唇，有生气，有心痛。"漫焉是什么身份，又有什么资格不高兴呢，漫焉只不过是个妓女而已。"他现在不就是这么认为的吗？

耶穆寒眸子里闪过恼怒，即便是事实他也不想听见这句话从她的嘴里说出来，仿佛她一说出来就成为了事实一般，他的眸子再次冷了起来，"两年前本王问你的时候，只要你肯定即使是再等十年二十年本王都心甘情愿，所以不要抱怨任何，这一切都是你自己的选择不是吗？"

程漫焉望进他那深不见底的眸子里，里面是前所未有的疲惫，她突然就有些心疼他了，"这样的结果漫焉毫无怨言。"

"是！"耶穆寒的口吻有些狠，"本王娶了任何一个女人你都不会在乎。"随即他又加上一句，"你也没有资格在乎。"他站直了身子背过她走了出去。

看着耶穆寒走出去的背影，程漫焉突然就有些失落了，"耶穆寒。"她突然就唤住了他，可能是潜意识里知道他已经有了王妃，这么晚了他除了回到她身边之外还能去哪儿？

耶穆寒嘴角闪过不经意的微笑，他的漫焉，终于学会主动了吗？

话到嘴边说出来却成了这样，"我要你放了程昱。"紧接着程漫焉的话却是再次让耶穆寒冰冷了起来。

他转过头看着她，"你以什么样的身份要求本王？"他眸子里的沉静和深邃再次让程漫焉感觉陌生，他已经不是两年前的耶穆寒了。

沉默，程漫焉不作回答，两年前她是呆在他身边的亡国奴，两年后她是一个妓女，任何一个身份都没有资格做这样的要求。"你想怎样？"

耶穆寒嘴角的笑容并没有抵达眸子深处，"你有本钱和我做交易吗？"

他一句话让程漫焉愣在了那里，是的，她现在一无所有，这个现实让她窘迫，也让她沉默。看着耶穆寒再次离开的背影，却再没有理由留下他。

夜越是近了，如水的月色照在程漫焉的脸上，惊奇地发现那脸上竟然有疼痛和难忍在上面。

翌日。

程漫焉站在喧哗公主的门外却不进去，而喧哗公主也就站在她的面前并不强求她什么。

"我的存在让喧哗公主有危机感么？是这样吗？"什么时候程漫焉说话这么

直接了？喧哗公主有些错愕。她这次来分明是来求自己的，却依然像往日那般高
傲，这个女人，到底是一个什么样的女人？

"妹妹的意思是？"喧哗公主眸子里闪过一丝窃喜，只要她肯提出条件，什
么她都愿意答应。她要的比程漫焉简单得多，她只要耶穆寒就可以了。

"我要耶穆寒放了程昱，我会和他一起消失在京城。"就如两年前一般，这次
却是彻底的消失，她已经对杀耶穆寒不抱任何希望了，更不敢奢望这个男人会给
自己机会杀了他。

"这个……"喧哗公主有些迟疑，是因为她不一定能够办到，也是因为她不
能当面答应她，答应她就等于是自己放走了耶穆寒的女人，她不会这么傻。"我
要先问问王爷肯不肯放人。"

程漫焉自然也是明白她的意思的，"什么时候回复？"现在的她直爽了很多，
太多的经历让她不得不如此。

"到时候我会去找妹妹的。"喧哗公主嘴角依然是微笑，这样的微笑大度而有
些深沉。

"好。"甚至是道别都没有，程漫焉转身就离开。已经达到了她的目的，她也
已经再没有必要和这个女人说一句话了，看着她，她心中只有淡淡的痛，这是耶
穆寒的王妃，而她又算什么。

看着她的背影喧哗公主眸子里闪过一丝冰冷，这个程漫焉竟然在两年后又回
来了。王爷怎么可能连一个妓女都要？

傍晚书房。

耶穆寒刚踏进书房就感觉哪里不对劲儿，转过身子看喧哗公主就站在窗边，
"谁让你进来的？"不是问为什么她在这里，而是说没有经过他的允许她竟然出
现在他的地盘。

喧哗公主有些委屈，这是自己的丈夫，自己进他的书房也是一种罪过了，"是
喧哗不好，不该在王爷没有允许的情况下进王爷的书房。"可是上次程漫焉进他
的书房却是能够畅通无阻。

耶穆寒冷冷地看着她，"最好不要有下次。"他甚至不问她来这里做什么。

"是的，王爷。"既然耶穆寒不问，那么就只有她自己说了，"喧哗是有件事

情想请求王爷。"

耶穆寒的眉头皱得更紧，"说。"如果她不是贤王妃的话，那么她现在已经是一具尸体了。

"喧哗有一个远房亲戚来求喧哗一个事情。"看了眼耶穆寒，她继续道，"听说王爷从扬州带回来一个叫程昱的人？"

耶穆寒打断她，"你的远房亲戚是程漫焉？"他微微眯着眸子，却是已经透露出危险的信息。

喧哗公主的心惊讶了一下，没有想到耶穆寒竟然这么直接地拒绝了她。"不是。"她朝着耶穆寒笑，能够在这样的时候还保持冷静的，除了程漫焉之外，也就只有喧哗公主一个人了，"王爷明明知道我们以前是并不相识的。"

耶穆寒冷冷地看着她，"程漫焉和你做了什么交易？不妨说出来给本王听听。"而他的手已经握成了拳头。她就那么想离开吗？"喧哗，你知道本王向来不喜欢别人对我撒谎。"他这样的话明明就是在威胁她。

喧哗公主的心里闪过一丝凉意，"什么事都逃不过王爷的眼睛。"耶穆寒就是这样一个睿智而冷酷的男人，而自己却偏偏爱上了这样的男人。

耶穆寒走到她面前捏起她的下巴强迫她看向自己，"你可知当初本王为什么愿意娶你？"他的声音是那么的冷酷，一点也不像是一个丈夫要对妻子说的话。

喧哗公主并不能动，看向耶穆寒的眸子有着淡淡的忧伤，但是对这个问题她亦是一直都有些疑惑的。"喧哗不知。"她不知道为何那么多公主任他挑选，而自己偏偏就是那最幸运的一个。

"那么本王告诉你。"耶穆寒并没有因为眼前美人眸子里的忧伤而有丝毫心软，"因为你第一次见到程漫焉的时候为她说情，只因为如此。"

喧哗公主眸子里是深深的震惊，原来这就是自己这么幸运的原因，却是因为程漫焉！因为在别人欺负她的时候她为程漫焉说了一句情！这是自己的幸运还是不幸？

"若是程漫焉愿意的话，即使让本王再等十年本王都愿意，所以喧哗公主最好还是不要以任何方式企图赶走程漫焉或者伤害程漫焉，若是那样的话，喧哗公主会知道是什么样的下场。"这大约是耶穆寒对她说过最多的话，却是在威胁她，不准她伤害另外一个女人，而眼前的男人是她的丈夫！

喧哗公主微微有些颤抖，她不能相信这个事实，两年了，每天都看着他，以为至少自己在他心里还占一些地位，程漫焉回来之时，竟然就是她失去他之日！

"可是王爷怎么能爱这样一个女人？"喧哗公主眸子里满是伤痛，"她只不过是王爷捡回来的一个奴才而已，有一天王爷会发现自己对她的只是迷恋……"

"住口！"耶穆寒打断了她的话，转过头来看着站在门口的程漫焉。

程漫焉第一眼看见的就是这样一幅画面，耶穆寒的手轻轻握着喧哗公主的下巴，侧面的他并看不到表情，但那应该是温柔的吧，而耶穆寒曾经也这样对她，却是每次都把她弄得好疼。

看这样的情形，耶穆寒应该是已经答应喧哗公主的要求了吧？那么程昱会是自由的吧？自己能离开这里了吧？心里闪过疼痛，她要求自己面对。

耶穆寒放开喧哗公主淡淡地说了句："出去。"很明显这句话是对程漫焉说的，用余光看到程漫焉的背影，耶穆寒心里依然是有些不舍，但是他必须强迫程漫焉学会主动，否则两个人就会一直僵持下去。

绕回书桌后面看着程漫焉的身影一点点消失，耶穆寒丝毫不在乎喧哗公主还在这里。

"程漫焉一直把王爷当做仇人，甚至一直想杀了王爷，又怎么可能会爱上王爷呢？若是王爷如此对待她只是因为得不到她，那么喧哗愿意等，一直等到王爷回头。"喧哗公主并不放弃，眼前是她最爱的男人，是她的夫君，她要用尽一切办法来挽回他。

耶穆寒冷冷地看了她一眼，"出去。"别人的感情他向来不要，他要的只是程漫焉的！却没有看到喧哗公主眸子里那深深的疼痛，自己一直爱着的人，对自己除了利用之外再无其他，却不知，这已经是她悲剧的开始了。

喧哗公主张开嘴想说什么却是终究没有敢说出来，因为耶穆寒已经下了逐客令，若非自己是贤王妃的话就不是这样的结果了，耶穆寒到底是一个怎样无情的人啊！

接连三天耶穆寒都没有回府，甚至喧哗公主也不知道耶穆寒去了哪里，而她在等不到耶穆寒的情况下就准备了一番进宫去找皇后娘娘。

华素宫虽然壮丽，却不及贤王府华丽，因为贤王府是耶穆寒的地方，天下任何他想要的都没有得不到的。他可以花上所有的银子建造一座高楼只是为了让程漫嫣开心，这一点即使是皇宫的财富也是比不上贤王府的。

"程漫嫣又回来了。"喧哗公主陈述着这个事实，虽然说皇后早就已经知道了。

"本宫知道。"皇后娘娘陷入了沉思，"你不能想办法把她赶走？或者直接杀了，两年前就应该把她直接给杀了，后来还让王爷追究了一番，没想到她竟然还有命回来。"她的表情在这个时候看起来阴冷了一些。

喧哗公主的表情亦不是很好看，"我这里肯定不能动手脚，只要我一有任何动静王爷是绝不会手下留情的，皇后也知道王爷两年前为了找到程漫嫣几乎把整个围场都拆掉，我做的每一件事情都在他的控制之下。"

"我们杀了六皇子理当程漫嫣会更恨王爷巴不得杀了他或者离开他，我们只要弄清楚程漫嫣的动作,然后借机杀了她就好。"皇后转过身子平静地说完这句话，仿佛并不是在讨论人命的问题。说完又加上一句，"区区一个亡国奴，竟然让本宫如此费力气。"

"可是她现在一心想救她的情郎程昱，在程昱没有离开之前她是不可能独自离开的。"而耶穆寒肯定不会那么轻易放过程昱，那该如何是好呢？

皇后娘娘垂下眼睑，"杀了他。"

话音才刚落就听到外面的太监尖锐的声音，"皇上驾到。"而皇上已经在两个人面前了。

"喧哗也在？"皇上那略微带着淡笑的嘴角也有着冷然。

"喧哗给皇上请安。"喧哗公主只看了一眼皇上就跪了下去，但是看着他看自己的眸子多少又有些心虚了，仿佛他知道什么一般。

皇上淡淡地看着她，"喧哗没事的话就先回去吧，寒应该也已经到家了。"这是明显的逐客令，任谁也能够听得出来。只是喧哗算是他的表妹，他为什么是这样的表情和态度，这其中，他又知道些什么？

"是。"喧哗公主站了起来要往外走，却是听见皇上在问皇后的一句话，又仿佛是在问她一般，"两年前的事情是你做的？"一句话就已经说明耶穆寒已经把整件事情都和他讨论过了，而她的命运如何就不得而知了。

一下子她的心就全乱了，两年前的事情，哪件事情？杀了北凉的六皇子还是陷害程漫嫣？而耶穆寒又都知道些什么？

第十一章 侬为君痴君不知

　　程漫焉在门合上的那一刹那突然有些心慌，泪水顺着脸颊流了下来，她该如何再留在这里，她留在这里只是为了杀他吗？一切的一切都变得模糊起来，只是她不知道的是刚合上房门的耶穆寒的眸子里竟然也有泪水流出，这样一个冷血而强硬的男人竟然因为她的醒来而流泪。一个男人流泪了是不是代表着他是真的爱这个女人？只是可惜程漫焉并没有看到。

　　贤王府。

　　耶穆寒一回到王府就直接去找程漫焉。在宫中三天，和皇上对弈三天，最后以皇后是他曾经最爱的女人的妹妹作为理由暂且放过皇后，对程漫焉的思念却是突然增加。

　　程漫焉拿着毛笔在纸上写下几句诗：前尘往事断肠诗，侬为君痴君不知。莫道世间真意少……写到这里却是突然写不下去了，抬眼就看见了耶穆寒。

　　他就站在门口看着她，程漫焉突然为自己感到悲苦，自己曾经爱的人被眼前这个人杀了，自己却是对他产生了感情。然而这个人又是自己的仇人，怎么能够爱上他呢，却要每天面对着他。

　　看到程漫焉眸子里闪过的那一丝悲痛，耶穆寒心疼了一下，走上前直视着她，并不说话而是把她写的诗拿了过来。

　　轻轻地抬手用那张纸遮盖了两个人之间的视线。

　　"前尘往事断肠诗，侬为君痴君不知。莫道世界真意少……"本是三句话，耶穆寒在后面又加了一句，"自古人间多情痴。"

　　抬眼去看程漫焉，而程漫焉也正在看着他，"本王这三天一直在宫里处理一些事情，现在才刚回来。"他嘴角带着淡淡的微笑，这算是他对她的解释。

程漫焉心里闪过一丝异样的感觉，他这是在对自己解释吗？就像是两年前一般，但是明明他已经不是两年前的他了，"王爷不用向漫焉报告自己的行踪，这句话王爷应当对王妃说才是。"

耶穆寒的眉头微微皱了一下，"本王只是不想你担心而已，以后若是出去的时间长了本王都会事先告诉你。"

程漫焉本来就一直在思念着他的心突然就如洪水一般泛滥，可是自己怎么能为眼前这个仇人担心呢？"王爷着实没有必要如此做。"是的，他已经是有家室的人了，况且这也并不是自己能去爱的人，还是自己的仇人。

"本王以为过了两年漫焉对本王的恨会变得成熟一些，至少在本王灭了北凉的事情上应该有别的理解。"而他并没有杀了六皇子，而六皇子还活着的事情他也并不想让她知道。

"是，"程漫焉也不得不承认随着时间的流逝，恨也已经渐渐消逝，"漫焉可以理解王爷杀了十五国的将士们，可以理解王爷杀了北凉的将士们，但是漫焉不能忘记王爷杀了北凉皇宫里那么多无辜的人，不能原谅王爷杀了六皇子。"随后她又加上一句，"王爷也没有必要让漫焉原谅王爷不是吗。"说这句话的时候她却是有些悲凉的口吻。

"那么告诉本王，"耶穆寒终于还是开口问她了，"当初为什么要离开本王，本王说过一定会给你机会让你做自己的事情，即使是杀了本王，但是你竟然离本王而去，宁愿呆在青楼也不愿呆在本王身边，你就那么恨本王吗？"他的手紧紧地握着，怕自己伤害她，过了这么长时间说起来他依然是不能够接受她竟然离开自己而去。

程漫焉眸子里有着震惊，当初是他把自己送走的，现在却来责怪她离开了他！"王爷为何要这样遮掩呢，王爷让皇后送我离开这里现在却来责怪漫焉的离开，这是何必呢。"她有些气愤，有些不甘心。

耶穆寒眸子里没有震惊，因为他已经知道是皇后送她离开的，也是这个原因让他一直在宫里呆了三天，"但是是你自己要求皇后要离开这里的，不是吗？"他把她逼到了角落里，到了现在提起这个事情，他依然不能接受，她竟然宁愿离开她呆在青楼也不愿意呆在他身边。

"漫焉没有！"她承认自己在六皇子死之前的确是因为不能杀了他而想要离开她，但是在六皇子死之后她就只想着为六皇子报仇，从来没有想过要离开，"而且漫焉没有必要向你解释！"她这个时候是有些负气的。

耶穆寒直直地看着她，第一次在眸子里有着那么深的忧伤，让程漫焉突然有些心疼，"程漫焉，你说没有本王就相信你，本王也可以让自己相信所有的这一切都是皇后安排的，但是程漫焉，本王再最后重申一遍，你的命你的身体，你的所有都是本王的，除非有一天本王不要你，否则本王绝对不会让你再离开王府半步！"他不是在威胁她，但是因为他眸子里的忧伤，程漫焉也跟着悲伤起来。

"漫焉不会再踏出王府半步，除非你耶穆寒死了。"她依然要杀了他，这也是她留在他身边唯一可以自我安慰的事情。

"好。"耶穆寒爽快地答应她，只要她还留在自己身边，"本王一定会给你机会杀了本王！"

"这句话漫焉已经听了几年了，可是王爷依然没有实现自己的诺言。"程漫焉提醒他。恨已经快要消失了，她开始害怕自己最心底的感受，害怕自己，只有假装自己要杀他才能够心安理得地留在他身边。

耶穆寒冷笑，手轻轻地抚摸过她的脸，"若是两年前，漫焉不离开的话或许现在就是另外一番情景了。"他的手是那么的温柔，因为这是程漫焉，是她最爱的人。

"若是两年前，你不杀六皇子的话，或许漫焉会说漫焉一点都不喜欢王爷娶其他的女人。"但是所有的事实都并不是那样，所有的一切也都已经回不去。她心里闪过悲哀，回不去了，现在所有的一切都已经成了定局，耶穆寒也已经娶了其他的女人，这就是他口中的命运吧，是不是和他想要掌握的命运差得很远？

耶穆寒眸子里闪过深深的震惊，这是程漫焉第一次对他说这样的话，却是在这样的情况下，"漫焉在两年前曾说相信我，那么就要一直相信我。"他对六皇子的事既不承认也不否认，就让她认为六皇子已经死了也好。

"做不到。"是的，一切都已经物是人非，耶穆寒也已经娶了另外一个女子，所有的一切都已经回不到从前了。

耶穆寒低咒一声，"就如漫焉看到的一般，所有的一切都已经改变了，回不到过去了，唯一不变的是程漫焉永远都摆脱不了耶穆寒的命运。程漫焉和耶穆寒两个人将会到死都捆绑在一起，无论过去的两年里发生了什么事情本王都可以不去追究，而这个错误本身也是本王犯下的，本王愿意承担所有后果。"如果当初他再小心一些的话，漫焉就不会被皇后带走然后送到青楼里去了。想起这个事情他就有些痛恨自己。

程漫焉闭上眼睛，"六年前我救你根本就是个错误，这个错误一直延伸在我的生命里让我痛苦，什么时候能够杀了你，什么时候这样的痛苦才能够结束。"她绝望了，她相信耶穆寒说的每一句话，若是此生都要和他的命运联系在一起，那么她的痛苦将会吞噬了她。

看着程漫焉绝望，耶穆寒有着从来没有过的疼痛，上天怎么会让他爱上这样一个女人呢！"放开自己的心，试着接纳本王不是会有更好的结果吗？"他见不得她痛苦，见了自己就会更加痛苦。两年的时间没有改变任何，他对她的爱只是更深了。

还不待程漫焉说什么，喧哗公主的声音就插了进来，"王爷。"她的声音和神色都是有些复杂的，因为她最爱的男人此刻正抱着另外一个女人。

耶穆寒的眉头皱了起来，眸子也变淡了几分，"以后不经本王传唤不准出现在本王的视线里。"他的声音悠然打碎了喧哗公主的心情，毕竟她是一个公主，从来没有人对她说过这样的话。

但是她必须打起精神来，"喧哗是听说王爷回来了，所以来看看王爷有没有什么需要的。"她被伤到了，自己最爱的男人竟然对她说出这样的话。

他把程漫焉扶到椅子旁坐下，"没有。"他的话简直就是下了逐客令。

"那王爷在宫中忙了三天也该休息一下了，喧哗已经吩咐下人们给王爷整理了床铺，王爷要不要先休息一下？"她说的每一句话都有些僵硬，其中却还是带着一些请求的。求他在外人面前给她这个做妻子的一些尊严。

"漫焉累了，你们都出去好吗？"她不想听见耶穆寒和另外一个女人在她面前因为任何事情而有这样的争执，更何况还是耶穆寒的妻子！但她却是忘了，这并不是她的地盘。

耶穆寒转过头来看她，许久才道："好，漫焉好好休息一下。"

大牢里。

"寒，这就是你的待客之道。"程昱嘴角带着浅笑看着耶穆寒，牢笼并不能圈住他那浑身散发出来的气势，他的声音中倒是有责怪之意。

耶穆寒看着他并没有什么特殊的表情，并不因为他是自己的朋友就对他有所仁慈。"告诉我你怎么认识漫焉的。"他永远都是以程漫焉的事情为重心，甚至友情亲情，都可以不要。

程昱笑笑，果然是和程漫焉有关系的。"两年前去妓院谈生意，正好就遇到那老鸨要放出漫焉两年的时间，我看她不像是青楼中人就把她救了下来，就这样。"

虽然是程昱救了她，但是耶穆寒还是不喜欢别人动他的女人。"后来呢。"他要每一点每一滴都听到，要知道两年来程漫焉每一天过的都是什么样的生活。

程昱笑笑说："为何不早些告诉我你要找的女人的名字呢。"他这是一声叹息，或许他本就不该认识程漫焉。

"回答本王的问题。"耶穆寒只要知道自己想要知道的东西，程昱是什么样的心情和他无关。

"然后我就在那青楼的后面给她开辟出来了一片空地为她盖了阁楼，就这样生活了两年。"很简单的一件事情，只是他要从哪里开始给耶穆寒叙述呢。

耶穆寒静静地听着，对程昱他还是有感情的，只要他没有染指过程漫焉，他就可以放过他，不和他计较。"继续。"

"然后就是这样平静的生活，我偶尔会去看看漫焉，只是并不经常去。"程昱并不说出事情的重点来，仿佛是要故意刺激耶穆寒一般。

耶穆寒的脸色更沉了一些，他的看，究竟是哪种看？

"不过，寒。"程昱终于要说出事情真相了，"两年来我一直都很尊重漫焉，并不因为她身份低贱就轻薄她。你那日见到我们的时候可能是误会了什么，当时漫焉在哭，所以我就去安慰了她一下，只是这样。"两年来他从来没有碰过程漫焉，凭直觉知道她并非一个烟花女子，今日一看，自己的断定果然没错。

耶穆寒脸上的冰冷这才一点点散开，若是这样的话，放了程昱倒也不算是一件坏事，毕竟是他救了程漫焉。

却在他要开口的时候一个侍卫走上来在他耳边低低地说了几句话，一瞬间他的脸色就变了，杀气又回到了他的脸上。

还不待程昱说什么他就转身离开了，然而因为这次没有及时放了程昱也给以后他和程漫焉的关系造成了不小的麻烦。

耶穆寒匆匆赶到程漫焉的房间的时候看到的就是这样的情景：程漫焉那么安静地躺在地上，脸色微微有些苍白，有血从她身上某个部位流了出来，一时间他的心就像是被什么打击了一般的难受。

他的漫焉，怎么样了？

他迅速地走过去抱住程漫焉，"漫焉，醒醒。"仿佛他身边的湘西四鬼根本就是不存在的一般，此刻他眼中只有程漫焉一个人，看着她这苍白的脸他好心疼好心疼。

"你不是要杀本王吗？醒过来，本王给你机会，现在就给你，只要你愿意，本王身上的一切东西都愿意给你。"他的声音那么轻柔，是对他最爱的人的低喃，希望她能够听到并醒过来。"醒过来，本王现在就愿意去死。"他把自己的真气不断地输入到她的体内希望她能够好起来。

程漫焉却是听不到的，即使能够听到她还会不会那么坚决地拿起刀呢？她依然躺在那里没有任何反应。

"左贤王想死了吗？"阴阳怪气的声音响起在耶穆寒身后，竟然是湘西四鬼。

耶穆寒慢慢地收回自己的真气并没有回头去看四个人，而是把程漫焉平放在床上尽量不让她不舒服。

"即使想死也轮不到你们来动手。"他的声音那么的冰冷，并不屑于看这几个人，但是他们能够进到这里来也算是他们有本事。

湘西四鬼道："王爷的话可不要说得太大了，你的真气为了救那个女人几乎都已经耗费完了，你现在拿什么和我们师兄弟抗衡？"

耶穆寒凌厉的眸子扫过四个人，"是你们伤了她。"他那阴森的口吻让湘西四鬼四个人心里都闪过一丝异样的感觉，即使在这个时候，耶穆寒还能够保持如此的霸气，果然是左贤王耶穆寒！

"不。"其中一个人否认，"我们只是来落井下石而已。"他的口吻已经不像刚才那么阴阳怪气，反而有些正经了，似乎有些畏惧耶穆寒的威严。是老虎，即使是一只落泊的老虎，依然不能够小瞧它的实力。

"这一点本王欣赏你们。"耶穆寒嘴角闪过冷笑，"但是你们出现的时间和地

点不对，你们不该来打扰我的女人。"若是平时的话他会很乐意把这几个人收入自己的帐下，但是现在他们的命运只有去和阎王说了。

湘西四鬼神色一凛，其中一个人面色有些僵硬地说道："王爷还是不要说大了好，王爷现在的功力是怎么也比不过我们兄弟几个的，王爷死了也不要怨恨我们哥几个，可不是我们想要杀你，要怪就怪王爷平时得罪了太多的人。"

耶穆寒冷笑着看向那四个人，朝着床的中间跨了一步，他必须保全程漫焉。"那本王就要看看你们有没有那个资格了。"他的表情是那么的平静，完全不像是一个受伤的人，那么的自信，换了任何人都不敢随意发起攻击。

湘西四鬼互相交换了一个眼神，下一刻四个人已经竖成了一排，把四个人的力量化在一个人身上朝着耶穆寒发起了攻击。

耶穆寒冷冷地看着为首的那个人，真气形成的压力让耶穆寒的头发微微飘动了起来，但他的面色没有丝毫的改变，看着几个人的目光是那么的深邃，甚至不发起攻击，只是那么站着，一阵风从他身后吹过就轻易化解了湘西四鬼的真气，这着实让湘西四鬼吃惊。

四把刀同时出现了，湘西四鬼的眸子也变得发红，耶穆寒怎么可能没有一点事？而他的功力到底有多深这一点没有一个人清楚。

门被人用力地踹开，而在同一时间湘西四鬼的四把刀同时朝着耶穆寒而去，耶穆寒应对着，显然没有以前那样毫不费力地把几个人制服，湘西四鬼毕竟是有些实力的。他们几个此刻的目标却不是耶穆寒，而是他身后的程漫焉。

耶穆寒迅速地把程漫焉的身体抓了起来抱在怀抱里，也引来了四个人，四把刀。

"给本王统统拿下！"耶穆寒转过头吩咐道。这些都是他的死士，只要他一声令下他们就可以交出他们的性命来。他右手迅速地揽了一下程漫焉，而湘西四鬼的刀也划过他的手臂，血顿时流了出来，耶穆寒并不在意自己身上的伤，紧抱着程漫焉迅速后退，而死士迅速地把他保卫在保护圈之内。

看了一眼和侍卫们厮打在一起的湘西四鬼，又低头看看满脸苍白的程漫焉，耶穆寒低咒一声，迅速地退出这个屋子。

耶穆寒抱着程漫焉朝着书房走去，那是平时只属于他的地方，守卫森严一般人根本不可能进去，他要完全确保程漫焉的安全。

而刚到书房门口就看见喧哗公主已经站在那里等候了。

耶穆寒眸子里闪过一丝犀利，"你怎么在这里？"他的话明显有着另外一层意思。

"我本来要去后院，侍卫们说有刺客，我担心王爷就过来看看。"她掩饰了一下自己眸子里的慌乱，让自己看起来尽量是很担心的样子。

耶穆寒看着她，仿佛要看进她的心里一般，"回你自己的房间去。"说完转身就走进了书房，而侍卫的两把刀已经在喧哗公主的面前了。

喧哗公主脸上闪过一丝复杂的表情，其中不乏伤感，直到两个人的背影再也看不见才后退了一步转身离开，背影多少显得有些落寞。

三天过去了，程漫焉依然在那里躺着，脉象依然像三天前一般薄弱。而探子的消息已经报了上来，程昱在狱中已经被湘西四鬼杀了。

程漫焉此刻还躺在这里什么都不知道，若是她知道了恐怕又要痛恨他了。然而是谁要杀程昱，又是谁要杀程漫焉甚至是他，他已经大约有些眉目了。

现在他唯一希望的就是程漫焉能够快点好起来，若是程漫焉再不能好起来的话，他要毁灭了整个天下为她陪葬！

耶穆寒在房间里不停地踱步，又是一个艳阳天，而程漫焉要如何才能够好起来呢？

突然，他冲到了程漫焉面前把她从床上半抱起来使劲摇晃着，眸子里是前所未有的慌乱。三天已经是大限，若是她不能够醒过来，那就代表着她真的要离开了。"程漫焉你给我醒过来，你以为这样就能逃避吗？你忘记了自己的使命，忘记了六皇子是怎么死的吗？你不是要报仇吗？你看看你自己现在，这样怎么能够报仇！醒过来，醒过来去完成你没有完成的事！程漫焉快给本王醒过来！否则本王会不惜以程昱的性命为代价！"他用程昱的性命威胁她，只要她能够醒过来，他不在意她对他有多少误会。

所有的幻像闪过程漫焉的脑海，六皇子、皇宫、皇帝、宫女太监、耶穆寒、程昱，所有的一切突然让程漫焉睁开了眼睛，而眼前却只有一个耶穆寒。

耶穆寒一瞬间愣在了那里，程漫焉真的醒了。他嘴角是最真切的微笑，只为了程漫焉一个人。

"你承认自己杀了六皇子。"程漫嫣眸子里闪过一丝忧伤，他说没有杀六皇子是自己犹豫着不去杀他的原因，现在他承认了，所有的信任都塌陷了，她还能够像以前那样抱着侥幸的心理吗？

耶穆寒的眸子里闪过一丝复杂的神色，"只要漫嫣醒过来，其他的都无所谓。"是的，天下的一切都无所谓，他愿意用整个天下来换一个程漫嫣！

他模糊的语言被程漫嫣当做是他默认了，"出去，我累了，要休息了。"她需要时间去消化这个问题。

这次耶穆寒却是爽快地答应了，"好，漫嫣好好休息。"他在她的唇上印下一吻，把她平放在床上然后转身走了出去，在这期间他并没有看一眼程漫嫣。

程漫嫣在门合上的那一刹那突然有些心慌，泪水顺着脸颊流了下来，她该如何再留在这里，她留在这里只是为了杀他吗？一切的一切都变得模糊起来，只是她不知道的是刚合上房门的耶穆寒的眸子里竟然也有泪水流出，这样一个冷血而强硬的男人竟然因为她的醒来而流泪。一个男人流泪了是不是代表着他是真的爱这个女人？只是可惜程漫嫣并没有看到。

月色如水。

离开了程漫嫣的房间，耶穆寒去了喧哗公主的房里，他有太长的时间没有去尽一个丈夫应尽的职责了。

汗水顺着喧哗公主的脸流了下来，她的喘息和低吟在这样的时候显得那么的娇媚，一点也不像是平时的她，"王爷今天似乎有些不对劲儿，"她呻吟一声，接着问下去，"喧哗可以知道吗？"

耶穆寒的动作陡然在她身上停了下来，这让喧哗公主有些不适应，然而他的声音却是温柔了下来，"别问。"

整个房间里再次充斥着让人脸红的呼吸声和低吟声。不需要任何语言，耶穆寒只要发泄自己心中对程漫嫣要离开的那一份恐惧。

十天，整整有十天的时间，耶穆寒都没有去看程漫嫣一眼，那是他的书房，他的禁地，却因为程漫嫣在这里而不再踏进来一步。只是把她日常生活的每一个细节都安排得清清楚楚，甚至她该什么时辰洗澡，什么时候吃饭，什么时辰喝药都清清楚楚。

夜半，程漫焉披着单薄的披肩站在窗户旁边，这么多天了，她被禁止离开这里，耶穆寒也不来，他培养出来的那些侍卫和侍女更是守口如瓶，什么都不肯告诉她，程昱现在怎么样了？她究竟要在这样的环境里呆多久？即使没有仇恨，保持平静的心这样的时光也是煎熬啊！

"王爷呢。"程漫焉漫不经心地问着身后的侍女，这也是耶穆寒派来照顾她的人，或者可以说是监视她的人，一天要换好几轮，让她没有一刻是属于自己的时间，甚至是睡觉的时候。

"在王妃的屋子里。"侍女恭敬地回答，没有耶穆寒的示意她是不会这么说的。

程漫焉心里闪过一丝疼痛，他十天都没有来看她一眼只是为了这个理由吗？莫名其妙地烦躁起来，但是他们两个本来就是一对夫妇，而自己又是拿什么样的身份来难过呢？

此刻他在另外一个女人的怀抱里，只是又和她有什么关系，为什么她要为此失眠呢？

微风吹过，程漫焉打了个寒噤，"夜深了，该睡了。"这句话不知道是在对自己说还是对她身后的侍女说，说完她就径直朝着床走了过去，却不知道自己能不能睡得着。

又是几日过去了，程漫焉已经什么都不想了，反正她又出不去，没有耶穆寒的命令她就只能呆在这里。只是有一点她不明白，是谁这么处心积虑地想要杀了她？为什么她回来之后就没有再见过旋页公主呢？若是皇后想要杀她，那么她的动机又是什么？

"王爷什么时候会来？"她一边画着牡丹一边问。现在要见他的动机又是什么自己也不是很清楚了。

"不知道。"侍女恭敬地说道。

破天荒地程漫焉竟然回答了一句："哦！"

有侍女走了进来，"夫人，王妃在外面想要见夫人一面，夫人要见吗？"这样的事情好像是反了过来，怎么能是一个王妃求见一个并没有什么身份的人呢。

程漫焉的手停在了那里，瞬间一朵美艳的牡丹的花蕊就成形了，牡丹果然是与众不同，程漫焉在心里感慨着。"见。"她漫不经心地答道，眸子里却是冷漠的。

手中的笔并没有要停止的意思，甚至没有抬头看喧哗公主一眼，"王妃今日怎么有时间来这里？"即使是再相见，也恐怕是有些难了，这次她已经彻底决定要离开这里了，只要程昱安全，她就要彻底离开这里，而这其中也不乏报复耶穆寒多日来只呆在喧哗公主那里的原因。

"听说妹妹受伤了，我特地带了一些补品过来。"喧哗公主似乎是想要试探什么。

程漫嫣抬头看了她一眼，继续低头去作画，"怎敢劳烦王妃大驾。"她的声音是那么的冷淡，不得不承认是因为对耶穆寒的爱已经超乎了自己能够控制的程度，所以决定放弃。她是一定不能够再留在他身边的，她已经不能再下手杀了他了，但他又是自己的仇人，看着他，她只会想起那些自己看着无辜死去的黎民百姓、皇帝还有太监宫女，会想起曾经她生命中最重要的人——六皇子。因为爱上他，所以不能让自己继续再留在这里，那是一种煎熬，是一种痛苦。

"呵呵，看来妹妹身体是好了许多了。"喧哗公主别有深意地说道，"妹妹怎么有闲情雅致作画了？这一点倒是和王爷有些像了，近几日王爷也是每日作一幅画以解闷。"她显然是想要告诉她耶穆寒这些日子一直在她身边，这也是一个女人值得炫耀的事情。

程漫嫣的手再次停顿了一下，又一朵好看的花蕊出现在那纸上，"丹青画，永远都有自己的特色，即是不被任何颜色污染，王妃说对不对。"她突然和喧哗公主讨论起画来。

"王爷倒不这么认为。"喧哗公主再次把耶穆寒扯了进来。"王爷说无论什么画总是要有一些颜色搭配才会更亮丽。"

程漫嫣嘴角有笑容，完成最后一笔，抬头看喧哗公主，"女人的颜色，未免会太污浊了一些，哪儿能有偏古的颜色好一些。"随即拿起自己手中的画，"王妃看这牡丹，牡丹象征着富贵，未免是有些俗气了一些，王妃说是上些颜色好还是这样好呢？"她手中是一幅绝美的牡丹图，那么的漂亮而脱俗，犹如出水的芙蓉一般。而她本人在这个时候更是像出水芙蓉一般，拿着手中的画犹如天女一般站在那里。

喧哗公主一时愣在了那里，终于明白自己败在了哪里，是她漫不经心之中带着的那一丝天然存在的气息。"牡丹花再好，犹不及芙蓉那么纯洁。"她是在影射程漫焉过去的那两年的时间。

程漫焉淡笑，"是啊。"她只说了两个字，却让喧哗公主迷惑了，她这是在承认吗？可是为什么又像是在否认？

"妹妹一直呆在这里难道就一点不想知道外面的消息？"喧哗公主一咬牙，决定把所有的都说出来。

"和漫焉有什么关系呢？"程漫焉把画小心收好。

"程昱的死活也和妹妹没有关系吗？"喧哗公主的声音陡然有些讽刺。

程漫焉的身体僵硬了一下，这的确是她想要知道的消息。"他现在怎么样了？"这或许是她唯一能够知道的消息来源了，即使是喧哗公主，她也要问。

喧哗公主嘴角闪过一丝冷笑，"死了。"

程漫焉手中的画顿时掉在了地上，怎么可能，即使是因为她的缘故，即使耶穆寒要杀她也总是会给她一些提示的，况且程昱还是耶穆寒的朋友，怎么会这样？

不可能。"你说谎。"这是她唯一能说出来的话。

喧哗公主眸子里并无一丝怜惜，"整个王府的人都知道，除了你。"她说的这句话倒是实话。

而这个时候程漫焉唯一能够想到的就是亲自问耶穆寒，然而喧哗公主一句话就打破了她的想法，"王爷暂时不会见你的，不过我还是可以告诉你程昱葬在了哪里，这一点上王爷可是很厚待他的，这样的葬礼可是百年难得一见，只可惜你看不见。"

程昱死了，这个时候她已经完全可以肯定了，只是无论如何她也不能明白耶穆寒怎么可以就这样杀了他。这就是他说的爱吗？对她的爱？她颤抖着身体，从未有过的悲伤和绝望涌上了心头。

"妹妹好好休息。"说完喧哗公主嘴角带着得逞的微笑走了出去，连那背影都在昭示着在这场游戏里她的胜利。

程漫焉想要出去，两把刀却是挡在了她的面前，她是不被允许走出这个房间的。这里是耶穆寒的书房，一般人是不允许进来的，那么喧哗公主出现在这里，就是代替耶穆寒来传达信息了。

程漫焉颓然地坐了下来，连程昱都死了。她对耶穆寒的爱也真的该结束了，这样的爱本也就不该存在，这样夹在仇恨和无助之间的仇恨延续的也只是自己的

痛苦罢了。不能杀了他，那么就离开他。

　　几天又过去了，程漫焉在这几天的时间里没有说一句话，仿佛是一个木偶一般生活着，但是有一点她是清楚的，就是她的一举一动都在耶穆寒的耳朵里，他不来看她，但至少他还在派人监视她。

　　身上的伤已经恢复得差不多了，心里的伤却是再也无法弥补了。六皇子的死已经让她不能原谅他了，现在又多了一个程昱。世事弄人啊，偏偏让她爱上了自己的仇人。

　　几天来第一次程漫焉打开了房间的门，和上次一样，两把刀就在她的眼前。程漫焉并不动，亦没有要过去的意思，"告诉耶穆寒，我要见他。"

　　只一句话，在侍卫还没有反应过来的时候房门已经再次关上了。

　　不消一炷香的时间，耶穆寒已经出现在她的面前。"漫焉终于肯见本王了。"他的声音有些疲惫，这句话却是让程漫焉感动。这么多天他没有出现只是因为自己在他走之前说了一句不想见他。

　　但是又有什么用呢，这个时候爱情已经不能带给她幸福了，这样的爱只有痛苦，无尽止的痛苦。

　　程漫焉在桌子旁边轻轻地坐了下来，"我们有多久没见面了。"就当是离开之前最后的温习吧，离开这个她爱上的男人。舍不得，却又不能留下。

　　"十六天。"耶穆寒也在她旁边坐了下来，看着她的眸子仿佛在思索着什么东西，今天的程漫焉似乎有什么地方不一样。

　　程漫焉有些惊讶，她自己都不知道时间了，没想到耶穆寒竟然记得这么清楚。"耶穆寒。"她抬眼去看他。

　　耶穆寒的手轻轻地抚摩着她的脸，"怎么了？"今天她是怎么了？哪里不对劲？

　　"本王应该先来看你的，但是本王怕影响到你的伤势。是不是本王太长时间没有来，漫焉不高兴了？"这就是他对待自己最爱的女人的态度，她的不高兴，她的伤心完全都是他的错误，而他也愿意承担，这样一个冷血无情的男子竟然是这样一个痴情的男子，换了谁能够相信呢？

　　程漫焉的泪水突然就流了下来，是他们相遇太早么？可是为什么是这样的结果呢？他对她的好，她心里都明白，但是自己已经不能留下了，再留在他身边只是一种罪过，她对不起所有人，也对不起自己。"耶穆寒，"她喊着他的名字，却再次哽咽。

耶穆寒小心地为她抹掉泪水，"没关系，说不出来就不要说了，是我不好，以后天天都陪在你身边好吗？"她的泪水让他好心疼，那么的心疼，不能自已。

程漫焉摇摇头，"你爱我吗。"她只想再听他说一次他爱她，离开了之后两个人就再也不会见面了吧，此生两个人的缘分就真的要到此为止了吧？泪水就像是断了线的珠子怎么也停不下来。

耶穆寒眸子里是深深的无奈，即使是整个天下崩塌在他面前他都不会皱一下眉头，但是他不能忍受程漫焉的泪水，"爱，本王此生都只爱漫焉一个人。"这是他最爱的女人，任何她要的他都可以给她，只要她开心，只要她高兴。

第一次，程漫焉主动用双手圈住他的脖子，把自己的脸深深地埋入他的怀抱里，她不能给他任何承诺，不能说爱他，但是她可以用行动来表示。

耶穆寒用双手把程漫焉抱在怀里，"漫焉，告诉我怎么了？"为什么她这么惶恐，为什么她这么不对劲儿。

程漫焉终于在他怀里放声大哭了起来，用力地摇头，程昱死了，但是她不能问，问了之后只会让自己更加心痛，只会加速自己离开他的时间，但是这一切又都是她的错，若不是她，程昱就不会死，她恨耶穆寒，但是她又爱他。

仿佛是预感到什么，耶穆寒在她耳边轻声说道："漫焉，本王说过了你不准离开本王，一辈子都不准，甚至不允许有这个念头，除非本王死了，本王死了就把所有的自由还给你。"他的声音是那么的轻，却又是那么的霸道。

程漫焉点点头，"嗯！"哭累了，却依然想要呆在他的怀抱里，留恋这个本不属于自己的怀抱，留恋呆在他身边的每一秒。

第十二章 终无悔

"是不是很惊讶？"六皇子嘴角带着微笑看着程漫焉，因为两年前被耶穆寒废了男人最重要的东西他现在就像个太监一般，连脸上也是有些光滑了。

接下来的时间里，只要耶穆寒不在宫里，那么他就一定是在程漫焉身边，看着她发呆，看着她作画，看着她微笑，看着她在阳光里。

他的心也静了许多，但是这样的静又让他隐隐约约感觉哪里不对劲儿，此刻程漫焉就站在那里安静地绘着一幅牡丹的丹青画，阳光反射在她的脸上让她看起来是那么的安详，本来心情很好的耶穆寒突然被刺痛着，"漫焉。"

程漫焉抬头看他，嘴角的微笑释然，"怎么了？"她看起来那么的无辜，一点也不让人看出来她有要离开的迹象。

耶穆寒这才反应过来，"漫焉最近变得有些不一样了。"是的，很不一样，让他有些不适应。

程漫焉嘴角的笑容加深，"曾经有人和漫焉说，一个男人的确是会挂念自己得不到的女人，但是一旦当他得手就会对这个女人不屑一顾，是不是漫焉的这种改变让王爷不再对漫焉感兴趣了？"这是皇后曾经对她说过的一句话，她已经知道了是皇后自作主张把她送离这里，送到了妓院想要她死，那么她给她的一切在她离开的时候都会如数奉还。

只是有一点她依然不明白，耶穆寒的个性是不会容许皇后这么做的，但是在他知道真相之后却没有采取任何动作，这不像他。

耶穆寒的眉头皱了一下，程漫焉就站在那里，手中依然还拿着一支毛笔，一动不动，那么的安静，阳光让她微微眯着眼睛，这幅画面几乎定格在了他的脑海里，也让他日后再不能忘记两个人之间曾经有这么平和的时光。

"不。"他否认，"无论漫焉变成什么样子，本王都永远爱漫焉，因为六年前漫焉就已经把本王的心带走了，从此，那颗心就不再属于本王了，它只属于你。"只属于她一个人。

程漫焉的眸子陷入了深深的忧伤之中，他爱他，她也爱他，但是这是一种不能表达的爱，一表达就会错的爱，是不被允许存在的爱。

她低下眸子看着那幅画，每天都在画同样的一幅画，因为有他陪着，再多的无聊也变成了一种乐趣。"漫焉如何要得起。"是啊，她如何要得起，只从她这一句话里就已经看出了所有她的心思。

耶穆寒站了起来走到她身边接过她手中的笔，并不看原本的图画，顺手就在她那未画完的牡丹上勾勒出了一幅和原来的神韵完全不同的画。"任何事情都是可以改变的，甚至是这王位，这江山，所有的一切，即使是要本王抛弃所有，为了你也是值得的，所以漫焉要留下来，留在本王身边。"

程漫焉接过笔在画的右下端写上了两个人的名字，这是唯一一幅两个人共同完成的画，将来也会成为另外一种纪念吧。

时间是快的，因为又有几个女子进了贤王府。是皇上赐下来的，强行的。一切都在昭示着一件事情，皇上已经向耶穆寒发起了进攻，尽管整个天下都是耶穆寒为他争夺来的，却是因为他的存在已经让他有了危机感，太平世间，怎能留下功臣呢。

而今日这个夜宴，程漫焉亦是在场的，还有喧哗公主，还有那几个女子。

古乐声在这样的夜色里正好匹配此刻的心情和意境。

程漫焉是坐在下面的，耶穆寒旁边坐的是喧哗公主。

对这样的事情程漫焉本是没有任何可抱怨的，但是冷眼看着几个女人在这里彼此争斗着未免有些不耐，几个女人你一句，我一句，都无非是一些争风吃醋的小事情。

程漫焉抬头看一眼耶穆寒，正好对上他的眸子，她又迅速地转开自己的视线。

正在这个时候人群里突然出现了骚动，刚刚借故离开的喧哗公主却被另外一个人用刀架着出现在了人们眼前。

"耶穆寒。"那蒙面人大声喊着。

耶穆寒站了起来，看着蒙面人并不说一句话。

"交出镇图，否则我就杀了她！"距离本来就不远，他的声音又那么大，让每个人都听得清清楚楚。

耶穆寒轻笑，"好，你杀了她吧。"他的声音不大，却是足够让每个人都听得清清楚楚，"然后给她陪葬。"那么的无情，那么的低沉，甚至眸子里都是笑意，这到底是一个什么样的男子。

每个人都为他的话诧异了，那是贤王妃，而贤王爷竟然能够淡然自若地说你杀了她吧。这到底是一个怎么样的男人？

谁知那蒙面人的刀不向着喧哗公主而是朝着耶穆寒的方向而来，而耶穆寒只是站在那里淡淡地看着那把刀，并没有要闪躲的意思，却是在这个时候程漫焉的脚步往前跨了一步，要替耶穆寒去挡那把刀，就让她为他死了也好，这样就再也没有仇恨了。这个时候她是并不能想太多的，完全只是本能的反应。

耶穆寒低咒一声在所有人都还没有看清楚发生了什么事情的情况下一只手就已经抓住了刚刚到达程漫焉面前的刀刃，血雾时间在程漫焉眼前流成了河，在她还没有反应过来的时候耶穆寒就已经用另外一只手揽过了她的腰，手中的刀像闪电一般直至那蒙面人的脖子。只有在他生气的时候才会如此，可见他对程漫焉的不满。

所有的一切仿佛静了下来，所有的人都那么安静地站在那里，不知道喧哗公主是因为太伤心还是因为被吓到了，直直地站在那里一动不动。眸子里是悲哀，脸上是悲哀。

耶穆寒再次低咒一声"来人。"他的话音刚落，所有站在外围的侍卫们都齐刷刷地跪了下去，"送她们回去。"

夜宴结束，整个现场就只剩下他们两个人。

程漫焉能够感觉到他在生气，就算是离开之前最后的温柔吧，她走上前一步望着他的眸子，"你在生气？"对这样一个和自己没有任何联系，若是说有联系那恐怕就是她是耶穆寒从另外一个国家带回来的奴隶，即使人们称呼她为夫人，也都知道她是一个没有正式身份的女子。

耶穆寒没有说话，他第一次发现自己竟然也会和别人较劲儿，而且这个人竟然是程漫焉。

"王爷是认为漫焉不配替王爷挡下那把刀吗？王爷不是一直都要漫焉显示自己对王爷的爱吗？难道漫焉不该这么做吗？"这是她第一次别有深意地在告诉他自己对他的爱吧？却是说得这么拐弯抹角，恐怕也是她此生唯一一次对别人说爱。

耶穆寒眸子里闪过讶异，"把你这句话用最简单的语言表达出来。"他要听，听她说爱他，生的气却是已经消失了一大半了。

"是漫焉不配替王爷挡下那把刀。"她明明知道他想要听什么，却是故意装作不知道。

耶穆寒有些恼怒地说："不是这一句。"

程漫焉怎么能够主动说出来呢，"没有了，漫焉没有其他的意思了。"

耶穆寒眸子里闪过一丝恼怒和失望，"是谁允许你替本王挡那把刀的，你明明知道本王能够躲得过去。"

程漫焉低下头看着他受伤的手，"你在流血。"她的眉头皱着，纵使恨他，纵使爱他，都不想看见他在流血。她伸出手去想要拉住他那受伤的手。

耶穆寒动了一下，拒绝她的碰触，"以后无论在任何情况下，本王要的都只是程漫焉能够保证自己还活着，而不是要为了谁出风头。"血越流越快，那把刀上本是带毒的，而他此刻必须用真气把毒逼出来，所以程漫焉不能够碰他，否则也可能会中毒。

看着他离开的背影，程漫焉的心疼了一下，他说完这句话就离开了，是什么意思？是已经不需要她再留在他身边的意思吗？

有几天的时间，对于耶穆寒莫名其妙的消失仿佛已经是家常便饭，她也已经习惯成自然。他说过若是他要离开的话，会告诉她一声的，可他却没有。

程漫焉看着眼前收拾好的东西，总共也就只有一套衣服而已。告别是不需要的，因为他肯定不会允许自己离开的。跟在程昱身边两年，其他的东西没有学到，易容术却是一等一的高。

再见吧，耶穆寒。再见吧，我最恨的人。再见吧，我最爱的人。

走在王府花园的路上，程漫焉远远地就看见了喧哗公主的身影，幸好耶穆寒

并没有和她在一起，否则他肯定能够认出她来。

然而喧哗公主却是朝着程漫焉的这个方向过来的，两个人正好打了个照面，程漫焉分明能够从她的眸子里看出那一丝疑惑和不肯定。

"这是做什么？怎么还拿着包袱。"喧哗公主审视着程漫焉，却是因为她是下人的装扮，此刻却拿着包袱出现在花园里着实有些不协调。

程漫焉低下头压低声音道："奴婢刚和总管请了假回乡下看望家里人。"在王府里一般的下人都是被卖到这里的，而程漫焉却是找了一个短期契约的下人外表来装扮自己。

"哦。"喧哗公主漫不经心地说，"来人，打开她的包袱看看里面都有什么。"

程漫焉的身体僵硬了一下，下意识地抓紧包袱，随即就又松开，主动把包袱递了上去，却在心里迅速地把包袱里的东西过了一遍，没有什么值得怀疑的。

侍女把包袱打开，把里面的东西全部抖落在地上，程漫焉微微皱了下眉头，喧哗公主只是看着什么也没有说。

两件下人的衣服，一些碎银子，再没有其他的什么东西了。

喧哗公主淡淡地看了一眼，"走！"甚至没有要侍女拾起那些东西交给程漫焉。

程漫焉默默地拾起那些东西继续朝着王府大门走去，这里曾经是她的家，现在却是贤王府。耶穆寒为了她把贤王府迁到了这里，而现在她却要离开了。

走出王府大门，走在宽阔的街道上，她的心情一下子就沉重了起来，从六年前第一次遇见耶穆寒到六年后彻底决定要离开他，所用的时间是那么的短，而恨的时间却比爱的时间要长得多，最后迫不得已离开，就让他呆在别的女人的怀抱里幸福吧，这一切和她都没有任何关系了。

"程漫焉，是吗？"这个声音陡然让程漫焉全身僵硬了起来。

两个时辰之后程漫焉已经在京城外的一个园林里了。这是她完全陌生的地方，她甚至不知道是谁带她来的，不知道为什么带她来这里。

"漫焉。"这个声音打破了站在大厅里的程漫焉的沉思，这个声音有些熟悉，有些尖锐，却让程漫焉想不起来。

当她回过头看是谁的时候，她陡然愣住了，六皇子？

他不是已经死了吗？

"是不是很惊讶？"六皇子嘴角带着微笑看着程漫嫣，因为两年前被耶穆寒废了男人最重要的东西他现在就像个太监一般，连脸上也是有些光滑了。

程漫嫣不能相信自己的眼睛，"六皇子还活着？"若是以前的话她肯定会不顾一切地冲上去抱住他，但是现在她除了惊讶之外已经没有任何其他的情绪了，比如说男女私情，"那两年前死的那个人……"

六皇子主动替程漫嫣解开了这个谜，"两年前死的那个人是耶穆清，怎么耶穆寒一直都没有告诉过你吗？"

程漫嫣的心是那么的难受，死的人竟然是耶穆寒的弟弟，而他却一直都在隐瞒她，甚至还要安慰她，一而再再而三地告诉她他并没有杀六皇子，而她却一直因为这个事情而记恨他。不知道是为自己难过还是为耶穆寒难过，她的心里很不好受。"可是两年前我亲眼看见那是你的头。"是的，两年前她是亲眼看见的。

六皇子慢慢地走近程漫嫣伸出手想要碰程漫嫣的脸却被她别开了，六皇子的眉头微微皱了起来，"这可不是我一直认识的漫嫣。"紧盯着她的眸子他又道，"难道说漫嫣爱上那个男人了？"他眯起了眼睛，心中已经有了另外一番计划。

程漫嫣只是看着外面并不说一句话，她也没有必要承认或者回答他。

"漫嫣回答我。"六皇子抓住她的手臂，她怎么能够爱上这个男人！

程漫嫣转过头来看他，"没有。"她的声音很淡然，让人看不清楚她的真实心情。

"最好是没有。"六皇子说着，声音尖锐得让程漫嫣难以忍受，"从今天开始你就住在这里，没有我的允许不要随便出入这个山庄。"

程漫嫣转过头来看着他，"为什么？"他是要监禁她吗？

六皇子认真地看着他，"漫嫣你还爱我吗？"

程漫嫣一时间不知道该如何回答了，她爱他吗？不，她已经不爱他了。"曾经，你的确是我生命中最重要的人，但是这么多年过去，发生了太多的事情，我们都不想这样的，不是吗？"这些事情同样也让她感到无奈。

"那么漫嫣想好要去哪里了吗？"六皇子这个时候以退为进。

程漫嫣看着远方摇摇头，天下之大，竟然没有她容身之地。

"那就先留在这里，好吗？我不问你过去都发生过什么事情，无论如何在你没有找到自己要停留的地方之前让我照顾你好吗？"无论程漫嫣是不是愿意，她都一定要留下来的。

程漫焉张了张嘴，不知道该不该答应他，但嘴里却答了："好。"她还能够去哪里呢？

时间在一天天地过去，程漫焉除了对着远方发呆之外并不做其他的事情。六皇子经常会来看她，两个人之间却是再没有像以前那样说不完的话了，太多的事情让两个人之间的隔膜变得很深了。

第十三章　保护之绝响

所有的一切都结束了吗？

程漫焉笑笑，开始朝前走去，没有目的地，只是要走着，感受着，想念着，回忆着。

耶穆寒在贤王府疯狂寻找程漫焉未果之后，他动用军队开始对京城周围进行地毯式的搜查。而这天他却接到了一样东西。

他冷冷地看着手中的一撮头发，是用纸包着的，纸上写着一个"程"字。

"拿去调查，本王要知道是谁买走了这张纸。"他冷冷地说，终于有线索了吗？无论是谁带走了程漫焉，他都会让他付出生命的代价，眸子里射出冷冷的光芒，他的拳头紧握了起来。

又是一个晴朗的天气，六皇子站在程漫焉身后，"漫焉在想他了？"他的声音尖锐而冰冷。

程漫焉转过头来看他，"六皇子的声音……"她想问他为什么总是那么尖锐，却是不知道该如何去表达。

"你是想问我为什么像太监一般，是不是？"六皇子的表情变得狰狞，"因为两年前我就已经被耶穆寒给废了。"

看着程漫焉那满是惊讶的眼神，六皇子得意地说："不过漫焉放心，你马上就可以见到他了。"随即他大笑了起来。

程漫焉仿佛是明白了什么，"你出卖了我？"怎么可能？他不是一直希望自己不在耶穆寒身边吗？

六皇子的手指指外面，"对，他的军队就在外面，我们谁也跑不了，而且也

没有必要跑。"他的声音很轻，仿佛是怕别人听到，而在程漫焉看来他仿佛是要发疯了一般。"知道为什么吗？因为是我故意要他来的，这样的话我就可以杀了他了，我要报仇，报仇你懂吗？漫焉？"

程漫焉咬咬牙，"你杀不了他的。"不是她在为耶穆寒说情，而是六皇子的实力和耶穆寒实在是差得太多。

六皇子靠近程漫焉，低声几近变态地说："会的。"他的眸子里露出一些暴戾的神气，"因为有你。"程漫焉是他手中的一张王牌，无论发生什么事情只要程漫焉在他手里，他就能够保证自己安然无恙。

下一刻他用程漫焉几乎没有感觉到的速度把她拉倒在地，"现在我就带你去见他。"他半拖半拉地拽着程漫焉往前面走。

"你想怎么样，我和他之间已经没有关系了，我也不想见他。"她是耶穆寒的弱点，这一点她比任何人都清楚。

六皇子冷冷地笑，"漫焉，这次你一定要帮我，我等这一刻已经等了两年了，耶穆寒一定要死。"为了杀耶穆寒他几乎已经忘记自己的初衷了，不是为了国家的灭亡，而是因为太多的私人恩怨。

"六皇子，我们离开这里，漫焉跟你离开，我们不要再过打打杀杀的日子了，好不好？"只要他愿意放过耶穆寒，她不介意跟他一起离开这里，她本来就是要离开的。而现在她只能跑着才能够不被六皇子拖着。

"漫焉你了解我，你知道我已经回不去了，你也回不去了不是吗？不要做徒劳的努力了，你最想见的人就在前面，我要你装作冷淡自愿一些，否则我会现在就杀了他。"六皇子朝前面看了看，就要到了，耶穆寒带来剿灭他的人马就在门口。

"不，我不要去，我不要去。"她用力地想要挣脱六皇子却迅速地被后面跟着的人强行架了起来。

他们已经到门口了。

六皇子转过头来站在程漫焉面前，"微笑，漫焉。"程漫焉看着他，没想到有一天自己最恨的人竟然变成了他。"或者你可以选择让他死在你面前，你不是一直都希望如此吗？"六皇子的笑几乎是狰狞的，他终于可以报仇了吗？

程漫焉怎么可能笑得出来呢，"我们可以回到过去的。"

"不！"六皇子的声音变大，"我现在已经不是个男人了，更不是个女人，你说我怎么能够回去，啊？"这句话说到了两个人的伤处，一时间悲伤开始蔓延。

还不待程漫焉说什么，六皇子一把拉住她的胳膊把她拉到前面，而耶穆寒就站在离他们十几米的地方

"怎么？"六皇子冷冷地笑，"怎么不发动你的人灭了这个山庄？害怕啊？"说着他又看了一眼程漫焉。

"放了她，我们之间的事情我们两个解决。"耶穆寒看着程漫焉并没有什么特殊的情绪，在人前的他一向是冷血而淡漠的。

"耶穆寒什么时候也这么婆婆妈妈了，当初你灭了我的国家的时候可是多么的神气啊，哈哈哈……"他那尖锐的笑声让好多人都不禁皱起了眉头。笑完后，他一把拉过程漫焉，"我要你当着她的面用她身上这把刀插入自己的腹部！"他一把把程漫焉腰间的刀扔了出去。

耶穆寒看看手中的刀，"好。"他的声音不疾不徐，说出来的话却让每个人在心里都惊讶了，耶穆寒怎么可能为了一个女人这样。"先放了她。"

六皇子手中的另外一把刀划过程漫焉的头发，瞬间青丝乱飞，遮挡了有情人的眼睛，"拿起你手中的刀，按我说的做，否则下次就不是头发了。"他变态的眼神在程漫焉的脖子上看着。

程漫焉看着耶穆寒朝着他摇头，"走，你走，我不要你救我。"她的声音不大，却是因为这安静的场面而传入每个人的耳朵里。带着绝望，就像是最后的吟唱。

耶穆寒看着她，没有任何的情绪，"说你以后都不会再离开。"在这个时候他依然是霸道得可怕。

"不，漫焉已经不可能再在你身边了，你走。"她不能答应自己办不到的事情，他们今生本也不该相遇。

"程漫焉为何你总是忽略本王的话呢，本王说过你的命运永远和本王分不开，这是神的旨意，是我们都不能违背的。"耶穆寒眼角有笑意，这是他对她说过很多遍的话，现在听来依然让人感动。

程漫焉摇摇头，声音突然大了起来，"耶穆寒你到底明白不明白，我在你身边不过是要杀了你，我讨厌你，我恨你，我不可能再和你在一起你明白不明白。"她几乎是在绝望地喊，怎么会这样，怎么会这样？

"本王不在乎。"这是过了很久之后他的回答，"本王只要把你留在身边保护

你。"一场盛大的对峙霎时变成了两个人的对峙。

"少啰唆！"六皇子终于看不下去了，他目露凶光，架在程漫焉脖子上的刀已经有血迹渗出，"你到底要不要做？"

耶穆寒拿起手中的刀，"你的刀若是再下去一分，你就会被碎尸万段。"他的话说完之后所有人都凝结在了那里，因为他已经把刀插入了自己的腹部。

"不！"程漫焉绝望地狂喊着，拼命地挣扎着要朝着耶穆寒的方向过去，却被人狠命地拉着。

耶穆寒坚持着站在那里，他身后的死士急着要上去扶他却被他伸手阻止了。

六皇子眸子里闪过复杂的神色，没想到耶穆寒竟然真的做了，随即眸子里又闪过阴狠，"走过来。"

耶穆寒冷冷地看着他，一步一步地朝前走，那坚定的脚步和冰冷的气质让六皇子心中有些害怕，这像是一个受伤的人吗？

"站住！"六皇子后退一步喊道，然而耶穆寒却像是没有听到一般，六皇子迅速的一声，"抓住他！"耶穆寒已经以迅雷不及掩耳的速度朝着六皇子而来，却是在碰触到他的那一刻停手，因为程漫焉同时被四把刀架着。

他掐着六皇子的脖子让他几乎没有反抗的余地，"放了她，我不杀他。"这已经是他能够开出的最优渥的条件了。

然而四个人谁都没有动，并没有因为自己的主子快要死了就和耶穆寒做交易。

所有的死士都做好了准备决定反扑，只要耶穆寒一声令下，然而耶穆寒却是沉寂得让人害怕。

"这就是他让你们做的事情？利用这个人想要杀了本王，却抢了本王的女人是这样吗？"四个人都能够听懂耶穆寒的意思，因为他们都是皇上派来帮助六皇子杀他的人。若是说湘西四鬼要杀程漫焉是皇后的意思的话，那么要杀他就是皇上的意思了。

四个人依然不动，六皇子的呼吸越来越深重，不能相信那些人竟然不救自己。他看着那些人，他们是曾经发誓用生命保护自己的人，此刻却对他置之不理。

程漫焉看着耶穆寒慢慢地摇头，"放过他。"她是对耶穆寒说的，耶穆寒的额头上已经有汗水流出，但是她却不能够救他，甚至只能要求他放过六皇子，而他做这一切都是为了自己，泪水慢慢地顺着她的脸颊流下，她心疼，不是为了六皇子，而是为了这样的耶穆寒。

耶穆寒心疼地看着程漫焉的眼泪，即使这个时候他依然不希望自己的女人受委屈。然而这次却是并没有因为她的因素而让自己的决定受干扰，一用力，六皇子就彻底地断气了。

"抓住他！"不知道谁喊了一声，立刻就有很多高手朝着耶穆寒的方向扑了过来，只见耶穆寒后退一步在他周围刮起一阵风，让所有人都震惊，他伤得这么重竟然能发出这样的内力，让人不敢相信他的武功到底有多深，在几个人死了之后，一群人围住他却是谁也不敢先动手，他们只是看着耶穆寒，这样的左贤王没有人敢去招惹，即使他们是早就把生死置之度外的人。

"放了她，我跟你们走。"这就是他的爱情，可以用自己的生命去诠释的爱情，这条命本来就是早就许给程漫焉的，这个时候给她，也算是实现了自己的承诺。他的眸子里是坚定，这是说得出做得到的承诺。

"好。"为首的人答应道。这也算是一个万全之计，左贤王是从来不会被打败的，而眼前这个女人是他唯一的弱点，即使对峙下去也不一定会是个好结果。

耶穆寒的手轻轻举了起来，然后做了一个走的姿势，在犹豫了一会儿之后他带来的军队就全部有秩序地散开了去。他们之中的任何人都不能够改变他的决定，他是狼群的首领，是他们唯一需要遵循的人，他们信任他的任何一个决定，知道他能够全身而退。

隔着很多人，耶穆寒看着程漫焉，眼角依然有微笑，这或许是他对着自己最爱的女人最后一次微笑了，笑意之中又夹杂着太多的不舍，而程漫焉眸子里却只有悲伤，她也知道这或许是两个人最后的对望了，这个男人真的做到了，他说有一天他会让她要了他的命，现在他真的做到了。"本王曾经许诺于你要你杀了本王，现在本王就把命给你，只是以后不许再恨本王了。"他的声音竟然有着温柔，脸色已经完全苍白了，他唯一的要求就是让她不要再恨他了，这个女人即使背负了再大的罪恶也是会原谅这个男人的吧。

即使是上天都要为他们之间的悲情流下几滴泪了。

"不，不，不。"程漫焉不断摇头，这不是她要的结局，不是亲眼看着他死去，泪水已经模糊了她的双眼，她好害怕这样的结局，"我让你走，你为什么不走？你这个大笨蛋你走啊，走啊！"她边哭边喊，声音几乎绝望，而耶穆寒的脸色已

经越来越苍白了，她好想上去抱住他，最后再抱他一次，但是她挣脱不了这几个人的牵制，她只能绝望地跪了下来，几乎把头都低进了地下去。她的绝望，这个时候有几个人能懂？

"放了她。"耶穆寒最后的微笑永远定格在了她的脑海里，他的声音依然稳定，看着这几个人的神色依然淡漠，和平时没有任何的不同，因为他是耶穆寒，是天之骄子，是万物之王，任何时候都不能削减他的霸气！

为首的人摆摆手示意人们放开程漫焉，然而程漫焉一离开他们的牵制就要朝着耶穆寒的方向而去，却是再次被人挡住，"你们放开我，放开我！"她大声地吼叫着。这个时候或许她是明白自己的心的，她爱耶穆寒，这一点谁也改变不了。

耶穆寒再次举起手，这些人就仿佛是他的手下一般立刻就让出一条路来让耶穆寒朝着程漫焉走了过去，他朝着程漫焉伸出手来，"起来，漫焉。"他的声音依然那么沉稳，微微弯着身子，只是这样就已经让他的眉头皱得更紧。

程漫焉抬起头看到耶穆寒的手，她嘴角是撕裂般的微笑，她伸出自己颤抖的手握住耶穆寒的手，他的手依然那么有力量，依然让她不能释怀，顺着他手的力量她缓缓地站了起来，两个人的对望，最后的对望，两个人嘴角都有笑容，只是这样的笑容之中都带着微微的绝望。

"漫焉。"耶穆寒细细地抚摩着她的脸，"就让过去的都过去，我们都要重新开始，忘记本王，忘记仇恨，去过你自己想要过的生活。"终于，他决定要放弃她了，终于要放手了，他已经不能再用自己的力量去保护她了，他只能放手，让她去过她自己的生活，这，不也正是她的愿望吗？

程漫焉泣不成声，不断地摇头，"不，不，不。"她拒绝，拒绝自己被他放开，"你说过我的命运在你的手里，你说过一辈子不放手，你不能放开我，你不能。"她要他实现他的承诺，她要他一直掌握着她的命运，永远不要他放手。

只是她忘记了，这个条件还是有一个前提的，耶穆寒笑了，"本王也说过除非本王的生命到了终点，漫焉把这个忽略了。"他为她擦着眼泪，不想要她流泪，这是他最爱的女人，她受到什么样的伤害都会在他身上返还十倍、百倍。

程漫焉就像是很久之前一般把头放在他的肩膀上，"不是的，不是的。"连她自己都不知道自己在说什么。"不是那样的。"他现在放开自己了，是不是代表着他已经看到了自己的未来？不会的，他不会死。

耶穆寒把她抱在怀里，在她耳边小声呢喃，这是一对爱人最后的呢喃了，细细的，柔柔的，绝望的。"漫焉，你还不明白吗？本王已经放开你了，现在你就像是天空中的小鸟，自由了，可以没有恨，没有遗憾地过完下半生了。走吧，走吧。"他紧紧地抱着她，感觉着她浑身的颤抖，那么的疼，那么的绝望。

"我不走，我不走，我要在你身边，我不要离开。"等到真正自由的时候她才明白自己是无论如何都放不开的，长时间在他的羽翼之下，她已经对他有了依赖，或者说她已经爱上了他。

耶穆寒尝试着把她的手拉开，"漫焉，回去，听话。"他一点点把程漫焉的手往下拉，程漫焉却是紧抓住他的袖子不肯放手，两个人都知道这意味着什么，而程漫焉又怎能在这个时候放手呢。

她只能摇头，甚至一句话都说不出来。

耶穆寒闭上眼睛，"放手吧，漫焉。"他的声音中竟然带着痛，是痛，所有人都能够清晰听到的痛。他竟然说要程漫焉放手，而依他的个性怎么可能允许别人先放手。

程漫焉只是摇头，不愿意放手，此生都不愿意放手了。

突然间，耶穆寒甩开程漫焉的手，力道过大让程漫焉后退了几步不敢相信地看着他，"结束了，漫焉。"他的声音已经没有了刚才的温柔，即使他心疼这个女子，他也必须离开了，"本王已经放手了，从此以后我们之间不会再有任何瓜葛了。"

说完这句话他再也不看一眼程漫焉转身就走，他不能回头，只要再看她一眼他就会舍不得她，就会决定留下来，就会两个人一起死去。他必须保全程漫焉的性命，他必须离开。

"我们走。"是耶穆寒的声音，他说到做到，说了跟他们走就会跟他们走。声音中没有任何温度，这个时候他已经又是那个冷酷残忍的左贤王了，任何人都已经改变不了了。

"耶穆寒！"程漫焉的声音再次在后面响了起来，"我爱你！我爱你！若是你愿意就停下来，我们一起离开！"这是她最勇敢的一次，是她唯一要做一次自己的一次，她要和耶穆寒一起离开这里，没有国破家亡，没有仇恨，只有两个人，走到什么地方都无所谓，只要他愿意，可是他愿意吗？

耶穆寒的背影僵在那里，若是早一点程漫焉这样说的话，或许他真的会答应

她，但是此刻已经回不去了。他嘴角有了笑容，却并没有停留，亦没有回答，决然地朝着前面走了去，而他的脸色已经越来越白了，他还能支撑多久呢？他一定不能在程漫焉面前倒下来，这是他现在唯一能坚持的事情了。

一顶轿子从天而降带走了耶穆寒，程漫焉看着整个过程，看着耶穆寒最后回头看了她一眼，看着他那沉稳的眸子，看着他离开。原本到处都是人的地方在转瞬间只剩下了程漫焉和已经是一具尸体的六皇子。

除了泪水能够表达此刻她心中的悲切之外，所有的一切看起来都是那么的苍白，终于，终于耶穆寒放弃了她吗？终于耶穆寒决定放手了吗？这个霸道的男人什么时候这么好说话了？她还记得他说过的，说她的命运永远在他手里，除非他死了，记得他说过的他一定会把他的命留给她，记得他说过的每一句话，记得他的每一个动作，只是此刻所有的一切都已经回不去了。

所有的一切都结束了吗？

程漫焉笑笑，开始朝前走去，没有目的地，只是要走着，感受着，想念着，回忆着。

天和地之间只剩下一个孤独的女子，美艳的脸上有着冷漠和绝望，只是一步步在往前走着，经过的人来了又走了，看了两眼就匆匆过去了，没有人关心，没有人心疼，没有人知道这就是不可一世的左贤王最爱最心疼的女人。

天和地都为她唱起了悲歌，雨一点点打在她的脸上，此刻她已经不知道自己脸上到底是泪水还是雨水，偶尔眨下眼，睁开之后这个世界依然不曾改变。

第十四章　空尾放手

即使左贤王已经没有了兵权，即使左贤王要被迫远走边疆，但是他手下那一大批死士却始终都是存在的，只要左贤王一声令下，整个皇朝即可天翻地覆。

天牢。

御医在紧张地为耶穆寒止血，缝合伤口，而此刻的耶穆寒更像是个没事人一般仿佛这些疼痛都是在别人身上，从头至尾都没有吭一声。

"王爷，您再忍一下，马上就好了。"御医一边擦着自己的冷汗一边说着，这可是左贤王，即使他现在是在天牢里一个招待不周都可能会要了他的小命。

耶穆寒那冰冷的表情除了苍白之外和平时并没有太大的区别，只是若是仔细看的话会发现他的眸子里有着淡淡的担忧，"外面还在下雨吗？"他问得漫不经心，心里却在泛着疼痛。

御医愣了一下，没想到他问了这么一个问题，左贤王在天牢里，这外面的天气和他有什么关系？但是他还是恭敬地回答："回禀王爷，外面还在下雨。"他只是实话实说，却是感觉到耶穆寒动了一下，他有什么说错了吗？他心里惊讶了一下，王爷这么关心外面的天气做什么？

耶穆寒愣在了那里，眸子里有着淡淡的疼痛，"这雨，下了多久了？"不知道他是不是在问，因为他的声音很小，就像是在说给自己听一般。

"回禀王爷，这雨下了有两个时辰了。"王爷不关心自己的身体竟然这么关心外面的天气，真是怪事一桩。

耶穆寒的脸上更是增添了一些愁绪，"还会继续下吗？"他不是在问，只是在心里想竟然不自觉说了出来。

御医更是一愣，他所要做的工作已经都做完了，而耶穆寒唯一需要做的事情就是好好休息就好了，但是他又不能不回答耶穆寒的问题，正要开口之际看到耶穆寒突然站了起来，庞大的身体让他后退了一步。

耶穆寒冷冷地看着御医，已经不需要他来回答自己的问题了，"去告诉皇上，我要见他。"这是命令，仿佛此刻他才是天生的帝王一般让人敬畏。

御医擦擦冷汗，"是，是的，王爷。"在他记忆中皇上都没有这么可怕，这个左贤王和传说中果然相差无几。

站在悬崖边上的程漫焉慢慢地闭上眼睛，冷风吹过她的脸，吹起她的头发让她看起来更安静了一些，苍白的脸上没有丝毫表情，她在想什么？她已经要放弃自己的生命了吗？

嘴角是笑容，这个世间，恐怕真的已经没有值得她留恋的东西了吧？她轻声的叹息，飘散在风中竟然让人疼惜。

"呵。"是谁的笑声？程漫焉并不在意，甚至不回头去看。"姑娘自己要轻生小生是没有什么意见了，但是你可得为自己肚子里的孩子想想，他可是无辜的。"声音中带着笑意，颇有调侃的意味。

程漫焉心中一震，迅速转过头看他，温文尔雅的男子，和耶穆寒完全不是一个类型的。"你说什么。"她需要确认自己听到的事情。

男子笑笑，那笑容是那么的温和，"小生学医二十载，能够看出姑娘怀有身孕也是一件很正常的事情。"他眸子里有着惊讶，世间竟然有如此漂亮的女子！即使头发凌乱不堪，脸上的红妆也花了，那清灵之气可是无论如何都抵挡不住的。

程漫焉愣了，这是一个意外的消息，她做的任何事情都是没有把这个孩子考虑在其中的，而现在她该怎么抉择？她脸上闪过绝望，又闪过淡漠、冰冷、温馨，然后是笑意，笑意之中又有着那么深切的绝望，绝望之中又有着无限的期待。"我，可以把这个孩子生下来吗？"她只是需要一个人的肯定，无论这个人是谁，即使是一个和她根本不认识的人。

男子嘴角的笑容僵了一下，奇怪地看着眼前这个绝美的女子，"当然可以，这是任何人都不能拿走的你的权利。"是的，这是任何人都不能拿走的权利，只是这一点程漫焉忘记了。

她脸上闪过疲惫，"这雨，下了多久了？"她竟然问了和耶穆寒同样的话。

男子又是一愣，"大约两个时辰了，姑娘在想什么？"现在她应该关心的不是这天气才是，雨已经小了很多，基本上这场雨已经接近尾声了。

程漫焉摇了摇头，然后在毫无知觉的情况下晕了过去，男子上前一步快速地接住了她要落下去的身体，她身后可是悬崖。

天牢里。

皇上大笑，声音中有着爽快，仿佛两个人还是在围场一般的快意，而耶穆寒则只是面无表情地闭着眼睛，并不因为他是皇帝就对他有所尊崇。"寒，这次你输了。"这是一场较量，他输就输在了一个女人的身上。

耶穆寒嘴角勾起冷笑，"输和赢，那么重要吗？"重要得一定要去伤害程漫焉吗？这不是他要的结局。

皇上眸子里有着惊讶，"寒，不要告诉朕你为了这个女人连天下都可以宁愿不要。"这是他没有想到的，他只是认为这个女人很重要，但是和天下比起来没有什么是能够比得过整个天下的。

耶穆寒终于睁开眼睛来看他，"是，为了她，我可以什么都不要。"功名利禄，高官厚禄，甚至是这个天下，什么都可以放下。

皇上一时间愣在了那里，没想到他竟然真的是这样，若是这句话是从别人口中说出来，那么他完全可以认为是空话，但是这句话是从耶穆寒嘴里说出来，那么他相信。"交出兵权，朕就放过你。"他突然就做了这个决定，他们之间的友谊在他的眸子里过了一遍，只要耶穆寒不会威胁到他的江山，他也并不愿意为难耶穆寒。

耶穆寒淡笑，"皇上不必放过我，只要放过她就可以了。"他大约也是能够猜到程漫焉还在皇上的手里。

皇上再次愣了一下，耶穆寒竟然真的可以为了女人如此。"她不在我手里。"他诚实地说，因为他要的本来就是耶穆寒，和那个女人无关。

耶穆寒依然平静，但是他微微扬起的眉毛说明了他内心的惊讶。"她呢？"问这个要杀自己的人自己最爱的女人在哪里，这或许有些不合适，但是他向来知道皇上的心思，若是他要加害于自己的话就不会等到现在了。

　　皇上苦笑，"朕抓你来，你稍微也要表示一下害怕，你这样让朕很难堪的。"仿佛两人还是好兄弟，从来没有忘记当年两个人是怎么并肩作战，怎么互救对方的性命，怎么在最困难的时候扶持着往前走，怎么在打仗胜利的时候一起庆祝。

　　一切都是那么清晰地放在两个人中间，只是耶穆寒的存在耽误了他的统治，只要他放弃权力，他想要的一切他还是都可以给他的。

　　耶穆寒嘴角有讽刺的笑，"我确实很害怕。"若是不害怕的话就不用呆在这里了。

　　皇上亦是冷笑，"你是害怕朕对你的女人怎么样吧！"讽刺之意尽显无疑，耶穆寒再让人琢磨不透，做他这么多年的兄弟，他还是大约知道他的性子的。

　　耶穆寒一下站了起来，把皇上吓了一跳，以为他要做什么，只见他眸子里闪过不耐烦，"皇上若是没事的话我就先走了，我还有事。"他说这话仿佛只是去朋友家喝酒一般随意，他心里现在只有程漫焉，他必须去找她。

　　皇上的表情再次沉了下来，愁云密布，"寒！"他呼唤耶穆寒的名字，两个人是挚友，也是彼此眼中最大的刺，他必须想个万全之策。

　　耶穆寒眉头微微皱起，"说你的条件，不要再浪费时间。"他一直等着皇上来就是要听他的条件，可是皇上似乎更喜欢这样拖着。

　　皇上沉默了一下才走到他面前和他对视，"你不能和她在一起了。"这是他说的第一句话，而且耶穆寒也已经在心里迅速地承认了这件事情。"她会影响你的判断力，若是哪天她高兴了，要了朕的江山，朕绝对相信你会不顾一切地来取朕的江山。"这一点他是绝对相信耶穆寒能够做得出来的，他现在几乎已经陷入了极度狂热之中，为了女人，朋友都可以不要了。

　　耶穆寒看着他，深沉如鹰的眸子里是连皇上都看不懂的东西，好多年了，从来没有见过他这样的表情。"第二条。"更像是在命令一般，这就是耶穆寒，所有人都认得的耶穆寒，霸道得让人不能喘气。

　　"你必须娶朕的妹妹宛如做王妃，喧哗公主自动降为侧王妃，你出去之后就带她们离开京城去边疆。当然你还是左贤王，你的任何一个权利都不会被剥削，只是你必须交出兵权。五年之后你依然可以回到京城，这五年的时间天下人都会忘记你曾经在这里过，即使再回来也不会威胁到朕的皇权。在你走出天牢之时，我们的协议正式生效。"一口气说完，皇上眸子里带着担心，因为他不能确定耶穆寒会不会答应，耶穆寒做事向来都让人琢磨不透。"要你娶了宛如只是为了让你在名义上对自己的权利加以运用，而不会伤害到皇家的尊严。"

耶穆寒看着他，这是两个人之间的较量，只看眼神就能够明白，这场较量之中皇上是处于弱者，因为他的眸子里已经出现了淡淡的忧愁。

"好。"耶穆寒开口。他答应了，他已经放弃了程漫焉，而且也不能再去打扰她的生活了，或许现在对她来说才是最好的吧。

天牢里再次安静了下来，不知道两个人继续说了什么，或许是在讨论宛如公主的婚事，或许是在讨论去到边疆之后该如何保卫皇朝，或许是在讨论两个人以后该如何在一起并肩作战。

只是这个时候一切都显得那么的浅薄，这个时候所有的一切都开始烟消云散了。

在山谷里一座优雅别致的房子里，一个柔美而安静的女子正在拿着针线为腹中的孩子做将来要穿的衣服，嘴角那淡淡的笑容说明她是幸福的，偶尔她会放下手中的针线抚摸肚子里的孩子，眉宇间却是怎么也散不去的忧愁，这样一个绝美的女子，在为什么而忧愁呢？

山谷里正是山花烂漫的季节，连门前流过的小溪的声音也是那么的清晰，每一样东西都在诉说着时间的漫长。

女子站了起来朝着窗外看去，这样秀丽的景色是她以前从来没有用心去观察过的，而此刻她所有的时间几乎都用在这山色之中发呆了。

"焉！"一个声音打破了这里的宁静，悦耳的男声让程漫焉嘴角泛起淡淡的笑意。

她转过头去看着男子，只是那笑意并未抵达眸底，"今日出门有什么收获？"绝眉每日都要出去采药，每日回来绝不空手，即使是普通的当归他也不放过，回来之后他自然会把这种普通的药材制作成人间绝品，世人想求都求不来。

绝眉笑笑，"今天没有去山上采药，不过去市集倒是听说了一些新鲜的消息来。"他径直坐了下来给自己倒了一杯茶。这个屋子是经过改装的，只窗户就可以当做是一面墙，一面是两只椅子，对面是大幅的医药图，屋子里充斥着淡淡的药草味，却是比世间的那些香味要清雅许多。

程漫焉的身体僵硬了一下，几乎可以认定这新鲜的消息肯定是和耶穆寒有关的，"哦？"她故作淡漠，不愿意绝眉看出自己的真正情绪来。

绝眉轻抿一口茶，抬起头看着程漫焉，"这些消息，焉还是不知道的好，只是一个无法无天的人的消息罢了。"他欲说不说，让程漫焉的眉头皱了起来，在世人眼中耶穆寒都只是无法无天吗？

"我想听。"她淡淡开口，眉眼间依然是笑意，丝毫不让绝眉看到她那情绪之下掩盖着的其他思绪。耶穆寒，皇上会要了他的命吗？他现在怎么样了？伤都好了吗？

绝眉愣了一下，这是他第一次听到程漫焉竟然有想要知道的事情，这么多天她在这里可谓是对外面的世界充耳不闻。"知道左贤王吗？"一个女子，不知道左贤王也是可以理解的，这一点程漫焉自然明白他的意思。

她轻轻地点头，"听说过。"紧接着她又说了一句，"听说是个极其霸道残忍之人。"她这么说是有些要避嫌的意思，不想要绝眉看出她和耶穆寒之间有任何关系。

绝眉笑笑，"也不能这么说，耶穆寒这个人的确是杀人无数，但是这个江山可以说就是他打下来的，本也是应该属于他的，只是他名不正言不顺罢了。"总是有要为耶穆寒说话的人的。

"那皇上为什么还要找他麻烦呢？他应该为世人所敬仰才是。"她突然开口说了这么一句话，说完之后立即就发现自己说错了，她只是听说过耶穆寒的名字，又怎么会知道皇上找他的麻烦呢。

绝眉抬眼看着她，"焉？"他这是对程漫焉发出的疑问。

"只是听说，对这个人有些好奇罢了。"不多做解释，越是解释就会越凌乱，那样的话还不如不解释。

绝眉摇摇头，"这样。"低低的声音仿佛是在驳回程漫焉的话一般，"听说今日他就要大婚了。"

程漫焉的心跳慢了一拍，皇上放过他了？这个消息几乎让她不能承担，既然皇上已经放过了他，为什么他不来找自己？还是他不知道自己在哪里？"他？"艰难地开口却也只能说出这一个字来，"娶谁？"她愣在那里，不能看绝眉，只要看他一眼他就会立刻明白她的心思。

"当今皇上的妹妹——宛如公主。"绝眉看着她沉静的脸，此刻她已经又开始刺绣了，每说一句话看起来都是那么地漫不经心。

程漫嫣手上的针深深地扎进了拿着布料的手却丝毫没有知觉，直到血染红了那布料她才惊醒。

"是吗？"淡淡的声音，仿佛这一切都和自己没有任何关系一般，低着头继续缝补。"听说他不是有一个王妃了吗？这个公主嫁过来难道要做小的不成？"皇上肯定不会委屈自己的妹妹的，但是喧哗公主也算是个公主，只是没有宛如那么正宗罢了。

"呵，皇上怎么可能会让自己的亲生妹妹做小的呢，自然是那个王妃自动降一下了。"绝眉闭上眼睛呼吸着新鲜空气，"而且听说后日他就要远走边疆了，不知道将来这中原没有了他是怎么样的呢，这样的男子离开了真是可惜。"论治国之才，耶穆寒堪称第一。

程漫嫣又是一愣，他，要离开了吗？一时间她怔在了那里，随即嘴角是深笑，耶穆寒说的放下她了，那么他就是真的已经放下她了，只是没有料到他竟然做得这么绝。

心开始隐隐地疼，她和耶穆寒，已经真的如他所说的，已经过去了吧？

"不对。"绝眉再次开口，眉头深深地锁在一起，只是程漫嫣并没有察觉到他的表情，而是径直在那里发呆。"有血的味道。"学医之人，对血总是敏感的。

他站了起来，闭着眼睛朝着血的来源慢慢走去，一步一步，方向丝毫没有错。

最后在程漫嫣面前停了下来，睁开眼看到是程漫嫣，他的眉头微微拢了起来，"给我看看。"

程漫嫣把手伸了出去，"小伤。"她淡淡地说，丝毫不把这样的小伤放在心上。

绝眉拉着她的手把眉头皱了起来，一张温文儒雅的脸上尽是不悦，"你什么时候才能学会对自己的身体好一些？"把她的手放下，转身去找药箱，自从遇见这个女人之后就从来没有消停过。

程漫嫣看着他的背影一时间愣在了那里，脑海里是什么她自己也不知道。

走在弯弯曲曲的山路上，程漫嫣已经摔了好几跤，但这并没有改变她要走出山谷的决心。

　　幽静无人的山路因为一个女子的出现而显得更是诡异了一些，这些却都没有进入程漫焉的眼，这个时候她唯一想的就是走出去，走到耶穆寒面前，让他留下来。

　　有时候真的是天不遂人愿，因为下雨山路滑坡阻断了要出山最重要的一条道路，绝眉能够轻松来去自如是因为他有轻功，可是程漫焉没有，所以她只能绕路行走，这样就几乎浪费了一整个上午的时间，等她走出山走到街市上的时候已经是下午时分了。

　　站在贤王府不远的地方，程漫焉愣在了那里，迎亲已经完毕，现在她看到的只是耶穆寒带着大军离开时候的场面，而她站在队伍的最尾处。

　　下一刻她开始疯狂地奔跑，企图跑到耶穆寒面前去，却是在半路被人拦截。

　　"放开我！求求你们放开我！"这些人难道都不认得她吗？为什么要阻拦她？

　　"后退！后退！"侍卫不停地驱赶她，以防止她靠近出发的队伍。

　　"我要见左贤王，我要见耶穆寒，你们放开我！"他必须为她留下来，因为她肚子里已经有了他的孩子，他们还要在一起过幸福的生活，谁也不能阻拦。

　　"把她赶开！快一点儿！"有人在马上朝着程漫焉喊道，周围观看的人越来越多了起来，这个女子是谁？为什么要拦截左贤王离开的队伍？人们众说纷纭，都在等着看这个女子会是什么样的结局。

　　队伍停了下来，耶穆寒高高地坐在马上正在朝着这个方向而来，仿佛所有的一切都静止了一般，所有人都呆呆地看着耶穆寒，仿佛他是天神下凡，而他的气质和天神也的确是相差无几。

　　所有人都从程漫焉身边退开，因为他们都看到左贤王一直在看着这个女子，就代表这个女子并没有什么伤害了。

　　程漫焉嘴角有了微笑，耶穆寒到底是看到自己了，他，还是会留下来的吧？

　　看着马儿慢慢地朝着自己而来，看着耶穆寒慢慢地朝着自己而来，程漫焉心中有着说不出来的复杂，有难过，有开心，有幸运。终于还是赶上了。

　　终于，耶穆寒到了程漫焉面前，只是他的脸上没有任何表情，"你想干什么？"冰冷的口吻，冰冷的眼神，一时间程漫焉迷惑了，这是耶穆寒吗？他怎么会问这样的话？

　　"耶穆寒？"她轻轻喊他的名字，眸子中带着期待，盯着耶穆寒的脸，惟恐自己错过了他的某个表情。只是耶穆寒脸上没有任何表情。

只是他的眉头锁在一起，"大胆！竟然敢直呼本王名字！"他这是在训斥她！怎么可能？

程漫嫣眸子里是震惊，他怎么会变成这样了？"我是漫嫣啊，耶穆寒你怎么了？"她急切地想要走上去却是被耶穆寒示意让人挡了下来。

"耶穆寒？"她终于直接对着他发出了疑问，"你这是在做什么？"她再次质疑，几乎不能明白此刻是什么样的情况了。

耶穆寒看着她，眸子里除了冰冷之外再无其他。"本王不认得你，若是前来攀亲戚的话那么本王想你是找错人了。"说完他就准备掉头走。

"耶穆寒！"不能相信耶穆寒竟然说出这样的话来，"他把你怎么了？我是程漫嫣，是漫嫣啊！你说过要一辈子绑住我，说过我的命运在你的手里除非你死了，难道你都忘记了？！"皇上是不是对他下了什么药？为什么他变得这么冰冷，仿佛根本和她都不认识一般，这到底是为了什么？

耶穆寒更是皱紧了眉头。

"疯女人。"说完他就调转马头要走，丝毫没有听到程漫嫣在他身后呼唤着他的声音。

"不，"程漫嫣低声念了一声，"耶穆寒！耶穆寒！"而耶穆寒的身影已经迅速地离开了，丝毫不关心她在后面怎么样了。侍卫不停地驱赶着程漫嫣不让她有丝毫的靠近，让她再没有机会走进这个队伍。

几乎是痴傻地着看着队伍的离开，程漫嫣站在那里傻了下来，怎么会是这样的结果？本来她对今日两个人的相见是充满期待的，以为他一定会为了自己拒绝宛如公主，以为他一定会和自己一起离开这个纷扰的俗世。

可是不是。

看着队伍的尾巴，泪水从她眼角缓慢地流了下来，全身已经没有丝毫力气了，怎么会是这样的结果，本来以为两个人在一起终于可以走到最后了，放下了恩怨情仇，放下了所有，现在却是真的什么都没有了。

走在前面的耶穆寒脸上亦是冰冷，只是他的眸子已经出卖了他的情绪，眸子里的痛苦和不舍说明了此刻他内心的情绪。他微微昂着头看着前方，目光却是空洞无物的。

突然之间，他转过头去看着身边的暗士，"去跟着她，看她去了哪里，保护她不允许她受到任何伤害。"即使没有看那个侍卫，他的命令也是那么有分量。

那侍卫愣在了那里，"是刚才那名女子吗？"原来她真的是认识王爷的，可是王爷为什么要装作不认识他呢？

耶穆寒转过头看了他一眼，这个人跟了自己多长时间了？为什么到了现在还在问这样的问题。

下一刻暗士立刻就明白了他的意思，微微颔首就骑着马风一般朝着队伍的尾部而去。

耶穆寒重归平静，双手拉住缰绳看着前方，脑海里不断闪过刚才程漫焉的每一个表情。他已经答应过皇上不再见程漫焉，但是今天他还是违约了，看着程漫焉那祈求的眸子他几乎把持不住自己，但是她在他身边只会受到伤害，若是几年后他的权力慢慢地散开，他会要她重新回到他身边。

有时候天下之事并不是有权力、有力量就可以顺心的，很多时候这也是一种承诺。他已经不能把程漫焉再带在身边了，他已经放她自由了。

嘴角有些笑意，眸子里却是深深的难过，走过所有人的目光，没有看所有人，也看不到所有人。一切都会淡下来，这一段过去不会成为过去，程漫焉还是他的，谁都改变不了！

"他就是孩子的父亲。"略微带着笑意的声音出现在程漫焉的身后，无论什么时候至少还有一个人在关心她。

程漫焉转过头来看绝眉，一刹那泪水就流了下来，那么安静地流泪，仿佛周围的一切都是不存在的，只有绝眉一个人在她的世界里。她安静地流泪，什么都不需要再多说，她轻轻地点点头。

绝眉眸子中的惊讶还是有的，早觉得这个女子不平凡，竟然是左贤王耶穆寒的女人，可是他为什么不要她了？"我们回家吧。"

很简单的一句话，"我们""回家吧"，很简单的几个字，却让程漫焉的泪水更加泛滥了，整个身体都忍不住在颤抖。

绝眉轻叹一声用袖子为她擦去眼泪，拉着她的手，"回家了。"无论这个女人是谁的女人，此刻他都有责任带她回去。

程漫嫣跟在他后面颤抖着，绝眉能够感觉到却无能为力，这不是他爱的女人，他最多只能给她一个拥抱而已，这样的伤痛还是必须自己来化解。

不用问为什么，因为这个问题不会有任何人来回答她。

两个人一前一后走在街上，这样漂亮的女子为何在哭泣？这两个人是什么关系？

绝眉的眉头微微皱了一下，是谁在跟着他们？他回过头朝着程漫嫣微笑，"嫣！"他的声音轻柔，却并没有看着程漫嫣，而是迅速地扫视过周围的人，"想不想早点儿回去？"看她的样子应该很累了，早点回去休息也好。

程漫嫣此刻就像是一个木偶，还不能从刚才的事情里走出来，她爱的男子已经抛弃她而去了，她就像是一个木偶，偶尔会行走一下，却没有什么特殊的表情。"嗯！"她看着绝眉，却没有将他看进眼里去，透过他落在了无名的地方。

绝眉的脚步快了点儿，又快了点儿，转过了一个弯儿就消失在了高墙之后，这个男子的武功，着实了得。

耶穆寒的暗士站在那里看着空无一人的街道皱起了眉头，这是他平生第一次把人跟丢，这个男子用的是什么样的功夫？他该如何回去交差？

下一刻，举起刀，他朝着自己的肚子狠心地刺了进去，这就是死士，完不成任务就只有一个下场，而他又怎会不明白这结果呢，况且是这么简单的一件事情，没有人是可以苟且偷生的，因为那会引来无数的追杀。

即使左贤王已经没有了兵权，即使左贤王要被迫远走边疆，但是他手下那一大批死士却始终都是存在的，只要左贤王一声令下，整个皇朝即可天翻地覆。

第十五章 万水千山

所有人看着耶穆寒离开的身影，脸上都有着沉思，若是这名女子真的出了意外的话，那王爷又会是什么样呢？

"什么？"烛光照在耶穆寒的脸上，让他的表情看起来更是冷了几分，那深沉如鹰的眼睛带着一些震惊，"人在光天化日之下就消失了，还和一个男人在一起。"这是他路行的第一天，已经在客栈里歇息下，却得到了这样的消息，让他如何能够睡着？

来人把头几乎低到了胸口底下去，"下面是这么汇报的。"他只是把这个消息说出来罢了，但是他觉得自己似乎做错了。

耶穆寒的呼吸是那么轻，双手已经握成了拳头，"谁去跟的？"四个字，几乎决定了一批人的生死。

"是死士暗伤,他已经自尽了。"他据实报告,有一种不祥的预感在他心里散开，因为每次王爷这样说话的时候就是非死即伤。

耶穆寒看着窗外，脑海里迅速思考着什么，一瞬间的功夫只听见门打开的声音，耶穆寒已经消失了，他必须去找到程漫焉，他必须带她走！

在花园里，一个娇弱的身影挡在了耶穆寒面前，是他刚娶回来的王妃，宛如公主。娇美柔静的脸上没有特别的情绪，整个人看起来是那么的安静，"夜深了，王爷还要出门吗？"

试问整个朝野上下哪家的女子不爱这个冰冷无情的左贤王？试问左贤王让哪家的女子没有暗自伤心过？这个无情的男人，即使不要天下也要要一个没有身份没有地位的卑贱女子。这样的男子，到底是什么样的男子？

耶穆寒用一贯的眼神看着宛如公主，"夜深了，公主为何不休息？"他用反问直接驳回了宛如公主对自己的问话，并没有因为她是一个正牌公主就对她有所谦让。

宛如公主嘴角有了淡淡的笑意，"王爷似乎忘记了一件事情，今日是我们的大婚之夜。"本是没有必要这么赶的，本是可以明日再走的，但是耶穆寒却在把她娶过门之后立刻命令她脱去嫁衣坐上马车赶路，这本就是对她的委屈，现在他又要出门去寻找那个卑贱的女子。

耶穆寒的眉头皱了一下，"若是那么急切的话，本王不介意你先去找个人解闷儿。"这是作为一个丈夫该说的话吗？但是此刻他并没有心思和她啰唆，满脑子都是程漫焉的影子，她去哪儿了？她和谁一起走了？

宛如公主脸上闪过恼怒，却是并不愿招惹耶穆寒，她沉下气看着耶穆寒，"王爷曾经答应过皇兄不再见那个女子，王爷若是现在去对她的安全肯定会造成威胁，王爷还是想清楚了再去吧。"她这是好言相劝。

一句话就让耶穆寒愣在了那里，是啊！所有人都知道这个结果，他的拳头紧握在一起，看了宛如公主良久，然后低咒一声转身回到屋子里去。

夜色再次沉静下来，宛如公主在那里站了良久终于低叹一声转身离开，这样安静的女子，没有喧哗公主的圆滑，没有旋页公主的骄傲，是个温润如玉的女子，只要爱上一个男人，就会在他身边一直不离不弃。

在她终于等到这个男人之后，却突然发现这个男人心里已经再也装不下任何人了。这是她的悲哀吗？

绝眉看着躺在床上一脸苍白的程漫焉轻轻地叹了口气，"他的队伍已经出关了，正朝着塞外而去。"程漫焉自从回来之后就一直躺在床上不吃也不动，看到这样的女人向来冷情的绝眉也没辙了。

程漫焉的眸子并没有个落脚点，一片死寂，即使在她最绝望不能杀了耶穆寒的时候也没有这样过，耶穆寒走了她反而成这样了。

"你若是难受的话不妨哭一下，他那样身份的男人抛弃一个女人是正常事情，所以你也不要太伤心了，就权当被狗咬了也不错，孩子总是要生下来的。"听说耶穆寒有一个极其爱的女人，只是这个女人肯定不是程漫焉，不然他不会抛弃她

甚至连孩子都不要了。这样的话他自然只能在心里想一想而已。

程漫嫣依然没有任何表情，"等我身体好一些了就走，不会打扰你的。"这个时候她还不忘记自己只是寄人篱下，这样的女子心中到底在想什么呢。

绝眉愣了一下，"你想哪儿去了，你出去了又能去哪儿，听说那个耶穆寒是极其残忍之人，若是他决定不要这个孩子的话肯定会派人追杀你，你还是安心呆在这儿吧。"这样绝美的女子，为什么这个男人不懂得赏识呢。

程漫嫣不再说话闭上了眼睛，"我累了，想休息一下，你先出去好吗。"她这已经是逐客令了，这里共有两间屋子一个客厅，他们两人各居一室，本来是井水不犯河水，谁都不进彼此的房间的，绝眉这次在回来之后就一直呆在她的屋子里足不出户地照顾了她两天两夜，对一个陌生人而言，他做得已经太多了。

绝眉叹了口气站了起来，"我去给你熬点儿补药，有什么耶穆寒的消息我再来告诉你。"对这样痴情的女子，他又能说点儿什么呢。

屋子里再次静了下来，程漫嫣只是睁着眼睛看着，却连自己都不知道自己在看什么，脑海里一片空白，偶尔烦厌了会转个身子，却始终都是那么的安静。

窗外鸟儿在叫，花儿怒放的声音都是那么大，却穿不透一颗寂寞的心灵。

塞外的风景固然是好，只是太阳有时候就显得毒烈了一些，不知道中原是什么样的天气呢？

耶穆寒在马上驰骋着，黑眸直指前面正在奔跑的一只鹿，举弓、上箭、拉弦、瞄准、射出，每一个步骤都是那么紧凑，没有给那只鹿任何可以逃跑的机会。

这就是耶穆寒，一旦看准了目标，就绝对不会让目标跑掉，即使是死了也要死在他面前。只是程漫嫣呢？

举起箭再发，他眸子里的冰冷已经到了极限，只是谁能够了解他的情绪呢，一群人跟在他身后驰骋着，又有谁知道他们为何在他身后呢。

马儿慢了下来，一点点朝着那只已经倒下的鹿身边走去，耶穆寒淡淡地看着那只还在挣扎的鹿，再次举起了箭瞄准了那只鹿，并不把一只动物眸子里的哀求和绝望看在眼中，却是因为来人的话收起了弓箭。

"王爷。"后面的队伍陆续跟了上来，每个人都并不说话，这就是耶穆寒的队伍，一群愿意为他去死的暗士，一群愿意用生命来报答他的死士，只要他一声令下，整个江山都可以动摇一下。

耶穆寒迅速地转过头去看着来人，这个时候敢来打扰自己的人，肯定是因为程漫焉的事情，他眸子里有着淡淡的期待，"说！"他的手握着弓箭，却是没有人能够看出此刻他心里的慌张。

来人微微颔首，耶穆寒心里立刻就明白了，但还是心中有期待的，他一定要听他说出来，"启禀王爷，探子回报中原地带都没有夫人的踪迹。"

耶穆寒屏住呼吸，派去了那么一大批人，这么多天了依然没有任何消息，程漫焉到底去哪儿了？"加派人手，继续查，就算把整个中原都翻过来我也要见到她的人。"

来人愣了一下，他们的探子几乎就是已经将整个中原地带都搜了一遍，他们的联络机构甚至比皇家的联络机构还要复杂优秀很多倍，就连他们都找不到，那就只能说明一件事情，就是这名女子可能已经不在人世了，只是他并不敢说出来，从来没有见过王爷对哪个女子这么上心，这样的左贤王也的确是让人佩服。

"是。"他不能表达自己的意见，就只能答应。

耶穆寒看着远方，目光落在了那不知名的地方，只是下一刻在所有人都没有反应过来之际他已经举起了手中的弓箭对着那正在挣扎的鹿又射了一箭，只一刹那鹿就再也不能动弹了，而耶穆寒的马儿已经朝着沙漠的方向迅速飞奔而去。

所有人看着耶穆寒离开的身影，脸上都有着沉思，若是这名女子真的出了意外的话，那王爷又会是什么样呢？

耶穆寒的王府并不在集市热闹的地方，而是在离集市不远的一个牧场里，为了迎合他的口味皇上还特意在这里建造了中原风格的建筑，大约也是了解他这个人的，在这样偏远的地方也只能这样对待他了。

房子是错落而成的建筑，耶穆寒独自住在最后面的角楼里，宛如公主和喧哗公主两个人住在前排，中间还是隔着一段距离的，而其他的暗士和下人们就分散在四周，所有的一切都是那么的井井有条，没有人会发生冲突，甚至是宛如和喧哗，所以整个围场感觉起来都是有些寂静的。

而这日，自从来到这里之后就一直不舒服的喧哗公主竟然从屋子里走了出来晒太阳，她嘴角带着淡淡的笑，或许是因为不适应这里的气候，她脸色一直都比

较苍白，又或者是因为最近一段时间发生了太多的事情，仔细看她的眸子里竟然是带着一些绝望的。

对耶穆寒的绝望，对这一段无望的感情的绝望，自己一直在爱着的男人在他失去了最爱的女人的时候却连最初对她的那一份同情和愧疚都没有了，甚至不愿意再看自己一眼，这就是她最爱的男人。

"喧哗？"一个声音打破了喧哗公主的冥想，柔软之中又带着一些刚硬，这会是什么样的女子？

喧哗公主回头去看，"宛如？"显然对于能够碰到她也是有些惊奇的，因为两个人在来到这里之后就一直没有再见过面了。看着宛如公主的装束，喧哗愣了一下，中原的女子向来是不这样穿着的，这样类似于骑马装的衣服倒是她第一次见。"宛如公主这是要出门吗？"两个女子，在同样得不到一个男人的宠爱之后，就会很快变成同盟，只是两个人有一点不一样的是，喧哗公主认命，而宛如公主却并不。

宛如本是一个柔美的女子，这样的穿着更是能够衬托出她原本的秀气，文静之中又带着一些豪爽，从小她就跟在皇上身边，骑马打猎这样的事情不能说是精通却也都是会的。此刻她的头发高高地挽起，一张秀气的小脸上写着倔强，"是啊，我准备待会儿和王爷一起去打猎。"

喧哗公主愣了一下，耶穆寒竟然要求宛如公主和他一起去打猎？她有些犹豫地开口问道："王爷让你陪他去的吗？"她的胸口绷紧，惟恐得到这个答案。若是耶穆寒肯邀请她的话，那么即便要她换上戎装她也愿意，即使她从来不通此道。

宛如愣了一下，没料到她会这么问，是她自作主张地要接近耶穆寒的，她不是那种被人冷落了就自甘落后的人，刚要开口，眸子迅速转了一下，"是啊，王爷没有邀请你吗？"某个时候两个人又是敌人了。

喧哗公主的眸子紧了一下，疼痛在她眸子里闪过，她轻轻地摇了摇头，"宛如公主自小跟着皇上学习骑射，我怎么能够比得上呢。"她这是在故意压低自己的身价。

宛如公主看着她，眸子里并没有得意，反而有一丝过意不去，"没关系的，今天我打两只兔子回来给你熬汤喝。"王府里怎么会缺这样的东西，她这么说无非是要安慰一下喧哗公主罢了。

喧哗公主笑了笑，"嗯！"她轻轻点头，心中却有着怅然，若是早知道会有在这里的一天，那么她会早做决定穿上骑射服学习骑射，只是为了赶上耶穆寒的脚步。

听说耶穆寒到现在还没有和宛如公主圆房，为何耶穆寒反而要邀请宛如公主去打猎呢？这不符合他的个性，紧接着她又叹了口气，耶穆寒做事向来让人料想不到，这也没什么好奇怪的。

宛如朝着她爽快地笑，"那我先走了。"什么时候，柔静的宛如公主变得说话也这么豪爽？喧哗公主怔怔地看着她利索地上马然后离开。这样的女子——这样的身份和地位，变得像一个男子，却只是为了讨得一个男子的欢心。

她嘴角有着苦笑，然后摇摇头，天下之事，谁能够说得准呢。

绝眉从市集上回到山谷里的时候心情本是很愉快的，却是在走进屋子的那一刹那感觉什么地方不对劲儿，比起往日似乎少了一丝人的气息。

他皱起了眉头尝试着喊程漫焉的名字，"焉？"

等了一会儿并没有人回答他，下一刻他就冲进了程漫焉的房间，温和的眸子迅速地扫过四周，没有人。

他心里更是疑惑了，这个地方一般人是不可能找到的，在这里这么多年从来没有在这里遇见过其他人，而现在程漫焉却莫名其妙地消失了，不，她不是消失了，而是自己走了。

他嘴角有了苦笑，这个笨女人，几乎不用猜他就知道她是去找耶穆寒了。

一阵风吹过，有宣纸折起的声音，本是很细小的声音，却是不能躲过绝眉的耳朵，眸子迅速地扫过那张纸，下一刻那张纸就已经在他手里了。

打扰多日，若是有机会以后再相报。

焉

绝眉嘴角的笑容更浓烈了，果然，程漫焉果然是自己走了。他在程漫焉以前经常坐的那张椅子上坐了下来，脑子里在思考着什么，程漫焉这样一个弱女子，一个人能走到塞外吗？即使她走到了塞外，她能够找到耶穆寒吗？即使找到了耶

穆寒，她能够保证自己的性命安全吗？

答案都是不能。

半晌，绝眉缓缓地叹了一口气，不过是自己捡回来的一个女子，干吗要那么费心呢？

摇摇头，嘴角有着苦笑，走了就走了吧。

程漫焉自然也是知道一路行走可能会遇到的麻烦，此刻的她穿着一身破烂的男子衣服走在人群之中，一头秀发更是被放进了一顶帽子里面，若是不仔细去看那张秀气的脸的话，根本不会知道这是一个女娃儿，更何况她脸上还贴着一道假伤疤，盘旋在脸上更是让她整个人看起来渺小了几分。

有谁会去注意这样一个人呢，淡漠而带着伤疤的小伙子。

她走进当铺里把自己最后的首饰递了出去，那是耶穆寒曾经送给她的一支金步摇，也是她最后可以抵当出去的东西了。

却不知道一直都在追寻着她下落的人在她放出去那支金步摇的时候，就已经找到了这个金步摇。

耶穆寒看着手中的东西，他自然认得这支金步摇，全天下恐怕也找不到第二支这样的金步摇，就是因为它特殊，他才会拿来送给程漫焉的。

他的手细细地摩擦着这支金步摇，仿佛程漫焉的余温还在一般。"在哪儿找到的？"这样的温暖是好久都没有感受到的，他的脸上也不再那么冰冷，有消息总是比没有消息的好。

暗士低着头并不看耶穆寒的表情，"在出关的一个叫做上关的地方找到的，据当铺的老板说来当这支金步摇的人是个二十岁左右的小伙子，脸上有着疤痕，穿着也并不是很好。"

耶穆寒的手并不离开金步摇，甚至是他的眸子也并不离开，看着它仿佛程漫焉的笑容就在其中一般。"嗯！"他心里隐约感觉到温暖，"那个人现在在哪儿？"他淡淡地问，不愿意别人看到自己心中的高兴，这也确实是一件值得高兴的事情。是谁典当了这个东西？这东西又怎么会在他身上？他又出关做什么？会是程漫焉吗？他心中稍稍有着期待，希望是程漫焉男扮女装而来。

暗士沉默了一下，"正在追查，根据店家叙述的特征，要找到这个人应该并不是难事儿。"耶穆寒下的命令是一有消息就必须立刻来回报他，而他似乎总是想要知道全部。

耶穆寒嘴角有着淡淡的微笑，若是不仔细看根本看不出来，"继续加派人手，本王要在三天之内见到那个人。"三天已经是他的极限了，若是再没有程漫焉的消息他会违背盟约亲自去找。

他不允许程漫焉有任何的意外，这个女人是他的，无论过多少年都是！

暗士走了出去，耶穆寒嘴角竟然有了笑意，脑海里闪过那日他要离开的时候程漫焉在后面绝望的声音，她说她爱他。

眸子里有着淡淡的心疼，嘴角却是掩藏不住的笑意，漫焉，你在哪儿？

接着又是深深的叹气，什么时候无情的左贤王竟然这么富有感情了？

躺在一根绳子上休息的绝眉闭着眼睛假寐，下一刻突然翻身下来迅速地走进屋子里开始收拾行李。这程漫焉没有带银子，若是坚持不了到塞外的话，想回来也是不能回来了。

他火速地收拾着东西，嘴角就有了怪笑，为了一个只和他认识了几日的女子这么大老远地跑到塞外去，倒也真是不怎么像他了。

但是怎么说他对程漫焉都是有责任的，要不是当日他救她回来的话，那么今日就没有这么多事情了。

叹口气，摇摇头，还是继续手中的动作。

已经马不停蹄地走了七天，看着越走越荒凉，程漫焉心里多少是有些惆怅的，一个女子独自在这样的地方，换了谁能够不心慌呢？

幸好她现在是跟在一个经商的队伍里面，只需要给他们打一些下手就好了，这些人说再过两天就可以去到皇朝疆土最边沿，那么也就是说耶穆寒就在离她不到两天的路程内。

这里本就是连水都稀少的地方，要做饭更是显得困难一些，幸好商队都蓄水，每走到有水的地方都会把拉水的马车装满，但是他们还是用得很小心，因为这样的地方十天半个月不见水都是很正常的事情。

　　这次正好是刚蓄满水，程漫焉和另外一个年轻的小伙子正在洗菜，这次他们用的水可谓是这几天以来最奢侈的一次了，用了整整一盆子的水。

　　"我们若是每日都能够这样用水那简直就是天下最美好的事情，想我们在中原的时候什么时候这么艰苦过，用个水都要考虑自己还会不会活下去，还要看着这价值连城的东西不被人抢了去！"这也就是私底下的抱怨罢了，声音不大，却足以说明这个年轻的小伙子因为用了这么大一盆水的高兴心情，这样的人只需要有水就能够满足，程漫焉在心里叹了一口气。

　　并不回答他的话，程漫焉只是专注地看着盆子里的菜，"听说那个左贤王也在这一带？"漫不经心的话，仿佛也只是不经意之间顺口问了一句，而心中却在期待着结果。

　　那小子也算是爽朗，"你也知道这个事情啊，听说他也就是前几天才来到这里的呢，就在离我们不远的一个城镇里面呢。只要半天路程便可到达。"这种事情向来是人们的茶余饭后的谈资，他又怎么会不知道呢。

　　程漫焉正在洗菜的手停顿了一下，显然这个消息让她有些吃惊，"半天的路程？"她又问了一句，是想要确定一下自己并没有听错，那也就是说明日她就可以见到耶穆寒了。

　　那小伙子却并没有回答她的问题而是一把拉起了她的手，"你的手怎么像个女人的手？"他脸上带着惊讶，从来没有见过这么好看的手，竟然还是长在一个男人身上！却不小心把程漫焉手腕上的镯子拉了下来。

　　程漫焉迅速地把自己的手抽了出来，微微恼怒地看着他，"你干什么！"因为生气，她的脸色都稍稍有些红了起来，这一刻也并不先去讲究自己的镯子了。

　　那小哥儿愣了一下随即笑了起来，"大男人，拉拉手也生气，真是小气，我这是在夸你咧！"小哥儿有着中原人特有的豪爽，并不计较太多东西。

　　程漫焉的脸霎时间就更红了，"我不喜欢别人碰触我。"她有些尴尬地解释，"把我的镯子给我。"她伸出手去向他讨要。

　　小哥儿高兴地看着她，"我发现你笑起来也很好看，不过用好看来形容一个男人不太适合，哈哈。"小哥也并不计较程漫焉刚才那难看的脸色，依然夸奖她，手中细细地摩擦着那镯子似乎并没有要还给她的意思。

　　程漫焉嘴角僵硬了一下，并不再和他讨论这个问题，"你说左贤王就在离这里半天的路程？"她要再次确认，暂不提镯子的事情。

小哥儿摇摇头，"是啊，不过你这么关心他干什么，你到底要去哪里？"

得到肯定答案的程漫焉嘴角微微有了笑容，"我就快到了。"

小哥儿刚要站起来，就看见远处荡起来的白烟，说了一句，"不好！"说完拉着程漫焉就要走。

程漫焉还完全没有反应过来明白是怎么回事儿就听到小哥儿的声音，"劫匪来了！"他自己跑得快，也并不忘记拉上程漫焉一把。

然而在这样的茫茫草原上两个人能往哪儿躲呢，很快，劫匪就控制了整个场面，而两个人才刚跑出去不久。

程漫焉听到身后有马蹄的声音，转过头去看的时候那人已经追到了两个人面前。

一刀下去那小哥儿的人头就已经落地，程漫焉倒在地上看着小哥儿流血的身体僵硬在那里，那一刻，她没发现，其实那个小哥也只是女扮男装。在这样的队伍里，是不能有女子出现的。

她眸子里带着惊恐，没想到自己竟然是这样的结局，原来她和耶穆寒之间真的没有缘分。

人高马大的劫匪就在她面前看着她，没一会儿时间又有几个人骑着马朝这边而来，他们用地方语言在说着什么，目光却都并不离开她的身上。

程漫焉缓慢地闭上眼睛，今天就是她的末日了吗？这样也好，没有恨，没有怨，至少她是带着对耶穆寒的爱而离开的。

她能够感觉到有人对着她举起了刀，下一刻她的命运就要到来了，想过千百种死法，只是没有料到竟然死得这么没有尊严，她希望死了之后耶穆寒不会找到她的尸体，至少她还是希望在他的心里，她是有尊严的。

却是再次被一个人制止了，她听不懂他们在说什么，但是她可以大约猜到一些。

有人下马了，程漫焉睁开眼睛去看，是一个脸上有疤的男子，并不那么狰狞，却是显得残忍了许多，他站在程漫焉面前看着程漫焉脸上闪过的倔强，嘴角有了冷笑。

程漫焉淡淡地看着他，强硬地站了起来，就是要死她也要站着死！

　　男子后面的人发出不耐烦的话，大约是要这个男子不要和她啰唆了，程漫嫣冷冷地看了一眼那说话的男子，手不自觉地抚摸上自己的肚子。今生，这个孩子是注定和她没有缘分了。

　　那脸上有疤的男子举起了刀，程漫嫣嘴角有了淡然的微笑，手依然在肚子上，微微闭上眼睛，已经准备好接受自己的命运，下一刻她就感觉到自己头顶有一阵风吹过的感觉，她以为自己已经死了，但是在她睁开眼的时候那个冷笑的男子依然在她面前。

　　只感觉到长发垂落了下来，顺着脖子柔软地垂到了胸前。她眸子里有着震惊，没想到竟然被人拆穿了，随即脸上就有了急切，若是落在这些人手里的话会生不如死，那还不如现在有尊严地死去。

　　那个脸上带着疤痕的男子显然也很惊讶，骑在马上的几个男子开始小声地讨论着什么，程漫嫣听不懂，眸子里却是有着恐惧。

　　那男子朝着她一步步走来，程漫嫣一步步地后退，可是她能够退到哪儿去呢，才刚迈开脚步就被他拉了过来，下一刻他的手已经揭掉了她贴在脸上的"伤疤"。她这才终于明白为什么他会看出来了，他每日看着自己脸上的真伤疤，看到她脸上的假伤疤自然能够轻易辨认出来。

　　程漫嫣愤怒地挣扎着，即使她是个亡国的奴隶，除了皇后之外也没有人敢这么粗暴对待她，这个时候她心中只有委屈，若是耶穆寒在她近旁的话，这种事情肯定不会发生。

　　男子眸子里是惊艳，没想到这个女子竟然是如此的倾国倾城！刚刚还在小声议论着什么的几个男子亦停了下来，眸子里都有光彩流露出来，在塞外竟然还能见到这样的美人坯子！

　　几个人大声说着什么，还带着爽快的笑，程漫嫣抬起脸羞恼地看着几个人。在那个带着疤痕的男人的注视下，几个人迅速地闭了嘴。

　　"你是中原人？"没想到这个脸上带着疤痕的冰冷男子竟然还会说汉语，程漫嫣眸子里迅速地积满了泪水。

　　她倔强地看着那男子，"要杀便杀，哪儿来那么多废话！"对这样的人向来是不需要客气的，况且她的命运几乎是已经注定了的，她不希望自己被人羞辱。

　　男子冷笑了一声，"无论你是哪儿的人，无论你叫什么名字，从现在开始你就是我的女人。"说完举起刀来朝小哥儿的尸体砍了下去，顾不得程漫焉眸子里的震惊，"若是你敢自杀或者逃跑，这就是你的下场！"说完一只手搂起程漫焉迅速上马，用绳子把那人头挂在马上挂在程漫焉面前时刻警告着程漫焉。

空茫的草地上已经没有了劫匪的踪迹，货物也已经全军覆没，有的只是尸体和鲜血，到处是一片萧条，风吹过，再没有留下什么踪迹，偶尔会听到几声鸟叫，却是那么的悲哀，是为了这些死去的人悲哀吗？不知道。

只是一声声的叹气。

绝眉看着这满地的尸体不禁摇头，幸好他追来了，不然程漫焉遇到这样的情况可如何是好。

再次摇头，温文儒雅的脸上满是可惜，行医之人对待生命总是有些怜惜的吧。

却是在下一刻他闭上了眼睛闻着空气中的味道，然后轻轻地皱起了眉。

这是药草味儿？是他配给程漫焉的药草味儿。

下一刻他的眉头就深深聚拢了起来，原来程漫焉还就真的遇见这样的事情了！

闭上眼睛追寻着那淡淡的药草味儿而去，他必须用心去确定方向，因为风可能已经吹散了那味道，寻找起来就会比较困难。

风儿刮过，一切恢复到了绝眉来之前的状况，依然萧条，依然凄凉。

在绝眉离开不久的时间零碎的马蹄声就再次响起，显然是朝着这个方向而来的。

不一会儿时间就再次安静了下来，偶尔会听到有人在小声地说话，却都是断断续续的，听不清楚。

耶穆寒看着眼前的一切，竟然又来晚了一步，眸子里愈发冰冷，竟然有人敢在他的地盘上这么横行霸道。"去看看有活口没有。"淡淡地下令，并不怜惜眼前这些人。

人们迅速地翻身下马去检查每一具尸体，耶穆寒冷冷地看着所有人，目光在一个男子身上锁定了，因为他看到了一个红色的玉坠子，他的脑海里迅速地闪过什么，红色的玉坠儿，他曾经见程漫焉拿出来过！

他心里闪过不祥之感，迅速翻身下马，快步走到那男子面前一把抓过了那男

子身上的玉佩，然后紧抓在手里，是程漫焉，程漫焉肯定在这里面。他已经不能动，程漫焉已经死了这个消息让他整个人就像是失了魂儿一般。

"王爷。"一个侍卫看着有些发呆的耶穆寒小声地喊出了声音，"那边有一个活口。"

耶穆寒在听到他声音那一刻迅速地站了起来朝着他指着的方向而去，侍卫震惊了一下随即跟了上去。

他走到那个几乎就要咽气的"活口"面前冷冷地看着他，丝毫不顾及这个人是快死之人，应该先救过来，"是不是有一个漂亮的女子和你们同行？"这个时候他甚至连怎么形容程漫焉都不知道了，只是想要知道程漫焉是不是在这里。

那"活口"努力眯着眼睛想要看清楚耶穆寒，这个时候他的神志已经开始不清。

"没，没有。"他们是经商的队伍，从来没有女人在其中，而这个人是谁？这个时候他已经什么都不能想了。

耶穆寒的心稍稍放宽了一些，或许是程漫焉把那玉佩丢了正好让这些人捡到，"那是不是有一个脸上有疤的少年和你们一起？"再次屏住呼吸，希望这次得到的答案依然是否定的。

"活口"努力地眨眨眼睛，这个时候他的身体好疼，以为自己就要飘起来了，以为自己就要死了，可是为什么这个人的话能够那么清楚地听到呢？"有。"说出这个字，他就已经感到眼前开始慢慢变黑了。

耶穆寒的心就像是被什么重重地击打了一般的疼痛，"她在哪儿！"他的声音是那么的急切，能够让所有人都感觉到他的急切，可是那个"活口"已经晕了过去了。

耶穆寒晃动着他的肩膀，"告诉本王，她在哪儿！"此刻他几乎是恨不得杀了他。

旁边的暗士走了上来，"王爷，他已经晕倒了，把他医治好了再问也不迟。"他这是在提醒耶穆寒只要这个人活着什么时候都是可以问的。

耶穆寒站了起来，眸子里几乎已经绝望，"查，看这里有没有脸上有伤疤的少年的尸体。"说出这句话很艰难，他怎么可能愿意承认程漫焉已经死了的事实呢？不，不可能。

他只能站立在那里，甚至没有勇气去看每一具尸体，因为现在在他眼里几乎每一具尸体都成了程漫焉的尸体。他心疼极了，没有表情，甚至连走动都不能够了。

"王爷。"一个侍卫走了过来，他是从程漫焉最后呆的地方过来的。"那边有一具无头尸体是女扮男装。"那么平静的声音叙述了那么一件残忍的事情，耶穆寒连拳头都不能握在一起了。

仿佛是刹那间他就苍老了，连声音都是那么的沧桑，"在哪儿？"他不能回头去看，心那么的疼，他的漫焉，真的死了吗？怎么会这样？为什么他没有来得早一点？为什么他没有在出发之前就带她走？

侍卫伸出手给耶穆寒指了一个方向，然后看着耶穆寒一步步地走过去，每一步都是那么的沉重，每一步都是那么的艰难，看在他们眼里亦是不忍。从来没有见过耶穆寒竟然有这么悲痛的表情。

朝着那尸体的方向一步步走过去，耶穆寒看在眼里，把一切都看在眼里，但是没有看到尸体之前他不愿意承认程漫焉已经死了，可是为什么每走一步悲痛就会增加一分呢？

他轻轻地在无头女尸面前跪了下来，轻轻地拉起尸体的手，陡然触摸到那只手握着的东西，低头去看，终于忍不住颤抖，紧闭眼睛不能再看一眼那尸体，下一刻他的眼角竟然有泪水流出。他颤抖着手把尸体抱了起来，一具没有头的尸体，没有恐惧只是悲痛，那么的悲痛，不能够哭出声音来，表情却已经出卖了他的内心，只能够把尸体抱在怀里。

所有人都看向耶穆寒的方向，此刻他抱着那一具尸体，仿佛成了雕像一般在那里再不能动一下，几乎所有人都能够感觉到他的疼痛，只看那颤抖得厉害的背影就让人不舍。

一声仰天长啸几乎惊动了所有人，这是狼的声音，只有狼在太悲切的时候才会发出这样的叫声，可是耶穆寒竟然发出了这样的声音，他的内心能够有多么的痛苦呢？没有人能够猜透，却心中都是震惊，那么的震惊。

是呜咽，无声的呜咽，耶穆寒只能这样抱着这具尸体呜咽，从小到大从来没有什么事情能够让他流眼泪，可是如今他竟然为了一个女人流眼泪。

这样的情景没有人知道持续了多久，他们只是远远地望着，为耶穆寒的悲痛而悲痛着，这些没有心肝的杀手们的脸上竟然真真切切有着悲痛，他们的情只有一种，就是兄弟之情，只给耶穆寒一个人。

　　终于耶穆寒站了起来，此刻的他脸上已经只有平静了，他抱着那具无头尸体朝着人群走了过来，眸子里已经看不到任何人，只是朝着自己的马走了过来，不在乎风吹乱了已经垂落下来的头发，不在乎自己的手下都在看着自己，只是面无表情地走，仿佛什么事情都没有发生过一般，但是他手中的尸体已经出卖了一切。

　　所有人都看着他抱着那具无头尸体朝着自己的马走了过来，他把尸体先放在了马车上，然后自己也上去再次小心翼翼地把尸体抱了起来，没有人能够想象那是什么样的情况，下一刻一阵风呼啸而过，耶穆寒的身影已经消失在了众人的眼中，从来没有见过他有这样的速度，他到底有多伤心呢。

第十六章 最后的记忆

他手中的火把一点点接触到那树枝，大火瞬间就燃烧起来，耶穆寒已经泪流满面，一个男子的泪足以震惊好多人，更何况还是左贤王耶穆寒的泪水！下一刻他再次开口，"程漫焉，这一生你逃过了，本王要你下一生来还，你永远都是本王的，这是命运，任何人都改变不了的命运。"

绝眉出现在黑暗的屋子里看着呆愣的程漫焉摇摇头，"这就是你走了没有和我说的代价，要是我没有追上来的话看你都成什么样子了。"他的语气依然温和，只是依然忍不住抱怨了两句。

程漫焉并不看他，只是呆呆地看着眼前的人头，那是那个小哥儿的人头，那个男人说要她一直看着，这样她就不会逃跑，不会自杀，不然她的下场就和这个小哥儿的下场一样。

只有一颗头摆在供桌上，而程漫焉此刻被绑在那里强迫和那人头面对面，长长的黑发从人头上垂落下来，垂在程漫焉面前，只是看不清楚那脸，若非如此的话，肯定会认为那是一个女人的。

而此刻她已经呆傻了，却没料到情况总是比呆傻更为严重一些。

"漫焉？"绝眉终于感觉到哪里不对劲儿了，迅速地解开她身上的绳子摇晃着她的肩膀，"漫焉醒醒，醒醒啊。"他的声音中带着一些焦急，怎么会成了这样呢。

外面已经有人开始朝着这边来了，声音很大，夹杂着他听不懂的声音，绝眉叹了口气摇摇头。

"漫焉啊。"他低头看着自己怀里的程漫焉，却是依然没有得到任何回应。"准备好了，回家了。"

大大方方地打开门，绝眉抱着程漫焉没有丝毫惊慌地朝着外面走去，仿佛离自己只有几步之遥的人们根本就是不存在的。

几个人凶神恶煞地看着绝眉，嘴里叽里呱啦地说着什么，却是在绝眉淡淡地看了他们一眼之后顿然倒了下去，甚至连自己什么时候被下了药都不知道。

绝眉再次低头去看程漫焉，此刻她已经闭上了眼睛，眉头紧皱一起，她也的确是累了。

"你是谁？"突然又有一个声音横在了绝眉面前，他抬头去看这个会说汉语的男人，脸上有着无奈之色。

"不想死就滚远点儿。"幸好他没有杀程漫焉，否则他现在可能已经是一具尸体了。

"把她放下。"带着伤疤的男子这句话说出来时也就已经倒了下去，庞大的身体倒在地上有着庞然大物轰然倒塌的壮烈声音。

绝眉脸上闪过不耐烦，一挥手，直接就把迷药洒在了空气中防止再有人出来阻挠自己，抱着程漫焉堂而皇之地上马离开。

就在绝眉离开之后不久又是一阵震天的马蹄声呼啸而来，是耶穆寒麾下的那些暗士们。

除了微微有些惊讶之外也并无其他，干脆利落地把这些人绑在了马后面拉了回去。

没有人对他们心存怜惜，因为这些人杀了耶穆寒的女人，甚至他们可以想到这些人的下场。

三天后程漫焉终于睁开了眼睛，却是看着周围的一切都是陌生的，这里是哪里？这是她脑海闪过的第一个问题。

绝眉端着药朝着屋子里走了进来，看着已经坐在那里的程漫焉眸子里有着惊喜，"比我预计的晚了两天醒来，以为你睡一觉就会醒过来竟然接连睡了三天三夜。"

程漫焉看着眼前的男人并不说一句话，只任由他说。

"无论如何你也不要亏待自己的身体，毕竟孩子是无辜的，还是该先把孩子平平安安地生下来。"绝眉从来不知道自己竟然有这么啰唆，在遇见程漫焉之后就要不停地替她担心这担心那，简直成了老妈子。

他小心地把药先放在了桌子上，却因为程漫焉的一句话而僵硬了，"你是谁？"

他闭上眼睛开始无奈，竟然真的被他料中了，这样的情况他以前也是见过的，有人会因为受了重大的刺激而忘记自己不愿意记起的东西，在当时看到程漫焉那痴傻的表情的时候他就开始担心了，如今竟然真的成这个样子了。

他故作轻松地看着程漫焉，"我们是夫妻，你肚子里正有着我们的孩子，我是一个，嗯！"他在想自己到底应该是什么样的身份，"算是大夫吧，以后你会了解得更清楚，我们本来是来这里为一个人治病的，然后，我出去之后你就被一群劫匪掳去，可能是过程中受了什么刺激才会这样，随后我就把你救了回来，然后我们就是现在这个样子了。"很顺口的谎言，只是他似乎忽略了作为一个丈夫在这一刻应该安慰妻子，跟妻子道歉，并且保证以后这样的事情不会发生。

他本来是不想这么说的，但是程漫焉才刚刚受了刺激，若是再告诉她她肚子里的孩子是个野孩子的话，她会更受打击，就喂她一些药让她慢慢好起来吧。

程漫焉看着绝眉，眸子里有着疑惑，"你是我夫君？"为什么她没有丝毫印象呢。

绝眉看着她，非常认真地点了点头，"你不适应这里的水土，再休息两天我们就回中原去。"这算是一个丈夫对妻子的关心了吧，"况且还要为孩子着想，好吗？"他脸上有着温柔之色，尽量让自己看起来像是一个丈夫。

程漫焉皱着眉头看着他，总感觉什么地方不对劲儿，却又说不上来什么地方不对劲儿。但是她还是点了点头，"好。"

耶穆寒做的最失败的一件事情就是把那一群盗匪抓回来之后先割掉了他们的舌头，若非如此的话，他或许还可以得到程漫焉的消息，而在他看来程漫焉已经死了。

"是你带人掳走了东西杀了那些人。"黑暗中耶穆寒看着那个脸上有着伤疤的男子，冰冷的目光几乎要将人给冻死，如鹰的眸子里是深沉的仇恨，只这目光就足以把这个男子杀死。

刀疤男子只是看着耶穆寒，眸子里有着恐惧，却并不说话。

耶穆寒微微抬起手，"把他们每个人都车裂了，除了这个人。"他这算是大发

慈悲吗？没有人知道他为什么不杀首领而只杀他手下的人。

伤疤男子的眸子里闪过什么东西，恐惧更是深了一层，因为不能说话，只能够这样看着，他不知道耶穆寒会怎么对待他，甚至可能会比这个更残忍。

耶穆寒嘴角有着淡笑，在遇见程漫嫣之前他就喜欢这样的杀戮，只是他愿意为她改变，变成一个好人，现在她死了，即使他再改变也不会有人看到了，也不会有人感觉到了。

"把他们的头砍下来，剩余的都拿去喂狗。"这已经算是轻的处罚了，只是让野狗给吃了而已。

终于耶穆寒转过头来看这个伤疤男子了，他眸子里带着可惜，却更像是讽刺，"你知不知道你做错了什么事情？"他要让他死得明明白白，也更像是在折磨他。

伤疤男子的脸上已经没有了往日的冰冷，取而代之的是害怕，因为不能说话，他只能够摇头，不敢正视耶穆寒。

耶穆寒在椅子上靠了下来，然后深深地叹了口气，"你不该杀我的女人，你的家人，朋友，甚至是邻居，只要是你认识的人都会跟着你遭殃，明白吗？我不杀你，最多只是砍掉你两只手，"说话间已经闪手把刀疤男子的双手砍了下来，当年他砍去耶穆清的手臂的时候都没有丝毫的怜惜，更何况是一个陌生人呢。

伤疤男子的五官几乎是纠结在一起的，因为不能发出声音来让他更是痛苦了一分，整个身体蜷缩在一起在地上打滚，这是一个人，不是一个畜生，即使是一个畜生，人看了也会心疼，但是这是由耶穆寒领导的一群没有感情的动物，他们只是看着而已。

耶穆寒站了起来，在伤疤男子身边停了下来，"医治他，不准让他死，给他一间上好的房间。"淡淡地说出这句话，耶穆寒就转身离开了，要摧残一个人并不是杀了他就是最有效的，摧残他的精神和意志会比杀了他更让他痛苦，那么何乐而不为呢。

夜晚时分。

偌大的院子里只有一个人站在那里，周围的景色看起来更是阴森了一些，却是又有谁能够明白这个男子心中的悲伤呢。

耶穆寒拿着火把已经在这里站了将近两个时辰，目光一刻也离不开躺在由树枝摆成的榻上的程漫嫣，空气越来越凉了，塞外的空气在夜晚总是比不得中原的，耶穆寒却没有丝毫感觉。

"程漫嫣，你解脱了。"他的手微微有些颤抖，即使只是一个身子，即使没有头，看着这样的程漫嫣，耶穆寒依然会颤抖，"多少次你说要杀了本王，可是你一直都没有做到，现在竟然自己先走了，那么想要解脱吗？本王不在你身边为什么你就不能听话一点儿呢，"他深深地叹了口气，眸子里的悲痛尽显无遗，"本王应该早一点儿带你去归隐山水的，还记得那天你在大街上追本王的队伍吗？本王那时候真想和你一起离开，但是本王必须保住你的命，这是本王对你的誓言。本王说会把自己的命给你，你却又不要了，一切都是命，原来本王一直都不能改变任何人的命运，以为把你带在身边，以为把全天下所有的好都给了你就是幸福，原来不是。"低喃着，这个男子竟然流下了眼泪来。

"应该早一点给你自由，以为给你全面的保护就是对你好。呵，呵呵，本王真是傻，早知道如此的结局的话就应该早一点放开你，是本王没有好好保护你，都是本王的错，"一个男子的泪水，最多也就如此了吧？有人说若是有一个男人为你哭了，那么他就是真的爱上你了。这样的爱，该用什么来称量呢，"好了，现在本王放你自由了，本王先暂且保留你的骨灰五年，会把你带回京城的，那里是你的故乡，在那里总不至于太寂寞吧。"他手中的火把一点点接触到那树枝，大火瞬间就燃烧起来，耶穆寒已经泪流满面，一个男子的泪足以震惊好多人，更何况还是左贤王耶穆寒的泪水！下一刻他再次开口，"程漫嫣，这一生你逃过了，本王要你下一生来还，你永远都是本王的，这是命运，任何人都改变不了的命运。"

大火越烧越旺，火光照在耶穆寒的脸上，这个男子此刻脸上已经没有了悲伤，没有了泪水，只有坚定，他要和天抗争，他要亲自决定程漫嫣的命运！

翌日。

程漫嫣坐在马车上，是她要求绝眉早日带她走的，因为这里白天太热，晚上又太冷，对有孕在身的人来说简直就是煎熬，只在这里住了一天就不想再住下去了。

马车经过热闹的市集程漫嫣听到人们在高声地议论着，每个人都是那么的慷慨激昂，发生什么事情了？

掀起窗帘透过那不大的小窗户看出去，她的眉头立刻就皱了起来，是谁那么

残忍竟然把一个人吊在城墙上？

"这些猖獗的盗匪竟然也有今日！"一个人大声地议论着，"左贤王的到来对我们来说简直就是天降圣水！"

左贤王？程漫焉的眉头再次皱了一下，为什么这个名字感觉那么熟悉呢？在哪里听过吗？为什么她没有任何印象呢？

不断地有人高声附和着，"是啊，左贤王来了之后已经为我们除掉了两批盗匪了，以前有谁管过我们这些事儿啊！"百姓们脸上都带着笑容，可见这个左贤王来这里虽然并没有多长时间却已经赢得了人心了。

程漫焉却并不以为然，爱杀人的人她都是不喜欢的。

突然有人大声地开口喊道："左贤王来了！"霎时间人们激动起来，自动让出了一条道路来。

程漫焉再次皱了下眉头好奇地掀开帘子顺着人们期待的目光望去，在第一眼看到骑在马背上的人的时候就有一种熟悉的感觉流过心里，她怎么会看着这样的男子有熟悉的感觉呢，下一刻她就摇了摇头。

一身的黑衣服，头发高高地束起，冰冷刚毅而突出的五官，世间竟有如此出色的男子，程漫焉在心里感慨。

随即就把帘子放了下来，这个地方无论发生什么事情都已经和她没有关系了，她就要离开了，无论这些人杀了什么人都和她没有关系。

马车经过耶穆寒身边，绝眉下意识地看了耶穆寒一眼，两双眼睛对望，都是淡漠而冰冷。绝眉是因为耶穆寒抛弃了程漫焉而冰冷，而耶穆寒是一种习惯性的冰冷，两个人望着彼此却都有了一种敌意，说不清楚的敌意。而在车子内的程漫焉轻轻地靠着窗户在那里冥想，想什么却是自己都不知道的。

交汇的眼神只有那一刻，一刻之后两个人还是路人相逢，谁也不再记得谁。

别开了眼睛，耶穆寒看向了挂在城楼上面的刀疤男子，这个男人竟然半夜顶不住自杀了，他嘴角有了冷笑。

却并不知道自己已经错过了自己最爱的女人，并且这一错过，就是五年。

五年后。

时光的流逝并没有在程漫焉脸上留下任何东西，原本就绝美的脸上少了以往的仇恨和戾气，显得更是柔美，嘴角的笑意飞起，整个人看起来更是倾国倾城。

"你说要送嫣儿去京城里读书？"甜美的声音和脸上的忧愁却是极其不相称的。刚刚绝眉和她说要送嫣儿去读书，她几乎把这个问题忽略了，嫣儿应该得到更好的教育才是。

"是啊，"绝眉温和的脸上有着暖暖的笑意，"听说那个李抒怀是连皇上都请不到的人呢，他宁愿在京城里开家私塾也不愿意去教皇子呢，皇上为了小皇子能够跟着他学习竟然屈就小皇子，天天出宫来学习。"这个人如今已经成了京城里的名人了，甚至比刚回到京城的左贤王耶穆寒还要出名几分。

"是吗？"程漫焉淡淡应着，心里却还是有想法的，他们本是住在山谷里，这样每日去上学的话就会很麻烦，况且若是绝眉说的那种情况的话，嫣儿能进去吗？京城里那么多达官贵人都等着把孩子往那里送呢，能够去李抒怀那里学习就是比自己家的私塾还要有面子了。"那嫣儿能进去吗？"就先不考虑其他的问题，仅这个问题就是个大问题。

绝眉笑了笑，原来她是担心这个，"嫣儿那么聪明，还有她征服不了的人吗？况且就算是进不去去试试也是好的，听说那个李抒怀是只看孩子不看大人的，孩子资质好的他都愿意收。"让那么小一个孩子整日这样在山谷里憋着也不是个事，他正在考虑要不要迁出去，倒是不担心自己，只是程漫焉已经习惯了这里的安静一时出去了不知道能不能受得了。

程漫焉那柔静的眉头处依然有着化不开的忧愁，不需要她开口绝眉自然知道这是为了什么。"若是焉不愿意搬出去的话，我可以每日都去接嫣儿放学的。"这的确是个大问题。

程漫焉摇了摇头，"还是先看看嫣儿能不能进入那个私塾吧。"听绝眉说这个李抒怀的要求这么高，她都已经开始担心了。

绝眉点点头，嘴角有了丝丝笑意，"焉今天有没有吃药？"几年来他每日都会为她熬制补药，一方面是想要她尽快地把失去的记忆找回来，一方面是补身体的。

程漫焉笑着摇摇头，"今天还没有。"每日都要喝药，走到她身边都能够闻到淡淡的药草味儿，只是每次绝眉都会在药里面加一些什么东西，香而不苦，喝起来更像是一种享受。

　　两个人淡淡地说着什么，看着山谷里的太阳慢慢落下去，然后一起做饭，和嫣儿玩一会儿，这也不失为一种乐趣。

　　"你可知女子无才便是德是什么意思？"李抒怀眸子里露出精光，只看这女娃儿的长相就让人喜欢，只是潘波书院向来没有收女弟子的规矩，更是没有人愿意把女娃儿送来读书，这可是他见到的第一个女娃儿。

　　周围围着的一群男孩子们轰然笑开了。老师这不明摆着是在为难这女娃儿么。

　　嫣儿抬起头看看绝眉，而绝眉微笑着朝她点了点头，她像是受了什么鼓励一般，"女子若是无才的话将来又如何能够辅佐夫君呢，又要如何服众持家让夫君在外面能够安心呢？"女娃儿似乎受自己娘的影响不小，"况且谢道韫能够接出'白雪纷纷何所以，未若柳絮因风起'的诗句，还有汉朝的班婕妤、徐淑，三国时候的蔡文姬，春秋时候卫庄公夫人庄姜这些人不都是女子吗？她们能够做到的，我一样能够做到，为什么要说女子无才便是德呢？"

　　先从女子侍夫的角度来引出整件事情，竟然让刚才还在嘲笑她的那些人霎时间闭上了嘴，没想到这个女娃儿个子不高嘴倒是挺厉害的。

　　李抒怀露着精光的眸子里有了笑意，没想到竟然能够遇上这么有灵气的娃儿，看来这次他决定来京城真是没有白来。

　　但是安静之中却听到了有人嗤笑一声，又是一个并不大的孩子，大约比嫣儿高那么一点点，"蔡文姬文采再高不还是要过颠沛流离的生活，班婕妤再有才不同样斗不过赵氏姐妹，所以说女子无才便是德才能够成为经典，而你们女孩子只需要长大了接受我们男子汉的保护就是了！"

　　李抒怀嘴角的笑意更是深了一层，这个女娃儿一来就得罪了左贤王的儿子，将来两个人若是在一起上课的话这课堂气氛就不需要他来带动了，他心中已经有了结果。

　　嫣儿转过头去看着这个无礼的男孩子，刚要开口反驳他就被李抒怀打断了，"好了，你叫程嫣儿是吧？明日就来上学吧？"说完又加上一句，"当然，若是今日能来的话就更好了。"这倒是他第一次这么坦白地说他欢迎某个学生来上课，只除了左贤王的儿子，就是刚才和程嫣儿斗嘴的那个男孩子耶穆言。仔细听，两个人的名字还有那么一点儿像。

嫣儿嘴角咧开了笑，"谢谢夫子！"绝眉嘴角亦是开心的笑，这个男子笑起来会让人感觉像是春风拂面，心情不自觉也会愉悦许多。

原本温馨的场面却是再次被耶穆言打破，小小的脸上带着对程嫣儿的不屑，"凡夫俗子！"

说完就转身离开，不给任何人反应的时间。

嫣儿撅撅嘴，看着他离开的背影眼睛里带着委屈。

"他就是这样子，小丫头也不必在意。"很温和的声音，还带着稚气，却已经俨然有了震慑人心的霸气在其中。

嫣儿转过头去看他，瞪了他一眼就转头看向李抒怀，"那嫣儿先回去准备东西，明日再来见夫子。"小人儿已经会了礼仪，朝着李抒怀轻轻地鞠躬。

李抒怀笑着点点头，眸子里俨然有着欣喜之色，能够得到这么出色的徒弟真不枉费他来了一趟京城。

傍晚时分是一家三口最和睦的时候，三个人有说有笑地吃着饭，因为有了嫣儿这个小开心果，绝眉和程漫焉不断有笑容流露出来。

"娘，你没看到今天那个人有多过分，夫子问我女子无才便是德，我刚回答完他就说女子本就不需要有太多才，只需要他们男人来保护就是了，而且还说我是凡夫俗子，你说他是不是很过分啊？"比较同龄人她的心智似乎是成熟了一些，因为一般这个年纪的孩子还都处在懵懵懂懂的时期，而她已经能把所有的事情都分析理解透彻。

程漫焉嘴角有了微笑，"哦？是谁家的孩子这么没有教养？"因为溺爱着嫣儿，她也愿意顺着她的心思安慰她。

绝眉的眸子紧了一下，这么多年过去了，程漫焉依然没有任何印象吗？

嫣儿撅了撅嘴，"爹爹说他是左贤王家的小王爷，怪不得那么傲慢了，才比我高了那么一点点而已。"小小的人已经会比较了。

听到左贤王这个名字，程漫焉反射性地皱了下眉头，心里滑过一种从来没有的感觉，这个名字为什么那么熟悉呢？

她转过头去看着绝眉，"为什么我感觉这个名字这么熟悉呢？我们认识他吗？"若是认识的话应该听绝眉提过，但是并没有发生过这样的事情。

绝眉看着她嘴角的微笑有些僵硬，眸子里有着从容不迫，"你不记得五年前我们从塞外回来的时候的事情吗？他杀了一批盗匪然后把他们挂在城墙上。"他淡淡说着三年前的事情，仿佛这些事情真的和他们没有关系一般。

程漫焉的眉头皱了一下，"是他？"脑海里想起多年前的那一幕，"这个人想必是个极其残暴之人，"皱了下眉头她转过头去看着嫣儿，"嫣儿，你以后若是看到那个左贤王的儿子的话就离他远一些。"

"哦！"嫣儿撅了撅嘴，小孩子的注意力总是容易分散的，愉快的事情更容易让他们记得更清楚，"还有，夫子似乎很喜欢我，我只回答了一个问题他就说让我明天去书院呢，娘说嫣儿是不是很棒？"小孩子还喜欢讨好。

程漫焉嘴角的笑意更是深切，"嫣儿是天下最棒的孩子。"她抬起头去看绝眉，却发现他皱着眉头在思索什么。

月色静如水，人寂静如水。

这样的夜里，每个人都在想着自己的事情，或许是好事，或许是坏事，却总是让人微微叹息，就仿若这命运一般不被人掌控。

树影被风吹散，夏日的风在山谷里亦是有些凉的，花香飘过让人不觉心中一阵舒爽，嘴角也有了笑意。

绝眉把披风取下来紧紧地包裹在程漫焉身上把她抱在怀里，站在户外的程漫焉已经凉得有些颤抖了。

"焉，若是有一天你可以选择了，你会不会离开我？"这样的事情多少是有些无奈的，至少他也给了程漫焉选择的余地，他把嫣儿送到李抒怀那里读书就是让程漫焉通过这个渠道接触到耶穆寒，然后再让她选择。心中多少是有些疼的，程漫焉会怎么选择。

程漫焉的眉头皱了一下在绝眉怀里选了一个舒服的位置，"为什么要离开你？"她的声音中带着一些懒散，理所当然地问了这句话。

绝眉苦笑，"因为焉曾经爱过另外一个人，而且这个人可能就要回来了，"不待程漫焉开口，绝眉就再次开口，"焉信不信？"仿佛只是在和她说一个笑话，他问程漫焉会不会相信。

程漫焉的声音依然只是散漫，"不相信。"在她的记忆中只有绝眉，还有的，就是自己十六岁之前的事情了，自己是个亡国之女，若不是绝眉的话或许她根本不会站在这里了，她是不知道自己是怎么认识绝眉，又怎么和他在一起的，但是至少这么多年以来两个人一直都在一起。

绝眉笑了出来，"那焉喜不喜欢这样世外桃源的生活？"

程漫焉想了想，"这样与世无争也挺好，只是明天就要搬出去了，心中还是有些惋惜的。"是惋惜，在这里除了没有人可说话之外，其他的都挺好的。

绝眉叹了口气，"嗯！"一个字就已经包含了太多，等了这么多年，等到耶穆寒回来了，他要让这个自己爱的女子去追逐她最爱的男子，不知道她会选择谁呢？即使耶穆寒不爱她，他也有权利让她知道她曾经爱过他，那样的话他才能够安安心心和她在一起，和她做真真正正的夫妻。

程漫焉抬起脸去看绝眉，月光下这个男子看起来更是儒雅了一些，这样一个与世无争的男子就是自己的男人，这让她心中有幸福流过。她稍微踮起脚想要去吻绝眉，这么多年了，两个人从来都没有过太亲昵的举动，最多就是他像此刻一般拥抱着自己，他说她身体不好不能有房事，但是最起码的亲吻都不给，这是为了什么呢？

绝眉的眸子紧了一下迅速地别开脸，"焉，别这样。"

程漫焉退了一步从他怀里退了出去，眸子里有着哀怨，"为什么？"五年了，为什么他要这样？

看着她受伤的眸子绝眉有些不忍，但是在她未选择自己之前他不能占她便宜，因为她心中已经有了爱的人，因为她已经是别人的女人。

"焉，我说过你身体不好。"他轻声地叹气，这样的叹息在皎洁的月光之下被无限地扩大，在两个人心里被无限扩大，竟然有感伤在其中。

程漫焉嘴角有了苦笑，"已经五年了，我身体还没有被你调理过来吗？你可以把一个人从鬼门关拉回来却调理不好一个女人的身体，是这样吗？"她直直地看着他，她要他的答案。

绝眉看着她眸子里有着歉意，却并不开口说话，一个字都不说，一句话都不解释。

程漫焉笑着摇头，风吹起她的头发，月光下她脸上是淡淡的悲哀，这样一个美丽的女子的悲伤是能够感染给别人的。她不再说话，转身离开，一切都是那么

决绝。

绝眉看着她离开的背影直到她消失脸上才终于露出了苦涩，天天看着这个女人，这是他爱的女人，他怎么可能没有想法呢，但是他必须忍，因为这不是他的女人。

贤王府。

一脸冰冷的耶穆寒看着耶穆言，这个招式无论如何也练不到位，耶穆寒脸上已经有了不耐烦的表情，"就这样，练够了一千遍再去吃饭。"要一个四岁多一点的孩子来练一个少年才能够练到位的动作未免有些牵强，但是耶穆言必须做到，只因为他是耶穆寒的儿子！

耶穆言在外人眼中是一个傲慢的孩子，在耶穆寒面前却永远都是一个卑微的人，时刻想着要如何讨好耶穆寒，却是从来都没有见耶穆寒笑过。

小小的他眸子里有着委屈却是不敢反抗，"是，父王。"小小的身子在话音落的那一刻已经拿起那一把可能比他还要重的剑开始比划起来，这对一个四岁的孩子来说多少是有些残忍的。

宛如公主在旁边看不下去了，这个耶穆寒对任何人都是那么冰冷，这样就算了，这可是他亲生儿子，他竟然不让孩子吃饭！"不练了！"她生气地走上前去要拉住耶穆言，"吃饭去，跟娘去吃饭！"她是生气，那么地生气，已经不管耶穆寒会不会生气了。

耶穆言挣脱了她的手，"你不是我娘，我娘已经死了，你让开！"说着躲到一边去已经再次开始练剑。

宛如公主生气地走到了耶穆寒面前，"左贤王！耶穆寒！你看清楚了！你眼前这个人是你自己的儿子，不是别人的儿子！你能不能不要这么残忍？"她实在是受够耶穆寒了，在他身边这么多年从来没有见他对什么东西什么人有感情过。

在心里她一直是心疼耶穆寒的，因为她曾经亲眼见过耶穆寒为了一个女人哭，那么悲痛，让她相信这个男子心中还是有情的，只是为什么不流露出来呢？

耶穆寒冷冷地看着她，"那又如何？"他说话是那么的漫不经心，既然是他的儿子，那和她又有什么关系。

宛如一时气结，没想到他竟然可以说得这么无所谓，一跺脚干脆不管了，"是！

是你儿子，不是我儿子为什么要心疼！"亏了喧哗公主死得早，不然看到这样的情景还不气死。

耶穆寒淡淡地看了一眼宛如愤然离开的背影，这个女人在自己身边五年了现在还企图改变自己，他嘴角有了似笑非笑的笑容。

耶穆言还在刻苦练剑，那么的认真。这对一个四岁多的孩子来说的确是有些残忍。

风儿吹起，落在人心头，却是更多了一份怅然。

第十七章 命运

耶穆寒又是一惊，随即他嘴角有了微笑，"姓呢？你姓什么？"

宛如和耶穆言都震惊了，耶穆寒竟然笑了，对着一个孩子笑，还笑得那么温和，而他们整日相处在一起却从来没有见他笑过！

李抒怀嘴角带着笑容看着全班同学，那么的自信和欣喜，而他身边站着的是程嫣儿。

"同学们，从今天开始你们会有一个新同学来到这里，这也是我们书院唯一的女娃儿，夫子也希望你们这些贵公子们不要欺负这女娃儿，若是被发现的话，我可是不会管你是谁家的公子一律赶出书院。"他的笑容依然是那么的和蔼可亲，只这一句话就能够显出他对程嫣儿的偏爱。

程嫣儿笑着抬头仰视足足有三个自己高的夫子，刚想要谢谢夫子，就有人开口责难了。

"唯一的女娃儿我们大家爱都来不及，还怎么会欺负她呢？"这话本来应该是一句善意的话，被耶穆言说出来却夹杂着淡淡的讽刺。

程嫣儿看向耶穆言，眼神里带着讨厌，但是娘说了不要得罪这个人，她不吭声就是了。

李抒怀听着这样的话也是有些无奈，这个耶穆言来书院没几天就已经把所有人都得罪了，若不是因为他是耶穆寒的儿子的话，恐怕已经不知道有多少人来找他了。

"嫣儿，去坐那里。"李抒怀指着特意为程嫣儿留出来的一个位置，那是离耶穆言最远的一个位置。

只是没想到这第一堂课两个人就吵得热火朝天了，其他人根本插不上嘴。

"今天我们讲洛阳纸贵的含义，有谁知道？"这也算是给程嫣儿的一个测试，他微笑着看着程嫣儿，俨然是要她来回答这个问题。

程嫣儿看着夫子这样看着自己自然不会失去这个大好机会，高兴地站了起来，愉悦的笑容挂在嘴边，"他花费了十年光阴写下了《三都赋》，足以和东汉班固写的《两都赋》和张衡写的《两京赋》相媲美，只是因为个子太矮不被父亲重视，也是因为他父亲走到哪里都说已经成年的他，才学还比不上他父亲小时候，这件事情让他受了打击才决定发愤学习。最初写成之时是并不被世人重视的，甚至没有人愿意去看一眼，他亲自找到了当时的名家张华，张华看后十分感慨，就和皇甫谧一起把这本书推向了世人，一时间世人争相抄写就造成了洛阳纸贵的现象。"她抬头看着夫子，这些都是娘告诉她的，应该不会错才是。

夫子嘴角有着欣慰的笑，他果然没有看错人，这个娃儿果然是个可塑之才。他点点头示意程嫣儿坐下。"关于左思还有谁知道一些什么？"

耶穆言这个时候自然不甘落在一个女娃儿后面了，"左思写过一首《娇女诗》，吾家有娇女，皎皎颇白皙。小字为纨素，口齿自清历。鬓发覆广额，双耳似连璧。明朝弄梳台，黛眉类扫迹。浓朱衍丹唇，黄吻澜漫赤。娇语若连琐，忿速乃明劃。握笔利彤管，篆刻未期益。执书爱绨素，诵习矜所获。其姊字惠芳，面目粲如画。轻妆喜楼边，临镜忘纺织。举觯拟京兆，立的成复易。玩弄眉颊间，剧兼机杼役。从容好赵舞，延袖象飞翮。"背到这里他突然不再往下背了，"有谁知道后面是什么？"他是看着程嫣儿说的，嘴角带着淡淡的讽刺，料定了她不会知道。

程嫣儿也看着他朝着他撅撅嘴。

"这么有才的女娃儿怎么也不开口了？是不知道吗？"这次就直接点了程嫣儿的名字，摆明了看不惯她。

程嫣儿有些委屈地看着夫子，夫子对着她点了点头，她就毅然站了起来，娘是说过不要得罪这个人，但是她就是不喜欢他。"上下弦柱际，文史辄卷襞。顾眄屏风画，如见已指摘。丹青日尘暗，明义为隐赜。驰骛翔园林，果下皆生摘。红葩缀紫蒂，萍实骤柢掷。贪华风雨中，眒忽数百适。务蹑霜雪戏，重綦常累积。并心注肴馔，端坐理盘槅。翰墨戢闲案，相与数离逿。动为垆钲屈，屣履任之适。止为茶荈据，吹嘘对鼎铄。脂腻漫白袖，烟熏染阿锡。衣被皆重地，难与沉水碧。

任其孺子意，羞受长者责。瞥闻当与杖，掩泪俱向壁。"一口气背完，心中在感谢娘那么喜欢这首诗，那么喜欢左思这个人。她嘴角带着笑容看着耶穆言，"不知道我背得对不对？"这就是更为明显的挑衅了，耶穆言又怎么会听不出来呢。

耶穆言努力忍着，因为父王说过，不会生气的人才是成大事之人。"荆轲饮燕市，酒酣气益震。哀歌和渐离，谓若傍无人。虽无壮士节，与世亦殊伦。"他是看着程嫣儿说的："后一句。"

程嫣儿自然也不会认输，因为她并不喜欢这个人，若是别人的话她会考虑不让这个人这么没面子。"高眄邈四海。"

看着她没有再说下去的意思，耶穆言嘴角有了胜利的微笑，"豪右何足陈。贵者虽自贵，视之若埃尘。贱者虽自贱，重之若千钧。"接着程嫣儿的话背下去他有种自信，还有些得意洋洋，"若是没那么多学问就不要老是出来显摆，会很丢人的。"

程嫣儿看着他，几乎都有些想要生气了，但是她不能生气，因为娘说了不必与无聊之人斗气，她转过头来看着夫子，"夫子给嫣儿做个证人，耶穆言刚才有没有说过一句话，他说下一句是什么，既然是下一句，那么我已经回答出来了，是这样吗？"很聪明的女孩子，知道什么时候该找什么人来求助。

一句话就让耶穆言的脸色苍白了起来。

李抒怀摸摸胡子眸子里有赞赏之色，"嗯！他是说过这句话。"这个时候他并没有偏袒任何人，只是说了一句公道话罢了。

耶穆言冷冷地哼了一声便不再说话，败在一个女娃儿手里，这是他耶穆家族的耻辱！

放学之后，程嫣儿一个人站在书院门口等着绝眉来接自己，上学的第一天爹就不来接自己，回去她可要跟娘好好抱怨一番了。

夫子走过来拍拍她的头，"你爹还没有来吗？"眼看着书院门口停放满了豪华马车，却没一辆是来接程嫣儿的，然而她也并不稀罕，在山谷里的时候爹弄了一头羊给她骑，只是那头羊在他们出来之后就给留在山谷里了，回去之后她得求爹去把羊牵出来才是。

她嘴角有了甜甜的微笑，抬头望着夫子大有讨好之意，"夫子，我爹马上就要来了，夫子要回家了吗？"

夫子笑呵呵地再次摸摸她的头，"嗯！夫子要回家了，明日记得早些来上课知道吗？"

程嫣儿笑容更是灿烂了，"好！夫子慢走。"

李抒怀朝她笑笑走向了来接自己的轿子旁边去，从来没见过他对哪个学生那么慈祥，即使是对皇子也是。

李抒怀才离开不久，程嫣儿嘴角的笑容还没有退下去就听到了耶穆言讽刺的声音。

"我说向来严厉的夫子怎么会平白无故对你那么好，不会你们还有什么不寻常的关系吧？"四五岁的孩子说出这样的话着实是有些和年龄不相符。

程嫣儿怒瞪他一眼并不接他的话。

耶穆言却是并不愿意走开，"又或者是你娘和夫子有什么关系？"这次他的玩笑就开得有点儿严重了。

程嫣儿的委屈一下子散开，她可以容忍他针对自己，但是他怎么能骂她最最最亲爱的娘呢？"我娘和夫子没有关系，你却和这件事情有关系了！"在没有人看到的地方，她手中已经散发出来了一些东西，绝眉是大夫，是绝世大夫，同时也是用毒高手，能让人死于不觉，他的女儿自然也不会太弱。

耶穆言又是冷笑，不再看她一眼直接朝着自己的小白驹走去，因为爹说了不准他坐轿子，骑马更有男儿威风。

回到新家，嫣儿的心情是很好的。很大的一个院子，围合式的房子，小花园，小菜地，一切都是那么的温馨，也让她原本不高兴的心情高兴了起来。

程漫焉正在做饭，偶尔她也是会下厨的，现在跟着绝眉倒是学会了煲粥，很耐心很安静，一个下午的时间全部用在一锅粥上。

"嫣儿今天有没有遇到什么事情？"她并不出门，这也或许是和在山谷里住习惯的原因有关，日常生活都是绝眉来打理的，他们亦是不需要为钱而发愁的，绝眉每诊治一个病人都有丰厚的收入，但是他们并不希望有人来打破他们的生活，所以仆人也是不需要的。

程嫣儿高高兴兴地把白天发生的事情从头到尾说了一遍，却在最后说漏了嘴，

"谁知道他放学的时候竟然又对着我说风凉话,"本来说得开开心心,这个时候却越来越气愤了,"娘啊!"她撒娇,"我本来是不想搭理他的,因为娘说过了不让我得罪他,但是他好过分,还说我和夫子有什么关系,还说娘和夫子有什么关系,我看他竟然连娘都骂,就一时不小心把一些痒粉撒在了他身上,我真的是不小心的,娘。"说着她还抬起头来看着程漫焉,因为这件事情上她并没有错,她说起来也丝毫没有愧疚之心。

绝眉听了程嫣儿这么说,一时间皱起了眉头来,这痒粉是他调制出来的,没有他的解药任何人都不可能会医治好,嫣儿竟然拿去撒在左贤王儿子的身上。

程漫焉也皱起了眉头一脸严肃地看着嫣儿,"娘怎么和你说的,你竟然这样去戏弄人家,若是左贤王找上门来可如何是好?"她那么严厉地训斥着嫣儿,让嫣儿的委屈一下就上来了。

嫣儿委屈地看着她,"我是看他对娘不敬才生气的,娘竟然还指责我。"小小的人儿想事情不会拐弯儿也是正常的。

程漫焉的眉头皱得更紧了,"你还不承认自己错了!"她有些生气了,一般情况下她是从来不会对程嫣儿生气的。

程嫣儿委屈地转向了绝眉,而绝眉嘴角亦是无奈,"嫣儿呢,也有自己的道理,你娘呢,也有她的道理,所以,爹最没理,爹要带嫣儿去给左贤王的儿子道歉顺便给他治病好不好?"看着程漫焉黑着的一张脸绝眉多少有些对嫣儿不忍心,但是又不能让程漫焉更生气。

程漫焉看着嫣儿,而嫣儿一句话也不说,显然她并不愿意去,但是她又不能惹娘生气。"那我去给他道歉就是了。"说得无限的委屈,一时间竟让程漫焉也不忍。

声音软了下来,"去吧,现在就去。"说完这句话就继续转过头去煲自己的粥,煲粥最重要的一条,就是要心平气和。

贤王府。

耶穆寒看着眼前的耶穆言痛苦地在床上打滚儿,几乎都要把身上的衣服给撕裂了,小小的身子已经痛苦得不能成言。

"怎么回事。"并不看身边的御医,他冷冷地开口。

宛如迅速地走上去把耶穆言抱在怀里心疼地看着他,任由他小小的手在自己身上乱抓着，还不停地安慰他。

御医脸上带着一些为难，"小王爷这是被人下了药，这种药是鬼医绝眉发明的，没有人有解药，除非找到鬼医。"他的言外之意就是他医治不好耶穆言了，脸上尽是为难之色，他面对的是耶穆寒而不是任何人，是比皇上更让人感到害怕的人。

耶穆寒冷冷地看着这一切，半晌才开口问："鬼医在哪儿？"能这么冷静地看着自己的孩子受这样的折磨的人，天下也就只有耶穆寒一人了。

御医擦擦冷汗，"这个人神出鬼没，一般人找不到他的，既然这种东西出现在京城就说明鬼医一定在京城，王爷的人脉那么广，相信用不了多久就能够找到这个人的。"言外之意，他不知道这个人在哪里。他不断擦着冷汗，这样一问三不知，左贤王还不杀了他？幸好这个时候耶穆言救了他一命。

"父王。"耶穆言痛苦地朝着耶穆寒伸出手去，此刻他比任何时候都需要父爱，都需要耶穆寒的关心，他需要耶穆寒抱抱他，需要耶穆寒安慰他。

宛如也祈求地看着耶穆寒，"你抱抱孩子吧。"从耶穆言出生到现在，他还从来都没有抱过耶穆言一下，甚至是他还在襁褓里的时候也都是她和奶妈在带着。

耶穆寒依然没有什么特殊的表情，望着耶穆言伸过来的手甚至没有动心一下，"下来站起来。"他是在命令，不由得耶穆言反抗的命令。

耶穆言呆愣了一下，有一下子他忘记了自己身上的瘙痒。没想到父王竟然这么命令他，任何时候父王的命令都是那么的强大，让他忘记了好多东西。

宛如难以置信地看着耶穆寒，"你干什么？你没看到他现在成什么样子了！你到底还算不……"她没有说完就被耶穆寒打断了。

"下来。"他只是看着耶穆言，根本没有把宛如的话听进去一个字。

宛如气得咬牙切齿，却并不敢再说一个字，因为耶穆寒说什么就是什么。

耶穆言强忍着身上的瘙痒站了下来，小手却不停地在身上挠着，只差在地上打滚儿。

耶穆寒皱着眉头看着他，"站直了，不许动。"这是一种锻炼，而耶穆言也必须做到。

耶穆言在他话音落的那一刻就立刻站直，像一个等待被点阅的士兵，只是他脸上的表情和他眸子里的委屈出卖了他。

这个时候有侍卫走了进来站在耶穆寒身边禀报："启禀王爷，外面有一个自

称是鬼医的人说可以诊治小王爷的病。"

所有人都一愣，宛如最先开口："那快让他进来！"这笨蛋侍卫，知道小王爷都成这样了还不快把人请进来，看了就生气。

耶穆寒点了点头，侍卫像是得到了什么特赦令一般迅速地跑了出去。

耶穆言眸子里有着期待，因为他实在是太难受了，难受得很却又不能动。这样的表情也会有人看不过去。

"记得我警告过你什么吗？永远不要让你的表情出卖你的心，而你此刻正在期盼鬼医的到来。"他这是在指责。

耶穆言脸上立刻没有了表情，目光呆滞地看着前方，整个人就像是一个木偶。

在鬼医和嫣儿走进来的时候看到的就是这样的情况，所有人都站在那里不动，甚至是最应该在地上打滚儿的人。

看到耶穆寒之后他明白了此刻的情况，耶穆寒管教人的方式是不是也太不人道了一些？

嫣儿亦是有些惊讶，"咦！你不痒吗？你应该打滚儿才是的。"她曾经见识过这种药的力量，一个强壮的男子汉还忍不住在地上撒泼，而耶穆言此刻看起来就像是没事儿人一般。

耶穆言脸上有了恼怒，只是一瞬间就没有了，他没有忘记耶穆寒正在看着自己。"滚！"小小的他，脾气却并不是很好。

耶穆寒再次冷冷地开口，"在自己没有能力的时候永远不要说这句话。"

绝眉不禁深思，耶穆寒是不是对自己的孩子太残忍了一些？"这是解药，小王爷吃下去吧。"他能够感受得到耶穆言的痛苦，左贤王还不许他动一下，一个四岁多一点的孩子怎么能够承受得起呢。

耶穆言几乎是在绝眉的手伸出去的那一刻就把自己的小手也伸了出去，却是还没有拿到解药就再次被耶穆寒制止。

"拿起来放在桌子上看三个时辰再吃。"淡淡的声音没有丝毫感情，他向来都是如此残忍吗？

耶穆言的小手有些迟疑，那么的委屈，却是不敢爆发出来，缓慢地把解药拿在手里，然后又慢慢地放在了桌子上，眼睛里是舍不得，一个孩子的舍不得竟然都是那么的明显。

连绝眉都有些不忍心了，"拖的时间长了对身体不好，况且小王爷还那么小，即使要锻炼也不是这么锻炼的。"他只是在建议，听不听就是耶穆寒的事情了。而现在他在考虑即使程漫焉记起了耶穆寒，即使她回到了耶穆寒身边，若是耶穆寒这样对嫣儿的话他也是绝对不会把嫣儿还给他的。

嫣儿人小，顾不得那么多，"算是我给你道歉好了，"她撅撅嘴径直把药拿了起来要往耶穆言嘴里送，却被耶穆言一伸手就打落在了地上。

"你怎么这样啊？"她可是好心的，可是偏偏这个傲慢的人还不领情！

耶穆寒淡淡地开口，"他不会接受的。"奇怪，他竟然会和一个小孩子说话。

程嫣儿转过头来看着耶穆寒，这个人的脸怎么那么冷？"你是他爹吗？"这是一个毫无疑问的问题，但是程嫣儿是皱着眉头的，可见她对这个问题很是疑惑，若是她爹拿到解药还巴不得她早点儿吃下去。

耶穆寒低头看着小人儿，却在那一瞬间脑袋就像是炸裂了一般，他竟然在这张小脸上看到了程漫焉的影子！

他在程嫣儿面前半跪了下去，屏住呼吸认真地看着程嫣儿，那脸形，那眉毛，那眼睛，那鼻子，那嘴，每一样都是他曾经熟悉的，不自觉他眸子里竟然流露出了一种感伤来，"你叫什么名字？"

程嫣儿不解地看着耶穆寒，这个叔叔怎么一下子又变得这么悲伤？"爹？"她抬起头看着绝眉，小小的眼睛里有着不解，她该回答他的问题吗？这个人看起来好恐怖。

绝眉缓缓地朝着她点了点头，早晚都是要知道的，这样也好。

"我叫嫣儿，嫣然的嫣。"说着她朝着耶穆寒甜甜地一笑，小孩子向来没什么心机，对一个人的表情也并不会记得很久。

嫣？焉？

耶穆寒又是一惊，随即他嘴角有了微笑，"姓呢？你姓什么？"

宛如和耶穆言都震惊了，耶穆寒竟然笑了，对着一个孩子笑，还笑得那么温和，而他们整日相处在一起却从来没有见他笑过！

程嫣儿的眉头皱了一下，这样的表情都能够引起耶穆寒的悸动，因为他在程嫣儿脸上找到了程漫焉曾经有过的每一个表情。

"程，禾字旁那个程。"嫣儿解释得详细，她不愿任何人误解了她，但是又不

明白耶穆寒为什么这样看着她。

耶穆寒几乎不能呼吸，程嫣儿，程漫焉。长相如此相同，名字如此相似。他嘴角的笑容冻结在了那里，"那，你娘是谁？"他眸子里有着期待，程漫焉，会是程漫焉吗？

程嫣儿皱着眉头看着他，怎么这父子两个人都对娘那么感兴趣？

绝眉终于开口，"王爷是不是问得太多了？"他的声音中带着笑意，笑意之中却是冷清。

耶穆寒看着程嫣儿又看了一会儿，再次对着她笑，"很高兴认识你。"这是他第一次这么对人说话，而且是对一个几岁的孩子。

耶穆言眸子里闪过嫉妒，"解药送到了，你可以离开了。"他的声音中满是不服气，对程嫣儿的讨厌之情更加明显了。

耶穆寒眉头再次皱了起来，"对待客人永远都要温和而有礼，没有主人会把客人扫地出门，同样，你也不能。"他完全是把耶穆言当做一个大人来对待的。

程嫣儿却是喜欢这句话的，"是，所以说做人还是要有礼貌的。"她的声音中带着得意，终于扳回一局了，随即又转过头来看着耶穆寒，"不过那个解药若是再不吃的话，真的会对身体很不好的。"她的言外之意就是在求耶穆寒让耶穆言先把解药吃下去。

"嗯！"耶穆寒竟然开口答应了！这个消息依然让所有人吃惊，"好。"还是连续答应了两次！

甚至是绝眉都缓缓地皱起了眉头，究竟是父女，做事还是会有心理感应的。他走上前拿出另外一粒解药递给了耶穆言，掉在地上的东西耶穆言是肯定不会去捡起来吃掉的。

耶穆言拿着药看着耶穆寒，他都已经快要麻木了，整个身体都像是在打架一般，却是并不敢私自吃下去的，他必须得到耶穆寒的同意。

耶穆寒终于转过脸来看他了，站了起来俯视着他，"吃吧！"声音没有任何温度，又回到了往日里那个冰冷的左贤王耶穆寒。

绝眉把程嫣儿拉到身边看着耶穆言把药吃了下去才放下心来，"王爷，若是没事的话，我们就先离开了。"他抱起了程嫣儿让她可以看到耶穆寒的脸，先让他们对彼此熟悉一下也好。

耶穆寒看着程嫣儿，眸子里有太多的东西，却是都不能够说出来，"好。"转过头去吩咐侍卫，"送贵客出去。"他称他们为贵客，实则是程嫣儿才是真正的贵客。

绝眉的目光一直都在耶穆寒身上，这个男人到底是个什么样的男人，看到嫣儿为什么会流露出悲伤？甚至问起了嫣儿的娘，难道说他还一直都在惦记着程漫焉？"告辞！"很淡然的两个字，却包含着太多。

耶穆寒微微颔首没有再说话，目光却并不离开嫣儿的小脸。

绝眉亦是微微颔首，抱着嫣儿就走了出去。

看着两个人离开的背影耶穆寒陷入了沉思之中，却听宛如开口，"王爷似乎对那小姑娘很感兴趣。"她并没有见过程漫焉，自然也联想不到这件事情会和程漫焉有什么关系。

耶穆言亦是睁大了眼睛等待着耶穆寒的解释，他有些受伤，父王竟然对一个从未见过的女娃儿笑得那么开心，还有夫子也那么喜欢那个女娃儿，这个女娃儿简直就是他的克星。

耶穆寒却是并没有回答宛如的问题而是低下头去看着耶穆言，"她怎么会对你下药？"他突然问起这个问题，让本来好了许多的耶穆言的小脸上再次有了严肃，但是他又不能欺骗耶穆寒。

"我。"他还是没有勇气说出来，父王若是知道了肯定会说他没有男子汉气概竟然去欺负一个女娃儿。"课堂上我们争论一个问题争论得很激烈，夫子也很赞赏我们，放学的时候我关心她顺便关心了一下她娘她就生气了对我下药。"他用关心两个字，小小年纪已经会用修饰语来掩盖自己的错误了。

耶穆寒抿着嘴看着他，"你是怎么说的？"他可以从两个人的对话之中就听出一些东西来，前提是耶穆言必须全部告诉他。

耶穆言脸上有了为难，第一次转而求助宛如公主，宛如心中一阵感动自然不会弃他于不顾，"他都说了是顺便关心了一下嘛，而且谁会对自己说过的话记得那么清楚，王爷这不分明是在为难小言吗！"

耶穆寒瞪了她一眼立刻让她噤了声。"本王没问你。"继而再次转头看着耶穆言。

耶穆言把头低了下去，声音几乎像是蚊子哼哼一般，"放学的时候我看到夫子和她有说有笑的，我就走上去问她和夫子是不是有什么关系，当时她并没有理

我，我因为生气就问她是不是她娘和夫子有什么关系，然后她就生气了。"过程就是这样子，耶穆言把头耷拉下去等待着耶穆寒的惩罚。

却是过了半晌依然只是安静，随即耶穆寒竟然在安静之中走了出去，一时间宛如和耶穆言再次吃惊了。

然后安静之中又是宛如的声音，"你肯定给折腾够了，快上床去休息。"声音中满是怜爱，她可是一直都把耶穆言当做自己的孩子来看待的，若不是喧哗公主死得早，孩子现在也不至于太可怜。

耶穆寒看着眼前的暗士没有任何的表情，"人追丢了？"在鬼医离开的时候他就已经派人去跟踪，没想到竟然给追丢了。

"属下办事不利，但是那鬼医的功夫确实是了得，实属上乘之中的上乘，而且他似乎也感觉到有人在跟踪他。"这个人说话一看就是在耶穆寒身边跟了多年的，若是换了别人完成不了任务早该自杀谢罪了。

"追到哪里丢了？"他再次开口，心中思虑着这件事情，照耶穆言那么说的话，程嫣儿的娘肯定没有死，而且他几乎可以肯定程嫣儿的娘和程漫焉有着什么关系，那么会是什么关系？只要是和程漫焉有关的，他都要知道。

暗士抬起头看了耶穆寒一眼，"北门街巷子口处。"

耶穆寒点点头，"传令下去，全面启动寻找鬼医的下落，不许打草惊蛇。"

一场游戏终于要揭开序幕了，所有人都在期待，这一对曾经那么相爱的男女，再见面，会是什么样的情景呢？

第十八章　如若不相见

耶穆寒抿着嘴看着她离开的背影，这是他第二次看着她从自己身旁逃开了，什么时候这个女人才会回到自己身边呢？他的眼神里多了一些东西，一些看不清楚的东西。

书院。

又是放学时分，程嫣儿骑着她的羊儿在书院门口转悠引来了无数好奇的目光，怎么会有人骑羊呢？更何况是这么小的一个孩子，不会摔下去吗？

为什么爹娘还不来呢？娘为了昨天和她生气的事情特意说要和爹一起来接她回家的，却是到了现在还不出现，她来这里读书两天没有一次是爹准时来的，现在娘也慢了下来，但是娘本来就是不疾不徐之人，这一点她倒还是很清楚的。

终于，她的小脸上有了笑容，因为她看到了爹和娘的身影，"爹！娘！"她朝着他们摆摆小手高兴地在羊儿的肚子上拍了两下，羊儿兴奋地朝着程漫焉和绝眉跑了过去。

绝眉拍拍嫣儿的头三个人有说有笑地离开，这样的三个人引来了无数人的注意，因为这样一个儒雅的男子配上这样一个绝美的女子，再加上一个这么可爱的孩子，怎么能不引人注目呢。

不远处一个高大的身影震惊了，那个身影是他一生都不会忘记的身影，因为那是程漫焉的身影。下一刻挥鞭策马，马儿已经载着他疯狂地跑向了这三口之家。

羊儿受到了惊吓跑了起来，绝眉皱了下眉头施展轻功把嫣儿抱了下来，却独留下了程漫焉一个人而不觉后悔，因为他料定这个男人不会伤害她。

耶穆寒迅速地下马走到程漫焉面前，他几乎不能够相信自己的眸子，这是程

漫焉，活生生的程漫焉，他甚至不敢伸出手去触摸程漫焉，因为他的手都在颤抖，因为他怕自己的手伸出去程漫焉就会立刻幻化成泡沫。

艰难地开口，"漫焉。"声音那么的低沉沙哑，眸子里是一种被时间沉淀下来的说不清道不明的哀愁，一个从来不表露自己情绪的男子此刻眸子中尽是悲伤，悲伤之后是无数的兴奋。

程漫焉心里就像是石头落地的声音，轰隆一声在心里炸开，这样的声音就像是魔咒一般影响着她的思绪，什么时候自己经常听到一个男子这样呼唤自己？那么熟悉的声音，就像是每日都能够听到一般，可是现在又是什么样的情绪？

她不敢相信地看着耶穆寒的脸，脑海中却是一片空白，关于这个男子的记忆，她是一片空白，直觉让她心疼，让她难忍，但是这究竟是为了什么？

在耶穆寒终于抬起手要触摸她的那一刹那她完全清醒了过来，迅速地后退一步，"你是不是认错人了？"淡然的声音丝毫不想遮掩自己并不认识他的真相。

看着程漫焉皱起的眉，耶穆寒有些心疼，程漫焉可以有任何情绪，可以撒娇可以任性，只是不许皱眉，不许心疼，不许伤心。"漫焉？"他尝试着反问她，企图从她眸子里看到什么东西，但是没有。

程漫焉把头转向不远处的绝眉，他正在一手拉着嫣儿一手拉着羊儿朝着这边走过来，"我夫君过来了，麻烦你让一下。"她淡淡地说，对于这个无礼的男子却是并没有过多的厌烦。心中对他竟然还有一些舍不得，这样的情绪是从何而来她就也不得而知了。

耶穆寒顺着她的目光看向绝眉，随即眉头就深深地皱了起来，"他怎么可能会是你夫君！"一句话就泄露了此刻他心中的情绪，是有些怒火中烧。

程漫焉看着这个无礼之人，"很抱歉，他就是我的夫君。"说完就要绕过耶穆寒朝绝眉走过去，却被耶穆寒一把拉到了自己身边。

"本王不会再让你去任何没有本王的地方了，漫焉！"他的声音之中是肯定，"若是漫焉还在为五年前的事情生气的话那么本王道歉而且本王可以解释，五年前皇上企图通过你来要挟我要我放下手中的权力……"他并没有说完就被程漫焉打断了。

她并没有兴趣听一个陌生人如此唠叨。

"请你放开我好吗？大庭广众之下无论你是什么身份，这样强抢一个良家妇女都会惹人非议的，况且我有夫君，你这样让我以后还如何出门？"她紧皱眉头看着耶穆寒，怎么会有这么不讲理之人。

耶穆寒下意识地拉她拉得更紧了，却是下一刻就松开了她，"若是你还在为五年前的事情生气的话，你可以打本王骂本王，本王都可以接受的，但是不准你这样装作不认识本王。"他有着无奈，怎么会允许程漫焉不认识自己了呢。

程漫焉有些莫名其妙地看着他，"我想你真的是认错人了。"他是没有喊错名字，但是他说的事情是她完全都不知道的。

这时绝眉走了过来，他嘴角带着淡笑看着耶穆寒，"我们又见面了，王爷。"淡淡的声音，并没有从中听出他在意这个男子拉了自己的妻子。

耶穆寒的眸子紧了一下看着绝眉，又看着程漫焉，"他是你夫君？"他的手握在一起，怎么能够接受自己最爱的女人身边站着另外一个男人呢，脸色冰冷了下来，眸子也冰冷了下来。

程漫焉往绝眉身边站了站，只这一个小动作就让耶穆寒怒火中烧，全天下也只有这一个女人能够影响他的情绪了！

"呵呵。"绝眉笑出了声音来，"我想王爷是不是认错人了？我们一直都在一起，王爷又怎么会认识内人呢？"他心里是温暖的，因为程漫焉在这个时候选择了他。

耶穆寒的眉头皱着，"本王的女人，化成灰，本王也认得。"是的，化成灰也是他耶穆寒的女人。他朝着程漫焉伸出手去，"漫焉，过来。"

程漫焉怔怔地看着那双手，脑海里迅速闪过一个场景，这双手握着自己的手在一张宣纸上画着梅花，还夹杂着笑意，那么的熟悉，熟悉得让一股温暖流过她的心间，抬起眼去看耶穆寒，"耶穆寒。"不自觉，她竟然念出了这个名字。

耶穆寒眸子里有着笑意，这样的笑意永远都只给一个女人，"漫焉。"只是喊着她的名字就已经让他心中感动万分了。一个男子低沉而温暖的呼唤，哪个女子能够抗拒得了。

程漫焉仿佛是进入了一种梦魇，又仿佛是回到了过去，他们之间有仇恨，有恩怨，也有爱，不可隔断的爱。不自觉的，她竟然朝着他伸出了自己的手，却是还没有触摸到他的时候就被绝眉打断了思绪。

"焉？"他的声音不大，却像是紧箍咒一般夹杂在程漫焉的头上让她霎时间就清醒了过来迅速地抽回了自己的手有些惊恐地看着耶穆寒，又看看绝眉。

耶穆寒眸子里有着不解，为什么刚才程漫焉还好好的，这一刻她的眸子里又尽是陌生呢？他的手并不放下去，依然看着程漫焉，眸子里是真诚，是怀念，是怜惜，是心疼，"漫焉？"那么低沉的声音，只是因为这个女子。

程漫焉眸子里是慌乱和不肯定，"我真的不认识你。"第一次她想要逃开一个男人，一个她并不认得的男子，只因他看着自己就会让自己有无限的惊慌。

绝眉也开口，"是啊，她自己都说了不认识你，可见你真的认错人了。"甚至是羊儿都有些敌意地看着耶穆寒，而嫣儿则是不解地看着这三个人的互动，不明白这个男子和娘到底有什么关系。

耶穆寒并不看绝眉，但是他能够清楚地看到程漫焉眸子里的陌生，不是装出来的，是真真实实存在的。

"若是你不认识本王，刚才又怎会喊出本王的名字来？"他看着程漫焉，希望她能够记起他来，"本王不知道你是怎么失忆的，本王向你道歉，五年前是本王没有好好照顾你，可是本王是有苦衷的，以为你离开本王会活得更好一些，"提起往事他脸上是悔恨，那么清晰的悔恨，五年来第一次在他脸上显现。

"够了。"绝眉皱起了眉头，程漫焉一时间接受不了那么多的事情，必须适可而止了，"若是王爷没事的话我们就要先回家了。"说着他拉起了程漫焉的手作欲走之势。

耶穆寒的目光迅速截取了绝眉的手，眸子里闪过怒火就要伸手去拉程漫焉的手，却是在这个时候突然听到了耶穆言的声音。

"父王！"耶穆言站在不远处看着几个人，没有人知道他在那里站了多久，没有人知道他都听到了什么，没有人知道他把多少耶穆寒的表情收入了眼底。

耶穆寒的手陡然停在了那里，转头看向耶穆言，今日他来的目的本也是来接耶穆言顺便看看程嫣儿看能不能从她那里得到什么关于程漫焉的消息，没有想到竟然真的遇到了程漫焉。

"她是程嫣儿的娘，父王怎么能在大庭广众之下牵别人娘的手呢？"一个小孩子的逻辑很简单，他是耶穆言，是耶穆寒的儿子，在儿子的心目中他的父王是从来不会做这样的事情的。

耶穆寒眸子里若有所思，看着程漫焉最后看了自己一眼然后跟上绝眉的脚步而去，看着程嫣儿疑惑地看着自己骑着她的羊儿而去。

良久，耶穆寒才转过来再次看着耶穆言，耶穆言眸子里有着不能相信，他不相信自己的父王竟然做这样的事情。耶穆寒在儿子面前半跪了下去和他平视，"不是像你想的那样，记住刚才那个女子的容貌，因为她是父王的女人，是父王这一生都不会放手的女人，她也将会和你的生活联系在一起，父王要你尊敬她就像是尊敬父王一般。"这是命令，对耶穆言，任何时候他都只会命令。

耶穆言茫然地看着他，不知道该说什么好。

耶穆寒站了起来，表情已经再次恢复了从前，既然程漫焉在京城，那么无论如何他都能够找到她，这个女人是他的，就连上天都不能改变。

"骑上你的马。"又是命令。

耶穆言迅速地跨上自己的马，他虽然人小，却不需要任何人帮忙就能够做到的，这和他长期的训练也是有关系的。

人们再次侧目，左贤王什么时候竟然有心情和儿子一起骑马了？

回到家里的程漫焉无论如何也不能够明白自己心底的感觉，到了现在她依然在恐慌，那个男子的面孔不断地闪过自己的脑海，那么的清楚，他的每一个表情，每一个动作都让她心乱如麻。

嫣儿独自在客厅里看书，绝眉走进了厨房站在程漫焉身后轻轻地叹了口气。"还在想耶穆寒？"这几乎就是没有悬念的事情。

程漫焉一时吃惊竟然把手中拿着的勺子松落了，绝眉快步上前不紧不慢地把勺子接在了自己手里，果然他没有猜错。

程漫焉张张嘴却不知道该怎么说，这个人是她夫君，难道她该承认自己在想另外一个男人吗？但是又有好多的疑问在她心底挥之不去。

绝眉笑笑，"没关系！"这些事情本来就是她该知道的，她有权知道，她也有权利做选择。"想知道什么尽管问，我知道你心里有好多疑惑。"这样一个儒雅的男子，这样一个温柔的男子，此刻他正在放手一搏。赢了，他可以得到这个他爱的女子，输了，呵！输了就什么都没有了。

程漫焉抬起脸来看着他，"我，认识他吗？"这个答案让她有些恐慌，因为那个男子就像是有魔力一般，他说的每一句话，做的每一件事都像是诅咒一般让她不能逃离。

绝眉认真地看着程漫嫣，看着她眸子里的恐慌，"嗯！你们认识。"终于，他还是回答了她，心中却是在滴血一般的疼痛。

程漫嫣眸子里满是震惊，原来自己的直觉真的没有错。她的嘴唇有些颤抖，"那，我和他……"她不敢问，但是她必须问，她必须要知道答案，"是什么关系？"她和那个邪魅的男子是什么关系？

绝眉抿着嘴，现在程漫嫣的身份是他的"妻子"，他该如何来回答自己的"妻子"？他闭上眼睛，"五年前……"每一句话说出来都是痛苦，"你是他的女人。"

程漫嫣后退，几乎不敢相信这个结局，怎么会是这样？"嫣儿，是他的孩子？"原来自己世界里一直以为是对的事情，突然就变了，变得一切都错了。所有的一切一下子全部袭来，她怎么能够接受？

绝眉看着她眸子里的震惊有些不舍，这个女人是他等待了多年的女人，只要任何人给她一些刺激，她就能够把五年前失去的记忆全部拾回来。五年来给她调理的药现在看起来还是有效果的，至少她认出了耶穆寒。"是。"说完这一个字，他深深地叹了一口气。

程漫嫣受不了这个打击，不断地摇着头。

绝眉走到她身边，"嫣！"程漫嫣陷入在自己的思绪里，"看着我，嫣！你有权利知道这一切。"他眸子里是不忍，但是她必须知道这件事情。

"这，"程漫嫣的嘴唇在颤抖，"就是你从来不碰我的原因。"是的，现在她终于明白了，因为她和他本来就不是夫妻，两个本不是一路人的人却在一起呆了五年。

程漫嫣闭上眼睛听着他继续说，她相信自己心中的直觉，相信绝眉说的每一句话。

"五年前你去塞外本是为了找他，却不料遇到了盗匪，因为受了刺激才失去了记忆。如今你知道了一切，你可以在我和他之间做选择。漫嫣，你不要着急，我会给你时间的，无论你选择谁我都尊重你。"他说得那么的真诚，程漫嫣却似乎并不想听他说。

"那你为什么要告诉我你是我夫君？"五年前她醒来第一眼看到的就是这个男子，他告诉自己他是她的夫君，而五年后他却要把她推向另外一个男人。

绝眉嘴角有着无奈的笑，"一个怀孕又失忆的女子，怎么能够承受天下人给她的压力呢。"这就是理由，他的心有些疼，程漫焉的表情让他知道他已经失去她了。

程漫焉睁大眼睛看着他，想要把这个男子的面容记在自己心里，这个五年来一直都在自己身边的男子，可是为什么他的脸却变了模样，变成了一张冷酷而温柔的脸，耶穆寒的脸！

"让我静一静，让我想一想。"她的声音很轻，轻得仿佛只是说给自己听，目光落在了远方自己也看不到的地方去。

绝眉皱着眉头，这个时候他多想像往日一般把这个女子抱在怀里啊，但是他不能，因为所有的一切都已经揭开，他们只是陌路相逢而已。

绝眉深深地叹着气，把火上的粥端了下来，现在不是煮粥的时间了。"你休息一下吧，我先出去。"这个时候他只能给她时间让她自己做抉择。

绝眉转过头却看到站在门口的嫣儿，她正睁大眼睛看着两个人。嫣儿也知道这件事情了，这让绝眉有些慌乱，但他知道这个时候自己必须保持平静。"嫣儿，来给爹抱抱。"他快步地走上去抱起了嫣儿就朝着院子里走去。

程漫焉蜷缩在那里脑海里一片混乱，什么都不能想，整件事情都仿佛不是发生在她身上一般，却又有着那么深切的感受，甚至不知道这样的感受是从何而来。

宛如不解地看着耶穆寒，他竟然让人把他视为至上之宝的程漫焉的骨灰拿出去扔了？

"耶穆寒！"她还是忍不住开口制止，"你将来可别后悔啊，我建议你不要把这个东西扔掉。"若是程漫焉从来不曾出现过的话，或许耶穆寒真的会爱上这个善良而大度的女子，即使是对和自己毫不相干的人也能够宽容、体贴。她在耶穆寒身边呆了五年，看着他爱了痛了，却都没有看到他对自己有任何感情，甚至成亲到现在两个人从来都没有过什么亲密关系。

耶穆寒看了她一眼竟然回答了她的话，向来他都是把她当做隐形人的，今天能够回答她的话，说明他的心情比往日要好，这是五年来她从来都没有见过的场景。"无用之物，留之何用。"那么淡，根本不像是那个拼了命也要保护这骨灰的耶穆寒了。

这样的耶穆寒让宛如有些迟疑，"你？"她很疑惑，说话向来也没什么禁忌，

就是这样一个豁达的女子，"疯了吗？"若非如此，他怎么可能会办出这种事来？最近的耶穆寒除了对王府里的人，对外面所有人似乎都不太正常。

耶穆寒不再看她而是直直地站起来走了出去，向来都是如此，不愿意和宛如说话的时候他就会走开。

看着他离开的背影，宛如心里依然疑惑，怎么会这样？随即她叹了口气，在他身边五年依然看不清楚这到底是一个什么样的男子，什么时候他的心才能真正明白她这颗一直在为他守候的心呢。

热闹的集市一下子就沸腾了起来，竟然有人要杀左贤王！

左贤王只是皱皱眉头便迅速地从自己的马上跳下和那些黑衣人纠缠在一起，轻巧的身影在一群黑衣人之中游刃有余，丝毫不费力气。

程漫焉出门第一眼就看到这样的情景，她能够清楚地认出那个穿着藏青袍子的人是耶穆寒，那张脸太容易辨认了，深刻的五官，修长的身形，即使是站在数丈之外也能够感觉到他身上发出来的冰冷的气息，她的心陡然绷紧，不知道是因为看到了耶穆寒这个人还是在为那几个人担心。

直觉告诉她，耶穆寒绝对不会放过这些人，她眸子里有不忍，但是她该阻止吗？绝眉不在，她该去接近这个男子吗？

在耶穆寒要出手的瞬间，她低声说道："不要。"她向来不喜欢血，不喜欢杀人，不喜欢看人死，无论是什么人在她面前死，她都会感觉到心疼。

像是心灵感应一般，耶穆寒竟然转过头来看了程漫焉，他的动作在瞬间慢了下来，以至于黑衣人有机可乘用刀划伤了他的手臂！

程漫焉眸子里满是震惊，张着嘴一句话都说不出来，她看到了，看到了好多东西——"耶穆寒看着她的眼神，她在人群中挣扎着，耶穆寒却走不过来，她看着耶穆寒把刀送入了自己的腹中，看着他脸色渐渐地苍白，看着血顺着他的身体流了下来，看到自己的眼泪，看到耶穆寒的心疼。"

她的心开始痛着，耶穆寒，他疼吗？

"不要不要不要！"她不断小声说着，逐渐什么也看不到了，进入了自己的一种幻境，生活在过去最痛苦的时刻，他们在被迫分离，她只能不停地喊着，心好疼，疼得死去活来，什么都不能做，整个人几乎呆傻。

耶穆寒心疼地看着程漫焉，"漫焉，醒过来。漫焉，"他的声音都是那么的心疼，他摇晃着她的肩膀希望她能够快一点从自己的思绪中走出来，但是程漫焉几乎痴呆的脸上是痛苦，那么的痛苦，耶穆寒能够清楚地感受到这样的痛苦，比疼在他自己身上还要疼。"漫焉，本王在这里，以后本王再也不会丢下你不管了。本王在这里，你睁开眼睛看看本王，本王是耶穆寒，是你最痛恨的人啊。你睁开眼睛，快一点。"他没想到竟然他也会有祈求人的这一天，而且是祈求这个他最爱的女人。

程漫焉脑海里陡然闪过"耶穆寒"这三个字，睁开眼睛看着眼前的男子，泪水一下子就流了出来。这是耶穆寒，是耶穆寒，他没有死，他还好好活着。她颤抖地伸出手去抚摸耶穆寒的脸，下一刻就转移了注意力，因为耶穆寒的手臂在流血。

看着程漫焉的每一个动作，他相信这个女子已经把所有的事情都想起来了，因为她那么心疼自己，就像是他说要放开她时的表情。

不说话，惟恐打扰了程漫焉，看着她小心地抚摸着自己的手臂，想要抬手去擦掉她的眼泪，却是不能。

程漫焉看着那流血的伤口，下一刻就把自己的衣服下摆撕碎小心地缠在了耶穆寒受伤的手臂上。

她抬起眼看他，仿佛两个人回到了以前一般，可以为彼此的心疼而心疼。

"疼吗？"就像是疼在自己身上一般，她皱起眉头。

耶穆寒笑着摇头，因为眼前这个女子是他用尽一生去爱的女子，是他永远不会放弃的女子。"和你在一起，痛也是甜的。"五年不见，他想要把所有失去她的痛苦都通过语言表达出来，可是此刻他不能，他怕吓到这个人儿。

那些黑衣人已经仓皇而逃，若不是刚才他手下留情的话，他们早就已经死了，可是这又不像是耶穆寒的风格，什么时候他竟然会饶过要伤害他的人了？

只是因为，有一个女子在看着，这个女子不愿意见血，如此而已。

耶穆寒伸出手去抚摸程漫焉的脸，多少次午夜梦回，他梦到过这样的情景，现在程漫焉却真真实实地站在他的面前，他心中有感动，有激动，几乎要相信命运了，他已经归还给她自由，命运却再次把她送到了他身边，这就是上天的旨意。"跟本王回去。"他真想把她掳走，但是他不能再让她恨他了，他要让她过得好，过得幸福。

程漫焉就像是被雷电击中了一般瞬间就清醒了过来，眼神中夹杂着陌生，陌生之中又是无限的熟悉，发现自己竟然离耶穆寒那么近，下一刻她就退开了一步。

耶穆寒皱着眉头看着程漫焉，不愿意勉强她，而程漫焉的眸子落在了耶穆寒的手臂上，皱着眉头却是什么都不能说。

下一刻，在耶穆寒的注视下她却突然转身离开了，没有再多说一句话。

耶穆寒抿着嘴看着她离开的背影，这是他第二次看着她从自己身旁逃开了，什么时候这个女人才会回到自己身边呢？他的眼神里多了一些东西，一些看不清楚的东西。

第十九章　胭脂扣

太监领命退了下去，皇上的眼睛看着远方，若有所思之中又带着一些暴戾和冰冷。五年了，终于还是又回来了吗？

刚走到家门口，程漫焉就看到了站在那里等待着自己的绝眉，一时间她心中有着愧疚，不知道这种愧疚来自何处，可能是与那男子有关的。

两个人对望着，都能够明白彼此的意思，绝眉眼中的苦楚那么明了，只需一眼就能够看得透彻。

程漫焉突然开口："我们回山谷好不好？"她已经开始恐慌，为了一个只见过两面的男子，这个男子已经打破了她平静的生活，他让自己变得怪异，变得自己都不认识自己。

绝眉先是愣了一下，没想到程漫焉居然要逃避这个问题了，他嘴角的苦楚变成了苦笑，看着程漫焉几乎是祈求的脸色，他有些不忍，"漫焉。"他深深地叹了一口气，"回到山谷不是解决的办法，你必须去面对他，面对你自己，无论如何你都要给自己一个结局，知道吗？"他这是在强迫她。

程漫焉心里是疼痛，一时间所有的感觉都朝着自己袭来，她看不清楚了，只是觉得恐慌，这样的恐慌被无数倍扩大，让她心神不宁，让她什么都不能想。

"我不认得他，我不能见他。"连声音中都是恐慌，却说不出个所以然来。每次见到耶穆寒她都能够想起很多事情，很多自己从来都不知道的事情，痛苦的，绝望的，仇恨的，温暖的。

绝眉走到她面前再次叹气，"你是不愿意承认，你想要逃避，因为你想起了太多和他有关的事情。太多事情在刺激着你让你不得不去想，但是你又会觉得恐

慌，所以你要逃避。"绝眉把她心中所有想的都说了出来，丝毫不留情面，丝毫不让她退却。

程漫焉摇摇头想要否认，却一句话都说不出来，因为他说的每一句话都在自己的心间，每一句话都是那么准确地描述了自己心中的想法。

绝眉认真地看着她，眸子里是微微的疼痛，"不要否认，焉！我和你在一起五年，我比任何人都了解你。"他在给她打气，又像是在逼迫她，要让她承认，承认所有，"现在是你站出来的时候了，你必须去把全部的真相想起来，然后做出自己的选择。我说过，无论你选择谁我都会尊重你的决定，但是，你必须去选择。"

程漫焉看着他，眸子里的神色复杂，没有再说一句话，绕过他走进了家门。她该理理自己的思路，所有的一切似乎都变了，包括绝眉都变了。

绝眉每日都不在家，而嫣儿又要去上学，家里总是只剩下程漫焉一个人，她心不在焉地搅拌着粥，她不想出门，惟恐再次碰到耶穆寒，每次这个男人都会搅乱她的心绪，让她手足无措。

她不知道自己心里在想什么，绝眉教给她的那些煮粥的技巧这个时候仿佛都已经忘记了一般。

"漫焉。"一个声音陡然打破了屋子里的宁静，耶穆寒的声音竟然出现在了这里！那么的低沉而安静，之中又夹杂着些许温柔，她怎么可能忘记这个声音，时而霸道，时而温柔的男子，用了命都要去保护她的男子。

就像是受了什么惊吓一般，程漫焉的身体僵硬在了那里，什么都不能做，甚至不能动一下，更不敢回头去看耶穆寒。

耶穆寒皱起了眉头，上前一步迅速地把她的手拿开，声音中带着一些不悦，"什么时候你才能学会不伤害你自己。"声音中是浓烈的不满，程漫焉竟然差点烫到自己的手，真不知道该说什么好。

程漫焉呆呆地看着他的每一个动作，仿佛所有的一切都是理所当然一般，而他就该如此来做。

耶穆寒心疼地看着程漫焉的手，眉心锁在一起，"有没有烫到？"这个女子什么时候才能不让他担心呢？

程漫焉并不抽出自己的手，而是看着耶穆寒的脸，他这样的表情是那么的熟悉，这种熟悉在自己心底散开，让她几度疑惑。

"耶穆寒。"她突然喊他的名字，就像是很久之前经常做的那样。

"怎么了？"她为什么是这样的表情，就像是被欺负了一般。试问这天下，谁敢欺负他的女人？若是真有，那么他定会倾尽全天下也要把这个人找出来。

程漫焉眸子里是疑惑，是陌生，是无限的熟悉，"我们认识，是吗？"她要确定绝眉说的一切都是真的，确定自己那忽而存在忽而飘散的感觉。

耶穆寒嘴角有了笑意，这么冰冷的一个男子，对待自己爱的女子任何时候都是温柔的，他要把全天下的温柔都给她。"你是本王这一生最爱的女人，即使有人用这天下来换取你，本王都不愿意交换的人。"他这是在肯定她的地位，全天下，她才是最重要的那个人。

程漫焉眸子里有了笑意，"你让我感觉很熟悉，但是靠近你我会紧张，会恐慌，不知道什么时候会发生什么事情。你打破了我平静的生活，可是我甚至不知道我们是如何认识，不知道我们之间曾经发生过什么事情……"她没有说完就被耶穆寒打断了。

"站着会累，来！坐下。"任何时候他都不希望她累着、冷着、热着。他把程漫焉拉到椅子边上坐下来，那是绝眉给程漫焉布置的厨房，因为知道她酷爱煮粥而特意在厨房里给她准备的椅子。"听着，现在本王原原本本地讲给你听，但是很多事情本王会忽略，因为那可能是一段很不美好的记忆，本王只记得美好的回忆，本王希望你也想不起来那段记忆。"

程漫焉否决了他，"不，漫焉问，王爷说。"这说话的语气，这说话的内容，都像极了五年前的她。

耶穆寒替她搅着粥，只要在她身边，无论什么样的事情都是快意的，"你问。"没有了五年前的霸道和暴戾，有的只是温柔。

"绝眉说……"却是只说了这三个字就被耶穆寒打断。

"不准提这个男人！"即使已经知道他在她身边五年都没有碰过她，但是他一想到这个男人竟然在自己最爱的女人身边呆了五年，就要发狂，恨不得杀了绝眉，但是理智告诉他不能这样，因为他是救了程漫焉的人，杀了他，程漫焉绝对不会原谅自己，他不会让自己做任何程漫焉不会原谅他的事情。

程漫焉愣了一下，似乎早就熟悉了他这样霸道的脾气果然也不再提起绝眉了。

"五年前你不是应该死了吗？"至少她看到的是这样的，现在他却活生生地站在她面前。

耶穆寒有些不解，"漫焉为什么把本王忘记了？"这个事情是到现在他都还没查出来的，因为当事人只有程漫焉和绝眉两个人而已。

"绝……"刚想要说绝眉看到耶穆寒冷下来的脸色就把要说出来的话咽到了肚子里。"他说我是因为受了盗匪的刺激才会如此的。"

耶穆寒眸子里闪过杀气，原来真的是那群盗匪！该死的！"他们把你怎么样了？"

程漫焉亦是能够感受到他身上的杀气和他口中的不善之意，"王爷又要杀人了吗？"她皱起了眉头，并不喜欢这样的耶穆寒。

耶穆寒脸上的杀气瞬间就消失了，"不，为了你，本王决定不再杀无辜之人，除非他触犯了律法。"此前他是杀人不眨眼的恶魔，因为程漫焉的死带给他的打击太大，但是程漫焉回来了，就站在他身边，就算是为了感谢老天他也要做出这样的决定来，"告诉本王，当时你是怎么带着身孕一个人跑到塞外去的呢？"现在想起来依然只是疼惜，他竟然让程漫焉一个人从中原跑到塞外，而且在她遇到盗匪的时候，不在她身边，他真该死。

程漫焉心里一惊，"嫣儿，嫣儿她不是……"她想要否认这个孩子是耶穆寒的孩子，否则的话她就永远不能和耶穆寒脱离关系了。

耶穆寒的眉头皱了皱，"漫焉，你从来不会说谎，即使是要杀本王你也会痛痛快快说出来的。"他的言外之意就是她已经不用解释这件事情了。

程漫焉摇了摇头，眼神里是恐慌，这就是此刻这个男人带给她唯一的感觉，"你走。"她突然开口让他离开，"你本不该出现在这里，你打破了我平静的生活，而且还希望我一直活在这旋风之中。我讨厌你，你快离开这里。"温柔如她，即使是训斥一个人，声音也不会太大。

耶穆寒不吭声看着她的表情，这个女子在恐慌，他如何看不出来呢？这不是他想要的，心中有着淡淡的心疼，"漫焉，"或许是他太急切了，"本王给你时间，但是你答应本王一定不会逃开，不会躲避。"他还有好多事情没有问完，但是看到这样的程漫焉，他不忍心再继续问下去。

程漫焉只是呆愣愣地看着他，并不答应他说的话也并不否定他说的话，这个男子身上就像是有着魔力，让自己不由自主被他吸引，但是绝眉才是她的夫君，她不该背叛绝眉，不该对其他的男子有任何的感觉。

　　耶穆寒深深地叹气，心中是无奈，但是唯一可以肯定的是这个女人还是他的女人，任何人都改变不了。"漫焉，任何时候想通了都可以拿着本王的令牌来王府。"他把自己的令牌解下来放在她面前。

　　看了她半晌终于转身离开，他要给她时间，不能逼她，看着这样的她，耶穆寒心中只有无限的心疼，但是记忆只能靠她自己，看她愿不愿意醒过来，即使她不愿意想起来他也不会强迫她，经历了生死别离，他只希望她能够活得好，其他所有的一切都无所谓。

　　书院。

　　一个比程嫣儿整整高出一头的富家子弟挡在了她面前，"女娃儿，你知不知道廉耻，一个女娃子读什么书，还不回家去拿绣花针竟然跑出来抛头露面，看你将来能嫁给谁去！还辅佐夫君，就你，哈哈哈！"人不大，说起话来却是一等的损人。

　　程嫣儿小小的五官几乎皱在了一起，还没有开口就听到了一个声音，"谁说她嫁不出去？"不是在问，微微带着稚嫩的声音却是有着威严，下一刻所有人就给他让出了一条路来，是耶穆言。

　　程嫣儿有些吃惊，耶穆言又想来和众人一起欺负她了吧？

　　那富家公子一看是耶穆言来了，素来知道耶穆言是极其讨厌这个女娃儿的，说话更是口无遮拦了，"就是这程嫣儿啊。你看看她，长得这副穷酸样，还是个尖牙利嘴的婆娘，谁还敢……"没说完他就感觉到耶穆言的表情有些不对。

　　"那你看我是什么样？"耶穆言看着他，并没有打算要放过他的意思，小小的人儿已经会要挟别人了。

　　富家公子有些头皮发麻，"小王爷。"他的五官纠结在一起，"小王爷自然是一脸富贵，任何人都……"

　　"我妹妹是穷酸样，我自然也是穷酸样了。"耶穆言此话一出，所有人都震惊了，程嫣儿是耶穆言的妹妹？怎么可能？两个人前两天还几乎要打架呢，今天就变成了兄妹？结拜的？所有人心中都有疑问，却是都不敢说。

富家公子的眼珠子几乎都要掉出来了，耶穆言竟然说这黄毛丫头是他妹妹？"不不不，我不是那个意……"却没人愿意听他说完了。

"自掌嘴巴二十下以示警戒，以后若是再有人欺负程嫣儿就是和我耶穆言过不去。"说完他不屑地看着程嫣儿，"过来。"两个字，俨然是在吩咐她。

程嫣儿到现在都没有反应过来是怎么回事，虽然她已经知道了耶穆言和她之间的关系却不认为耶穆言会帮她，但是现在他真的是在帮她！

耶穆言转过头来，脸上带着不耐烦催促着她，"你愣什么？"从来没有见过这么笨的人，整天只会让别人欺负自己！

程漫焉又愣了愣才跟了上去，原来耶穆言真的是在喊自己。

到了偏僻处，耶穆言才再次转过头来看她，眸子里依然是不屑，"你可以滚了，笨蛋！"他是从来不这样对人说话的，但是他已经对程嫣儿说过两次滚了。

程嫣儿对他的话置若罔闻，仿佛是习惯了一般，"你干吗要帮我？"她怎么想都想不通，耶穆言应该是很讨厌她才是啊。

耶穆言脸上依然还是不耐烦，"因为你娘是我父王的女人！你真以为我爱帮你啊！"竟然不知道他还有一个妹妹，还是这尖牙利嘴的小泼妇！

程嫣儿自然也是知道这个事情的，并不反驳他也并不离开。

"让你滚你听不到啊！"若是被父王撞见了他这样无礼的样子肯定又要处罚他了，不过他也只对程嫣儿一个人如此而已。

程嫣儿撇撇嘴，"不走。"以后他可是她的保护神，跟着他谁还敢来欺负自己。

耶穆言走到她面前恨不得揍她一顿，可一看到程嫣儿那一双清明的眸子便转身离开，"你不走我走！"这个程嫣儿竟然敢违背他的意思！

程嫣儿又是一愣随即迈开脚步朝着他跟了上去，"你等等我啊！"

有低声的咒骂和不屑，一对孩童就这么走在了一起，清风吹去，吹不散人们心头的忧愁，却随着杨柳弯弯，躲藏着这春风的得意。

程漫焉收拾了行李一个人走在街头，她的速度很快，惟恐被人追到了一般，并不回头只是一味地埋头赶路。

却没看到，街道的出口处站着一个高大的身影此刻正无奈地看着她。

"漫焉，你答应过本王什么？"耶穆寒开口，声音中满是无奈，早就料到她会私自潜逃特意让人跟着她，果然被他料中了。

程漫焉吓了一跳，后退了两步惊恐地看着他，"你怎么会在这里？"随即意识到自己身后的包袱，脸上一阵青红，眸子里亦是闪过多种情绪。

耶穆寒叹了口气，摇摇头，"本王说过你不能逃避的。"虽然他的声音里是深深的无奈，却俨然是在命令程漫焉。

程漫焉眸子里闪过一丝怒意，但是又不愿意和这个男子说话，竟然一撇嘴转身离开了！

耶穆寒看着她那可爱的表情顿时失笑，程漫焉向来都是个可爱的女子，这一点他是不否认的，而且她现在变得越来越可爱了，忘却了仇恨的她越发惹人怜爱。

直到程漫焉的身影消失在人群里，耶穆寒才开始移动自己的脚步，他会时刻盯紧这个女人，一直到她妥协为止！

可他却不知道，另外一件事情正在发生着，是耶穆寒忽略了，而程漫焉也不知道的事情。

"今天在夫子那里学了些什么？"皇帝竟然颇有兴致问起了小皇子这个事情来，而小皇子心里却在想另外一件事情。

"父皇。"他脸上带着疑惑，"今天我遇到了一件很奇怪的事情想要父皇给我讲解一下。"怎么会这样呢，突然之间耶穆叔叔就多出了一个女儿来。

皇上脸上满是高兴，以为儿子是要问他关于学习上的事情，"哦？说来听听。"他高兴地在椅子上坐了下来靠在那里看着小皇子，这是他最疼爱的一个儿子，让他愿意不惜一切代价把他送到李抒怀那里去。

小皇子皱着眉头，"父皇是知道我们书院有一个女娃儿的。"说到这里他停住了，在想该如何跟父皇表达清楚这件事情，因为他也不是很确定。

"呵。"皇上笑出声来，"难不成你是看上那女娃儿了？"儿子才八岁而已，这件事情倒是让他兴致颇高的。

小皇子脸上立刻就出现了红晕，"自然不是的，父皇。"他说得很认真，没想到父皇竟然当做笑话来听。

皇上敛住了脸上的微笑看着小皇子，"说吧，想问什么？"这个儿子向来也是最听话的，他自然是知道他的习性的。

"今天有人欺负那女娃儿的时候，小言竟然站出来帮她，还说她是自己的妹妹，小言向来不是说谎的人，但是我又想不明白耶穆叔叔什么时候有了个女儿呢？"这个问题他已经想了很长时间，耶穆叔叔向来是一个冰冷而内敛之人，甚至是他都有些害怕和他说话呢。

皇上的脸色忽然就变了，女儿？"那女娃儿叫什么名字？"莫非他的想法是对的？

"程嫣儿。"小皇子不解地看着父皇，不明白为什么父皇的神色一下子就变得这么严肃，难道是因为他说错了什么吗？

程嫣儿！程漫焉！她还是回来了！

"你先出去。"他冷冷地说出这句话，几乎吓到了小皇子，从来没有见他如此过，意识到自己的失态，他嘴角有了笑意，声音也柔了下来，"父皇还有点事情。"

小皇子没有得到自己要知道的答案反而被赶了出去，心里对这样的父皇却是害怕，因为他从来没见过父皇这样的表情，于是乖乖地走了出去。

"来人。"声音很低沉，程漫焉怎么能够回来，她的到来是对他权力的威胁，难道一定要让他被迫做出决定杀了耶穆寒的女人吗？

"去查，看是不是程漫焉回来了，若是的话带她来见朕。"他尽量让自己的声音听起来不那么冷，此刻他必须保持平静，五年前他把程漫焉当做是比耶穆寒还大的威胁，五年后亦是，"记住，不准被左贤王发现。"

太监领命退了下去，皇上的眼睛看着远方，若有所思之中又带着一些暴戾和冰冷。五年了，终于还是又回来了吗？

第二十章 燕尾绣

耶穆寒看着眼前已经毫无人烟的院落，冰冷的脸上除了平静之外再无其他，那一双如鹰的黑眸折射出一种沉沉的杀气，让所有人都往后退了三分。

程漫焉在不停地踱步，她该如何离开这里，只要她一走出这里就能够看到耶穆寒，这让她几乎要发疯。

绝眉每日亦是早出晚归，听他说是在诊治一个病人，其他的并没有多说，也可能是要逃避这件事情。

嫣儿整日去书院读书亦是不在家，这里的安静被无限扩大，让她更加心慌。她应该想绝眉才是，可是为什么满脑子都是挥之不去的耶穆寒的身影呢？

"漫焉。"又是耶穆寒的声音！

程漫焉不知道是生气还是惊喜，这样的情绪很复杂，又或者两者都有，"你为什么老是出现在我面前？"本来声音就柔和的她，因为有些急，喊出来的话更像是撒娇一般。

耶穆寒一点儿也不在意程漫焉的生气，他嘴角始终都挂着若有若无的微笑。"本王是想见漫焉了。"明明知道她就在离自己不远的地方却不能接近她，这是一种痛苦。

程漫焉脸上闪过红晕，"我说过了我不认识你！"这个只会搅乱她平静的心的男子，她时刻都在等待着，但是她既期待着他的到来又害怕着他的到来，来了要生气，不来又会心神不宁。

耶穆寒走上前，不由分说地拉过她的手，"本王带你去找东西。"说着就要往外面走，丝毫不在意程漫焉的反抗。

程漫嫣脑海里闪过自己冰冷的脸和耶穆寒一脸的生气，他那么生气地拉着自己往前走，却不知道是为了什么事情。

这念头只那么一瞬间，她就已经在耶穆寒的怀抱里了，两个人飞在天上，风吹过他们的脸，程漫嫣竟然只觉得熟悉。

却不知道，在她看不到的地方，一直有一双眸子在看着她。

"我没有丢东西，你带我去找什么？"低头看着自己身下成排的房子和热闹的集市，她心里更是恐慌了。

耶穆寒嘴角有着轻快的微笑，"有，你丢了记忆，丢了我。"最重要的就是她把他丢了，所以一定要找回来。

不一会儿，两个人就落在了贤王府前面的房子屋顶上，耶穆寒指着贤王府的门口，"那里，记得吗？"

程漫嫣一下就陷入到了回忆之中去，她看到了她自己，看到了耶穆寒。看到耶穆寒带着笑意的眸子看着她，期待她嘴角亦是会有微笑，因为这是他特意为她准备的礼物。而她脸上只有不屑，只有仇恨，她恨耶穆寒，因为她只是一个亡国奴。

"还记得你第一次站在那里的情景吗？你脸上是对本王的仇恨，你不愿意本王把你以前的家改造成王府，而本王只是想要你高兴一下，却没料到竟然做了让你生气的事情。"耶穆寒的声音在她耳边响起，如今一切仇恨都成烟，已消散。她心中竟然有温暖，也终于体会到了耶穆寒的用心。

她轻轻地点头，"当时太恨了，恨到看不见自己了。"她嘴角是微笑，看着前面说出这句话，仿佛是说给自己听的，仿佛沉浸在了自己的思绪里。

而两个人在上面坐着，下面已经有了无数围观的人，却都不敢说什么，因为那上面坐的人是左贤王。

耶穆寒并不在意有多少人在看着自己，并不介意别人分享自己的幸福。他站了起来搂过程漫嫣朝着贤王府里面飞了进去，贤王府的下人们虽然惊奇，却最多只是看一眼就罢了的。

耶穆寒指着大堂，"记得这里吗？有一次旋页她们欺负你，本王赶回来的时候你就躺在这里，当时本王那么心疼你，恨不得把她们都给杀了。"现在说起来他的口吻依然不怎么友善，"只是她们也算是个公主，那样的话就会影响很不好，所以本王就干脆把那个不知道名字的公主嫁给了一个又老又丑的男人让她后悔一辈子去。"

程漫焉眼前掠过种种，耶穆寒说的每一件事情她都能够看到，耶穆寒的心疼，还有她脸上的仇恨和冰冷，笑一笑，所有的东西都已经化开。

耶穆寒拉着她走过花园走到了后殿，"还有这里，"他心中一直在犹豫着要不要和程漫焉说这个事情，但是她应该知道所有。

"有好几次你来这里找一个人的下落，却每次都被本王看到，本王当时太生气，做了很多不该做的事情，深深地伤害了你。现在想来你恨本王是应该的，本王怎么能把对待其他人的方式都用到你身上来呢，那的确是本王的不是了。"说着他竟然叹气，以前，的确是他伤害程漫焉太深了。

程漫焉皱着眉看着这一切，"六皇子呢？"她轻声说道，因为她看到了六皇子在这里的影子。

耶穆寒的脸色一下子就变了，眉头皱了起来，"死了。"没有多一个字，直接说出了六皇子的下场，他本来就该死！

程漫焉并没有什么特殊的表情，"怎么死的？"她问得那么的平静，转过头来看着耶穆寒，让他心中一惊，这样的程漫焉和五年前好像！

却不待耶穆寒回答就被一个声音打断了，"耶穆寒！"是一个泼辣的女声，敢在王府里对着耶穆寒这样大呼小叫的也只有一个人，宛如。

耶穆寒皱着眉头看着一脸怒气冲冲的宛如，并不开口说话，因为一开口必然是冰冷的口吻，那样会吓到程漫焉。

"王妃你不要这样，我们还是先回去吧。"她的贴身侍女想要拉住宛如，她却像是一头野马一般乱冲乱撞。

程漫焉心底有一股疼痛散开，陡然记起五年前，她回到贤王府的时候也有仆人这样在她面前称呼另外一个女子为王妃。喧哗公主，是的，喧哗公主去了哪里？

"要回去，你回去！"宛如用力地甩开侍女的手就朝着耶穆寒而来。

两个人真正对峙上了，宛如却不知道该怎么开口了，倔强的脸和眸子，全部都是委屈，"耶穆寒！"就像是生气的时候对着自己爱的人撒娇一般，她的声音中亦是无限的委屈，"五年来我有什么做得对不起你的，你现在竟然都已经把女人带回家来了！"

五年来的守候，甚至没有得到一个他的微笑，却是亲眼看着他把另外一个女

子带回王府里来。

程漫焉转过身子就要走，这样的事情和她无关，只是为什么她要那么心疼呢？因为耶穆寒娶了其他的女子吗？

宛如挡在了程漫焉面前，"既然敢来就不要怕在这里多站一会儿，听说你是个已经有夫君的女子，竟然还这么轻薄。"她没有说完就被耶穆寒打断。

"够了。"低沉而冰冷的声音证明着他已经又变回了以前的耶穆寒，这样的声音让宛如心疼，也让程漫焉心疼。

程漫焉倔强地站在那里并不看宛如一眼，心痛得眼泪都快要流下来了，这个男子已经有妻子了，为什么还要来纠缠自己？

"你为什么不说话，你这个不要脸……"话没说完，紧接着啊的一声就被耶穆寒的内力震得摔倒在了地上。

程漫焉眸子里是一闪而过的不忍，转过头看向耶穆寒的脸，那么的冰冷，仿佛眼前这个倒下去的女子是和他完全没有任何关系的人一般。这样冰冷的他让她的心再次疼痛，多少次面对着他这样的表情，看着他杀了无数的人，看着他对自己也残忍。

宛如嘴角有血流出，身体再痛也没有心痛，"没想到，我和你在一起五年，竟然抵不过一个女子在你身边一瞬间。"

"是。"耶穆寒拉过程漫焉的手示意她不要害怕，"你在本王心里和一个侍女没什么区别，唯一不同的是你挂了一个左贤王妃的头衔。"他的声音冰冷而没有感情，他发过誓一辈子都不再让人碰程漫焉一下，而宛如竟然如此漫骂程漫焉，实在该死！

宛如脸上是悲痛，整个身体都忍不住颤抖，她不再说话，把脸贴在地上，眸子里有泪水流出。这就是自己爱了五年，守候了五年的男子吗？即使是石头也是会动心的，可是这个男子根本没有心！

耶穆寒拉着程漫焉往外面走，程漫焉此刻只感觉什么东西在自己身体里沉淀，因为她太熟悉这样的耶穆寒了，冰冷而无情，满身的暴戾和杀气，谁若是烦到他都必死无疑。

被他拉着往外面走，她心里突然不舒服，"我要回去了。"她的声音很小，但是现在她不想再呆在耶穆寒身边了，因为她不喜欢这样的耶穆寒。

耶穆寒站在了那里转过头来看她，"最后一个地方。"只要她看过之后，无论她需要多长的时间来消化这件事情他都可以等，"全天下的人都可以害怕本王，但是你不能。"

在两个人都没看到的地方，耶穆言拿着刚研好的墨汁怒气冲冲地朝着程漫焉而来，在两个人都没看到的时候墨汁已经洒了程漫焉一身。

待两个人反应过来的时候，耶穆寒已经速度极快地把耶穆言提了起来，就像是看着一只待宰的小鸡一般，眸子里露出了杀气。

程漫焉再次感受到耶穆寒的杀气，她迅速走上前去拉住耶穆寒的手臂，"把他放下来！"第一次她这么严厉，声音中完全是命令，她竟然命令耶穆寒！

这声音让所有站在周围的仆人都呆愣了，都直直地看着耶穆寒，他会是什么样的反应？会生气吗？会杀了这个女人吗？

耶穆寒尽量抑制住自己的生气，冷冷地看着耶穆言，"耶穆言。"他直呼自己儿子的名字，并没有因为耶穆言是自己的儿子而对他有所容忍，"可还记得本王和你说过什么？你伤害她就是在伤害本王，若是你不愿做这贤王府的小王爷，我随时可以给你另外一个身份。"看着耶穆言的挣扎和痛苦，他眸子里只有杀气。

程漫焉有些生气了，"你若是再不放下他，我现在就离开。"离开之后再也不见这个无情的男子，竟然连自己的儿子都想杀，难以担保有一天他不会把嫣儿也杀了。

耶穆寒忍住生气深呼吸，每次只要看到有人欺负程漫焉他就想要把那个人杀死，甚至是自己的儿子也不例外，但是程漫焉的话他还是能够听进去的，他轻轻地把耶穆言放落在了地上，整个过程很缓慢。

耶穆言小小的脸上满是委屈，父王在哪儿找了一个野女人回来，他不是说自己只爱一个女子吗？在听到仆人们这样说的时候他只是以为父王竟然带回来一个妓女才那么冲动的，没想到父王竟然这么严厉。

看着耶穆寒终究是把耶穆言放了下来，程漫焉心里还是难过，没想到他儿子都那么大了。

看着程漫焉转身离开的背影，耶穆寒一阵低咒，快步走上前拉着程漫焉就往外面走，这让程漫焉不满，却又无能为力。

一间装饰豪华的酒家里，一个女子此刻正在心不在焉喝着酒，所有的痛苦都比不过心里的苦，她到底爱上了一个什么样的男人，在小时候第一眼看到他的时候就爱他，后来他的心给了另外一个女子，那个女子死了，死了也就罢了，他哭过了，痛过了，人杀过了也就罢了，以为只要自己还在他身边，无论这样的情况呆多久她都可以得到他的心，但是她错了，彻底错了。这么多年对他无私的爱甚至比不上一个他才认识几天的有夫之妇！

再次仰头喝了一口酒，没有感觉，没有任何感觉了，只想要大睡一觉，却是无论如何也不能睡着，只能够这样疼着。

"姑娘似乎有烦心事儿。"一个儒雅的男子并没有经过她的同意就在她对面坐了下来，顺手为自己倒了一杯酒喝了下去。

宛如抬眼看看眼前的男子，这是和耶穆寒完全不同的男子，耶穆寒是冰冷而无情的人，而这个人只看眸子就知道虽然淡然却是有着无限的感情。"烦心事儿天天都有，从出生那一刻开始到死亡那一刻，什么时候会不烦心呢！"她轻哼一声并不是很想搭理他。

"有什么时候比现在更烦吗？"淡淡的声音，听起来既漫不经心又随意。

宛如突然笑了，"你看起来比我更烦。"直觉让她突然说了这么一句话，这样平静而淡然的男子随便说出来一句话都能够让人看出他在想什么。

绝眉挑眉，"守候了五年的女子，正站在迷茫的路上，我却帮不到她，只能看着她一点点走向别人，怎么能不烦呢！"每日里即使不在程漫焉身边，也会在暗处看着她的一举一动，看着她的心慌，看着她的等待，也知道她只不过是在为另外一个男子而等待。

宛如的眉毛一挑，他的经历竟然和自己有点儿像，"是啊，花了五年时间做赌注，把自己的心放在一个人身上，得到的只是他对你的厌烦。"说着又是轻哼一声。

"王爷有对你厌烦吗？"他看到的耶穆寒最多也就是对她冰冷一些，她还是个公主，耶穆寒不会表现得那么明显。

宛如一下子站了起来，用力拍了下桌子，目光就像是千把利剑一般看着绝眉，"小心不要说错了话。"说完，她转身就走，原来这个男子调查过她！甚至把她的所有都拿出来说，这是侮辱！

绝眉看着宛如离开的背影皱起了眉头，还是焉温柔。他嘴角的笑容有些无奈，举起酒杯喝下一口酒，竟然是苦涩的。

半个月过去了，耶穆寒再没有出现在她面前，这是好事吗？为什么她心里反而更加不安了？

生活太平淡，整日整日的都只有她一个人，上次耶穆寒带她去了一个地方，是他们最后离别的地方，在那个地方她看到耶穆寒为了救她把刀送入了自己的腹中，看到了自己当时的绝望，看到了六皇子是怎么死的，看到了耶穆寒是怎么离开的。

她开始相信自己是爱那个男子的，但是她已经有绝眉了，这是一件很困难的事情，两个人都说要给她时间，她却是不知道该如何来做选择，对一个女子来说，这着实太困难了一些。

"姑娘。"突如其来的说话声吓了她一跳，因为平时除了耶穆寒会这样突然出现在她身后之外，没有人会这样做了。

她迅速地转头看向来人，心中又是一惊，这个人她不认得。看着他脸上的伤疤，过去的回忆再次向她袭来，伤疤、男子、冰冷的气息、盗匪、血、刀。

她后退，她的整个身体都在颤抖，五年前的事情要再次发生了吗？这些人难道要再次把一颗人头砍下来放在她面前吗？

她的身体颤抖着，"你想做什么？"会不会她认错人了？不一定只有五年前遇到的盗匪才有伤疤的，不会是那样的。她心中抱有侥幸。

男子依然没有什么特殊的表情，是皇上的暗士脸上都会有标记，只是这样的标记似乎吓到眼前这个花容月貌的女子了。"有人想要请你过去坐坐。"还不待程漫焉拒绝他就再次开口，"姑娘的女儿已经去了，现在就等姑娘你了。"他称呼她为姑娘，因为她年轻漂亮，虽然已经生过孩子。

程漫焉又是一惊，"嫣儿？"睁大了眼睛看着黑衣人，"你们把她怎么样了？"有了怒气，害怕就顿时减半，这个时候她脑海里唯一能够想到的就是耶穆寒快一点出现来救她们。

"主人已经请嫣儿小姐过去小坐了，姑娘也这边请吧。"甚至轿子都已经替她抬到院子来了。

　　程漫嫣看看那轿子又看看周围，耶穆寒没来，绝眉也不在，她已经没得选择。嫣儿，她一定不能让嫣儿受到任何伤害。

　　一直坐在轿子里，不能往外看，因为轿子里面是没有透风窗的，进出的门也被锁死，她只能安静地呆在里面，会不会有人知道她被人接走了？她会被接到哪里去呢？

　　心慌意乱，但是她必须保持平静，为了嫣儿，她必须让自己振作起来，深呼吸，保持平静，平静地去面对这一切，就像是五年前面对耶穆寒的时候。

　　只是此刻，耶穆寒在哪里？

　　轿子停了下来，门陡然打开，"姑娘请下轿。"这么冰冷的声音，却是礼貌的，想必这是一个大户人家，只是她向来不记得自己和任何人有深仇大怨，为什么他们要找自己？

　　走下轿子来，一路的颠簸让她都有些混乱了，但是在她明白自己处在什么地方的时候她就惊呆了，这，分明是皇宫！是她整整呆过四年的皇宫！

　　这里的每一座宫殿她都是那么的熟悉，六皇子就曾经站在这里看着她，老皇帝曾想要玷污了她的清白，一切记忆明显了起来，耶穆寒，就是在这里救走了自己，就是在这里和她产生了仇恨。

　　"是。"她是肯定，只是不愿意承认而已，"皇上。"她记得耶穆寒说过五年前他曾经答应皇上离开她，不会再见她。所有的一切再次清晰起来，现在她的命运已经要再次开始转动了。

　　"你要我离开他。"站在皇上面前，她的第一句话就得到了皇上的赏识。

　　皇上嘴角带着笑意，"几年不见，你依然让朕记忆深刻。"只是这样的记忆是一种痛苦，时刻想着要如何杀了她，要如何彻底毁掉对自己的皇朝不利的一切。

　　"皇上是时刻记得自己的天下。"她又如何能够不明白皇上的意思呢。

　　皇上眸子里闪过冷意，"有时候女子太聪明未必是一件好事儿，而且你似乎看不清楚自己的身份。"声音突然变得冷冰冰，没有人喜欢被人这样揭底，更何况是当今的皇上。

　　程漫嫣嘴角有着冷意，突然开始讨厌这个男子，若不是他的话或许今天她不需要做如此艰难的选择，不会陷入这样两难的境地。

"皇上不过是恼怒我说出了事情的真相。"对自己不喜欢的人她向来不愿意浪费口舌，就像是现在，不需要说任何废话，只需要把他的条件说出来就好了。

皇上眸子里的杀气一点点减弱，"漫嫣这么直言快语倒也是一件好事。"这个女人和几年前没有丝毫的改变，"朕以为忘却了仇恨，你会变得不那么尖锐，对待自己不喜欢的人你是没有任何改变。"

程漫嫣直直地看着他，想要从他的眸子里看出什么东西来，"说说皇上的条件吧。"

"你可以选择永远离开，带着你自己的男人，那个神医永远离开。"他的声音很低沉，只一会儿时间他的口吻已经变了几变，说明着他心中的犹豫不知道该如何下决定，"或者选择死。"

程漫嫣久久才开口，"嫣儿呢。"现在她只关心程嫣儿，皇上说的事情她必须考虑一下，她不知道自己该如何选择。

皇上嘴角的笑意温和，"这样一个绝美的女子，就连朕恐怕也是要动心的，只是你是程漫嫣，朕动不得你，但是你必须现在就做出选择。"他的声音很轻柔，说出来的话却是让程漫嫣不能选择。

程漫嫣再次开口，"嫣儿呢？"声音中听不出任何情绪来，这才是真真正正的程漫嫣。

皇上的眸子也变得迷离，"程漫嫣，朕说了你现在必须做出选择。"他的声音那么的温柔，就像是对最爱的女子的低喃，却是在强迫她，要她的命。

程漫嫣陡然看向他，"我选择离开他。"如果这就是代价的话，那么她选择离开他，"但是皇上必须保证左贤王的安全。"她不是在考虑自己的安全，而是在考虑耶穆寒的安全，皇上想要除掉耶穆寒她是知道的，她不能置耶穆寒的性命于不顾。

皇上眼神里有着惊讶，"你应该为你自己考虑才是。"连自己的性命都难保了竟然还惦记着耶穆寒，他心中有一种异样的感觉，这两个相爱的人，或许已经不是他的威胁了，"朕听说你失忆了，那么你已经不爱耶穆寒了，为什么还要为他的性命考虑？"他好奇，第一次对这个女子好奇。

程漫嫣冷着一张脸并不说话，"皇上要答应我的条件吗？"她并不是皇上能够杀得了的，这一点她很清楚，只要她死在皇上的手里，那么皇上的江山就会发

生翻天覆地的变化，皇上绝对不会这样做。

皇上嘴角的笑容变得明朗，"可以。"他似乎是看到了一些东西，这些东西让他肩膀上的压力霎时间就减少了不少。

"嫣儿呢？"程漫嫣开口，条件也已经说完了，是她该离开的时候了。

皇上没有回答她而是问了她另外一个问题，"你什么时候离开？"他是那么的咄咄逼人，惟恐程漫嫣在这里多呆一分钟。

"三天之内。"毫无表情，说出这句话的时候却是心疼着，这次换作自己离开了，终于可以明白当时耶穆寒离开的心情了，为他，也为自己。

"好！"皇上的声音是那么的爽快，嘴角的笑意出卖了他内心的感受，让程漫嫣对他的评价再次回到了几年前。"来人，带程嫣儿！"

程漫嫣拿着耶穆寒的令牌出现在了贤王府，接待她的不是耶穆寒，而是宛如公主。

"有事吗？"她已经知道为什么耶穆寒要把自己深爱的女子的骨灰扔掉了，因为他用了自己的性命去保护的骨灰根本不是他爱的女子的骨灰，而他爱的女子现在就在她面前。

两个女子的对峙，程漫嫣一下子就开始心疼了，那么漫无边际的心疼，这是耶穆寒的女人，可以代表耶穆寒的女人，"上次的事情，我很抱歉！"想到上次耶穆寒因为她而那么粗暴地对待她，她心里就有一阵抱歉。

宛如公主的脸上闪过恼怒，她竟然还提起那件事情！"不用。你有什么事情快点儿说，我还有很多事情要去做。"听口吻就知道她并不是很愿意见程漫嫣。

程漫嫣嘴角有着苦笑，就让她在曾经属于她的地方多呆一会儿也好，曾经耶穆寒用尽了全部的力气想要把她禁锢在这个地方，最终却忍痛放弃她，决定给她自由，现在她的心情就和当时的他差不多吧。"喧哗公主呢？"她记得，在她离开的时候喧哗公主是王妃。

宛如脸上闪过一阵伤感，"死了。"直到现在喧哗公主临终前的情形还在她眼前让她疼痛，"知道她是怎么死的吗？因为你。"

程漫嫣心里就像是被什么撞击了一般难受，"怎么会呢。我们好久都不见面了啊。"她说的是事实。

"怎么会？呵！"宛如嘴角是讽刺的笑，"你知道喧哗公主有多爱耶穆寒吗？为他生了个儿子，耶穆寒却是看都没有去看她一眼，抱着那他自认为是你的骨灰在祠堂里整整呆了一年。本来喧哗命不该如此的，但是她太伤心了，她是死在了自己的手里，死在了耶穆寒的手里，也是死在了你的手里！"她的声音那么的凌厉，似乎忘记了自己当初是如何对待喧哗的，只把她作为一个争宠的对象，从来没有关心过她，还时时刻刻骗着她。

程漫嫣先是吃惊，耶穆言竟然是喧哗公主的孩子！随即嘴角是苦笑，又是一个痴情的女子。她心中为耶穆寒心疼，不能想象他是如何抱着别人的骨灰过生活。"以后……"她的声音那么的平静，却又有着犹豫，"在耶穆寒身边你要多照顾一些他的情绪。他只是表面上冰冷，其实他的内心很孤独，你要试着去理解他。"

"这些不用你来教我！我已经在他身边呆了五年，我知道该怎么做！"宛如有些生气，所有关于耶穆寒和这个女人的事情她都生气。

"嗯！"程漫嫣并不介意她说话的口吻，只是平静地应声，"你帮我转告他一件事情，可能我们以后都不会再见面了，因为我要走了。"她还是决定来和耶穆寒说一声，无论两个人现在算是什么样的关系，时隔五年，再次离开，她对他都是有责任的，只是心中竟然是那么的舍不得。

宛如吃惊，瞪大了眼睛看她，"你要去哪儿？"顺口她就问出了这句话来，这个女子，耶穆寒如此的爱她，她为什么要离开？

程漫嫣并没有回答她的话，"我要和我夫君一起离开中原了，任何地方都有可能会去，现在还没有定下来具体要去哪里。"一下子就回答了她两个问题，她故意要说是陪夫君离开的，这样给人造成一种意念上的混乱。

宛如不再问，知道得越多她就会告诉耶穆寒越多，她要为自己争取时间，"好，不送。"已经下逐客令了。

程漫嫣嘴角依然是淡淡的笑，能够明白宛如的心情，那么多女子这么诚心地爱着耶穆寒，他总是会在其中找到自己的真爱吧。"谢谢你！"她重申了要她帮助她转告耶穆寒的这件事情，即使不直接说出来也会给人一种压力，这就是女子的聪明之处。

没有多余的语言，程漫嫣转身离开，却在走到王府大门口的时候听到了宛如的一句话，"若我是男子，若我是耶穆寒，也会爱上你这样聪明、执著、倔强、

隐忍而又温柔的女子。"声音不大，没有起伏，甚至听不出其中的情绪来。

程漫焉嘴角露出一抹笑，只是稍稍停留了一下就再次迈开了脚步，这次，她真的不再属于这里了。

心中没有轻快，每走一步就沉重一步，疼得死去活来。

不过是一种情，投入了自己的全部，成了生命的全部，然后再来用生命来诠释，用所有来回报。

轻笑，笑过之后竟然是有眼泪流出的。

耶穆寒看着眼前已经毫无人烟的院落，冰冷的脸上除了平静之外再无其他，那一双如鹰的黑眸折射出一种沉沉的杀气，让所有人都往后退了三分。

耶穆寒并没有立刻离开，而是在每个屋子里都停留了一会儿，因为程漫焉曾经在这里呆过，因为站在这里就能够感觉到她那熟悉的气息。

程漫焉。

他小声地喊着这个名字，他怎么能够让她逃掉呢，不能，一定不能。

手抚摸过每一样程漫焉可能抚摸过的东西，就像是牵着她的手一般让他嘴角有了笑意，从怀中拿出上次程漫焉为了给他包扎伤口撕下来的自己的裙摆，到了现在他还有保留，在她没在身边的时候会经常拿出来看看。

"去查。"没有任何感情的声音带着一些低沉，"翻遍了这天下也要把人找出来。"只要程漫焉还活着，就永远不能离开他身边。

这不是他耶穆寒的旨意，而是上天的旨意。

耶穆寒闭上眼睛深呼吸，若是这就是程漫焉的选择的话，那么他不接受。

第二十一章　落日的余晖

耶穆寒不能开口，也不敢走近她。"漫焉！"他舔舔嘴唇尽量让自己平静下来，"告诉本王你只是在和本王开玩笑，坐起来看看本王。"他不能走过去触摸她，因为走到她身边就能够知道结果，可能是他不愿意见到的结果。

两日之后，一个高大的身影站在了绝眉驾着的马车前面。

两个男人的对视，两个真正的男人的对视。

目光之中都是冷淡，没有人会去先发制人，他们都在等待一个成熟的时机，先发之人必败于人。

耶穆寒的身影在秋日的余晖之下显得狭长，整个人凌厉之中又有着一种霸气，半张脸在这阳光之下竟然有着淡淡的忧伤。

而绝眉只是一手拉着缰绳一手轻轻地放在膝盖上看着耶穆寒，平静得让人害怕。

程漫焉从马车里走下来的时候看到的就是这样的情景，没想到耶穆寒竟然真的追来了，站在他对面，阳光照在她脸上，让她此刻看起来更加的柔美而安静。

"王爷还不明白发生了什么事情吗？"不是在问他，而是要跟他解释清楚，"无论五年前发生过什么事情，那都已经属于过去了。漫焉也不想怀揣着那残缺的记忆再在王爷身边生活。漫焉已经做了选择，选择了和自己共同生活过五年的人，王爷明白吗？"要平静地把这句话说出来实在是一件不容易的事情，她尽量不让自己有任何情绪，怕自己的情绪会泄露自己心头的秘密。

即使是此刻，看着耶穆寒依然是那么多的不舍得，不舍得离开他的身边，不舍得他为她心疼。

耶穆寒看着她，脸上已经没有了前几日的柔情，除了冰冷之外再无其他东西，他还是那个耶穆寒，霸道而无情的耶穆寒，不再因为这个女人而改变。"你要跟他走，就是在和本王说要了他的命，而本王向来不吝啬答应你的任何一个请求。"很低很轻的声音，这一场对峙已经有了结果了。

程漫焉脸上闪过疼痛，声音突然大了起来，"耶穆寒你明白不明白！我们已经回不到过去了！你已经说过要放开我了，已经说过要给我自由了！你现在凭什么又来打破我平静的生活！五年前你离开的时候为什么要那么无情，若不是你，我们或许走不到这一步，但是现在我们已经回不去了！回不去了，你明不明白？"这是一场豪赌，她押上了自己的全部，只是为了能够保住他。

泪水顺着她的脸颊一点点落下来，这就是命运，终于明白了命运原来从来都不在自己手里，也不在耶穆寒手里，而在上天的手里。

这就是命运，离开就是命运，谁都打破不了的命运。

看着她的泪水，耶穆寒眸子里闪过心疼，随即又是平静，"本王说能，就能。"他是掌管所有人命运的神，只是为什么他掌管不了程漫焉的命运，这让他莫名的烦恼。

程漫焉不再看他，转身朝着马车而去，坐在绝眉身边直接就接过了他手中的鞭子，却是在鞭子甩到马身上的那一刻被耶穆寒的手接了过去，她看着血从耶穆寒的手上流了出来，眸子里闪过了恼怒。

"你不让我离开？"声音依然是那么的平静，现在已经变成了她和耶穆寒之间的对峙，而绝眉在这一场游戏之中始终都只是配角，不曾影响到任何，"难道是想让我死？"

耶穆寒甚至连眉头都不皱一下，低沉而带着浓重杀气的声音再次响起，"你若是要走，也可以。"程漫焉心里一惊，他终于答应了吗？"留下他的人头。"他说的是绝眉。

程漫焉眸子里闪过恼怒，"或许留下你自己女儿的人头你会更高兴一些。"这句话是说得有些严重了，她太生气了，生气得来不及想那么多了。

她听到了程嫣儿在马车里面小声喊道："娘！"那么安静而脆弱的声音霎时间让程漫焉眸子里充满了不忍。

耶穆寒朝着马车里面看了一眼，嫣儿还在这里，他的女儿还在这里。

"程漫焉，下来。"他的声音陡然变成了命令的声音，因为嫣儿还在这里，他不想做太多的事情，"本王最后一次命令你，你知道本王从来都是说得出做得到的人，不要逼本王。"那么霸道的口吻，原来五年的时间他没有任何改变。

程漫焉脑海里闪过了太多的东西，五年前，七年前，十一年前，这个男子从来都没有改变过，没有为任何人改变过。

"焉。"绝眉在这个时候开口，他的声音和耶穆寒完全不同，是完全为着她的声音。让程漫焉心中流过温暖转过头来祈求他的帮助，现在她该做何选择？

"跟他回去。"绝眉竟然说出了这句话来，眸子里是深沉的无奈和悲哀，自己爱了这么多年的女子终于还是决定拱手让给别人了，因为这个女人本来就不是自己的女人。

他才是一个真正的插足者，或许他从来不应该出现在这里。

程漫焉不敢相信地看着他，"为什么？"为什么就连绝眉都要放弃她了？"你不要我，但是你也不要嫣儿了吗？"这是一种悲哀，连绝眉都要放弃她了。

绝眉深深地叹了口气，"不。"他否认，"若是有可能的话我想要一辈子留住你们两个人，但是焉自己想想，从头到尾你爱过我吗？你只是把我当做你的夫君，然后尽到自己的义务而已，你有动过心，有为我心疼过吗？没有，无论再过多少年，你依然只爱一个人，而那个人不是我。"说出这句话很困难，却是他心中已经想了很久的问题，终于决定要放开程漫焉了，心却是那么的疼，疼得连眸子里都清晰地写着痛苦。

落日的余晖照在程漫焉脸上，连那流下来的泪水都能够折射得清清楚楚，是的，从头到尾她都没有爱过绝眉，她心中对他一直都只是愧疚而已。

绝眉已经走下了马车站在下面看着她，嘴角有微笑流露出来，"漫焉不准哭，五年来我做的最成功的事情就是从来都没有让你哭过，现在为了你的幸福，我决定放开你，但是在他身边你一定要幸福，知道吗？"他的每句话都带着笑意，心中却是那么的疼痛，他必须把全天下最美好的事情都留给这个他爱的女人，这样即使死了他也安心。

程漫焉不能成言，只能够用眼泪来解释自己此刻的心情，要离开了，竟然是舍不得他的，这个陪了自己五年的男子真的要彻底地退出她的生命了。

下一刻程漫焉脑海里闪过皇上说的话，若是她留在耶穆寒身边的话两个人可

能都必须死，五年前和五年后，这件事情都不曾改变过，两个人注定不能在一起。

"我跟你走！"她的声音中是坚定，很大，不可抗拒，让两个男人再次惊讶。

绝眉离开是要成全她的幸福，她离开是要成全了耶穆寒的性命。

却是在她刚要走下马车的时候就被耶穆寒那一双健壮而有力的大手给捞了回来，下一瞬间耶穆寒挥动着鞭子，马儿已经疯狂地跑了起来。

空旷的道路上，一望无际的是田野，马车在朝着远方奔跑，只留下了一个孤单的身影，嘴角带着苦笑，眸子中带着苦涩，竟然有泪水流了下来。

究竟是一个什么样的男子，究竟拥有多少感情，究竟都付出了什么？

耶穆寒一只手拉着程漫焉，另外一只手抱着程嫣儿翻下马车没有给程漫焉任何拒绝的机会，力道如此之大，这个该死的女人竟然要跟别的男人走！

他这样的姿态引来了一路人的观望，左贤王为什么要这么生气？还拉着一个女人抱着一个孩子！

"耶穆寒你放手啊！"程漫焉用力地想要拽出自己的手却是不能，耶穆寒的力气实在是太大了，那么霸道地拉着她往前走，不管会引来多少人的观望，不管这样的举动是不是会给自己带来危险。

耶穆寒冷冷地看着周围观看的人，立刻人群就散开了，却都忍不住要再回头看一眼。

他把程漫焉拉到后院五年前程漫焉住的房间直接就把她塞了进去，看也没有看她一眼就要关门却被程漫焉双手死死地把住门。

程漫焉眸子里全是倔强，就这样看着耶穆寒一句话也不说。

耶穆寒看着她，"没有人可以改变你的命运，十一年前本王就说过你的命运只能由本王来支配，十一年后依然不会改变。"他的声音那么的平淡而淡漠，就像是他曾经无数次说她的命运在他手里，即使她死了，也逃不出他的手心。

程漫焉眸子里有委屈，但是这样的委屈此刻并不能打动耶穆寒的心，"五年前，你已经说过要放开我了。"她重复着已经说过的话。

"本王收回那句话。"耶穆寒说话说一是一，从来没有收回这一说，但是他愿意为程漫焉收回那句话。

程漫焉的嘴唇微微颤抖，她是不能留在他身边的，但是她好想摸摸他的脸，这个她最爱的男人的脸。一切的记忆浮上心头，化开了仇恨，那其中只有爱。"收不回的。"甚至是她的声音都带着颤抖，"因为我已经爱上了其他的男人，我们已经是过去了，在你五年前骑着马离开的时候你就已经彻底地放开了我。"这是事实，五年前她就站在他面前，而他只是冷漠地看着她，仿佛根本不认得她一般。

"本王已经解释过了，那时皇上要你的命，本王没得选择的。"

为什么她要这么倔强呢？这一点倒是和五年前没有任何改变。

"你问问你自己的心，你爱过他吗？若是有，为什么他怎么也感觉不到？"他那么平静的口吻，他要程漫嫣想清楚，他愿意给她时间，那么怜惜她，不愿意逼迫她，只是她的答案依然不能够让他失望。

程漫嫣失笑，五年前皇上要她的命，五年后就不要了吗？"有时候时间是一种很好的东西，当你时时刻刻和一个人在一起的时候，你的心会不由自主地站在这个人身边，或许王爷不会，但是漫嫣会。"她必须离开，她不能够再连累他了，想到那日他把刀送入自己腹中她就会感到疼痛，痛到不能自已。

耶穆寒的脸色有些僵硬，但是他不会承认这个事实。"有一种东西是时间冲不走的东西，五年前本王被皇上带走的时候漫嫣亲口说爱本王，本王记得，一直都记得。这种爱是不会随着时间消逝，因为漫嫣是一个倔强而执著的人，自己要得到的就一定会去追求，就像是当初漫嫣要本王的命一样，无论发生什么事情漫嫣都不会退缩，只是漫嫣被一些东西迷惑了，所以本王要给漫嫣时间。"那么平静地说完这整句话，他眸子里淡然而安静，他分析得很对，每一句话都对，程漫嫣在想什么他都能够知道，他给这个女人时间。

少了霸气，耶穆寒更是多了分平静和凝重，这是不多见的，也让程漫嫣心疼。

脑海里再次闪过皇上的话，"你可以选择离开，或者死。"只是皇上还有后半句，"或者让耶穆寒死。"

她眸子里有着心疼，五年前她是因为不能够放下一切而不能留在他身边，五年后是因为爱他要保护他而离开他身边。

十一年的时间，他爱了自己十一年，保护了自己十一年，就让自己保护他一次吧。

她嘴角有了笑意，咽下喉咙处的呜咽，"耶穆寒任何时候都是耶穆寒，把自己的意念强加在别人身上却以为这一切都是为着别人好。"他强加给她，却真正

的是为她好，是因为爱着她，是因为要保护她，她都明了。

耶穆寒嘴角是讽刺的笑，是对自己的讽刺，"漫焉任何时候都不愿接受本王对你的好。"他一只手里抱着程嫣儿，而程嫣儿只是把头歪在他怀里不愿意看他的表情也不愿意看程漫焉的表情。

看着耶穆寒一点点把门关上看着耶穆寒把自己的女儿抱走，程漫焉不再做无谓的挣扎，只听到耶穆寒平淡而命令的声音，"这里，"她甚至不能想象他的表情，"一只苍蝇都不能飞进去，一只蚊子都不许飞出来。"多么严酷的命令！

程漫焉嘴角失笑，这才像是耶穆寒。

转过身子看着周围的一切，一切都是那么的熟悉，和五年前她离开的时候没有任何变化，这里的每一样东西都是耶穆寒为她精挑细选的，没想到今日她竟然再次回来了？这是她的幸运还是悲哀？

手抚摸过书桌，正在窗下的书桌应该是落有很多灰尘才是，但是却没有，干净得出乎她的意料。几本书整整齐齐地摆在那里，是她临走的时候放上去的吧。

转头去看向床帐上，刹那间她的眼睛就像是被什么扎到了一般，因为耶穆寒的令牌在阳光的照射下金光折射回了她的眼睛，刺疼了她的心。

耶穆寒，竟然是睡在这个屋子的。

一时间，心疼在她心底无边蔓延着，这到底是一个什么样的男子，到底有多少爱，到底可以为她付出多少。泪水顺着她的脸颊流了下来，柔和而平静的脸上没有悲伤，因为她已经把这种悲伤幻化成了另外一种东西放在了心底。

阳光照在她脸上，更映衬了她那柔美而安静的气质，只是这样的她却让两个站在暗处看着她的人心疼得恨不得拥她入怀，恨不得带她走出这天荒地老。

皇宫。

"寒。"皇上嘴角的笑容因为耶穆寒的到来而更加深切，这个和自己出生入死的人，他向来不忍对他有任何动作，只是五年过去了，所有的一切都并没有随着时间而磨灭，反而让这种棱角显得更加鲜明。

愿意拥护耶穆寒的人甚至比五年前更多了，这不是一个好现象。即使耶穆寒手中已经没有了兵权，他手中的权力也依然可以轻易颠覆他的江山。

耶穆寒径直在那里坐了下来给自己倒了杯茶，"皇上，我们认识多少年了？"

突然提起这件事情来，从他进来之后做的每一个动作，说的每一句话都能够看出他和皇上之间不一般的关系。

"有十五年了吧！"皇上说得漫不经心，批改着手中的奏折并不看耶穆寒，"是不是怀念我们一起打拼天下的时候了？"他的声音很轻，很淡定，却是别有深意的。

而耶穆寒自然也是明白他心中的顾虑的，"呵，都已经是过去的事情了，况且现在天下太平，有时间为什么不让自己享受一些呢。"散漫的声音竟然是有着叹息的，可见他心中的烦闷。

他向来是不和任何人交流自己的内心的，但是眼前是自己相识多年，为了彼此可以不要性命之人。或许有时候他会怨恨五年前这人要自己做的决定，但是五年前他亦是放过了他，也放过了程漫焉，可见在他心里自己依然是不同的。

皇上终于抬起头来看他，"哦？"耶穆寒变了，他能够清楚地感觉得到，不再是五年前的霸气而残忍了，而是把权力放在了身外，会为身边的人着想的男人了。"寒，我们认识这么多年你骗不了朕的，说吧，发生什么事情了？"他要耶穆寒亲自说出来，那样的话或许事情发展的方向不至于太残酷。

耶穆寒嘴角带着淡笑，"若是有一天我离开永远都不回来了，"说到这里他顿了一下，并没有看到皇上眸子里的震惊，"这天下你一个人打理没问题吧？"他手下有着众多的人，他是怕自己离开了这些人没人能够镇得住他们，若是他们再来掀翻了他和皇上一起打拼出来的皇朝那可不是他乐意看到的。

皇上心中的震惊是可想而知的，只是他没有料到耶穆寒亲自提出来要离开。"你要去哪儿？"顺口问了出来，待到耶穆寒真的要离开的时候他才明白自己就要失去一个最强大的助手了，而他下面那些人也必然会对自己不服。

耶穆寒叹了口气，第一次在除了程漫焉之外的人面前叹气，"不知道。"程漫焉爱去哪儿，他们就去哪儿，只要程漫焉愿意跟着他走，"多年前若是知道有今日的话，或许那时候就应该离开了。"那样的话他和程漫焉之间是不是就不会有这么多仇恨了？

皇上心中久久不能平静，随即失笑，"朕一直以为你会舍不得这权势，没想到寒竟然是如此洒脱之人。"他摇摇头继续专心批奏折，却没料到下一刻耶穆寒就抓住了他的领子，一脸冰冷而狠戾地看着他。

"你找过程漫焉了？"声音就像是从地狱中传出来的一般，从皇上一句话，

一个表情，一个动作就能够轻易猜出一件事情，这就是耶穆寒，连皇上都控制不了的耶穆寒。

皇上眸子中并没有惊慌和害怕，若是以前的话或许他会有，但是看到了这样的耶穆寒之后他坚信自己的想法，他眸子里带着笑意地看着耶穆寒，"或许五年前朕做了一个错误的决定。"有些自嘲的笑，五年前的事情仿佛都只是闹剧，"只是不知道你肚子上还有没有疤痕。"这句话是玩笑，也只有兄弟之间才会开这样的玩笑。

耶穆寒眸子里不再是暴戾，而是生气，但是他又不能把皇上怎么样，一把把皇上推了出去，让皇上坐的椅子都整整滑出去一丈远，而他的身影已经消失在了御书房。

看着耶穆寒离开的身影，皇上嘴角的笑意更加深刻，这个该死的耶穆寒竟然用了这么大的力道！仿佛是回到了多年前，他的眸子里已经没有权势和欲望，有的只是对一个可以和自己一起出生入死的人的温暖。

耶穆寒以自己最快的速度回到王府，原来一切是他误会了，原来程漫焉只是为了自己才要离开自己的，这个消息让他莫名的兴奋，权力又如何，即使放弃了全部他也是愿意的。

不自觉，嘴角竟然有了轻快的笑意。

只是他并没有发现从他走进王府开始所有人看他的眼神都不一样了，他从来没有把自己的情绪这么明显地放在脸上，可是他嘴角的笑意骗不了人。忽略了所有人看着自己时候欲说不说的眼睛，忽略了所有人的诧异，此刻这个男子不介意任何人分享自己的幸福。

程漫焉的门口为什么围着这么多人？他的脚步陡然慢了下来，凌厉的眸子迅速地扫过所有人麻木的脸孔，一种不好的预感在他心中散开。

"都让开。"那么平静的声音，却带着杀气，全天下只有一个女子能够影响到这个人的情绪，从幸福到冷酷，只是一瞬间的事情。

所有人迅速地给他让出一条路来，看着他一步步地朝着屋子里走去，每一步都是那么的缓慢，他的表情变得那么的严肃，又回到了从前一般。

只是，五年前的情景是不是要再次发生了？

每走一步，耶穆寒心就沉重一分，在所有人的肃静之中他已经大约知道发生什么事情了。程漫焉，一定是和程漫焉有关的，他不能恣意地猜测到底发生了什么事情，只是为什么他的心那么疼。

跨过门槛，他终于走进了程漫焉的房间里，这个自己从塞外回来之后就一直居住的房间。

程漫焉此刻正安安静静地躺在那里，比任何时候看起来都要平静，都要乖巧，就像是全天下最温柔的女子，不会再因为仇恨而看着他，不会再因为任性而要他放开她的手。

她只是躺在那里，一句话也不说，双手放在胸前护着一样东西，那是耶穆寒的令牌，眼角是泪痕，那么僵硬，却又那么柔和。

耶穆寒不能开口，也不敢走近她，"漫焉！"他舔舔嘴唇尽量让自己平静下来，"告诉本王你只是在和本王开玩笑，坐起来看看本王。"他不能走过去触摸她，因为走到她身边就能够知道结果，可能是他不愿意见到的结果。

没有人回答他，即使门外全部都是人，也没有人敢大口呼吸，惟恐被耶穆寒看到自己一般，甚至不敢动一下。

"你不是不想在王府吗？本王带你离开，本王已经向皇上说过了，说过我们会一起离开，不再困在这权势之中，只去过我们自己的生活。"他的声音那么的低沉那么的深切，就像是要哭出来了一般。

所有人都在心里震惊，左贤王竟然为了这个女子连权力都不要了，连这王爷的名号都不要了，连这天下都不要了。原来左贤王在冷酷和残忍之下竟然有这样一颗心，竟然可以为一个女子如此地付出。

那么的安静，这种安静在这个时候被放大，成了一种恐慌，他的脸色逐渐苍白，连手都忍不住颤抖，耶穆寒，他怎么了？程漫焉，她怎么了？

突然之间耶穆寒转过了身子看向了站在门外的宛如，眸子里带着那么重的杀气让所有人都震惊了，所有人都相信他这个时候会杀人，但是他会不会杀了宛如公主？杀了皇上的妹妹？杀了自己的王妃？

在下一瞬间他的手就已经卡在了宛如的脖子上，甚至没有给她任何反应的机会，宛如不能呼吸，只能有两只手敲打着耶穆寒的手臂，她该如何让耶穆寒明白

这件事情和她没有任何关系？

她眸子里是绝望，终于放弃了挣扎，死在这个男人手里也算是好的吧。至少不再需要整日看着他因为得不到他而绝望，这，也算是好结局吧，泪水顺着她的脸缓缓地流了下来，她已经放弃了挣扎。

泪水是女人最强大的武器，只是她的泪水在耶穆寒眸子里不是任何，但是她的泪水让他联想到了程漫焉的泪水。

他一点点地放开她，眸子里的冰冷不减，"本王曾经答应过漫焉不再杀无辜之人，是你的幸运。"他的声音平静而冰冷，或许是他心里已经接受了这样的结果的缘故，"滚！从此以后不要再让本王看到你。"对待这个陪在自己身边五年，时时刻刻都笑着面对自己的女子他没有丝毫的心软。

宛如脸上是深深的悲哀，心疼得都快要死掉了，"若是有下辈子，我一定不会爱上你。"这是造孽，爱上他就是在造孽。看着耶穆寒依然没有任何感情的眸子，她再次为自己澄清，"程漫焉的死，和我没有任何关系。"

转身离开，天竟然轰隆下起了雨来，借着打雷的声音她边走边哭泣，以为自己只要坚持下去就一定能够得到耶穆寒的心，但是不是，耶穆寒从头到尾都只爱一个人，五年前只为一个女子哭泣，五年后亦是。

而她，算什么呢。

耶穆寒看着宛如离开的身影，眸子陷入了一种绝望，"都滚！"很低的声音，在阵阵雷声之下几乎让人听不到，却是在话音落的时候就都已经迅速地移动脚步离开了。

第二十二章 终　结

程漫焉醒来的第一眼，看到的是耶穆寒在自己眼前。

她嘴角有了笑容，"王爷当真要放下这一切？"声音之中是平静，平静之中带着幸福。

耶穆寒累了，这样反反复复，他也是会累的，以为终于有一天可以带着她离开这纷扰的世界了，她却这么平静地离开了。

他甚至不愿意去问她的死因，因为他已经知道这就是结局了。

程漫焉是为他而死，她不要拖累他，不要他因为她而再次被威胁，不要他再因为她而迫不得已伤害自己。程漫焉也累了，在这场游戏中，两个人用了十一年的时间奋斗出这样的一个结果。

耶穆寒笑，"十一年。"十一年，他给了她什么？把全天下所有的好都给了她，却到她死都没有给她一个名分，"本王已经整整爱了你十一年了。"他小声地低喃着，不自觉竟然有泪水滴在了程漫焉的脸上。

一个男人为一个女人流泪，是因为他真的爱了。而他，也已经不是第一次为她流泪了。"本王以为你回来了，高兴得都要疯掉了。"这么平静地叙述着，却再也挽回不了眼前的女人了，为什么早一点没有对她表达自己的心声呢，"当本王看到你身边站了一个男人的时候本王只想要把他杀掉，但是本王不想你再恨我了，因为那样太累了。每日看着你却不能接近你，那样的生活是一种煎熬。"

他把脸贴在她的脸上，想要把自己的温度传给她，却知道无论如何这次是不可能了，因为这次是真真正正的程漫焉，他已经感觉不到她的气息了，没有心跳，没有脉搏，已经是一个死去的人了，"那种生活让本王对生活厌倦，你还记得你

第一次对本王表白吗？那时候本王已经没有选择了，在本王不能够保护你的时候，本王只能选择放开你，看着你一个人站在那里本王那么的心疼，疼得比自己腹中插的那把刀还要疼十倍百倍，若是那时候本王能够选择的话，本王会和你一起隐居江湖，但是本王必须保住你的命。"泪水顺着程漫焉的脸流入她的脖子，弄湿了那床榻。

"那次你被盗匪劫去，若是本王早到一会儿的话或许一切都已经不是这样了，只是本王竟然以为那个无头尸体是你的尸体。本王杀了那么多人只是为了给你奠基，你活着，本王可以为你控制自己的情绪，可以为你不杀人。本王永远都不想你被欺负，幸好那个人不是你，那时候本王以为自己看错了，本王看到了嫣儿，她和你长得那么像那么像，只要是和你有关的本王都想要知道，想要去看看，所以本王就看到了你。"

"那时候本王突然觉得这个世界晴朗了起来，因为你还活着。只是本王错了，本王竟然忽略了你，若是本王早一点猜到皇上找过你的话或许就不是这样了。漫焉是不是觉得本王特别笨，若是本王早一点回来的话你就能够听到这个好消息了。"

"我已经和皇上说了要放开手中所有的权力和你一起去过平静的生活，以为我们真的可以离开了，去一个安静的地方，只有我们两个，什么人都不要了，可是你却已经做了选择。"

"本王不该强迫你，不该把你关在这里，若是早知如此的话，或许本王根本不应该把你带回来。一切都是本王的错，为什么本王要一错再错呢？本王应该解决完这一切的时候再带你回来的。"

"原谅本王好不好，我们一起离开这里。"

耶穆寒在她耳边不断地低喃着，若是他看一眼程漫焉的脸的话就会发现这泪水不只是他一个人的，还有程漫焉的泪水。

绝眉曾经调制过一味儿药，吃过之后可以让一个人的呼吸和脉搏完全消失，只是三天之后这个人就会完全恢复原来的状态，绝眉在离开之前把这味药留给了程漫焉，没想到有一天竟然真的用到了。

夜半时分。

耶穆言小小的身影竟然出现在了程嫣儿的房间里，他手拿蜡烛看着坐在那里冥想的程嫣儿。

他本来是来安慰她的，一开口就成了讽刺，"你娘死了你为什么看起来没一点儿反应？"即使整日都是和程嫣儿在一起他说话的口吻也从来没有好过。

程嫣儿像往日一般沉静，坐在黑暗里发呆，耶穆言想要安慰她却不知道该怎么开口。

程嫣儿看了他一眼并没有吭声，只是直直地看着他，心中在想什么却是没有人知道的。

"你若是伤心的话大可以哭出来的，"他嘴角都是讽刺，现在是对自己的讽刺，竟然三更半夜地来关心这个野娃儿。

程嫣儿低下头去，"我不伤心。"娘又没有死，她有什么好伤心的，她只是在想到底该不该让这个半路杀出来的爹知道娘没有死。

耶穆言惊讶了一下，"那你干吗半夜不睡坐在这里？"这分明是在骗人嘛，谁会娘死了都不伤心呢。自从知道他那天无意之中泼的人就是父王口中说的他最爱的女人的时候，他心里就一直很愧疚，只是他从来都不知道该如何表达自己的愧疚。

程嫣儿摇了摇头，一句话也不说。

耶穆言朝她翻了翻白眼，"你不伤心倒好，我站在你娘门口还听到父王的哭声的，那么坚强的父王竟然会为你娘哭，真不知道你娘算是什么！"从来没见父王对什么人有过特殊的感情，即使是对他这个亲生儿子亦是如陌生人一般，却对一个陌生女子这么好！

程嫣儿终于抬头看了他一眼，耶穆言只感觉背后有阵冷风袭来，"你干吗要这样看着我？"

程嫣儿下一刻就站了起来，越过他走了出去，或许她现在真的该做选择了。

耶穆寒已经拿起了手中的鹤顶红，认真地看着程漫焉，"或许这就是我们这一生的命。本王一直说你的命运在本王手中，几次本王都把你从阎王爷那里夺回来，但是这次却是不能了。原来你的命一直不在本王手中，那么就让本王死后做一个魔君吧，可以和上天抗衡，从此再没有人能够把你从本王身边抢走。"若是

真的可以，他也真的愿意。

"本王现在和你一起走，这也算是我们之间最好的结局吧。既然不能同时生，就让我们同时死，下一世，你依然离不开本王。"

他看着窗外的明月，却没有看到程漫焉眼角有泪水流出，程漫焉在心里大声地喊着他的名字，求他不要把这鹤顶红喝下去，但是她不能开口说话，不能动，她简直要发疯了，从来不知道是这样的结局，以为这样是帮了耶穆寒，没想到却再次把他送上去黄泉的路。只有泪水能够说明她此刻还活着，她多么希望这一刻耶穆寒能够看自己一眼啊，只要他看自己一眼就能够发现她还活着，无论是什么样的结局，只要能够和他在一起就好了。为什么他不看自己一眼呢，泪水越来越汹涌，耶穆寒却只是看着窗外的明月。

声音依然是那么的平静，平静之中是无限的绝望和凄凉。"嫣儿你就不用担心了，左贤王的名号会传给小言，小言不会不管嫣儿的，皇上也不会不管他们的，也算是他们的宿命吧，以后无论他们如何都是他们的事情了。"说着他深深地叹了一口气，仿佛说的这一切程漫焉都能够听到一般。

他再次举起手来要把鹤顶红往嘴里送却听到了门开的声音。

从脚步上他能够判断得出这是程嫣儿和耶穆言的脚步，他把药放了下来，他不能让两个孩子看着他死。

程嫣儿小心地把门推开走了进来，踌躇着却不知道该如何喊耶穆寒。

她一直都是喊绝眉为"爹"，也知道耶穆寒才是自己的爹，但是从来没有喊过也不知道该如何开口。

耶穆寒蹲下来和嫣儿平视，"这么晚了，嫣儿找父王有什么事儿吗？"他声音那么柔和，脸色那么平静，就像是一个慈父，这和耶穆寒的形象是极其不符合的。

说完，他又转过头来看着耶穆言，"耶穆言，你是哥哥，以后有什么事情都要照顾着妹妹，知道吗？"他的声音不像平时那么严厉，让耶穆言一下子不适应了。

耶穆言不由自主地点了点头，"嗯！父王。"为什么他总是感觉父王有什么地方不对劲儿呢？却又说不上来什么地方不对劲儿。

"父……父王。"喊着并不是很顺口，嫣儿还是开口了，她想她现在真的有必要告诉耶穆寒，"那个，我爹爹。"她还是习惯喊绝眉为爹爹。"他给了我娘一种药。"她在想该如何解释。

耶穆寒嘴角是笑意，绝眉是神医，给程漫焉药是很正常的一件事情，"嗯？"

"爹爹说那种药人吃了就会像死人一般，所以，娘她没有死。"她的声音越来越小，因为她就这样把娘给出卖了。

耶穆寒嘴角的笑容僵硬在了那里，几乎接受不了嫣儿说的话，竟然去问一个四五岁的小孩子问题，"你是说。"他不能肯定，但是他的心却是在狂跳。"你娘没有死？"

程嫣儿看了他半天才慢慢地点了点头。

耶穆寒双唇抿在一起，然后把嫣儿和耶穆言紧紧搂在怀里。

所有的东西失而复得，那是怎样的一种兴奋呢。

原来，这一切不过是上天和他开了个玩笑而已。

深夜之中，竟然有听到一个男子在大声笑着，笑得那么痛快，那么深切，这其中却又是有着凄凉的。

一切都静了下来，所有人的心情都会再次愉悦起来吧。

滂沱大雨之中，一个女子孤身走在街道上，全身已经湿透了，她却丝毫没有感觉到冷，只是往前走着，不知道前面有什么，不知道明天会怎样。

终于结束了，自己坚持了五年的事情，今日终于有了结局。这一刻她的心中是绝望的。

以为自己真的有一天可以胜利，走到这样的结果的时候幡然醒悟，原来自己除了耶穆寒之外，已经什么都没有了。

没有了所有所有，她留在这人世间有何用，只是希望耶穆寒能够记得她是为他而死，哪怕只是在他心中有一点点地位，她就心满意足了。

站在悬崖边上，风吹过她的湿发，她脸上的表情竟然是和当日的程漫焉那么的相像！

"即使你死了也不会有人记得你，你觉得这样值吗？"绝眉的声音陡然响起在她身后，本来他只是来这里寻找回忆的，寻找第一次遇见程漫焉的时候的回忆，只是没想到竟然遇到了宛如。

宛如并不回头看他，"又是你。"她已经知道他是谁了，原来那日他并不是无缘无故说出那句话，而是因为他和她有着同样的遭遇才会如此。

"呵呵！"绝眉笑出了声来，笑声中却是有着苦涩。程漫焉终于安全了，终于找到她的爱了，他心中最重要的一件事情已经落地了，却又像是失去了什么一般。"姑娘好记忆，竟然只听声音就能够辨别出一个人，只是姑娘真的不想再看看这大好的江山了吗？活了一生甚至没有去痛快地喝一次酒，不会觉得遗憾吗？"劝一个女子去喝酒，若是平时只能说绝眉不像是个正经男子，但是两个人相同的际遇，让宛如觉得和他靠近了一些。

不消一刻钟，两个人的身影就出现在了酒馆里。

"喝！"宛如公主豪气地举起一大罐酒，对着绝眉比划了一下就开始往自己嘴里倒，绝眉亦是豪放地举起酒杯来朝着她碰杯。

酒馆里没有人，因为两个人已经把酒馆给包下了，话不多，"喝"字是最频繁出现的。

没一会儿工夫，地上就已经都是两个人喝的酒罐子了，两个人却依然在豪气云天地喊着："喝！"

喝着喝着宛如就突然大哭了起来，"你说得对，人活着没有这样痛快地喝一回真是遗憾！"她边哭边说，泪水如断了线的珠子一般落了下来，这是她第一次嚎啕大哭，人生得以如此大哭一场，不知道是不是就不算是遗憾了呢。

"哭吧哭吧，不哭不像是女人了！"绝眉说着就哈哈大笑了起来，两个人都不太正常了，两个人都是失去了最爱的人，这个时候两个人是同路中人，已经不管是不是会丢了形象，失了面子了。

宛如嘴巴张得很大，想要把所有的委屈都哭出来，两只眼睛紧闭着，任泪水流到了嘴里去，甚至是鼻涕都有可能会流到嘴里去。

绝眉半醉地看着这样的宛如公主，"天下竟然有你这样可爱的女子，耶穆寒不要你是他的损失！"连哭都能够哭得这么可爱，可能是绝眉醉了吧，他竟然用可爱来形容一个女子。

"程漫焉她不要你也是她的损失。"宛如边哭边含糊不清地说着，一把用袖子擦去了鼻涕继续哭，"你这个人多善良，又善解人意，对她又好，她为什么就不要你呢。"为什么程漫焉就不选择他呢，若是程漫焉选择绝眉的话或许耶穆寒现在还在她身边的，"你这个该死的男人你为什么不留住她，为什么啊你！"说着她竟然把酒泼到了绝眉的脸上，而绝眉甚至没有闪躲。

绝眉呵呵笑笑，"我啊！尊重她的选择。"他的声音已经醉了，看到宛如的脸就像是看到了程漫嫣那柔静的脸一般，有些迷离，有些暖意。

宛如就像是听到了什么让她震惊的话一般，一下子就不哭了，专心地看着绝眉，"喝酒！"为什么两个男人都这么爱程漫嫣，上天不公，上天不公！

喝酒，只有喝酒能够解除这所有的忧愁，倒在自己脸上的却是已经分不清楚到底是酒还是泪水了。

待两个人互相搀扶着走出酒馆的时候，天已经黑了，脚步都不稳当，但却齐齐朝着客栈而去，两个意识不清的人就这样纠缠在了一起，也算是一件好事吧。

风高月黑，一切都归于平静的时候，命运的齿轮再次转动，把每个人的命运推向了另外一个高峰，不知道是好事儿，还是坏事儿呢。

月黑之中，隐约能够听见有人在低低的呢喃，衬托着周围的安静，一下子有人闯了进来，霎时间变成了争吵。

月神笑笑，任他们去闹。

程漫嫣醒来的第一眼，看到的是耶穆寒在自己眼前。

她嘴角有了笑容，"王爷当真要放下了这一切？"声音之中是平静，平静之中带着幸福。

这才发现原来她是躺在一片桃花林之中，花瓣飘落在她身上，让她原本绝美的容貌更是美丽了一分，就像是仙子一般让人不敢靠近。

耶穆寒嘴角含着淡笑看着她，眸子里完全是柔情蜜意，把她扶起来靠在自己肩膀上看着远方，"有了你就已经有了全部，本王什么都不要，只要你一个人就够了。"他替程漫嫣拿掉头发上的花瓣，那么轻柔，惟恐惊扰了怀中的人儿。

"王爷本该是得到这天下之人。"程漫嫣轻笑，嘴角是满足，这或许就是最好的结局了吗？

只有他们四个人，再不会被世俗之事纷扰，这真的是最好的结局吗？耶穆寒为她放弃的未免太多了一些。

耶穆寒轻叹一声，"即使现在再拿天下来给我换程漫嫣，我都不要了。"

程漫嫣抬起头来看他，"那，宛如呢？"宛如算是这场戏里面最悲惨的人，已经死去的就不再提，但是对宛如，她还是心中有愧疚的。

　　耶穆寒笑得诡异，"绝眉去追了。"听说两个人在一起喝酒，又去了同一家客栈，之后又发生了什么事情，第二天，宛如就独自离开了，然后绝眉就去追了。

　　程漫焉眉头一挑，心中最担心的两个人，这算是好结局吗？

　　远处是耶穆言的声音："你烦不烦啊，说了不要放风筝了！"耶穆言对跟在自己屁股后面的程嫣儿算是没辙了，从来不知道一个小女子竟然会这么让人烦！

　　"不行，你答应过爹要陪我的！"程嫣儿也不是那么好对付的人，自从跟了耶穆言之后脾气见长，说什么就一定要做什么！

　　程漫焉和耶穆寒相视一笑，这一对儿女，是天生的冤家，这一点两个人都是并不否认的。

　　一阵风起，吹落了这桃花，吹得人心头一片清明，幸福也就像是这春风一般朝着他们席卷而来。

　　鸟儿在叫，那么的欢快，让人的心思也不自觉跟着愉悦了起来，这就是幸福吧！

尾章　誓言重启

　　远处的程漫焉和耶穆寒看着程嫣儿这样，眸子里都有着深深的无奈和痛苦，谁能想到多年之后竟然是这样的情景呢？

　　若干年后。

　　程嫣儿用力地敲打着那门，"耶穆言你给我开门！你这个王八蛋！竟然敢带女人回家来！看你出来了我不把你废成了太监，我就不叫程嫣儿！"一种失去的感觉占有着她的心头，耶穆言竟然敢带女人回来逍遥！把她置于何地！

　　她拍着拍着，竟然忍不住嚎啕大哭了起来，连她自己都不明白为何就突然开始疯狂地爱上耶穆言了，可是两个人分明是兄妹啊！

　　里面没有任何动静，却不知道此刻耶穆言正贴在门上听着程嫣儿的任何一个动静，这样突然没有了声音让他心里像是被针扎着一般，他们是兄妹，怎么可以乱伦呢，所以自己必须先做到断绝了这情意！

　　但是——为什么听着程嫣儿在门外低声的哭泣，心要疼成那样呢？

　　远处的程漫焉和耶穆寒看着程嫣儿这样，眸子里都有着深深的无奈和痛苦，谁能想到多年之后竟然是这样的情景呢？

　　风儿再起，另一场孽缘正在上演。

　　吹断了这清风，吹得这一切的恩怨情仇再次开始上演。

——全书完——